新潮文庫

新任警視

上巻

古野まほろ著

新潮社版

11737

上巻／目次

新任警視

上巻

――私が一人ぼっちだなどと言って脅さうとするのはおやめなさい
フランスも一人ぼっち、神様も一人ぼっち、私の國《くに》や神様の一人ぼっちに較《くら》べたら
私の一人ぼっちなど何でもありはしない
（バーナード・ショー『聖女ジャンヌ・ダーク』より、
福田恆存、松原正訳、新潮社、一九六三）

序章　人事異動

新公安課長に警察庁の司馬《しば》氏

愛予《あいよ》県警は30日、公安課長に警察庁警備企画課付《づき》の司馬達《しばとおる》警視(25)＝写真＝が内定したと発表した。8月6日付。宇喜多和宏《うきたかずひろ》・現公安課長＝写真＝は警察庁外事課課長補佐に転出する。司馬警視は東大法学部卒で、平成8年に警察庁に入庁。警察庁地域課、警備企画課等に勤務した。宇喜多警視は在任中、暴力団による中国人集団密航事件、コロンビア・マフィアによる覚せい剤密輸事件などを指揮した。

(99年7月31日、愛予新聞のみ報道)

第1章　警察庁

1

——すんなりと目覚めた。

ベッドサイドの灯《つ》りは点けず、携帯電話を手に採る。二つ折りをぱかりと開けて、時刻を見る。

(午前四時二〇分、か)

正確には、平成一一年(一九九九年)七月三〇日、午前四時二〇分だ。

……アラームは、午前四時三〇分、三五分、四〇分、四五分と設定してあった。僕はいよいよ、洋風にベッドメイクされていたシーツの狭間《はざま》から躯《からだ》を起こすと、さほど自慢できるものでもない裸身を闇《やみ》にさらしつつ、アラームを全《すべ》て解除する。保険を幾つも掛けておく貧乏性に、結局はそれをひとつも使わない貧乏性。この三年四箇月弱の役人生活で、魂に染《し》み着いた小心さだ。それ以前は……そう就職以前は、遅刻がアタリマエというか、むしろ時間の感覚を必要としない、平々凡々とした学生だったのだが。

（人は訓練で変わるもんだ。いや、むしろ調教か）

社会人一年目の警察大学校と、都道府県警察の現場。社会人二年目と三年目の、警察庁勤務――平成八年の三月三一日に警察大学校へ前日入校してから、この、ある意味異常な会社に身を置いてもう三年四箇月。階級というなら、平成九年の四月一日に警部となったけれど（それは同期の誰もがそうである）、警察庁において警部なんてのは『見習い』。コピー機・端末《P-WAN》・FAXしか部下を持たない、末端構成員であり廊下鳶《ろうかとんび》だ。その身分は、まさにこの平成一一年七月三〇日でも変わらない。

（……それが、あと数日で激変するっていうのも、何だか実感のわかないことだ）

僕はシーツの擦《す》れる音も慎みながら、借りているアパートの奴《やつ》より遥《はる》かに巨大なベッドから、品のよい触感のする絨毯《じゅうたん》へ下りた。音を慎んだのは、時刻が早過ぎるからだ。もっと正直に言えば、同衾者《どうきんしゃ》に遠慮したからだ。巨大なベッドのいわば反対側で、美しく身を丸めている彼女は、幸か不幸か目覚める素振りもない。

僕はベッドを下り、そのまま、このメゾネット・タイプの室の階段を下りた。階下にはたかが一泊するには贅沢《ぜいたく》すぎるリビングと、これまた巨大なバスがある。僕は、微《かす》かに残る彼女の香りを女々《めめ》しく惜しみながら、レインシャワーを頭から浴びて出勤モードに切り換えた。

（にしても、この二年の本庁見習いで、すごいダイエットができたなあ）

流石《さすが》に一泊一〇万を超える室とあって、バスルームの鏡は全然曇らない。自分の裸身もよく見える。月二〇〇時間いや三〇〇時間の超勤はアタリマエ、昼飯夕飯の時間がないのもアタリマエ……なんて無我夢中な生活は、僕の体重を必ず六〇kg未満に押しとどめた。携帯電話なんてものが普及し始めた所為《せい》で、土日祝日も呼び出し、呼び出し……とはいえ、そのような過酷なガレー船漕《こ》ぎには感謝すべき面もある。とりわけ、こんな瀟洒《しょうしゃ》なシティホテルで、愛する人に裸身をさらさなければならないときなどは。

——僕はバスルームを出、手櫛《てぐし》で髪をざくっと整えると、糊《のり》の利《き》いたバスローブを羽織って、またメゾネットの二階へと向かった。この室は、天井がとても高い。だから階下の灯りを点けても、二階寝室はまだ闇の中にある。まるで劇場の緞帳《どんちょう》のようなカーテンを開き、もうじき出てくる七月三〇日の太陽を見ることもできたが……それはちょっと冒瀆的《ぼうとくてき》に思えた。やや強く感じられる冷房を嫌ってか、シーツを抱き締めるように丸まった彼女の、微かに見える白い背。あるいは白い尻《しり》。時間が許すのなら、いきなり後ろから顔を埋《うず》めたいのだけれど……

そんな未練が、彼女に伝わったのかも知れない。

僕同様、三時間も寝てはいないであろう彼女は、そっと、そっと闇の中でくるりと躯のベクトルを変えると、シーツで躯を蔽《おお》ったまま言葉を紡《つむ》いだ。それはもはや同衾者のものでなく、どこまでも学者のものだった。そう、彼女は学者だ。それも、かなり立派な。

2

「おはよう、司馬《しば》くん」

「おはよう、充香《みか》さん」

「――灯り、点けてもいいのよ？」

「いやかまわない。男の身支度なんて、そんな大袈裟《おおげさ》なもんじゃない」

僕は未練を断ち切るように、そそくさとワイシャツを羽織ってスーツを着始めた。警察官の制服、しかもフル装備ですら五分を要しない。まして通常のスーツなら三分を要しない。そしてどちらも、灯り無しだってできる――

「昨日は有難う」充香さんがいった。「ひさしぶりの連弾、楽しかった。ショスタコのコンチェルティーノ。怪我《けが》の後遺症があるから、どうしても右手が跳ねたり痺《しび》れたりしてしまうけど、楽しかった」

「いや、ほとんど気にならないレベルだったよ。絶対に良くなっている――

朝の薬、飲むかい？　冷水を持って来るけど」

「まだ大丈夫。朝食前に飲めば問題はないわ。飲めなかったら大事《おおごと》だけど」

充香さんは幾年か前、交通事故に遭っている。自転車に乗っているとき、自動車に当てられたという。といって、それは一般的な意味合いからすれば『擦《かす》って転んだだけ』である。ただピアニストからすれば、それは『躯《からだ》を擁《かば》った右腕を派手に痛めた』すなわち『リハビリをしなければ、以前のようには右手が自由に動かない』ことを意味した。

僕はその事故のことを、彼女が語る以上に詳しくは知らない。

だがその後遺症が軽々しいものでないことは、ともにピアノを弾いていればすぐに分かった。右指のもつれ、強《こわ》ばり、不随意な動き……それが充香さんにとってどれほど苦痛かは言うまでもない。まして、来る朝来る朝、痛み止めなのか神経の薬なのか何なのか僕には未《いま》だハッキリ解《わか》らないが、同じ薬を二錠飲まないと彼女は大変なことになる。そう、必ず飲まないといけないのだ。僕は二度ほど、彼女が上限ギリギリしか持つことのできないその強い薬を切らしてしまって、急いで病院に駆け込む様《さま》をも目撃していた。朝きちんと服用しないと、その一時間後くらいにはほぼ人事《じんじ》不省《ふせい》に陥《おちい》るようなのだ。それもまた、完璧《かんぺき》主義の彼女にとっては不愉快なことだろう。

だから僕は話題を変えた。

「それにドレス、すごく似合っていたし」

「髪をもっとどうにかしたかったけれど……仕方ないわね、時間もなかった」

「学会でバタバタしていたのに、こっちこそ声を掛けて悪かったよ」

「それは全然悪くない」充香さんは充香さんらしく断言した。「もっと悪いことが、司馬警視さん、他にあるんじゃないかな？」

――本栖《もとす》充香は、憲法学者だ。出身は東京。大学も東大。それどころか、大学四年のときに司法試験に合格したバケモノでもある。そして東大は――将来的には分からないが――優秀な学士をそのまま助手にしてしまうことがある。例えば彼女がそれだ。よって、彼女は僕が大学を卒業した平成八年、もう東大大学院の助手になっていた。そして今年、平成一一年の春からは、愛予《あいよ》県にある愛予大学法学部の講師になってしまっている。むろん、あと二年もすれば助教授だろう。

（同じ東大出として、また同年者として、忸怩《じくじ》たるものはあるけれど……）

ま、充香さんと頭の出来で勝負しようなんて無謀すぎる。

（まして、大学が一緒じゃなかったら、ここでこうしていることもなかったし）

……僕が彼女を知ったのは、大学四年の後期、フランス法のゼミでのことだ。法学書の原書を読み下してゆく、かなりハードな奴だった。そして充香さんと僕とでは頭の出来が違うけれど、フランス語そのものについては小指一本、あるいは髪の毛一本の僅差《きんさ》で、僕の方が――繰り返すけどとても微妙な差で――上手《うま》かった。

そこが充香さんの癇《かん》に障《さわ》ったのかも知れない。

僕らはいつしか一緒に日仏学院に通うようになり、さらには、夕食を摂《と》りながらの相互レッスンを行うようになり、はたまたさらには、共通の趣味がピアノだということを知り……自然な流れで、肌を重ねるようにもなった。僕らがいわば就職してからも、ふたりの物理的な距離はさして離れず、ゆえに、ヒトとしての距離もさして変わらなかった。

（大きく変わったのは、先の春から、充香さんが愛予県に赴任してしまったことだけど）

とはいえ、大学講師の東京出張は少なくないようだ。少なくとも充香さんは——本栖講師におかれては、月に一度は東京へ来る。それも、どうにかプラス一夜の余裕を捻《ねん》出《しゅつ》して。だから僕は彼女の接待をする。彼女はピアノが好きだ。だから、彼女がピアノを充分に弾ける場を用意する。彼女は僕を困らせるのも好きだ。だから、僕が女性向けの衣装店に行って……微妙に恥ずかしい……サイズ等を告げながらドレスを見立てる。僕も、霞《かすみ》が関《せき》の官僚ライフではまず纏《まと》うことのない衣装を合わせる。そしてふたりで連弾をして——青山のレヴァリーでは恥を掻《か》いたなあ、僕が——車でゆったりレストランに乗り付けては、フランス風に深夜までの食事を楽しむ。行きつけのこのホテルや、グランドピアノが評判のパークハイアットに入るのは、やがて日付も変わろうとする頃だ。そのあとのことは書くのも無粋だろう。

そして現時刻、午前四時四〇分というわけだ。

「充香さん、昨日言ったけれど、学校の点呼があるから先に出るよ。払いは終えてあるし、ここは今夜も使える。確か、今日も明日も学会だよね？明日発《た》つとき、フロントに、キーだけ返してくれればいい。そういってある」

「解った。お言葉に甘えてもう一泊するわ。明日の学会が終わった後、最終便で愛予に帰る。それにしても、『点呼』なんてものがあるのね？　学校……警察大学校、だったっけ？」

「そう。僕らは『学校』『学校』っていっても、警察大学校にしか行きゃしないから」

「こんな風に抜け出してかまわないの？」

「今回の入校は、もう三度目の入校――入社四年生の入校だからね。まさか外出禁止があるわけでもないし、夜の点呼も厳しくない。実際、夜は霞が関の通常勤務に呼び出されたりすることもあるから。最初の入校は、外出禁止だの午後一〇時半の点呼だの、そりゃもう大変だったけど」

……いきなり饒舌《じょうぜつ》に過ぎたかも知れない。というのも、僕は充香さんの疑問の意味が解っていたし、充香さんは充香さんで、僕がそれを解ったことを絶対に察知したからだ。だから充香さんはしっとりと、けれど容赦なくいった。

「こんな風に抜け出してかまわないの？

奥さん、アパートで独りなんでしょう？」

「まあ、警察大学校入校中だからね。警大はいちおう、全寮制だし。すなわちいちおう、家には帰れないタテマエ」

「確か、警察官が不倫をすれば懲戒免職よね？」

「いや、正確に言えば免職まではゆかない。戒告処分だったかな。とはいえ、我が社で処分を喰らうってことは、これすなわち退職願を書けってことだけど」

「よくもまあ、しれっと」

「なら、僕を刺すかい？」

「……どのみち、もうじき司馬くんは何処《どこ》か遠くへゆく。ならひょっとしたら、今夜が最後かも知れない」

「そうかも知れない。今日の内示で、とうとう赴任先が分かるから。

そして今度の異動は、全国異動だ。北は北海道から南は沖縄まで、何処《どこ》へ赴任するのか分からない——といって、いきなり北海道だなんて大規模県はありえないけどね」

僕はすっかり調《ととの》え終わったスーツ姿のまま、またベッドへ乗った。

充香さんはくるりとシーツを纏《まと》って僕から逃げた。枕《まくら》の果てで顔を背ける。そしていう。

「しばらくは、会わない方がいいわ」

「理性的には、まったく同感だよ——今はともかく、最後のキスをしたくて仕方ないけど」

「躯の相性がいいだけのおとこなら、他に幾らでもいるから。

それに月並みだけど私、ひとのものに興味ない」

「なら、この三年強のつきあいは？」

……彼女はすぐには答えなかった。払暁《ふつぎょう》の闇と光の中で、奇妙な暇《ま》を置いた。僕は三年強愛用してきたアタッシエケースを採った。ダイヤル錠とは別途に仕掛けてある小細工で、アタッシェの安全性を確かめる——大丈夫だ。本栖充香は何ら逸脱《いつだつ》行動をしていない。

(同衾者についてまで保秘《ホヒ》を意識しないといけないなんて、因果な商売だなあ……)

我が警備警察の仕事を嘆《なげ》いていると、彼女はわずかに顔をこちらへ向けた。

そして、意外なことをいった。

「昨日、この室に入ったとき。

TVを点けたらちょうど今夜の、『金曜ロードショー』のエンディングをやっていたわね？」

「そういえば」

「あの、トランペットとピアノのテーマ曲。題名を知っている？」

「『金曜ロードショーのテーマ』？」

「……司馬くんのそういうトボけた所、嫌いじゃないけどね。

　あれは『フライデー・ナイト・ファンタジー』よ」

「これすなわち？」

「この三年強のつきあい」

「成程《なるほど》」

　僕はネクタイの結び目を直しながら、また、革靴のテリを確認しながら最後にいった。

「赴任先が決まったら、電子メールを打つから――」

　確か、ｉモードの端末だったね？」

「ううん、まだ古いタイプの奴。

　それに返事、返すかどうかは解らないわ」

「それでいいよ」

　僕はいよいよ階段を下り、メゾネットの瀟洒《しょうしゃ》なドアを開ける。まだ閉じはしない。

　ドアの横の真鍮《しんちゅう》のボックスに、今朝の旭日《きょくじつ》新聞と読買《よみかい》新聞がもう入っている。

　充香さんの御指定だ。彼女は習慣としてこの両紙を読む。だから、フロントにやや無理をいって二紙を頼んだ。彼女が住む愛予県の地方紙は『愛予新聞』だそうだが、さすがにそれは手に入らないだろうし、そもそも彼女は地方紙を読まないそうな。そこは、警察官と学者との、仕事スタイルの差異だろうか。警察官にとって、地元の新聞ほど大事で恐ろしいものはないから――

僕は二紙の新聞を回収すると、未練のようにリビングのテーブルにそれを整え、また、未練のように階段のたもとへ行き、メゾフォルテの声量で姿の見えない充香さんにいった。

「カードキーと新聞はここに。バスは綺麗《きれい》にしておいたからすぐ使える。君は湯茶の類《たぐい》なら珈琲《コーヒー》しか飲まないから、コーヒーメイカーはセットしておいたよ。じゃあ、愛予県までの道中、気を付けて。もちろん怪我の後遺症にも」

「有難う……さようなら。できることなら、一度あなたに私の『カンパネラ』を聴いてほしかったわ」

（充香さんが最も愛する曲にして、充香さん自家薬籠中《じかやくろうちゅう》の絶品……

僕の真似事《まねごと》とは比較にならないであろう『ラ・カンパネラ』。

あれをただ一度、そうほんとうの状態で聴くことができたなら。僕はどんな犠牲を払ってもかまわないのだが……）

……ただ、どんな犠牲を払ってもかまわないと誰より痛感しているのは、彼女自身だ。ゆえに僕はその話題には答えなかった。そして最後にいった。

「僕の方こそ有難う……さようなら」

3

同日、午前六時ちょっと過ぎ。

都心のシティホテルから、中野まで。ちょうどいい頃合いだ。

――中野。

巨大な駐輪場に大きな公園、そして中野サンプラザに中野区役所がある北口。

その北口から北西に五分弱も歩けば――点呼に遅刻しそうでダッシュするときは一分強も走れば――監獄のような塀に繞《かこ》まれた我が母校、警察大学校がある。三年強前、『初任幹部科初任課程』の学生として初めて入校したときは、その鉄条網がなんとも嫌な感じだったものだが……さすがに実務四年目ともなると、また三度目の入校すなわち『初任幹部科研究課程』ともなると、かなりお気楽なものだ。僕は門扉《もんぴ》のたもとでいった。

「おはようございます!! お疲れ様です!!」

「はいお疲れ様です～」

長い長い柵状《さくじょう》の門扉はもう開いている。僕は当直学生さんに『警察官らしい』挨拶《あいさつ》をしながら、警察庁の職員証を呈示しながら、スタスタと学校内に入った。当直学生さんといっても、全国の各都道府県警察から入校している、警部以上の管理職なのだが。

そう、この警察大学校は、基本的には警部以上の学校だ。

実際、今入校をしている僕でさえ、実は警察庁警視である（今回の入校時に、同期全員がいっせいに昇任した。まあ、なりたて警視だ）。

——僕はひっそりとした本館を抜け、寮への通路を北へ北へと進む。

北の最果てが、いわゆるキャリアに割り当てられる北寮だ。

一年生のとき一階を割り当てられていたのが、今は二階を割り当てられているのが、ささやかな違いといえば違いか。といって、一階だろうと二階だろうと居住性に何の差異もない。悪い意味で、ない。

僻地《へきち》の、いや廃村の病院も吃驚《びっくり》な、ビリビリのオンボロカーテンでしかプライヴァシーを保てない六人部屋。同期の鼾《いびき》どころか、腹の鳴る音まで聴ける。ロッカーは、廃校の掃除道具入れを思わせるガタガタの木箱。飾り気一切無しの、鉄パイプのベッドの固いこと。いちおうこの寝室以外に共用の勉強部屋があるが、そちらとて、廃止された村役場の事務机を買い叩《たた》いてきたようなうら寂しいデスクを六台突っ込んだだけ。寝室も勉強部屋も、掃除をすればするほど埃《ほこり》が舞い立ちそうな、まあ、ほとんど幽霊屋敷である。

（しかしまあ、それも無理からぬことだ。

実際、担任の植木教授からも『掃除はほどほどでいい』だなんて、警察機関としては信じ難《がた》い命令が出ているくらいだからなあ……）

……無論それには訳がある。役所は理由の無いことはしない。

というのも、この警察大学校——中野学校は、移転が決まっているからだ。それも、五年先十年先どころの話じゃない。再来年だ。すなわち、平成一三年には誰もここを利用しなくなり、取り壊される。

ここで、僕は平成八年に三箇月、平成九年に一箇月半、そして今平成一一年に二週間をこの中野学校で過ごしたので——それも同期十八名と濃密な時間を過ごしたので、そこがまるっと無くなってしまうとなると、一抹《いちまつ》のノスタルジーを感じなくもないけれど……まあ決まったことは決まったことだし、新しい、確か調布だか府中だかにできる新・警察大学校はその寮も『完全個室制』、しかも『各室にシャワー完備』と聴くから、僕らの後輩なり各県の警部さんたちなりにとっては、福音《ふくいん》だろう。

何せこの中野学校と来た日には、風呂《ふろ》は銭湯形式でなんと一八時から二一時までの三時間ポッキリ。しばらく使っていないと、鉄錆《てつさび》色のお湯が漏れなく出る。そんな風呂でも、行事や飲み会でそれに入り損ねたら片道徒歩一五分強の銭湯まで行き帰りしなきゃいけない。しかも、夜点呼の二三時三〇分までに帰ってこなきゃいけない（無論学生用シャワーなどという小洒落《こじゃれ》た設備はない）——なんて、夏場には拷問《ごうもん》ともいえる無理ゲーを強いられていたのだから。もっといえば、厨房《ちゅうぼう》の古さによるのだろうか、出《だ》し殻《がら》を思わせる冷ややかな味噌汁《みそしる》は、二十二歳の新入社員を絶望させるに余りあった……

いずれにしろ、楽しかったこと苦しかったことをひっくるめて、この大学校は役目を終えようとしている。その最期《さいご》を看取《みと》るというか、ぶっちゃけ『もう何を壊しても怒られませんよ』という状況は、僅少《きんしょう》にして貴重といえよう。それがまた、今回の、職業人生三度目の警大入校を、どことなくウキウキしたものにしていた。

（もっとも、どことなくウキウキするのには、もっと大きな理由があるんだけど）

——くだらないことを考えている内に、躯はオートマチックに北寮に入っていた。これまたオートマチックに二階へ上がる。もうじきこのオンボロ寮を知る若手キャリアはいなくなる。いや、この中野学校を知る若手キャリアはいなくなる。中野北口の飲み屋は警大の学生で保《も》っている店が少なくなく（警察官は無茶苦茶飲むからなあ……）、目端《めはし》の利いた店は、もう移転を考えているとかいないとか。でも移転先は、栄えた所なんだろうか？

（そういえば、ここの跡地は何になるんだろう？　まさかマンション群じゃないだろうけど……いきなり若者向けの、イルミネーションきんきらなオシャンティシティに変貌《へんぼう》したりして。いや、そりゃ無いか）

僕は、二階廊下を入って最初の寝室へ向かおうとした。僕に割り当てられたベッドは其処《そこ》にある。ただ、いざ寝室に入る前、その対岸にある勉強部屋から声がした。というか、微かに開け放した木製のドアから、蛍光灯の灯りさえ漏れ出ている――

「お疲れ様～」僕は勉強部屋のドアを思いっきり開けた。「やっぱり、おふたりさんだ」

「あっ司馬ちゃん、おはよう!!」

「おう司馬お疲れ、なんや、また帰ってくるの早いなあ……」

快活に挨拶を返してくれたのは、同期のあしっちゃんこと蘆沢《あしざわ》。そしてどんよりと挨拶を返してきたのは、やはり同期の白居《しらい》だ。むろん、どちらも警察庁警視で、どちらもジャージ姿。これは学内のドレスコードどおり。ここでは、オン・ステージなら警察官制服、オフならジャージと決まっているから。そういえば、ここ二年強の霞が関ライフでは一切制服を着ていなかったことと、人生で最初にこの大学校の敷居を跨《また》いだとき『デニム厳禁』の命令に途惑ったことを思い出す……

あしっちゃんはこの二年強、警察庁交通企画課で最強の見習いとして名を馳《は》せた同期の誇りだが、根が律儀《りちぎ》なのか、もう義務的ではない『朝の掃除』を連日買って出るほどの気配り屋。実際、今この朝も、まさに箒《ほうき》とちりとりを携《たずさ》えている。他方で、肘《ひじ》を突きつつ何やら私物パソコンの画面に見入っている白居は、警察庁交通規制課で他省庁を恐れさせたタフ・ネゴシエーターにしてなんと司法試験合格者。三代続いたチャキチャキの江戸っ子ながら、三重県人の彼女さんに仕込まれたあざやかな関西弁を駆使する。

（このふたりの朝の組合せも、最初の入校のときから変わらないなあ……）

すなわち、あしっちゃんが早朝の掃除を始める頃、徹夜した白居がベッドに入るのだ。

「あしっちゃんは早寝早起き常どおりとして――白居は今日も完徹？」

「完徹ゆうても、朝点呼から一限目までは寝るけどな」

「に、二時間弱かあ。相変わらず天才肌だね」

「ま、かまへんやろ。

今日はとうとう内示があるから、事実上、午前中しか講義ないし」

「そうだね。一限目が『先輩所属長《ショゾクチョウ》に聴く』で、二限目が『所属長としての心構え』。

午後は『自習時間』といってはいるけど、ひとりずつ順番に呼び込みがあって……内示」

「いよいよ引っ越しも考えんといかんな」

といって、俺は司馬と違って独身やし、そもそも俺達は引っ越し、慣れとるけどな」

警察官僚の異動はシビアだ。内示から発令（着任）までキッカリ一週間。北海道へ行くのであろうと、沖縄から帰ってくるのであろうと、引っ越し期間は一週間未満である。それは異動の都度痛感させられるから、自然、バタバタした引っ越しには慣れてくる。

「いいなあ、司馬ちゃんも白居も」ここで、あしっちゃんが眼鏡を輝かせた。「一週間後には、晴れて都道府県警察の課長だもんなあ」

「いやいやいやいや」僕は焦燥《あわ》てていった。「今時、海外留学しないで地方勤務だなんて、霞が関官僚としてはレアだから。あしっちゃん確かハーヴァードだよね？　他の同期だって、オックスブリッジがうじゃうじゃ——実際、今度の異動で地方に出るのって、同期のうち三分の一もいないし」

——そう、警察官僚四年生の僕らは岐路《きろ》に立っていた。人事院なり警察庁なりの制度を使った『留学』をするか、あるいは『地方勤務』に出るかの岐路に、だ。それゆえ、同期の誰もがいっせいに警視になったが——今回の入校初日に昇任したが——海外へ出るのか都道府県に出るのかでは、その後の官僚人生に少なからぬ影響が出るだろう。もちろん、海外で何をするのか、都道府県で何をするのかにもよるのだが。そして実際、既に同期の人生航路は一部、変わってしまっている。というのも、夏からの留学のため、大学のプログラムなり語学学校のプログラムなりの都合から、既に渡米なり渡英なりしてしまった同期もそこそこいるからだ。すなわち今度の入校は、同期がいっせいに寝泊まりする最後の入校でありながら、その同期がもはや全員揃《そろ》わない最初の入校でもあった。

「そういえば」白居が訊《き》いた。「司馬は英語、上《うえ》クラやったろ？　俺は絶対、司馬こそオックスブリッジに留学するって思っとったけどなあ」

我が社のキャリアには一定期間、語学研修がある。民間委託だけど。そこでいちおう、語学力によって二クラスが編成される。それを俗称『上クラ』『下《した》クラ』と言った。いずれにしろ、二年の実務を経れば――英語の公文書などナチュラルに読まされる――そんなものには何の意味も無くなるのだが。

「確かに――」自身、上クラだったあしっちゃんがいった。「――司馬ちゃんは何で留学希望出さなかったの？」

「それは、その……」僕は嘘《うそ》を吐《つ》くことにした。「……これ、田崎警務教養部長《ケイム》とか、植木教授とかには内緒にしてほしいんだけど、貴重な機会だと思って。というのも、何やら情勢が不穏で――要は警察不祥事の頻発《ひんぱつ》と世論の批判を受けて――どうやら『入社四年目で地方の課長なり警察署長なりに出すのは止《や》めてしまおう』って方針が真剣に検討されているらしいから。それなら僕らがその最後の世代になるかも知れないから。

そう考えると、勿体《もったい》ないって言うのも変だけど、この歳《とし》でしか経験できないことを、どうしても経験してみたくなって」

「成程《なるほど》なあ」白居が頷《うなず》いてくれた。「俺はもう二十八歳やけど、司馬は浪人留年ナシのストレートやから、まだ二十五歳。そして目下の情勢を踏まえると、今後、『二十五歳の課長』なんてのは絶滅するやろなあ。大蔵省の税務署長とかも、そうやろなあ」

「ま、白居が二十八歳なのは司法試験の所為《せい》で」僕はいった。「入社四年目の同期としてのポジションは、全然違わないんだけどね」

「あと、留学せずに課長で出るのは……」あしっちゃんが首を軽く傾《かし》げた。「……ああ、坂山だね。それから大野と、東島《とうじま》と光浦《みつうら》あたりか。坂山は生活環境課で風営法《ふうえいほう》改正やったから、留学準備するだけの余力がなかったのか、国内派として生きてゆく決意をしたのか……ええと、白居、坂山って今何歳だったっけ？」

「二十六歳や。彼奴《あいつ》は一浪組やから。

ちなみに残りの三人も、不思議と一浪組か二浪組やな」

「すると、大して違わないけど、やっぱり司馬ちゃんが最年少課長になるね。

ああ、それぞれ何処《どこ》に行くのかなあ。まったくの他人事《ひとごと》だけど楽しみだなあ」

「ま、所詮《しょせん》は新任警視、新任課長。いきなり大規模県ゆうことはあらへん。それに」白居は年長者ともあって世故《せこ》に長《た》けていた。「ちょうど異動適齢期のポストゆうたら限られる。鹿児島県の公安課長とか、鳥取県の警備第一課長とか、愛予県の公安課長や。実際、人事課からそれらしい当たりもあったし。もっとも、警察っちゅう所は警察本部長を一箇月でチェンジするような役所やし、地方ポストの召し上げ・返上も日常茶飯事やから、こんな読みは何の参考にもならんけどな」

――そのとき、午前六時四五分の予鈴が鳴り始めた。

恐ろしく優美さに欠ける音量の、ヴィヴァルディ。これが鳴ると、午前七時〇〇分からの朝点呼は『無事』グラウンドで行われることになる。新入社員時代は、これが引き続いてのランニングなり腕立てなりも意味したから、それはもう呪《のろ》わしく聴こえたものだが……

「さ、司馬ちゃん、白居。ジャージを調《ととの》えて、体育帽も被《かぶ》って!!

事実上、これが最後の点呼だよ!!」

（それもそうか。内示が出れば一週間で赴任しなきゃいけない。なら来週はもう、朝点呼も夜点呼も免除になるだろう……）

やることは腐るほどある。

（前任者との引継ぎ。先方の都道府県警察の、警察本部長・警務部長への御挨拶。また直近上司となる部長さんへの挨拶。あるいは、同僚となる部内各課長さんへの挨拶。それだけじゃない。警察庁関係課への挨拶回りは欠かせない。人によってはそこで訓示があるかも知れない。警察庁のデスクは最終的にキレイにしておかなきゃいけないし、そもそも自分の引っ越しを段取りしなきゃ。当然、飛行機とかの便も……）

次第に寝室から起き出してきた同期たちと挨拶しながら、そしてグラウンドへと駆け出しながら、僕はいよいよ自分の運命が——人様の手で——変えられようとしているのを実感した。単身赴任中、妻と子の面倒をみてくれる義父と義母への挨拶を、タスクとして記憶するのを忘れるほどには、だ。

4

同日、午前一一時四八分。

今度の入校において僕らの『ボス』ともいえる、田崎警務《ケイム》教養部長の講義が終わった。これも実質、最終講義だ。警務教養部長ともなれば、既に地方の社長――警察本部長を経験しているから、社長の視点から、新任課長に何を望むかも講義できる。総まとめにふさわしい。

けれど、今この瞬間、僕らにとっての最重要事項は、警察官制服の上にジャージを羽織ることだった。羽織るというよりは、『蔽《おお》い被《かぶ》せる』が正確かも知れない。ある程度ゆったりしたジャージなら、あの白の制ワイシャツだろうと青の夏開襟《かいきん》シャツだろうと、首回り以外すっぽり隠せる。そして制服を隠して何をするかというと――

「はあ、はあ……はあ!!」

大学校正門を抜け、税務署前を駆け、区役所前を過ぎ越して〈中野サンモール商店街〉へ。講義を二分早く終わらせてくれたのは有難かった。さすがに正午を過ぎれば、サンモールもその飲食店も勤め人その他で一杯になってしまう。ここで、警大の昼休みは午前一一時五〇分から午後〇時五〇分までの一時間ジャスト。しかし警察官としては、三限開始の五分前、午後〇時四五分に教場入りしていたい。なら、サンモールまでの往復に一〇分強掛かるとして（ひさびさの全力疾走!!）、昼飯に使えるのは四五分弱。席待ちの五分一〇分は、命獲《と》りとは言えないまでも、あまり胃によくない。

――僕らの偏愛する店舗は、パスタ屋の〈グランパ〉だ。

サンモールの半ば、コージーコーナーのちょっと奥にある。

実は、新入社員の頃から――最初に警大に入校した頃から、同期の三分の一以上が通っている店舗だ。それは二度目の入校でも、今度の入校でも変わらない。怪しい紺ズボンに官品《カンピン》の靴、ファスナーを思いきり上げたジャージというスタイルもずっとそのまま。というか、今回三度目の入校でいちばんの目当てがこの店舗だ、といっても過言ではない。さすがに、霞が関からここへ来ることはできないから――

人気店だから、正午前でも席は埋まりがちだ。

ただ、さいわい、一緒に駆けてきた同期すべてが、卓を分散させればすぐに座ることができた。この昼の昼飯仲間は六人。警察官あるいは警察官僚の駆け出しだけで三卓ができる。そして僕と一緒に座ったのは、同期でいちばん仲の良い天河《あまかわ》だった。かつて一緒に渋谷警察署勤務をした仲でもあり、霞が関では夜な夜な――彼の勤める二階人事課へ――愚痴《ぐち》を零《こぼ》しに行った仲でもある。思わず嬉《うれ》しくなる。

「お姉さん、挽肉《ひきにく》と茄子《なす》のペペロンチーノを!!」

「ああ、僕もそれを——」天河がマイペースにいう。「——ていうか、司馬ってそれしか食べないよね、いつ来ても？」

「いや天河これすっごく美味《うま》いの篦棒《べらぼう》にメラメラはてしなく。ああ、乞《こ》い願わくはこのお店が一〇年後も二〇年後も続いて、この挽肉と茄子のペペロンチーノがずっと食べられたなら……」

「司馬はパスタとピアノが好きだからなあ……」

——天河は頭がいい。泰然自若《たいぜんじじゃく》とした人格者のようで、そうどこまでもマイペースのようで、その実、一言一言を無駄にしないおとこだ。他人に対する評価も的確で迅速。そこに嫌味なり皮肉なりを微塵《みじん》も感じさせないのは、さすが人事課見習いというべきか。

ゆえに、僕は当然、『ピアノ』の単語に反応した。せざるをえなかった。

「……やめよう、やめようとは思っているんだけどね」

「昨日の放課後、面倒臭がりの司馬があんなにウキウキと外出したから、たぶんそんなこったろう——とは思ったけどさ。

ただまあ、その、最初の地方見習いで貰《もら》ってきた奥さん、今身重《みおも》だったよね。いちおう披露宴でスピーチさせてもらった手前、あんまり非道《ひど》いことされると寝覚めが悪いよ」

「もちろん人事課見習いとしても？」

「あっは、そりゃそうだけど……」

「天河に刺されるなら本望だよ」

「莫迦《バカ》言うなよ。そんなこと、まさかだ」

店舗の活気ある喧騒《けんそう》で、僕らふたりの会話は誰にも聴こえない。まあ、だからこそ天河も、敢《あ》えてこんな物騒な話題を出したんだろうけど。

「ただ……面倒臭がりで小心で用心深い司馬達《とおる》にしては、異様な大胆さだと思ってさ」

（……さすがに鋭い）

「いずれにしろ、司馬は来週で霞が関ともさようならだ。人間関係も、しかるべく清算した方がいい――奥さんは一緒に行くの？」

「ううん。あと二箇月もすれば――そう、もう九月には生まれるから、とりあえず今のアパートを引き払ってそのまま実家に帰す。つまり妻は静岡の里へ、僕はどこかの新天地へ」

「なら単身赴任かあ。ますますもって危険だなあ!!」

――さほどの時間を置かずに〈挽肉と茄子のペペロンチーノ〉が二皿やってきた。

しばらく黙々とパスタを味わう僕ら。早寝早飯早グソは警察官のならいだ。すっかり組織文化に同化している僕らは、物の五分未満で食事そのものを終えてしまう。あとは、昼休み明け第三限まで時間が許すかぎり、水と煙草《たばこ》を楽しむだけだ。

「――天河はハーヴァードだから、この夏から二年、合衆国だね」

「官費留学だから、絶対に学位を獲《と》ってこなきゃいけないんだけどね」

「うわ～全然不安を感じてないこの口調～」

「司馬こそ、新任課長として実績を上げなきゃ――なんて気負い、無さそうだけど？」

「いや実際、これまで霞が関の末端構成員で廊下鳶《ろうかとんび》だったからさ。局長・審議官のサンドバッグでもあったけど。要は組織の蟻《あり》というか蛆《うじ》というか……だから地方の新任課長だなんて、何も具体的なイメージが浮かばない。要は、気負いを感じるだけの材料がない」

「おいおい、しっかりしな新任課長!!」

「そりゃ来週には誰もがそうだって」

「――例によって、赴任先の希望は訊かれたのかい？」

「うん、例によって『聞き置かれた』よ」

「ちなみに司馬達・新任警視の赴任希望は？」

「飽くまでも例えば、鹿児島・鳥取・愛予だったら何処《どこ》がいい？――って訊かれたから、じゃあ鹿児島、鳥取、愛予の順でお願いします――って答えた」

「ちなみにそれは何で？」

「訊かれた順。

敢えて言えば、そのうち霞が関からいちばん遠い鹿児島がよかったけど」

「あっは、あははは、諦《あきら》めの境地《きょうち》」

「そりゃそうさ天河、もうこれ何度も何度も言ったよね？ 最初の警部補見習いのとき、僕は京都、兵庫、愛知の順で希望を出した。命ぜられたのは埼玉勤務。本庁の警部見習いのときも、捜査第一課、刑事企画課、捜査第二課の順で希望を出した。命ぜられたのは地域課勤務。その地域課から動かされるときも、なんと警備企画課勤務……いったい、どっからそんな意地悪な玉突《タマツ》きが錬成されるんだと……」

「うーん、配置の要望を『聞き置く』ってのは、ホント我が社の様式美だなあ」

「君が人事課の企画官にでもなったら是非《ぜひ》とも改めてよね」

「あっは、そんなの何時《いつ》になることやら……でもそうすると、我が社の偏屈《へんくつ》人事プロトコルから考えて、実はいちばん可能性があるのは愛予県じゃないかい？」

「我が社がそんな嫌がらせ人事プロトコルに執拗《こだわ》るなら」僕はちょっと誤魔化《ごまか》した。

「そうなのかも知れないけどさ。そりゃ裏から言えばある意味『本人の希望にしたがっている』ことになっちゃう気もするし、そこまで我が社が素直なはずもなし。どのみち人事《ヒトゴト》と書いて人事《ジンジ》。もう俎板《まないた》の上の鯉《こい》になるしか道はない。あとはヴィトゲンシュタインだね」

「成程《なるほど》、『語りえないものについては、沈黙しなければならない』か。

どのみち、あと二時間もしないうちに分かることでもある」

「あと正直、鹿児島だろうが鳥取だろうが愛予だろうが、どこもまるで縁の無い県だから何も語れないし、だから何も考えられないよ。そこで来週の金曜日から約二年を過ごすんだ——なんてのも全く実感わかない」

「あれ？　本庁勤務のとき出張とかしなかった？」

「最初の地域課勤務のときは、実は毎月一度は出張があったんで、鹿児島には行ったことがある。あと秋田、福島、愛知、山口、三重、和歌山、大阪……そして首都圏はもちろん。ただ鳥取と愛予は機会がなかったし、鹿児島も所詮《しよせん》一泊二日だしね」

「でも司馬は地域課だけじゃなくって、警備企画課勤務もしているだろ？」

「警備企画課なんて、ある意味警備警察のデスクワークを集約したような所属《ショゾク》だからさ、こっちは出張なんてほとんどなかった。躯を移動させるとすれば、我が社の五階と四階を、決裁挟《ばさ》みに入れた書類や凶器に使えそうなコピーの束を持ってうろちょろするばかり」

「いいじゃん、来週の金曜日からは一国一城の主《あるじ》、所属長《ショゾクチョウ》。今度は司馬が、大勢の部下をうろちょろさせては赤鉛筆で決裁の花押《かおう》を描く立場なんだよ？」

「……ねえ天河、相手が君だから本音をいうけど、警察庁でガレー船漕《こ》ぎの奴隷《どれい》をやっていたトラウマが強くってさ。大勢の部下を持つだの、椅子《いす》に踏《ふ》ん反《ぞ》り返って花押を描くだの、そんなの全然リアルに思い描けない。特に僕がいた警備局《ビキョク》なんてのはさ、超封建的なギルドで、帝国陸軍も裸足《はだし》で逃げ出すほどの鬼参謀が集まっているところだし」

「ああ、某特対《ぼうトクタイ》室長とか某《ぼう》外事調査官とかね、あははは」

「そもそもジェネラルたる局長審議官《キョクシン》が怒号もたからかな猛獣だしね……

つまり何が言いたいかっていうと、自分がそっち側になるだなんてまるで想像の埒外《らちがい》だってこと。もっとも、そんな警視正様だの警視長様だの警視監様だのになるわけじゃない、警察キャリアとしてはいよいよ『見習い』が終わった実働員に――警視になっただけなんだけどね」

「あんまり卑下するのは――お前の癖だけど――よくないよ司馬。

成程《なるほど》、警察キャリアとしては警視は実働員だけど、地方の警察官にとっては警察署長が務まる階級なんだから……なーんてこと今更講義するのも執拗《くど》いけどね、今度の入校で耳胝《みみたこ》のはずだから」

「せめて白居みたいに二十八歳だったらなあ」

「いやいや、二十五歳も二十八歳も、世間一般からすれば全然変わらないから」

「君みたいな泰然自若とした人格円満な冷血者こそ、第一線の新任課長に出るべきだよ」

「えっ、今しれっと非道《ひど》いこと言わなかった？」

「いや全然。天河は人事課スマイルのまま、平然と人殺しができるタイプだろ？」

僕はまだ二十五歳、天河はまだ二十六歳で、ともに警察官僚四年生でしかないけど……僕には充分な予感があった。これまでに名前の出てきた同期は、たまたまだけど、これすべて東大法学部出だ（むろん同期には京大出も早大出もいる、念《ねん》の為《ため》）。そして国家公務員I種試験をパスした上、それよりも厳しい警察庁の採用面接をパスして今ここにいる。

世間一般からすれば誰もが『エリート』なんだろう。

ただ僕はそうは思わない。これは本気の本音で、まったく、全然そうは思わない。

――このことを考えるとき、僕はいつも将棋の世界を思い浮かべる。ようやくプロになった新四段も、ヒエラルキーの頂点に立つ九段も、誰もが世間一般でいう『天才棋士』だ。ただ、その鬼神のような天才たちの中でも、神に愛されたというか、他のあらゆる天才をぶっちぎりで超越したバケモノがいる。名人とか竜王とかになれるバケモノが。そんなバケモノは、もう新四段の頃から分かる。だから僕らの世界でも、東大出の天才、京大出の天才といったところで、その中で――熾烈《しれつ》な競争などするまでもなく――カンタンに序列は決まるし、最初から警察の神様に愛《め》でられて輝いているバケモノは分かる、痛いほど。必ず警察庁長官とか警視総監とか内閣官房副長官とか内閣情報調査室長とか内閣危機管理監とか宮内庁長官とかになるバケモノは。

……僕はどうやら、それじゃない。

そして天河はどう考えてもそれだ。

「あっ司馬、その顔はまたウジウジと、自分の座る椅子はここには無い――なんてへっぽこ詩人みたいなこと考えているんだろ？」

「何度も言っているけど、僕は君と違って凡人だからね」

「あっは、ピアノをやってトランペットを吹いて、ヴェルレーヌとワイルドを原書で読む凡人が何処《どこ》にいるんだよ」

「トランペットじゃないよ、ホルンだよ。それに今読んでいるのはチャーチルだし。しかもそれって、警察組織とも新任課長とも全く関係ないじゃん？」

「いや、今期入校の総代としていえば、『君が代』の伴奏を録音してくれるのは実に有難いし――」

あと個人的にいえば、海外留学前に司馬の『ラ・カンパネラ』が聴けるのは嬉しいな。

――おっと、現時刻、午後〇時三〇分ジャスト。そろそろ撤収するか」

「了解……」

あっ、伝票はいいよ、確か今日は僕の番だ」

「ささやかな餞別《せんべつ》さ」天河は素敵に笑った。「来週はもう、ここへ一緒にくる時間は取れないだろうから」

「でも卒業式前に、ゆっくり夕飯をとろう。さもないと二年は会えない。海外留学は公務出張。満期前に帰れるのは親が死んだときくらいのもの——だろ？」

「解った」

天河はまた素敵に微笑《ほほえ》むと、僕につきあって紡《つむ》いでいた紫煙《しえん》をスッと消した。

僕は駆け出す準備をした。煙草の長い長い灰が、小さな銅製の灰皿にぽとりと落ちた。

5

同日、午後一時二〇分。

警察大学校、警務教養部長室前。

建制順《ケンセイジュン》に——この場合は『名簿順』という意味しかないが——同期が次々と呼び出される。午後〇時五〇分の本鈴とともに、誰もが待機していたホーム教場から呼び出される。カンタンにいえば、HRから職員室に呼び出されるイメージでいい。

僕のターンは、主観的にはたちまちやってきた。

だから今、ホーム教場からスタスタと『職員室』にやってきた。

僕は常に開放されている警務教養部長室の前で微妙に威儀《いぎ》を正し、ネクタイの結び目と官品《カンピン》の靴のテリ、そして制ズボンの折り目の鋭さを確認してから、警察礼式どおり、やにわにドアをノックする。そしてそのまま声を張り上げる――

「司馬警視入ります!!」

「どうぞ」

――職員室たる警務教養部長室には、もちろんその主《あるじ》、田崎警務教養部長がいる。そして僕らの担任教官である、植木教授もいる。ふたりは応接卓のソファに座している。

といって、それだけでは特に緊張すべきこともない。警察は個々面談が大好きだから、こんなスタイルの呼び出しは無数にある――特に入校中は。

ただ……

(さすがに今日は緊張する。

ああ、最初の地方勤務先を命ぜられたときと、最初の本庁勤務先を命ぜられたときも、確かこんな感じだったなあ。不幸中の幸いは、田崎警視長も植木警視も、我が社では実にめずらしい、温厚篤実《とくじつ》タイプだってことだ……)

「ああ司馬君」その田崎警務教養部長が微笑んだ。「どうぞ座って」

「司馬警視座ります!!」

「で、さっそくではあるけど――」

「はい!!」

ひさびさに警察官らしいハキハキさを発揮し続けていると、田崎警視長の目配《めくば》せを受けた植木警視が、補佐官として実務的な命令を発した。といって、植木さんは実は旧知の先輩である。個人的に飲んだ機会も幾度となくある。そうでなければ、新任課長などとっくの昔に務め上げたこのベテラン警視に、かなり気後れしたことだろう。

「じゃあ内示な。

司馬にはさ、愛予県に行ってもらうから、躯に気をつけて頑晴《がんば》れよ……

じゃなかった、くだけすぎたな、ええと――こほん、司馬警視。

司馬警視には、平成一一年八月六日付《ヅケ》をもって『愛予県警察本部警備部公安課長を命ずる』」

「……ありがとうございます。

警察庁と――愛予県の名を貶《おとし》めぬよう、精一杯努めます」

「司馬君なら大丈夫でしょう」紳士然とした田崎警視長がいう。「敢えて言えば、白居君の図太さと足して二で割りたいところですが、立場が人を作るからね。そしてもう、私は必要な講義を終えたので、この期《ご》に及んで、特段の新しい訓示はありません――最後の繰り返しをすれば、何よりもまず次席さん・次長さんの信頼を得、その諫言《かんげん》を守りなさい。そして乞い願わくは、早めに課内を掌握して、警察庁も吃驚《びっくり》するような実績を挙げなさい――これからは実働員ではなく管理職であることを、だからマネジメントの実が問われることを、日々意識しなさい。自分が動いていればよい幼年期は終わりです。

　植木君からは何かありますか？」

「いえ、司馬は警備局《ビキョク》の生え抜きですから、実務的な心配はありません。実際の、現場のオペレーションとなると、それは未経験ですが……信頼できないとあらば警備局《ビキョク》の方で排除したはずですから、そこは期待の新人いや新任課長ということで。

――ええとそれで、確認だけど、司馬は単身赴任だよね？」

「はい植木教授。妻が身重で、出産が九月ですので……」

「……ああそうか、そうでしたね」田崎警視長が頷《うなず》いた。「今日が七月の三〇日で、確か予定日が」

「九月の六日だか七日だかになります」

「奥さんも司馬も」植木警視が訊いた。「愛予県には全く無縁？　いや身上書の記載からすればそうなんだけど、遠縁の人とか友達とかは」

「考えうるかぎり、全くの無縁です教授。瀬戸内海に面した、レトロな温泉街が有名な、蜜柑《みかん》が美味《おい》しい県――そんなイメージしかありません」

「それじゃあ、奥さんの体調を考えれば単身赴任しかないか。引っ越しも遠距離で大事《おおごと》だし――しかも我が社は一週間以内の縛りがあるし――新しい官舎にも職場にも、いや街でもいろいろ気を遣うからな。それに出産後も、まさか生まれ立ての赤ちゃんを連れて飛行機というわけにもいかないし」

「年内には赤児ともどもを呼び寄せようと思っていますが、取り敢えずはひさびさの独身生活をと」

「それに関係して司馬、あとは庶務的な連絡になるけどさ——

　関係先への挨拶の警電《ケイデン》はもちろんとして、次席さんか次長さん……ええと、愛予県警察だと『次長さん』だったな……とにかく女房役をやってくれる警視さんに、連絡を。もう内示は先方にも伝わっているから、直接警電を架ければ話はすぐ通る。

　取り敢えず引っ越しを急がないといけないから、官舎の住所とか間取りとかが必要だ。あと、着任はもちろん八月六日だから——要は八月六日からはすぐさま愛予県の公安課長として仕事をすることになるから、当座のスケジューリングを詰めて共有しないといけない。このあたり、書面がかなり必要になるだろうから、警務教養部の警電ＦＡＸを自由に使っていいよ」

「ありがとうございます」

「あと、そういえば、警備企画課の理事官が急いで登庁してくれって言っていたな」

「恵庭《えにわ》理事官ですね。解りました。

取り敢えず警電で絡《ラク》を入れて、できるかぎり急いで本庁に行きます」

──さっそくバタバタし始めた。まだ何もしていないが、タスクは山積みだ。

「では部長、教授、これでいったん失礼します。ありがとうございました」

「まだ卒業式があるけどな」

「躯に気を付けて」田崎警視長がいった。「よい指揮官になってください」

「はい、司馬警視退《さ》がります‼」

6

ホーム教場《きょうじょう》で同期に内示の内容を伝えると、歓声と罵声《ばせい》が飛んだ。

といって、まさか激励とか非難とかではない。人事トトカルチョの蓋《ふた》が開いたからだ。

（さて、誰がいくら儲《もう》けたのやら）

──僕は苦笑しながらホーム教場を出、そのまま校舎廊下の端《はし》に向かう。

警察庁で勤務をしていればデスクに警電《ケイデン》があるが、入校してしまえば個人用の警電などなくなる。だから共用の警電が、いってみれば公衆電話のように、各階廊下の端あたりに置かれている。全国警電帳が吊《つ》ってあったり、ささやかな仕切りでブースのようになっているのが、いかにも公衆電話っぽい。

僕は二台置かれていた共用警電のひとつを採り、さっそく全国警電帳の『愛予県警察』のページを開いた。取り敢えず先制的に挨拶をしなければならないのは——まあ先方のほうが偉いから事情は先刻御承知のはずだが——社長の〈愛予県警察本部長〉、副社長の〈愛予県警察本部警務部長〉である。無論このふたりはキャリア。ゆえに官僚としても大先輩となる。実際、社長の階級は警視長、副社長の階級は警視正だ。

　そしてキャリアといえば、まさに僕の前任者となる〈愛予県警察本部警備部公安課長〉にも、すぐ架電しなければならない。ちなみに前任者は二年先輩で、これまた旧知の仲だ。さらにちなみに、宇喜多《うきた》さんというイケメンだ。あと愛予県警察だと、〈愛予県警察本部刑事部捜査第二課長〉もキャリアだけど、そしてこれまた二年先輩で旧知の仲だけど、警備と刑事は部門が異なるので、超特急の、かしこまった挨拶まではいらない。旧知の先輩に対する、礼儀としての挨拶でよい。最優先で警電攻勢を仕掛けなければならないのは、縦ラインの上官と、意味のある引継ぎが必要な前任者である。

　ここで、縦ラインの上官には、キャリアでない人もいる。担当役員の〈愛予県警察本部警備部長〉さんがそれだ。階級は警視正。ノンキャリアで警視正ともなれば、地元のボスキャラのひとりと考えてよい。そういう意味でも、最優先の警電は不可欠だ。

　……ここまでで既に話はかなり錯綜《さくそう》しているが、要は、
　僕は、八月六日から愛予県警察本部の〈公安課長〉になる

から、僕＝司馬警視は、八月六日付《ヅケ》をもって①社長で最高指揮官の〈警察本部長〉、②副社長で筆頭役員の〈警務部長〉、③部長で担当役員の〈警備部長〉といった偉い人の直属ラインに入ることとなり、よって当然
④前任者の宇喜多〈公安課長〉は、八月五日をもって愛予県警察本部を去ることになる。そして、新任課長がこれら上官等へ直ちに挨拶をしないとなると、警察ではもはやスキャンダルだ。我が社は階級社会で、実力装置であり実力部隊なのだから。
（それにしても、宇喜多さんはともかく、顔も声も知らない人々に、いきなり営業トーク全開の電話をしなければならないとは……）

……いや、気後れしている暇《いとま》はない。文字どおり一分一秒もない。何故《なぜ》と言って、新たな上官たちが皆《みな》在席しているとはかぎらないし、植木教授からも助言されたとおり庶務的なやりとりが山積しているし、あと警察庁の理事官からも呼び出されているし、それよりも何よりも、電話攻勢を掛けるべき相手方は右の人々に限られないからだ。

（偉い人ばかりに媚《こび》を売ったヒラメキャリア――なんて悪評が立ったなら、僕の二年はいきなり座敷牢《ざしきろう》だ。

そうすると、一定の部下と、同僚課長の方にはやはり挨拶をしておかないと）

僕は急いで警電帳を瞳《め》で追った。また備忘録を開き、メモを書きまくる。

——僕が八月六日から仕事をする愛予県警察本部警備部には、どうやらおふたりの同僚課長がいるようだ。各都道府県警察のどの部にどんな課があるかは、実は各都道府県警察でかなり異なるから、警電帳は実にありがたい。

（ええと、同僚の所属長《ショゾクチョウ》の方は……⑤〈警備課長〉さんと⑥〈機動隊長〉さんのふたり。これはどう考えても警視だ）そのあたりの相場は警察官なら解る。（すると、既に理屈じゃないけど、部下であっても警視の人には架電しておいた方がよさそうだ。そこで公安課の欄をさぐるに、植木教授から助言があった、⑦〈公安課次長〉さんと⑧〈公安課管理官〉のふたり、これがどう考えても警視ポストだな）

これでもう八人。

（警察庁の理事官をちょっと遅らせるとしても、三〇分そこそこは掛かる、電話だけで）

僕はいよいよ警電の受話器を採り、会話の段取りを必死に……滑稽《こっけい》かも知れないけどそりゃ必死にもなるよ……考えながら番号をプッシュしてゆく。

以降約三〇分の会話、概《おおむ》ね次のとおり——

『御多用《ごたよう》中大変恐れ入ります。警察庁警備企画課の司馬警視と申します。このたび東山《ひがしやま》本部長の下で公安課長を務めさせていただくことに……』

『おう、おう、そうだった、内示だった。話は聴いている。改めて、本部長の東山です、よろしく頼む――

というか司馬君、司馬君は白居の同期だろう？　俺が交通規制課長のとき、アイツ交規の見習いでさ、アイツときたら』

『あっひょっとして、白居の武勇伝――課長随行《ずいこう》の出張に寝坊で遅刻して、なんとまあ、課長をおひとりで新幹線に乗せたとかいう武勇伝は……』

『それやられたの俺だよ、あはは、あは。

いや、君の期はおもしろい。これから頼むぞ。わざわざ電話ありがとう。ちょっと気懸かりな仕事もあるが、信頼して任せたいと思っている。詳細は辞令交付のとき話そう』

『御多用中大変恐れ入ります。警察庁警備企画課の司馬警視と申します。このたび澤野《さわの》警務部長の下で公安課長を務めさせていただくことに……』

『ああ、そうらしいね～、いやわざわざどうも～。

この県も東山サンもね～、ちょっと難しいからね～、まあ時間ができたら警務部長室に遊びに寄ってよ、話しておきたいこともあるからさ』

『御多用中大変恐れ入ります。警察庁警備企画課の司馬警視と申します。このたび渡会《わたらい》警備部長の下で公安課長を』

『おお、あんたがシバタツさんか!!

今はバタバタしとろうに、わざわざすまんです。愛予で警備部長をやっとる渡会です。いやカズヒロがの、ああ違《ちご》た、あんたの先輩の宇喜多がの、『司馬君なら大丈夫です、安心して離任できます』――ゆうて太鼓判《たいこばん》を押しとりました。儂《わし》もあと一年はこのポストにおろうけん、あんたと一緒に仕事するのが今から楽しみぞな。

確か、来週半ばには引継ぎをやるゆうてカズヒロがせっせこ書類作っとったけん、すぐに会えると思うけんど。マアひとつ、我が愛予県の警察官を鍛えてやってつかあさい』

『御多用中恐れ入ります。警察庁警備企画課の司馬警視と申します。このたび、お隣の公安課長を命ぜられましたので、警備課長さまに御挨拶をと思い……』

『警察庁の、警備《ビ》企《キ》画課の……司馬警視……ああ!!　宇喜多課長の御後任の!!

大変失礼しました、愛予の警備部で警備課長をやっております光宗《みつむね》でございます。隣の部屋の課長でございます。宇喜多課長には日々御指導を頂戴《ちょうだい》しました。司馬課長からも何卒《なにとぞ》御指導・御鞭撻《ごべんたつ》のほどを。わざわざの警電、たいへん恐縮です』

『御多用中恐れ入ります。警察庁警備企画課の司馬警視と申します。このたび、同じ警備部の公安課長を命ぜられましたので、機動隊長さまに御挨拶をと思い……』

『ああ、聴いとる聴いとる。二十五歳の活《い》きのいいのが来よるゆうて、公安課もマア騒がしゅうなっとりますわ。改めて、機動隊長の迫《さこ》です。ゆうても儂、やさぐれた刑事出身やけん、ハイソな公安課のことはよう解《わか》らんですけんど、ひとつよろしく』


『あっもしもし宇喜多課長‼　御無沙汰《ごぶさた》してます司馬です～』

『あっ司馬君、ホント御無沙汰‼　じっくり話すのって、実は採用面接以来？』

『かも知れません。私、宇喜多さんと入れ違いに警備局に入りましたから』

『とはいえ、我が社は異動サイクルからして隔年《かくねん》で縁が深くなるから、二年後輩の司馬君が来てくれるのは嬉しいよ。あっ出崎《でざき》も憶《おぼ》えている？　僕の同期の』

『はい、出崎さんにも宇喜多さん同様、採用面接のとき親切にしていただいたので。ビールより、いきなり日本酒かいきなりワインの出崎さん――出崎さん今、そちらの捜査二課長でいらっしゃいますよね？』

『うん、出崎も司馬君が来るって知って、楽しみにしていたよ。アイツはたぶん、次の春までは愛予にいるだろう。御指摘のとおりの酒豪なわりに、知ってのとおり人格者だし、いろいろ頼るといい――

もちろん僕も引継ぎはちゃんとするよ。早速だけど司馬君、来週の予定はどんな感じ？

悪いけど慣例どおり、着任前に一度こっちへ来てもらって、まあその、オモテの引継書には書けない密談をしなきゃいけないから。あともちろん、金庫や文書の確認もあるしね』

『来週は警大の卒業式があるくらいなんで、宇喜多さんの御予定に合わせます。

あっいけね、しまった、自分のことばっかりで……

宇喜多課長、警察庁外事課課長補佐への御栄転、おめでとうございます!!』

『あっは、有難う。でもめでたいかねえ……また霞が関ライフを満喫できるとは……

正直、できることなら司馬君と立場を入れ換えたいよ。愛予はホント、いいとこだから。

それじゃあ引継ぎの日程その他諸々《もろもろ》を、ウチの宮岡《みやおか》次長とすりあわせてみてよ』

『了解です、あとおひとり終えれば宮岡次長まで到《たど》り着けそうです』

『昔っから律儀《りちぎ》だね。あっは、タイミングは任せるよ。それじゃあ』

『もしもし、宇喜多課長の後任を命ぜられた司馬ですが、藤村《ふじむら》管理官卓上でよろしかったですか？』

『アッ新課長……司馬課長ですか。

公安課で管理官をしとります藤村警視います。何か御下命《ごかめい》でしょうか？』

『あっいや、なんというかその、ぶっちゃけ顔見世《かおみせ》興行《こうぎょう》……じゃないな、純然たる挨拶です』

『わざわざ儂なんかに、そがいな……

いえ、有難うございます新課長、これからどうぞよろしくお願いいたします』

7

『もしもし、警電遅くなって大変申し訳ありません。宇喜多課長の後任を命ぜられた司馬です。宮岡次長卓上でよろしかったですか？』

『来た来たっ、いやあ、手《て》薬煉《ぐすね》ひいてお待ちしとりました……

そして、おめでとうございます!!』

『あ、ありがとうございます!!』

『いやもう、今か今かと、煙草を吸うのも忘れとりました。

改めまして——これから約二年、司馬新課長にお仕えさせていただきます宮岡公明《きみあき》警視です。どうぞよろしくお願い致します』

『こちらこそよろしくお願いします、宮岡次長』

『さっそくですが、何事もまずはしみじみした話からです、司馬課長。ましで当課の庶務嬢が──愛予県警察でも一般職員のエースと呼ばれる彦里真由美《ひこさとまゆみ》ゆう庶務嬢ですが──次長早《は》よせい、次長早よせいと私の方を睨《にら》んどりますんで、最優先事項を、できるだけ限定してお話ししますと──

課長の制服一式、それから出動服・礼装を、当県で改めて用意せねばなりません。確か採寸表があるはずですが』

『ああ、それなら警大にも備企にもあります。すぐ準備してFAXで送りましょう』

『では当課の警電FAX番号はかくかくしかじか……

あと身上書。警察庁でお書きになったものの写しを、一緒にFAX願います。それでメディア用の、職歴と御年齢が分かる。転入手続その他用の、現住所とお電話番号も分かる。奥様お子様のお名前も分かる……ああ、それから警察共済組合関係の書類、これは現物を警察庁支部から当県支部へ逓送《テイソウ》していただく必要があるらしいんです。これまた、こちらで新たに保険証をお作りしないといけませんので。

ちなみに異動の玉突《タマツ》きでも確認しとりますが、課長の名字、これ司令官の司にホースの馬──要は普通の漢字で間違いありませんか？』

『そうです、ノーマルなツカサウマで』

『下のお名前はタツでのうて、トオル』

『そうです、トオル、シバトオル』

『トオルは達成とか到達とかの、これまたノーマルな達』

『まさしく。通達の達で一点しんにょう』

『シバトオル。シバトオル。これまた、ゴルフにええ名前やなあ……

あっすみません、取り敢えずゴルフは先々の話として、これからすぐ課長の決裁用印鑑をお作りしますので』

『あっなるほど、それで漢字の確認なんですね』

『まさしくです。

あと大事なのはお引っ越しですね。私がこれから業者を手配しましょうか？』

『いえそれはさすがに……今夜にでも妻と相談して、できるかぎり急いで業者に頼みます』

『そうしましたら、当課から課長官舎の見取り図をＦＡＸしますんで、家具の置き方等の御参考にしてください。ゆうても、しょーもないアパート式の警察官舎で、巡査部長や警部補が住んどるような、一棟だけの団地ですけんど。お部屋も畳六畳の３Ｋで、風呂はガス式。建物の名前もまた〈清水荘〉ゆう、何ともひねりのない奴《やつ》で……ちょうど今、新しい所属長用官舎を建てとる最中なんですけんど、しかもそれは戸建ての小綺麗《こぎれい》な二階建てなんですけんど、なんとまあ、来年にならんと落成せんのです。間の悪いことで大変申し訳ございません』

『いえ、アパートの方が気楽でいいですよ。実は年末くらいまで、単身赴任をする予定なので。

それ以降、妻と赤ん坊が来たところで、一軒家もマンションも要りませんし』

『了解しました課長。

ほしたら見取り図のFAXに、そこの住所と、部屋の警電番号を付記しておきましょうわい――

ああ、いけん。いちばん大事なことを……課長の携帯番号を頂戴してよろしいですか？』

『あっそれ私も忘れていました。携帯電話って、まだなかなか慣れなくて』

『課長はポケベル世代ですか？』

『ぎりぎり違うかなあ。警察官を拝命《ハイメイ》したあたりから、ちょうどDoCoMoさんがたくさんの携帯電話を出し始めて……実は、仕事でポケベルを持ったことないです』

『うわ、新人類ぞな。

デジタルネイティヴゆう奴ですね？』

『い、いやそれは全然違うような……あっすみません私にも、宮岡次長の番号をお願いします。

かくかくしかじか、かくかくしかじか、と』

『さて、そうすると……そうじゃ、あと、宇喜多現《げん》課長とのお引継ぎ。

ただ、実は宇喜多課長、大事な検事協議と事件決裁がありましたけん、離任の挨拶回りスケジュールが、かなり後ろ倒しになっとりまして……来週の月火は警察署回りの真っ最中なんです。しかも、来週の木曜日は御自身、警察庁での引継ぎがおありになるそうで。

すると、ほとんどギリギリのタイミングで申し訳ないですけんど、ピンポイントで、来週の水曜しか予定が空かんのですぞな』

『宇喜多課長は何時《いつ》、愛予県を発《た》たれます？』

『来週水曜日、一四二〇《ヒトヨンフタマル》の便で離県されます』

『なら私、来週水曜日の早朝便で、いったん愛予県に入りますよ。

そうすれば水曜の午前中、宇喜多課長とじっくりお話しできるでしょう』

『ではもう、いっそのことそのまま、御着任日の金曜までいらっしゃっては？　水曜からの宿などすぐに手配できますし。もちろん、金曜からは官舎をお使いいただけますし。

というのも、司馬課長。

司馬課長は、木曜の夜には愛予県におられんといけんのです。なんでかゆうたら、そうせんと、御着任日の〇八三〇《マルハチサンマル》――要は勤務時間開始までに課長卓へ就くことができませんけん。当日金曜にどれだけ急いだとしても、飛行機の始発が当県に到着するのが、まさにその〇八三〇《マルハチサンマル》ですけんね。まさか、御着任の日にいきなり課長を御遅刻させたとあっては、私、本部長公舎の裏門で切腹せんといけん……』

『いきなり切腹は困りますね。もちろん着任日に遅刻する予定はありませんが……ただ、水曜はいったん東京に帰ることにします。警察庁のことも、妻のことも、妻を預ける義理の親のことも気になりますし……そもそも、引っ越し便の送り出しが終わっているとは限りませんから。

するとは必然的に――水曜は愛予県に日帰りをし、また木曜に、今度は約二年を過ごすため愛予県に向かうと、こうなるでしょう』

『ここで、課長は警察庁の方《かた》ですけん、重々御承知とは思いますが……』

『ああ、当然日帰りの分は私費ですよね。まさかそんな出張旅費も赴任旅費も出ない。これ、いい慣習とは思えませんが、我が社は異動も引継ぎもまあ、特殊だから……もっといえば、我が社の全国異動なんて、必要額の五〇％以上は赤字、自腹だからね』

『……私がまだ巡査部長や警部補やった頃は、なんとまあ、新課長が決まったら即座に課員を複数名上京させて、鞄《かばん》持ちと露《つゆ》払いの大名行列を編制したそうです、むろん公費で。新しい指揮官に恥、掻《か》かせられんゆうて。愛予県の沽券《こけん》に関わる、ゆうて』

『昭和だなあ』

『昭和ですねえ。

ゆえに平成を生きる我々としては、その、清く正しく美しく……司馬課長には日帰り代も引っ越し代も泣いていただくとして、あとは……

今現在、庶務係等を総動員して、〈新旧課長交代スケジュール対照表〉〈司馬新課長着任日《び》御日程表〉〈司馬新課長辞令交付式式次第《しきしだい》〉〈司馬新課長御着任挨拶《あいさつ》先一覧表〉等を猛烈な勢いで作成させておりますので、しばしの御猶予《ごゆうよ》を願います課長』

『な、なんだかすごいことになってきたなあ……』

『いえ、我々にとっては指揮官の交代ですけん。二年に一度の祭りでもあります』

『つ、通常業務に支障のない範囲で……』

『――オーイ彦ちゃん!! あと何か新課長にお願いすることあったかな、もし!?

あっそうだ、印鑑、印鑑じゃ。はあ、どっちが次長でどっちが係員か解らんぞな……

で、司馬課長、大変恐縮ですが、給与厚生関係の書類はもう、おいでいただく水曜日に作成してしまいます。ほやけん、今警察庁でお使いになっておられるハンコ――象牙《ぞうげ》でも三文《さんもん》でもかまいませんので、とにかくあるだけ御持参いただければと。また、課長に深い執拗《こだわ》りがなければ、給与振込用に、愛予銀行の口座も作ってしまいます。県職員はすべて愛予銀行と決まっとりますんで。それ用の御印鑑も、もしあれば』

『了解しました』

『そんなこんなで、御着任前も御着任後も、それはもうバタバタしますけんど、ひとつよろしくお願い致します新課長』

『こちらこそ、お祭りにしてしまって……まだ宇喜多課長がおられるのに恐縮ですが、さっそく今日から支えてくれて助かります。これからもどうか支えてください、宮岡次長』

『それは、い、い、い、いけません』

『……は？』

『あっしもた、また地《じ》が出てもうた……いえそのあたりは、また御着任後に』

8

『あっ恵庭《えにわ》理事官、法令係の司馬でございます。お電話遅くなり申し訳ありません。遅まきながら、愛予県警察本部公安課長の内示を頂戴しました。ありがとうございます』

『ああ司馬君、どう、課長としての赴任は？　最初に警察署へ行ったときとは全然違うでしょ？　いや、懐《なつ》かしいなあ。僕は富山の公安課長で出てねえ……もう十五年ほども前になるか……

おっと、感慨に耽《ふけ》っている場合じゃないな。今まだ警大なの？』

『はい、ただ警大でできることは終わらせましたので、直ちに本庁に向かいます。御案内のとおり、所要三〇分前後で五階の理事官卓前に出頭できます』

『あっ、実は呼んだのは僕じゃない──

いや正確には僕だが、君に用がある理事官は五階の僕じゃない……といえば解《わか》るね？』

『──では、鷹城《たかしろ》理事官が？』

『内緒内緒の話があるって、あっは』

『すみません恵庭理事官。私は飽くまでオモテの警部だったので、鷹城理事官のいらっしゃる場所すら存じ上げないのですが……』

『ええ～、司馬君が～？　警備局生《ビキョク》え抜きなのに～？　警備企画課員なのに～？　この情勢下、愛予に送り込まれるのに～？

それは流石《さすが》に嘘だと思うけど、まあ、タテマエとしてはそうでなくちゃいけないよね。

そして大丈夫、鷹城理事官の方から迎えを出す──って言っていたから』

『大変恐縮な話ですが、あちらを御訪問するとすればそれしかありませんね……取り敢えず何方《どちら》へ参りましょう？　恵庭理事官のところでお待ちすればよいですか？』

『いや……そうだな、司馬君煙草《たばこ》大好きだし……ああ、警視庁入って一階すぐの喫煙所にいればいいよ。自販機のとこのアレ。そこで、今から四〇分後くらいに迎えと合流できるよう、鷹城君には連絡しておくから』

『お心配り、恐れ入ります』

『恐《こわ》い恐い話かもよ？』

『いや冗談抜きで恐いですよ、手の震えが止まりません』

『何処《どこ》が冗談抜きなんだ……ま、それならそれでいいけど、鷹城君との怪談話が終わったら、口直しに僕のところにも来てよ。警備企画課長ともども、ちょっとした訓育《クンイク》と、ちょっとしたおみやげがあるからさ』

『司馬警視了解です!!』

『あと、タイミングは任せるけど、警備局内の各課長・各府令職《フレイショク》のところも回ってね。これまた御訓育と、ひょっとしたらおみやげがあるかも知れないから。

それに、確か愛予の公安課長は、右翼以外すべてを担当しているはず。ならもう一度、偉い人に顔を売っておいて損はない……各県の年間表彰は、詰まるところ警察庁課長賞・局長賞の積み上げだからね』
『アドバイスありがとうございます、理事官』

9

——ひとつの部屋を思い浮かべて！
僕が愛する小説にあるフレーズだ。アシモフの小説。一九五三年の古典的SFだけど、僕は古典的本格ミステリとしても傑作だと思っている。そして、このフレーズに感銘を受けたわけではないが——それはそうだ、これだけでは何のことやらサッパリ解らない——でも、このフレーズが気に入って気に入って仕方が無い。とりわけ、警察官になってからは。いや、警察庁五階の警備局《ビキョク》入りしてからは。あまりに気に入っているので、学生時代に読んだ英語の原書、それからフランス語の訳書でこのフレーズを確認し、その次の段落と一緒に暗唱してしまっているくらいである（このあたり、同期の天河に嘲弄《からか》われる所以《ゆえん》だろう）。ちなみにこのフレーズに次の一段落を加えると、僕の言いたいこと、これから言おうとしていることが、やや明確になるかも知れない。

僕はそれを今、脳裏で暗唱してみた……

Consider a room!
The location of the room is not in question at the moment. It is merely sufficient to say that in that room, more than anywhere, the Second Foundation existed.

Supposons une salle!
Le siège de cette salle n'est pas ce qui nous occupe en ce moment. Il nous suffira de dire que dans cette salle, plus qu'ailleurs, la Seconde Fondation existait.

ひとつの部屋を思い浮かべて！
当面、その部屋がどこにあるかは問題ではない。ただ、他のいかなる場所よりも、その部屋の中に第二ファウンデーションが存在していると、いっておけば充分だろう。

……僕もまた、今、ひとつの部屋の中にいる。そして当面、この部屋が何処《どこ》にあるかは全然問題じゃない。しかしその部屋の中にあるのは、アシモフが第二ファウンデーションと名付けた諜報《ちようほう》機関と、極めて近似した存在である（実はくだんのＳＦは、Spy-Fiction でもある）。

僕は警視庁一階の、法務省側の喫煙所からここにやってきた。迎えに来てくれた警部さんに導かれて。その警部さんは、僕と同じ警備企画課員だ。これまで五階廊下や警備企画課長室前で、幾度か顔を見掛けたこともある。特徴的な黒い鞄《かばん》を携えたその姿と、幾度かすれ違ったこともある。ただ、無論会話をしたこともなければ、そもそも一緒の大部屋で勤務をしたことがない。だから今日この日までは、ある種の推測を……まあかなりガチな推測ではあったが、ともかく推測にしか過ぎないことを……感じていただけだ。

ああ、あの人は〈八十七番地〉のひとなんだなあ、と。

そしてその推測は、当人との、長い道中の会話によって事実となった。おもむろに警視庁を出、警察庁からもぐっと離れたここへの長い道中で、僕らは互いに初めて会話をしたのだ。念の為に言えば、僕らは同じ警備企画課員である――

「司馬課長でいらっしゃいますか⁉」

「あっ、はい司馬です」

「お疲れ様です!!」その警部さんはまるで僕の部下のように深く室内の敬礼をした。「お顔は以前から存じ上げていたのですが、これまで御挨拶もせず申し訳ありません。鷹城理事官の下で勤務しております山内《やまうち》警部であります。これからどうぞよろしくお願い致します」

「あっいえこちらこそ……というか私、御案内のとおりつい先日まで同じ警部でしたから、そんなに腰を低くされては困ります。

大部屋での諸々《もろもろ》のマヌケぶりは、きっとそちらにも伝わっているでしょうし」

「何を仰有《おつしや》いますか。鷹城理事官も今度の人事で安心しておられます。この情勢下、愛予で頑晴ってもらうなら司馬課長しかあるまいと——鷹城理事官とはどこかで御縁《ごえん》が?」

「鷹城理事官が警視庁で教養《キヨウヨウ》課長をなさっていたとき、私、ちょうど警察官一年生で、警視庁の渋谷警察署に出ていたものですから。そのとき大変お世話になりました。あとは、そののち鷹城理事官が本庁の薬物対策課で理事官をなさっていたとき、私、警察官二年生として同じ生活安全局で廊下鳶《ろうかとんび》をしておりましたもので……そのときにも、大変目を掛けていただいたものです」

……僕がより正直ならば、鷹城理事官と僕の関係について、もう少し付け加えるべきこともあったのだが――まあ僕は正直じゃないし、それは公《おおやけ》の道で雑談すべきことでもない。結果として僕が発言を締めると、山内警部はキレイに雑談を続けてくれた。このあたり、やはり警備部門の警察官である。ソツが無い。

「ははあ、成程《なるほど》。もうそのような御縁があったんですね。それであの鷹城理事官が、あんなにも喜んでおられたのか……

といって、実は私も、個人的に大変喜んでおります」

「えっ、というと？」

「司馬課長、今日の今日まで碌《ろく》にお言葉も交わさなかった身で、まこと無礼極まるのですが……

実は私、愛予県警察からの出向者でして」

「うわっ、なんと」そういうことか。「じゃあ、愛予県警察から地獄の三年奉公《ぼうこう》に来たと」

「まさしくです。終電終電また終電、徹夜徹夜の三年奉公。

しかも――もう警電でお話しになったかも知れませんが――私、、あの宮岡警視に警察庁行きを命ぜられまして。その奉公先が、鷹城理事官のところだったという訳で」

「うわ、そうだったんだ!!」

警察庁から都道府県警察に赴任するキャリアもいれば、都道府県警察から警察庁に赴任するノンキャリアもいる。我が社ではアタリマエのことだ。だが、なんとまあ、あの宮岡次長、鷹城理事官のところに出向者を送り込んでいるとは……いや、送り込めているとは。

（宮岡次長、警電では陽気でトボけた感じだったけど、かなりの遣《や》り手《て》なんだな。そして）

警察庁出向を命ぜられるのは、実務・試験ともに優秀な『県代表』なのである。

「――そうすると、山内さんも将来を嘱望《しょくぼう》されたエースなんだね？」

「いやいや私は全然。宮岡次長が一〇年ほど前、今の私の立場だった頃と比べれば全然です」

（おっと……その宮岡次長もまた、警察庁でもとりわけ隠微《いんび》なところに出向していたと）

そうすると、愛予県警察はあそこに指定席を確保しているのかも知れない。

（ただでさえ、都道府県警察から警察庁に送り込まれるノンキャリアは、地元エースで将来の警視正候補だというのに。よりにもよってあそこのポストを代々維持しているとすれば。それは、愛予県警察の公安課がよほどあそこに信頼されている証拠だ）

「宮岡次長は」山内警部は快活に続けた。「まだ四十九歳なのに公安課次長ですから、要は愛予の警備部筆頭課のナンバー・ツーですから、もう警視正は当確です。そもそも次の異動で、最年少署長になることは暗黙の了解ですし——いえ、愛予県警察全体を眺めてみても、あれだけの人材はいません。不慮の病気《ヤマイダレ》でもないかぎり、筆頭署長・愛予警察署長になるのも、そして地元筆頭・刑事部長になるのも既定路線といえます」

「宮岡次長、そんなにすごい人なんだ……」

「いえ、司馬課長はその上官になるわけですから。あっは、あの若ハゲ頭をポン、と叩《たた》いてやってくだされればいいんです」

（そういえば、警大での講義で、田崎警務教養部長も植木教授もいっていたっけ。東京から課長が来るときは——とりわけ若い新任課長が来るときは——どの県も地元エースを女房役に充《あ》てると。

　そして確かに宮岡次長は、エースだ。警察庁で地獄の三年奉公を勤め上げたうえ、四十九歳で筆頭課の次長。もうじき自身も所属長《ショゾクチョウ》。六十歳のその頃は、警視正・刑事部長で退官。ノンキャリアとしては、出世レースの先頭にいて、もう位人臣《くらいじんしん》を極めることが当然視されている）

　——ましてそのことは、まだまだ年齢的に不確定要素もあるけれど、眼前の人好きする山内警部についても言えることだ。今、鷹城理事官の下で地獄の三年奉公をしている山内警部は、一〇年ほど前の宮岡警視の姿そのものなのだから。

「いやあ、突然、あれこれ親しくお話しさせていただいてすみません司馬課長」山内警部がいう。「お車か地下鉄でもよかったのですが、せっかくの機会ですので、ウチの県の公安課長になられる司馬課長と、少しでもお言葉を交わしたいと思いまして」

「いやそれは全然かまわないです。僕も既にいろいろ勉強させてもらっているし」

もちろんかまわない。全然かまわない。

というか山内警部の仕事を邪魔する気はない。

——要はこれは、最終確認だ。

山内警部は宮岡警視から徹底的に下命《かめい》されているはずだ。僕がどのような人間か、最終的に見極めろと。今後約二年、愛予県の公安課を任せるに足る人間なのかと。

ここで無論、今、山内警部は警備企画課員であり、ましてあそこの警察官である。なら僕のあらゆる個人情報は——学歴、家族親族、居住環境、生活パターン、借財、交友関係、同期同僚との関係、上官の評価、これまでやってきた職務、これまでの赴任先、趣味、娯楽、煙草の銘柄、酒量、食の嗜好《しこう》、性格傾向、信条、政治的思想、口癖、持ち歌、果てはネクタイの好みに至るまで、もうすべて、山内警部から宮岡警視に報告されていること疑い無い。それが警察庁に出向者を出している県の強味である。そうした僕の個人情報など、もはや徹底的に洗い出され、もはや宮岡警視の脳裏に刻まれてしまっている。

だから、今この長い道中で山内警部が僕に語り掛けているのは、そうしたデータからは充分に見極められない、『人柄』『人格』の最終確認のためだ。それも無論、宮岡警視からの下命による。

――そして、傍《はた》から聴けば他愛《たわい》もない雑談の果てに。

10

（ひとつの部屋を思い浮かべて!!）

僕はとうとうその、ドア、の前にいた。

「では司馬課長、長々有難うございました。こちらで鷹城理事官がお待ちです。私などが同席すべき場ではございませんので、私はこちらでいったん、失礼を――あっ、あと私、実は次の春で三年奉公が明けるのです。その暁《あかつき》には無事愛予県に帰り、司馬課長に直接お仕えしたいと思っておりますので、司馬課長からも鷹城理事官に是非《ぜひ》お口添えを願います――あっは」

「あはは、解りました。それは僕も楽しみです。必ずお伝えしましょう」

「差し出た願出《ねがいで》で恐縮ですが、しかしあの宮岡次長も一〇年前、『もう県には帰さない、このまま警察庁に身分換えしろ』――と、それはもう強く迫られたとか。これ、私にとってはもう怪談です、恐すぎます」

「でしょうね。優秀な人を、むざむざ三年で帰してしまうのは警察庁の損失ですから」

「いや東京は三年で充分……あっ失礼しました、無駄話は以上です、どうぞ」

「了解です山内さん。じゃあ今後ともよろしく――」

僕はいよいよ警察礼式どおりのノックをした。そして警察礼式どおりに声を上げた。

「――司馬警視入ります‼」


当面、その部屋がどこにあるかは問題じゃない。

ただ、他のどのような場所よりも、その部屋の中に警察庁〈八十七番地〉が存在していると言っておけば充分だろう……

「ああ司馬君、御苦労さん」

「御無沙汰《ごぶさた》しております、鷹城理事官」

精悍《せいかん》なダルマを思わせる鷹城理事官は、本来、気さくで人好きのする親分肌の上官だ。柔道の猛者《もさ》でもあり、その鍛錬《たんれん》の成果は肉体に現れている。しかし、それは精神の方により強く現れていた。人徳を感じさせる大人《たいじん》の風格は、本来、人を安心させるものだった。

（だが今は……今この時はまるで違う）

今は懇親会《こんしんかい》で親しく指導してくれた教養課長でもなければ、仕事の絡《から》みで無理を聴いてくださった薬物対策課理事官でもなかった。今は演技的なまでに警察庁〈八十七番地〉の理事官そのものだった――そう、演技的なまでに。

「どうぞ掛けてくれ」

「司馬警視座ります」

そして演技的なまでに、蛍光灯は全《すべ》て消されている。部屋のブラインドは全て下りている。盛夏の午後の強い日射《ひざ》しが、どこか灰汁《あく》の強い濁ったオレンジになり、ブラインドを妖《あや》しく燃やしている。在室者も調度《ちょうど》もなにもかも、朱と黒とが作り出す陰《かげ》の中に浮かんでいる。いよいよ舞台の一幕のよう。

――在室者は、四人。

うちひとりは僕だから、〈八十七番地〉側は三人だ。

総員が、巨大な会議卓に座している。

僕の座った真正面に、会議としてはかなりの距離を置いて理事官がいる。

理事官の両翼に、陰の中の影《かげ》のようなかたちで、ふたりのスーツ姿が浮かんでいる。

――重ねて、誰の顔を照らす灯りもない。

僕は雰囲気に飲まれ、思わず喉《のど》を鳴らした。盛夏の喉がごくりと濡《ぬ》れる。

すると。

どのようなタイミングを待っていたのか……

……鷹城理事官が小声でいった。

それは確かにピアニシモだったが、どんなフォルテより明瞭《めいりよう》に響いた。

「これから幾つか質問をする。率直に答えてほしい」

「了解しました」

「服務《ふくむ》の宣誓を憶えているかな」

「はい理事官」

「では今一度《いまいちど》宣誓してほしい――俺に」

「休めのままでよろしいですか？」

「かまわない」

「では――」

『私は、日本国憲法及び法律を忠実に擁護し、命令を遵守《じゆんしゆ》し、警察職務に優先してその規律に従うべきことを要求する団体又は組織に加入せず、何ものにもとらわれず、何ものをも恐れず、何ものをも憎まず、良心のみに従い、不偏不党かつ公平中正に警察職務の遂行に当ることを固く誓います』

「ありがとう。

今の宣誓にやましいところは？」

「ございません、理事官」

「解った。

　では続いて、新たな誓約《せいやく》をしてほしい――俺に」

「了解しました。どうぞ御下命《ごかめい》ください」

「自由、民主主義、基本的人権の尊重及び法の支配を守るという価値観を堅持するか？」

「堅持いたします」

「公共の安全と秩序を維持するため、それを侵害する行為を行い、謀《くわだ》て、又はそのおそれのある団体又は個人と対決する姿勢を堅持するか？」

「堅持いたします」

「警備情報の収集及び整理その他警備情報に関する職務、並びに警備犯罪の取締りに関する職務を遂行するに当たり、これらの職務上知り得た秘密を口外せず、筆記せず、及び譲渡しないことを遵守《じゅんしゅ》するか？」

「遵守いたします」

「それらの秘密を紛失せず、奪われず、及び防護することを遵守するか？」

「遵守いたします」

「それらの秘密を持ち出さず、転記せず、複写せず、及びその存在自体を秘匿《ひとく》することを遵守するか？」

「遵守いたします」

「以上の誓約を、警察官の職を退《しりぞ》いた後も遵守するか？」

「遵守いたします」

「――次が最後の質問になる。

今、君が以上の誓約を遵守できないと考えるのであれば、俺と君との合意によって、君は愛予県警察公安課長の職に就かないこともできる。君はそれを望むか？　このような誓約の軛《くびき》を逃れ、警備部門ではない部門での職を望むか？」

「いいえ、理事官。

私は以上全ての誓約を遵守し、愛予県警察公安課長として赴任することを希望いたします」

「よし解った、いや有難う‼」

11

突然、口調を普段どおりに直した鷹城理事官は、すっかり気さくモードになって、自ら巨大な会議卓をいそいそと起つと、蛍光灯をすべて灯《とも》した。ブラインドは閉ざされたままだったが、室内の様子と列席者の容姿《ようし》を視認《しにん》するにはもう充分――

「いやいや、これで終わりだ、儀式は終わり。

なんだか脅かすような真似《まね》をして、すまなかったなあ。

ただ、やっぱり言葉にして確認しておかないと、君を俺達の仲間として認めることはできないからね。儀式には儀式の意味がある。実際、君も今の誓約を、俺との今日の会話を、死ぬまで忘れはしないだろう、あっは――

そして改めて司馬警視、ようこそ警察庁〈八十七番地〉へ。心から歓迎する」

「ありがとうございます、鷹城理事官」

「いや本音を言えば、『誓約はしない、公安課長はやめる!!』なんて言われたらどうしようかと思っていたんだ、あっははは。

だがこれでもう『死がふたりを離《わか》つまで』だし、『秘密は墓場まで持ってゆく』ことにもなった。俺はもうそれを信じて疑わない。ゆえに、そうだな……

まずは両補佐の紹介から始めようか」

「司馬君、改めまして」理事官の右側に陪席《ばいせき》していた、四〇歳絡《がら》みの警察官がいった。

「鷹城理事官の下で課長補佐をやっています、椎木《しいき》警視です。公理《コウリ》や特対《トクタイ》は僕の担当になる。これからは仕事上、たくさん警電をやりとりすることになるよ。よろしくね」

「私も八十七番地の課長補佐で」左陪席の、椎木警視よりやや年長に見える警察官がいった。「新田《にった》警視といいます。極左《キョクサ》その他の担当だけど、どのみち司馬君とやりとりすることには変わりないんで、ひとつよろしく」

「こちらこそよろしく御指導願います、椎木補佐、新田補佐」

「――もちろん俺と司馬君の仲だ」理事官がいった。「困ったことがあったら、後輩として何でも直接警電してくれてかまわない。特に新任課長ともなれば、この世界、意味不明なことばかりで当然だからな」

「といって、愛予の公安課は優秀ですから――」椎木補佐がいった。「――司馬君が困るようなことはほとんどないでしょう。ウチの山内警部にもフォローさせますし」

「そうだな椎木サン」新田補佐がいった。「理由は全く解らんが、こと公安課に関しては、愛予、石川、富山あたりが小規模県だと実績最優秀だからな……いや、大規模県をも食っちまうか。また、それが歴史的な伝統として固定してしまっている。そりゃジャンルによって強い弱いはあるが、愛予なんて、売上順位で平然と全国一桁《ひとけた》に入ってくる県だしな。何故だろう？」

（そ、そうだったのか。全然知らなかった。そんな優秀県を任せてくれたのか）

「確かに、実績と風土の関係って、警察では謎《なぞ》だよね」椎木補佐が続ける。「謎でないのは――鷹城理事官も恵庭《えにわ》理事官も、あるいは警備企画課長も、警備局生え抜きの司馬《ビキョク》君が可愛《かわい》かったということでしょう。愛予で更に実績を挙げてもらって、次は名門・京都の公安課長か警視庁の管理官に、そしてやがては鷹城理事官のポストに――そういう人材育成ですよね理事官？」

「いや俺に人事権があるわけじゃないから、そこはハキとしたことを言いかねるが――

　俺は司馬君に期待している。それは確実な事実だ。特に、目下の情勢を踏まえればな」

「理事官、それではその目下の情勢等について」椎木補佐がいった。「私からレクを」

「いや、これは司馬君の最優先ミッションでもあるから、まずは俺から概略を話そう。

　――司馬君。

　君がまだ俺達の仲間になる前、そうまだオモテの警部だった頃、もう既に若干のヘルプをお願いしたこともあったが――だから目下の情勢は充分解っていると思うが――改めて確認しておきたい。

　この一九九九年七月現在、我が国における最大の〈治安攪乱要因《チアンカクランヨウイン》〉は何だと思う？」

「〈まもなくかなたの〉です理事官」

「まさしくだ。俺達で言うところの、ＭＮだ。

　ゆえに、君が愛予県で担当することになる公理《コウリ》、15、特対《トクタイ》、極左《キョクサ》、外事《ソトゴト》――要は右翼以外全てだが――いずれの仕事も等しく重要にせよ、そのうち最重要課題は特対《トクタイ》、しかもＭＮ諸対策になる」

……ここで特対《トクタイ》とは、何の芸もない略語で恐縮だが、〈特殊組織犯罪対策〉のことだ。そしてその意味は秘密でも何でもない。法令に規定されている。すなわち警察法施行規則第一条の二〇の二（一九九九年本日現在）――『テロリズムに係る組織犯罪その他これに類する特殊な組織犯罪に関する』警備情報の収集や警備犯罪の取締りが、特対《トクタイ》の定義だ。

もっとも、法令というのは正確さを追求するあまり意味不明になるのが常。ゆえにこれを日常言語で言い換えれば、『テロやそれに類する特殊な組織犯罪について、日頃から情報収集をしたり取締りをしたりすること』ともなろうか。

しかしこれでもまだ漠然としている。とりわけ『特殊な』が漠然としている。ゆえにこれをイメージ優先で言い換えれば――

要はこれは『カルト対策』なのだ。

特殊な存在への対策――カルト対策としての情報収集であり、犯罪検挙である。

ただ、まさに先程《さきほど》僕自身が宣誓したように、我が国警察も我が国警察官も日本国憲法を守らねばならない。その日本国憲法は思想・信条の自由を一〇〇％保障しているし、信仰の自由も一〇〇％保障している（すなわち思想・信条・信仰の自由には例外も制限もない――いわゆる公共の福祉ですらこれらを縛れない）。だから、カルトの教義なり信仰なりをターゲットにして情報収集や犯罪検挙をするのは、あからさまな憲法違反となる。それはできない。よって、警察が特対《トクタイ》分野で行っているのは、飽くまで『行為』に関する情報収集であり取締りである。すると成程《なるほど》、右の法令もそのあたりを抜け目なく規定している——ターゲットは『組織犯罪』ですよ、『組織犯罪』ですよ、犯罪という『行為』であって組織でも人でもありませんよ——と。

ちなみにこのロジックは、僕が来《きた》る八月六日から新任課長として担当する、あらゆる職務についていえる。例えば、ターゲットとしているのは極左思想ではなくその犯罪であり、ターゲットとしているのは極右思想ではなくその犯罪です——といった感じで。まあそれは当然のことだ。思想を取り締まるとなれば、それこそ特高警察そのものである。いくら僕が、例えば鷹城理事官や恵庭理事官が好きでも、小林多喜二《こばやしたきじ》を惨殺《ざんさつ》したくはない（特高警察側の言い分はあるが、取り敢《あ》えずそれは措《お》く）。

——いずれにしろ。

特対というのは、そうしたニュアンスを踏まえての『カルト対策』である。

そして、警備警察においてこのジャンルが確立したのはそう古い話ではない。いや、つい最近のことだと言ってもいい。また、何故このジャンルが確立したかは極論誰でも——同時代を生きているのなら——知っている。警察官でなくとも知っている。

そう。

仏教過激派〈オウム真理教〉に係る一連の組織犯罪があったからだ。
あの、地下鉄サリン事件……人類史上第二番目の無差別化学兵器テロを始めとする、無数といってよいほどの組織犯罪があったからだ。

その地下鉄サリン事件発生時、僕はまだ大学生だったが……なんとまあ、どんな因果か平成七年（一九九五年）三月二〇日、僕は丸ノ内線に乗っていたのである。大学最寄りの本郷《ほんごう》三丁目駅から、帰省のため東京駅へ向かっていた。乗った時刻は、午前一〇時過ぎだったろうか。だがその二〇分前、本郷のアパートを出たときから、『今日はなんだか自棄《やけ》にサイレンが喧騒《うるさ》いなあ』『今日はなんだか自棄《やけ》に消防車を見るなあ』なんて感じながら丸ノ内線に乗った。ところが僕の乗った丸ノ内線では――車内で大きな混乱など全然無かったが――おかしなアナウンスが始終流れていたのである。すなわち、車掌さんいわく『本日は外部妨害のため、霞ケ関駅には停車いたしません』とのこと。だが僕は東京に住んで三年、ガイブボウガイなる単語を車内アナウンスで聴いたことがなかった。とまれ、ガイブボウガイ、ガイブボウガイ……とつぶやきながら首を傾《かし》げている内に、丸ノ内線は無事東京駅に着き、むろん無事ドアを開けてくれた。僕はそれから大して物を考えず東海道線に乗り、青春18きっぷを使って六時間強、松任谷《まつとうや》由実《ゆみ》を聴きながら有栖川有栖《ありすがわありす》先生の本を読むなどして実家への旅路に就いたわけだが……下りた田舎駅のキオスクでは『地下鉄』『毒ガス』『死者多数』なんて感じの特大ゴシック文字を躍らせたスポーツ新聞だか夕刊だかがバカ売れしていて（号外すら配っていたかも知れない）、そこで初めて朝からの大事件を――未曾有《みぞう》の無差別テロのことを知ったのである。

ちなみに地下鉄サリン事件において、日比谷線・丸ノ内線・千代田線にこの軍事用神経ガスが発生させられた時刻は、ラッシュ時の午前八時ごろ。僕がお気楽な学生でなく、また起きた時刻がもう少し早ければ、丸ノ内線に乗っていたのがその頃でも全然不思議じゃない。そしてノホホンとした帰省以外に用事もないのだから――鈍行で六時間強の時間つぶしをしようとしていたくらいだから――『ガイブボウガイって何だろう？』と、東京駅以外へ足を伸ばしたとしても全然不思議じゃない。ただ僕は警察官になるまで完《かん》璧《ぺき》に文弱の徒《と》だったから、トランクを持ってそこまでの野次馬根性を発揮したかは怪しいが。

いずれにしろ、僕は自分がなんともいえない時間差で問題の丸ノ内線に乗っていたことを忘れられない。実はそれが、警察官僚をこころざした動機のひとつにもなった。

ちなみにだが、警察官僚になって最初に現場に出たとき、渋谷警察署のトイレの個室でがんばっていると、外から署員ふたりの『オイ、オウムの手配犯捕まえたらハワイ旅行らしいぜ‼』『ああ、署長《オヤジ》の自腹だってな』『平田を捕まえてハワイへ行こう、ってか？』『横断幕でもできそうだな……』との会話が聴こえてきたことも忘れられない。

また、次に現場に出たとき、大宮《おおみや》警察署の署長さんが刑事課の僕のデスクをお訪ねになって、『いやあ司馬係長、実は昨夜、林がね、ほらオウムの林が、東口のパイオランドの先、あのガードの下で丸まって寝ている夢を見てしまってね……これはまさか正夢だろうか……』と、笑顔ながらも憔悴《しょうすい》した感じで愚痴《ぐち》をお零《こぼ》しになったのも忘れられない（返事にかなり困った）。

……そうした個人的な物語は、まあ、同時代のちょっとした証言にはなるだろう。

ただここで、オウム真理教による一連の事件の、客観的なデータも挙げておくこととする。


【地下鉄サリン事件】

概要は前述のとおり。付言《ふげん》すると、実行者は五名、ターゲットは実は警視庁・警察庁。後述する『公証役場事務長逮捕・監禁致死事件』を引き起こしたことで、警察による大規模な強制捜査が避けられないとみた教団代表は（あの麻原）、なんと警視庁と警察庁をテロるとともに、都心を大混乱に陥《おとしい》れて強制捜査を止《や》めさせようと、本件犯行を決意した。犯行時刻の『午前八時ごろ』というのは、警視庁と警察庁の職員をテロるための時間設定で、選択された地下鉄路線は、要は両者最寄りの『霞ケ関駅』を通る路線である。ところが……警察庁の勤務開始時間は午前九時半だし、警視庁なら確かに午前八時半だけれど、早朝から多忙な現場警察官が勤務開始のたった三〇分前に駅にいるはずもない。結局、対警察テロの目的は達成できなかった。しかし乗客・駅職員等一三人が殺害され、負傷者はなんと約五、八〇〇人以上。

【松本サリン事件】

平成六年六月二七日発生。長野県松本市の住宅街で、実行者七名が、特殊に改造したトラックからサリンを噴霧《ふんむ》したもの。動機は、裁判官と付近住民の殺害。というのも教団は、かねてから松本市に教団施設を建設しようとしていたところ、反対運動と関連裁判によってそれを阻止され、結果、当初の三分の一の規模でしか松本支部を建設できなかったからだ。ならば、もう裁判官も住民も殺してしまおうと決定するに至ったという流れ……ちなみに、オウム真理教がやたらと人を殺すのは、教団の『タントラ・ヴァジラヤーナ』という教義の中核が、要は『悪い奴は殺してあげた方がその人の救済になる』なんて極左《キヨクサ》も吃驚《びつくり》のトンデモ理論をブチ上げていたからだ。そのような経緯と動機により、裁判官宿舎付近の駐車場において、約一〇分間サリンを噴霧。結果、七人の住民が死亡し、少なくとも一四四人の住民が負傷してしまった。

【公証役場事務長逮捕・監禁致死事件】

平成七年二月二八日に拉致《らち》。同年三月一日まで監禁、同日に被害者死亡。この被害者は目黒公証役場の事務長で、妹さんがオウムの在家信者だった。この妹さんがオウムに『お布施《ふせ》』した金額はなんと合計約六、〇〇〇万円。でも妹さんは、更に不動産その他の多額の財産を持っていた。ゆえに教団は『全額布施させよう』と考え、妹さんに、出家と寄付を強引に迫ったものの……薬物を飲まされたり、幻覚を見せられたり、あるいは教団の殺気立った過激な言動・雰囲気を恐れ始めた妹さんは脱会を考え、兄である目黒公証役場事務長に相談。そのまま教団から身を隠すこととなった。だが教団は何としても妹さんの財産を奪おうと、その居所を訊《き》き出すべく、さっそく事務長を拉致。その帰宅途上を襲って転倒させ、押さえ込み、ワゴン車に無理矢理連れ込んで全身麻酔薬を注射・点滴するという荒技を見せる……以降、事務長を山梨の教団施設で監禁。妹さんの居所を尋問したが、事務長が妹さんの居所を言わなかったので、全身麻酔薬の管注を続けたところ、その副作用である呼吸抑制、循環抑制等による心不全により、事務長はとうとう死んでしまった。その遺骨は焼却され、粉々に砕かれ、硝酸《しょうさん》で溶解され湖に捨てられた。

【坂本弁護士事件】

平成元年一一月四日発生。実行者六名が同日午前三時、横浜市に住む三三歳の弁護士宅に侵入。就寝していた同弁護士とその奥さん、そして一歳の長男を、首を絞めるなどして殺害したもの。被害者の坂本弁護士は、『オウム真理教被害対策弁護団』を結成したり、『オウム真理教被害者の会』の窓口となったりしていた、教団にとっては目障《めざわ》り極まる敵だった。また法律家として、教団の宗教法人としての資格を法的に争うとともに、メディアに出演して、教団の異様な布施制度、出家制度、あるいは未成年者が行方不明にされていること等を批判した。よって教団はその殺害を決定、それが結局一家皆殺しとなった。御一家の遺体は、警察捜査を妨害するため、長野、新潟、富山の山中に分散して埋められてしまった。不適切な言葉をあえて用いれば、鬼畜の所業《しょぎょう》だ。

【児童虐待事件】

平成七年四月一四日発覚。山梨の教団施設内に、劣悪な環境に置かれて保護を必要とする児童が多数存在していた事件。男女の児童五三人が、ゴミ等が散乱して異様な臭《にお》いのする衛生状態の劣悪な部屋に監禁されており、清潔な服を着ることも、義務教育も受けることもできていなかった（児童福祉法の規定に基づき一時保護）。また、同年五月一六日には群馬の教団施設内において更に三一人が、東京の教団施設内において更に一〇人が発見される（同じく一時保護）。

【その他の事件】

その他、で括《くく》ってしまうにはあまりに重大で衝撃的なものばかりだが、それぞれで本が書けてしまうほどなので、ここでは列記するに留めると——

・波野村《なみのそん》事件

平成六年八月。刑事事件ではないが、教団施設に撤退してもらうため、熊本県波野村が教団に九億二、〇〇〇万円の和解金を支払ったもの

・旅館経営者営利略《りやく》取《しゆ》事件

平成六年三月二七日。高額の布施狙《ねら》いの、宮崎県の六三歳男性在家信者拉致・営利略取等事件

・老女被害に係る営利略取等事件

平成七年三月二〇日。愛知県の、出家信者の母親を拉致。郵便貯金を違法に払い戻して、約九三〇万円を詐取《さしゆ》

・リンチ殺人事件

平成元年に二一歳の出家信者を絞殺（脱会阻止のため）、平成六年に二九歳の出家信者を絞殺（逃亡阻止のため）、同じく平成六年に二七歳の出家信者を絞殺（スパイと認定したため）

・監禁事件

平成六年に二九歳の脱走信者を監禁、同じく平成六年に二五歳の脱会希望信者を監禁、平成六年から七年にかけて二三歳の出家信者を監禁、平成七年に一九歳の一般人（信者の長女）を監禁

・薬物製造事件

LSD、覚醒剤《かくせいざい》、メスカリン、PCP、チオペンタールナトリウム等を製造（教団の儀式に用いるほか、資金調達、一連の拉致等に用いるため）

・銃器製造事件

いわゆるカラシニコフ（AK-74）の実物・銃弾をロシアにおいて録画し、撮影し、図面作成するとともに、銃弾と一部の部品を日本に密輸入。教団施設内に銃器製造工場を整備。平成七年からは『一、〇〇〇挺《ちょう》・一〇〇万発』を目指して大量生産を開始（警察の強制捜査が近いとして断念・処分）

・毒物等製造事件

化学兵器であるサリンのほか、サリンと同じ神経剤であるVX、タブン、ソマン、そしていわゆる糜爛《びらん》剤であるイペリット等を製造・研究。また生物兵器となる炭疽《たんそ》菌、ボツリヌス菌等を研究。なお、有毒ガスを空中から散布するためのソ連製大型ヘリコプター（Mi-17）を、ロシアから教団施

設へ搬入していた。サリンの生産目標は『一日二t・合計七〇t』。加えて、やはりサリン散布用に購入された一七〇万円の農薬噴霧《ふんむ》用ラジコンヘリは、強制捜査に入る警察部隊にとって最大の脅威のひとつであった（実は試運転時に大破し処分されていたのだが）

・VX使用事件

それぞれ平成六年に、二八歳の会社員に対して使用し殺害（警察のスパイと認定したため）、八二歳の男性に対して使用し傷害（脱会信者をかくまったため）、五六歳の『オウム真理教被害者の会』会長に対して使用し傷害

・丸ノ内線新宿駅便所内毒物使用殺人未遂事件

平成七年五月五日。同駅男子大便所内に青酸ガス発生装置を設置（警察捜査を攪乱《かくらん》するため）。なお駅員が事前に発見し、無差別テロとしては未遂

・都庁における郵便物爆発殺人未遂事件

平成七年五月一六日。都知事あてに郵便小包で爆弾を送付。小包を開いた知事秘書室の副参事が、その爆発により左手全指断裂などの重傷を負う

・運転免許証偽造・行使事件

平成六年一二月、他人の運転免許証のデータを盗むため、警視庁府中《ふちゅう》運転免許試験場に侵入。平成七年一月下旬から組織的に免許証を偽造。実際に、レンタカー借用の際や職務質問を受けた際に行使

……オウム真理教は、実際に日本を支配しようとしていた。

いや、祭政一致の、新たな独裁国家を建国しようとしていた。

なんだか、文章にすると中学生の誇大妄想のようだけど……しかし教団の教義・教祖の説法《せっぽう》等から、これは確定した事実である。刑事裁判においても、数多《あまた》の証拠からそう認定されているだろう。

また、日本警察がこれだけ大胆不敵な……無謀ともいえる挑戦を受けたことはない。敢えて言えば、一九五一年からオフィシャルに武装蜂起《ほうき》を開始した日本共産党や、六〇年安保・七〇年安保で大規模な市街戦・籠城《ろうじょう》戦を展開した極左《キョクサ》暴力集団も大胆不敵な挑戦者だが（そしていずれの目的も日本革命と独裁政権の樹立だが）、BC兵器なり自動小銃なりを大量生産し、『日本警察もろとも市民を無差別大量殺戮《さつりく》する』など、日本共産党も極左《キョクサ》もやったことがない。これらに、警察官殺しはやられたことがあるけど——かつては警察官が射殺されたり撲殺されたり、果ては警察署がまるごと占拠されて日の丸の代わりに赤旗が翻《ひるがえ》ったなんて実例もある——警察庁と警視庁をまるごとサリンで死《し》

屍累々《しるいるい》にしようなどと、そんな戦争が勃発《ぼっぱつ》しようなどと、警察官僚の誰もが想像だにしていなかった。虚《きょ》を突かれたと言ってもいい。実際、警察自身が公式に認め、公表している――いわく、『従来警察が情報収集・分析の対象としていたものは、過去に暴力主義的破壊活動を行ったことのある団体や暴力団が中心であり』『特殊な犯罪組織に関する情報収集・分析体制は、必ずしも十分とはいえなかった』と。これを翻訳すれば、半世紀にわたって戦争をしてきた団体については充分な情報収集・分析体制を築き上げてきたが、〈新たな治安攪乱要因《チアンカクランヨウイン》〉については――ほぼ――ノーマークだったということだ。

結果、右に見たような諸々《もろもろ》の事件の発生を許し、数多《あまた》の被害者を出し、苦しめた。実はこの時点で警察は負けている。こんな組織犯罪を未然防止できなかったという意味で負けている。そしてとうとう平成七年三月二〇日、地下鉄サリン事件まで起こされた。これはもう武装蜂起といってもいい。いよいよ真珠湾攻撃を許したようなものだ。

だから――残念で隠微《いんび》で悲劇的でもある経緯をカットすれば――その翌々日の平成七年三月二二日、あのカナリアとガスマスクの映像が象徴的だった、教団関連施設二十五箇所への、超大規模ガサが二、五〇〇名の部隊により敢行された（ちなみに僕がこれから赴任しようとする愛予県警察は、県の全ての警察官を集めても二、〇〇〇人に満たない。右の部隊はそういった規模の部隊である）。そしてこの三月二二日の討ち入りが、警察にとってのスターリングラードになり、ミッドウェイになり、あるいは仁川《インチョン》上陸作戦になった。これは、戦死の可能性が強かったという意味においても、決して勝算があったわけではなかったという意味においてもそうだ。なにせ、敵の実態把握すら右のとおり『必ずしも十分とはいえなかった』のだから……

とまれ、未曾有《みぞう》の敵の未曾有の攻勢に対し、一大反攻作戦が開始された。

そして……

ここから、警察の勝ちが始まる。

日本警察は、紆余曲折《うよきょくせつ》もあったが部門を超えたオウム・シフトを採り、多数の教団幹部を牛蒡《ごぼう》抜きに検挙し、教団施設にガサの波状攻撃を掛けたほか、『カッターナイフを持っていればブチ込まれる』とまで市民から非難されたほどのオウム封じ込めを行った。あさましく逃げ隠れしていた敵首魁《しゅかい》、教団代表麻原も発見した。以降、教祖とともに検挙された教団幹部等は四〇名。諸情報・諸証拠から全国各地に逃げたと断定された著名幹部は、直ちに『警察庁指定特別手配被疑者』等に指定され（これはいわゆる『指名手配』の最上級みたいなもので、情勢によってはひとりも指定されていない時期すらある）、直ちに全国警察に漏れなく設置された『追跡捜査推進本部』により、刑事・警備・生安《セイアン》・交通・地域《チイキ》のあらゆる手法を駆使した追及オペレーションが開始された。

先の〈特対《トクタイ》〉——特殊組織犯罪対策というジャンルが確立したのも、この文脈による。

これが秘密でもなんでもなく、警察法施行規則という法令で明らかにされているのは前述のとおりだが、そのミッションを遂行するため、警察庁警備局に〈特殊組織犯罪対策室〉が設置されたのも、これまた秘密でもなんでもない。警察自身がこう公表している――『特殊組織犯罪対策を的確に推進するため、警察庁警備局公安第一課に特殊組織犯罪対策室を設置した』と。そのミッションは、『組織的違法事案の再発防止を図るため、教団関係指名手配被疑者の早期発見、検挙に努めるとともに、教団の動向の把握に取り組んでいく』ことだと。『地下鉄サリン事件等にみられるような無差別テロをはじめ一連の組織的違法事案が教団により引き起こされたことにかんがみ、今後、平素から、過去のテロ行為との関連性の有無にかかわらず、将来テロ行為を行うなど公共の安全を害するおそれのある集団を早期に発見し、把握するための情報収集・分析を行うとともに、犯罪の捜査等の必要な措置を的確に講じていく』ことだと。また『現在は、若年層を中心とした意識構造の変化、価値観の多様化等に伴い、過去にテロ行為を行ったことのある団体と全く異なる新しい団体がテロ行為を引き起こす危険性が高まっている。今後このような団体についても、十分な体制をとって情報収集・分析を行っていく』のだと――

いずれにしろ。

引き続き、残党による報復テロなり奪還《だっかん》テロなりのリスクは大きかったが、追及体制と、そして情報収集体制が――警察官から見ても前代未聞《ぜんだいみもん》といった感じで――全国的に整備されたため、平成八年、平成九年、平成一〇年と時間を経るごとに、作戦は追撃戦・殲滅《せんめつ》戦に移行していった。言い換えれば、時間を経るごとに、作戦は『人狩り』を主眼としたものとなっていった。

　そして今、一九九九年（平成一一年）における体感としては、警察はもはや戦時態勢にない。実際、警察官僚四年生の僕は、今現在、まさかオウム真理教の残党にテロられるなどと思ってはいない。そんな恐怖は正直、勤務を通じて感じたことがない。それは交番勤務においてもそうだったし、警察署勤務においてもそうだったし、警察本部勤務においてもそうだったし、警察庁勤務においてもそうだ。そして僕は特対《トクタイ》の警察官ではなかったので、現在のオペレーションがどのようなものかは全く知らないが、警備局《ビキョク》育ちとして肌で感じるかぎり、目下の最重要課題は『警察庁指定特別手配被疑者』の発見・検挙であり、あるいは教団残党の実態把握のための『情報収集』『ガサ入れ』であり、まさかサリンだのＶＸだの自動小銃だのが飛び出してくる、教団残党とのドンパチではない。

――そういう意味で、目下のオウム真理教対策は、平時態勢にある。

　もちろんこの『平時』においては、無数の私服捜査員が夜陰《やいん》に靴底を磨《す》り減らし、無数の制服警察官が職質攻勢を掛けているが、そしてそれは前代未聞の規模で行われているが、それは警察本来の仕事であり、非常時のタスクではない。

以上を、まとめれば。

オウム真理教との戦争は、終わった。

警察は未然防止できなかったという意味で負け、壊滅的打撃を与えたという意味で勝った。この戦争の反省教訓から、〈特対《トクタイ》〉というジャンルと組織が確立された。特対は、警備警察の伝統的な敵にはとらわれない情報収集と犯罪捜査を行うものである——

そう、伝統的な敵にはとらわれない。それは右の、警察庁の公表にあるとおり。

では、新たな敵のことをどう総称するかというと——それは〈新たな治安攪乱要因《チアンカクランヨウイン》〉だ。これは隠語だの秘密だのというより、まあ、その、警備局での今の流行語大賞みたいなものだといえよう。

そして……

12

ここでようやく、先の、鷹城理事官と僕の不可思議《ふかしぎ》な会話の意味が解る。

念《ねん》の為《ため》、先の僕らの会話を顧《ふりかえ》れば、こうだ——

「この一九九九年七月現在、我が国における最大の〈治安攪乱要因《チアンカクランヨウイン》〉は何だと思う？」

「〈まもなくかなたの〉です理事官」

「まさしくだ。俺達で言うところの、MNだ。ゆえに、君が愛予県で担当することになる公理《コウリ》、15、特対《トクタイ》、極左《キョクサ》、外事《ソトゴト》——要は右翼以外全てだが——いずれの仕事も等しく重要にせよ、そのうち最重要課題は特対《トクタイ》、しかもMN諸対策になる」

——そうだ。

〈まもなくかなたの〉。

ポスト・オウム真理教の筆頭にして、特対が想定する新たな治安攪乱要因のうち最たるもの。キリスト教原理主義過激派カルト、〈まもなくかなたの〉。これは、次の八月六日から現場指揮官として諸対策を講じるべき僕にとって最大の脅威ともいえる。何故《なぜ》ならば……

「まるで、オウム真理教の衰退に乗じ、そのパイを乗っ取るかのように——」眼前の鷹城理事官はいった。僕も理事官との会話に意識を戻す。「——MNは大都市圏で勢力を拡大している。しかも、これまたオウム真理教を模倣《もほう》するかのような、強引な手法でだ。

しかし、オウム真理教よりは遥《はる》かに賢い。特対室が鵜《う》の目鷹《たか》の目で事件化《ジケンカ》のネタを捜しているが、〈教皇庁〉どころか末端教会に攻め入る突破口すら未《いま》だ無い。奴等《やつら》の組織防衛の水準は、非公然部門についていえば革マル級だろう」

……それはつまり、日本では最高水準の防衛・諜略能力を有するということだ。

「しかし理事官、そこまでとなると……

それは『警備警察の手法を知っているから』でしょうか？」

「もしそうであるのなら」理事官は慎重に言葉を選んだ。「それが都道府県警察にせよ、警察庁にせよ、モグラさんが存在することになるな」

「それは、愛予でも」

「そのことについては、これから防疫《ボウエキ》担当の椎木補佐からレクがあるよ。

ただ俺からは、過酷な実施《ザッヘ》になるかも知れんと言っておく――

そして、司馬君に頼みたい諸対策は、まさかモグラさん関係だけではない」

「……教皇庁への、討ち入りですね？」

「そうだ。

〈まもなくかなたの〉の総本山は、愛予にあるからな。

これから司馬君は、特対室からやいのやいのと尻《しり》を叩かれるだろうが――オウム真理教の反省教訓を踏まえ、是が非でも今のうちに、先制的に本拠地を叩かねばならん。愛予の教皇庁に先制ガサを掛けることができれば、必ずそこから数多《あまた》の事件を伸ばせる。

それについてもこれから椎木補佐よりレクがあるだろうが、俺達はそれを知っている。

だが」

「箱の中にはお宝があるけれど、お宝がなければ箱は開かない」

「そのとおり……現時点ではな。

〈教皇庁〉の中にガサネタがあるのは分かっているが、その教皇庁の門をエンジンカッターでぶった斬《ぎ》るにはガサネタが必要だ。パラドックスだね。箱を開ける鍵《かぎ》は、箱の中の無数の鍵に埋もれていると言ってもいいだろう。ならば――」

「――箱から鍵を持ち出させるか、他から魔法の鍵を持ってくるしかない」

「ゆえに、事件化《ジケンカ》のためのガサネタを持ち出してもらうか、他からガサネタを捜してくるしかない。要は、最初の捜索差押許可状《ガサフダ》を裁判官からどうもぎとるかだ。司馬君の任期の内に……いや着任後早ければ早いほどいい、どうにか〈まもなくかなたの〉の教皇庁に討ち入りを掛けてくれ。

　これを警察庁〈八十七番地〉の俺の立場から言えば、そのための実施《ザッヘ》を強力に実施してくれ。営業《エイギョウ》も、日記《ニッキ》も、防疫《ボウエキ》もだ。これこそが、君を愛予県の公安課長に出す最大の理由だ」

　……誓約を立てたばかりの新入りとしては、どうも隠語の意味が解らないが、どのみち否《いな》の返事はありえないだろう。だから僕は、理事官の大きな瞳を見ながらいった。

「司馬警視了解しました。万難《ばんなん》を排し、ＭＮ総本山――〈教皇庁〉を攻略します」

「信頼し、期待している。

これで、俺から特に話しておくべきことは、あとひとつを残すのみとなった——」

13

「司馬君、君は〈NEAR Shoemaker〉という言葉を聴いたことがあるか？」

「ニア・シューメイカー……」僕は自分の記憶を総捜《そうざら》いした。「……いえ、存じません」

「〈エロス〉という名の小惑星は？」

「いえ、寡聞《かぶん》にして……」

あっ、失礼しました理事官、そちらは聴いたことがあります——というか、見たことがあります。いつだったか、15のところの総合情報分析官が、業界紙なり専門誌なり学術誌なりを総動員して、その小惑星のことをチェックしておられました。その際、たまたま私が大量のコピーを頼まれたので、『分析官もお偉い方なのに、そんなことまで自分で調べるのか、大変だなあ』——と思ったことがあります」

ちなみに、『おい司馬君、デフレスパイラルって一体何だ？』と訊かれ、今流行《はや》りの単語なのに説明できず、しどろもどろになったこともある。まあ分析官のところは、大変だ。

「そうだったのか」理事官は微妙に眉《まゆ》を顰《ひそ》めた。「当該《とうがい》エロスについて何か知っていることは？」

「ええと……エロスは火星軌道の内側にある小惑星で、地球から最短でも二、三〇〇〇万㎞。ピーナツみたいな形で、長いところだと三〇㎞以上になる……その程度しか憶《おぼ》えていません」

「先の〈NEAR Shoemaker〉という言葉は、そのエロスを探査するＮＡＳＡの計画のことだ。また、探査機そのものの名前でもある」

「はあ」

「この探査機は平成八年二月、既に宇宙へと打ち上げられている。そして平成九年の一月にはエロスに到着。小惑星軌道に到着した史上初の探査機となった。以後一年、エロスを探査するとともに、なんと成功確率一％と計算されていたエロスへの軟着陸にも成功。これで全ミッションを終え、平成一〇年一月、晴れてその宙域で運用停止・放棄となった――はずだった」

「……はずだった、とはどのような意味でしょうか？」

「実は、我が国にも小惑星探査計画があってね。やはり地球近傍《きんぼう》小惑星の〈ネレウス〉をターゲットに、平成七年、総理府の宇宙開発委員会が計画を承認している。その探査機の名は、確かATOMとかハヤブサとか言っていたな……もっとも打ち上げは来世紀。早くとも平成一四年と聴くが。

そしてこのATOMだかハヤブサだかのミッションは、『サンプルリターン』なんだ。

要は、ただ小惑星に着陸するだけでなく、当該小惑星から試料《サンプル》を採取し、地球まで搬送するのが任務なんだよ――まあロマンがあるというか、遠大すぎるというか。俺のような泥臭い仕事をしている人間からすれば、地べた、いや井戸の底から木星の月を想像している気分になるなあ」

「……すみません鷹城理事官。微妙にお話が見えなくなりました」

「いやこちらこそすまん。俺も実は、説明の組立てに悩むところがあってな……

そしてここからは、先の誓約をまた思い出して聴いてくれ。これ、赤坂の自称経済担当官サンからの耳打ちなんでな」

（赤坂といえば……つまり合衆国大使館だが。

いや違うな。理事官の言い回しからすればCIAだ）

「で、赤坂の友人が何を囁《ささや》いたかというと――

〈NEAR Shoemaker〉も、実はサンプルリターン機だった。火星軌道の内側で運用停止になったというのは大嘘《おおうそ》。そもそも成功確率一％云々《うんぬん》というのが大嘘。そこには確乎《かっこ》たる勝算があり、かつ確乎たる目的があった。それも、極めて不穏当《ふおんとう》な目的が。だから、実は生きていた〈NEAR Shoemaker〉がまた一年前後の旅をして平成一一年に……そう今年の二月に帰ってきたことも徹底して秘匿《ひとく》した。そしてこの秘密はまだ露見していない。赤坂の友人が誠実ならば、我が国でこれを知るのは警察庁警備局だけだ。官邸すら知らない」

「つまり、合衆国は極秘裡《ごくひり》に、小惑星からのサンプルリターンに成功したということですか？　それもまさに今年？」

「そのとおり。これも人類史上初の快挙だ。人類社会を挙げて祝うべきものだ……そこに確乎たる、しかも邪悪な目的が無かったのならな。ゆえに極秘となってしまった」

「……なら、その目的とは何なのでしょう？」

「そこで、司馬君に頼む」理事官は意図的に会話をズラした。「君が愛予に赴任し、MN諸対策を実施するとき——中華鍋を捜してくれ」

「はあ？」

「遺失届は出ていないが、遺失者も我々も、命に代えて取り戻したい中華鍋だ。すなわち」

理事官は僕に、その落とし物の詳細と、その効用とを説明し——

――僕はただただ唖然《あぜん》とした。上官の前で、ぽかんと口すら開けてしまった。

（よくもまあ、そんなバカなことが!!

しかしまあ、よりによって何て宿題を……この記憶が脳から消せるものなら!!）

その後の椎木・新田両補佐によるレクは、正直、まったく頭に入って来なかった。

14

同日、午後八時三〇分。僕は中野に帰ってきた。

〈八十七番地〉における誓約と訓示、そしてレクのあと、今度はひとりで霞が関の警察庁まで帰り――それはそうだ、帰りの旅路は謎でも何でもない――警察庁の偉い人回りをしたから、この時間になったのだ。

封建的・軍隊的なギルドである警備局《ビキヨク》だと、挨拶《あいさつ》をすべき偉い人には事欠かない。僕はまだ警備企画課員だから、直《じか》の上官といえる警備企画課長は当然だが、そうなると課長級をすべて攻略しなければならなくなる。公安第一課長、公安第二課長、公安第三課長、警備課長、外事課長、総合情報分析官、警衛室長、警護室長、特殊組織犯罪対策室長、外事調査官、国際テロ対策室長……またそうなると、どのみち各課の理事官を経由することになる。またそうなると、どのみちウロチョロする姿を目撃されるから、各課の親しい課長補佐にも係長にも、頭を下げて回ることになる……

僕は、廊下鳶《ろうかとんび》として駆け回った、あるいは地べたを這《は》った警察庁五階をまさに『トレッキング』した。正確に言えば、五階とあと四階の一部、そしてペントハウスだが。ただどのみち、既にこの警察庁庁舎——正確には人事院ビルの解体は決まっている。いや解体はとっくに始まり、ビルの五〇％はもはやこの世に存在しないばかりか、新庁舎の基礎工事もかなり進捗《しんちょく》している。その様子は、五階の窓からよく見える。基礎のコンクリの中には、僕が不作法にも五階の窓からちょちょいと落とした（おおらかな時代だ……）、煙草《たばこ》の灰が混じっているに違いない。そしてそのコンクリの上には、二〇階建てだか二一階建てだかの、超インテリジェントビルが建つはずだ。すなわち、僕が次に警察庁へ帰ってくるときには、もう、ガレー船漕《こ》ぎをやった五階も四階もペントハウスも存在しない。そう、何もかも。そう考えると、いつも薄暗くていつも無人でいつも閉ざされたドアばかりが並んでいる陰気な五階廊下が——怒鳴られたり呼び出されたり詰められたり決裁待ちをしたり書類を破られたりしたこの五階が、まさか愛《いと》しいとは言えないにしろ、確実に僕の心の地層となっていることが実感できる。

（新しいインテリジェントビルになったら、今のような『室内全面認煙』みたいなヌルさは無くなるんだろうか。そういえば、あの人格者の分析官ですらチラと嫌味をいったもんなあ……『司馬君が来てから、大部屋が三倍は真っ白になったぞ』とかなんとか。

けどそれも、懐《なつ》かしい）

――そんなことを思いながら、また身分証を呈示して警察大学校の門をくぐり、僕らの北寮に向かう。こちらもまた、まるっと地上から消え失《う》せる予定なのは既述《きじゅつ》のとおりだ。

15

やがて北寮の、僕に割り当てられたデスクがある勉強部屋に入ると、室内には蘆沢《あしざわ》がいた。六人部屋だが、今は蘆沢ひとりだ。僕はデスクの上にアタッシェをどんと置き、ちょっとネクタイを緩めると、いつもどおり情熱的にパソコンに向かっている蘆沢にいった。

「あしっちゃん、ただいま～」

「ああ司馬ちゃん、お帰り～」

全寮制なので、仲が良ければ家族みたいなもんだ。仲が良ければ、だが。

そしてさいわい、あしっちゃんとは極めて仲がいい。

「廊下、自棄《やけ》に静かだけど――まだ誰も帰校していないとか？」

「うん。

地方に出る組は、司馬ちゃんのすぐ後、やっぱり警察庁に飛んでいった。留学組も、いろいろな手続や身辺整理で飛び回っているよ」

（あしっちゃんも留学組だけど……ただ、あしっちゃんは内閣法制局出向《しゅっこう》まちがいなしの超能吏だからなあ。物事の段取りで、今更バタバタすることなんてないか）

「あっ司馬ちゃん、その白い箱ってひょっとして今夜のケーキ？」

「うん、今夜は僕の番だし、内示の夜だし、ちょっとタカノにしてみました〜」

「うわ、ありがとう。きっと白居《しらい》も大野《おおの》も天河《あまかわ》もすごく喜ぶよ。

というか、お祝いしなきゃいけないのは僕の方なんだけど」

「ううん、同期どうしで祝いも何も……それにここだけの話、あしっちゃんからは僕の披露宴のとき、うわっと吃驚《びっくり》するほど御祝儀《ごしゅうぎ》、もらっちゃっているし。

あっそうだ、そういえばあしっちゃん、今日も吃驚《びっくり》することがあったよ」

「ていうと？　ていうと？」

「御祝儀袋が出たんだよ!!」

「えっ警備局で？」

「うん、各課長みんなから、それぞれ。挨拶回りのときに。ほら警備局《ビキョク》って超封建的なギルドだから、僕みたいな末端構成員のこと、誰も意識していないのかなあって思っていたけど、まさかの熨斗袋《のしぶくろ》なりポチ袋なりが出てきたんで吃驚仰天《びっくりぎょうてん》——

もちろん、有難い御訓育《ごくんいく》もあれば、有難い気合いも入れられたけどさ、あっは」

「熨斗袋、ぶっちゃけどれくらい？」

「概して、それこそ平均的な披露宴の御祝儀ほど!!」

「よかったね司馬ちゃん、引っ越し代に回せるよ!!」

「まさしくだよ。それでも赤字は間違いないけど、この時期の現ナマは正直嬉《うれ》しい――

あっそうだ、引っ越し業者の手配をするんだった。ゴメンあしっちゃん、ちょっと寮前の公衆電話に行ってくる。嫁はんと相談しなきゃ」

「携帯電話は通話料高いもんね。

あっ、なんなら僕のパソコン使う？　メール打てるよ？」

「それがさ、恥ずかしながら……僕も嫁はんも、まだｉモードの端末じゃないんだ」

「ショートメールは？」

「うーん……ショートメール高いし、最大五〇字だしなあ。

あと、僕も嫁はんも保守的なんで――警察官夫婦だからかなあ――『五〇字の文字打ってる暇《ひま》があったら直接電話した方が速いじゃん、そんなに人と話すのが嫌なの？』なんて感じる、そう旧時代の遺物なんだ」

「でも御祝儀でｉモード端末、買っちゃったら？　ｉモードメールだったら、一気に送信文字数が五倍になるよ、なんと二五〇字」

「けど確か、噂《うわさ》で聴くところだと端末、四万円くらいするんだよね？」

「そうだね、それに今年の二月にiモードが始まってから、爆発的人気で超品薄《しなうす》とか。爆発的人気だから、正直、今月もすごい通信障害が起こったりしているよ」

「それだったら、まずは自分用のパソコンを買うのが先かなあ。僕もパソコンのメールやってみたいし、あとインターネットだっけ？　あの検索する奴も使ってみたいし」

「あっそうか、司馬ちゃんはまだパソコンに踏み切ってなかったっけ？」

「薄給の新婚世帯は金欠で……そういうあしっちゃんは、同期で最初に買ったよね!!」

「すごく便利だよ？　それにどのみち、近い将来には誰もが持つ時代になるだろうし」

――今現在、一九九九年七月の情報通信事情は、まあこんなもんだ。

すなわち、ポケベルはまだ現役だし、携帯電話はかなり普及し始めたけど、それでメールを打つなんて考えは、少なくとも僕にはない。パソコンのメールにはようやく慣れ始めた。警察庁でも、ちょうど僕らが入庁する前後くらいから、一人一台の公用端末をデスクに整備するようになったからだ。ゆえに、入庁してから最初の入校で、『パソコンの使い方』『電源の落とし方』『ソフトの起動方法』『一太郎・Excelの初歩』なんて講義があったのを思い出す（何故か警察庁では一太郎とExcelがデフォルト）。そしてそれから三年強、さすがに公用パソコンでの文書作成やメールの送受信には慣れ、流行りのPowerPointもどうにか使えるようになったけど……

まだ、プライヴェートのパソコンを買ってはいない。だから、家ではメールもインターネットとやらもできない。そしてそれが、実は大して『遅れている』わけでもないのだ。

都道府県警察の現場ではまだまだワープロが――ワープロ専用機が大活躍しているし、我らが同期でも、自分用のパソコンを買っているのは、、、、、、概算で半数くらいだろう。そもそも警察官僚一年生や二年生のときに散々議論したのだけれど、駆け出しなんだから俸《ほう》給《きゅう》も手取りも微々たるもの。それが二〇万だの三〇万だののパソコンを買うとなると、それだけで月の手取りが吹っ飛んでしまう（いやそれ以上か）。だから同期の中には、なんといきなり新入社員のときに『警察共済組合から貸付を受けて』――つまり一年生の癖《くせ》して会社に借金を願い出て――パソコンを買った猛者《もさ》がいた（あしっちゃんではない。あしっちゃんは諸事《しょじ》計画的なおとこだから、学生時代からコツコツ貯金をしているほどだ）。ちなみにこのような時代ゆえ、警察庁の公用パソコンであろうと自分で買った私物パソコンであろうと、その外部記録媒体は『フロッピーディスク』である……

「一人一台の時代っていうのも」僕はいった。「すぐそこなのかも知れないね」

「司馬ちゃんは課長で出るんだから、公私どちらの事情からも、そろそろ導入するときかもね」

「そのときはいろいろ教えてよ。あしっちゃん、同期でいちばんの先駆者だから」

あしっちゃんは、警察官僚一年生が警察大学校でやらされる輪番制《りんばんせい》の『三分間スピーチ』で、『何故今パソコンを買っておくべきか？』を滔々《とうとう》と力説した先駆者である。また学校に入校しているときも、夜な夜な端末を携《かか》えつつ寮前の公衆電話に通っては、僕にはよく分からない通信をしているマメなおとこだ――

「もちろんもちろん!! あと機種とかも相談に乗れるよ」

「助かるよ～

それじゃ、ちょっと野暮用《やぼよう》、嫁はんに電話架けてくるね。テレカ、テレカ……」

「ケーキ、冷蔵庫に入れておくね」

「あっありがと」

僕はあしっちゃんに軽く手を挙げると、財布の中からテレカを出し、北寮を出、通廊《つうろう》の傍《かたわ》ら、植え込みのあたりにポツンと灯をともしている公衆電話に入った。

自宅アパートに電話を架け、嫁はんに内示の内容を告げたあと、兎《と》にも角《かく》にも大急ぎで愛予県に引っ越しをしなければならない旨《むね》を伝える。といって、嫁はんもまた警察官（僕の異動を機に、スッパリ辞めることになっているが）。警察の異動がどれだけバタバタしたものかは熟知している。話はすぐにまとまった。業者にすべてお任せ、見ているだけでいいプランを採用し、嫁はんが東京からの荷出しを担当、僕が愛予での荷入れを担当――

（業者にすっかり丸投げとなると、費用はまた跳ね上がるけど）

だから今日の御祝儀などはたちまち溶けて無くなるけれど、嫁はんは身重だから選択の余地が無い。あとは、嫁はんが信頼する業者に電話をし、最終的な見積もりなりスケジューリングなりの打ち合わせをすることとなった。僕らは結婚したときに一度、官舎から民間のアパートに移るときに一度、それぞれ引っ越しを経験しているが、前者のときの業者は最悪で（壁に派手な陥没《かんぼつ》まで作られた）、後者のときの業者が親切だったので（他社さんが作った陥没をちょちょいと埋めて直してくれた）、嫁はんとしてはもうどの業者に頼むのか、すっかり決めていたというわけだ。実際、僕が地方に出ることが（留学に出ないことが）確定した時点で、もう電話での相談や、費用試算を終えている。今日の今日まで成約《せいやく》ができなかったのは、人事の常、何月何日に何処《どこ》へゆくかが一切分からなかったからで、それだけだ。

そして。

――僕は嫁はんとの電話を終えると、ひとつ大事な用事を思い出した。

16

それは、とても大事な用事だ。

このとき、今日鷹城理事官にした〈八十七番地の誓約〉が頭をよぎる。

（ただ、やましいことじゃない。理事官とは、もっと正直に、このことを打ち合わせしておいた方がよかったのかも知れないが……）

僕はそれなりの背徳感を感じつつ、蛍光灯が寂しい電話ボックス内でしばし考える。

公衆電話がいいだろうか。

携帯電話がいいだろうか。

それとも今朝いったとおり、電子メールがいいだろうか――

（電話をしたいけど、それはよくないようにも思える）

内緒内緒のことは、携帯で喋《しゃべ》りたくない。僕のようなアナログ人間の悪癖《あくへき》だ。固定電話ならまだ信用できるけど、架けた先の状況はもちろん確認できない。学者は夜型だ。懇親会《こんしんかい》とかもありうる。また、ちょっと無礼な想像だけど、僕とは違う誰かとしっとり過ごしている可能性も無いことはない。彼女に迷惑の掛かることは、厳《げん》に慎《つつし》みたい。慎まなければならない。まして、あれだけ明瞭《めいりょう》に離《わか》れを告げ合った経緯もある。

（だが今、僕の側の事情が変わった、激変した）

僕は、よりによって愛予県に行くのだ。いやこれから約二年、愛予に住むのだ。

もっと不謹慎《ふきんしん》なことをいうなら、『しばらくは単身赴任で』だ。なら。なら。

（これからの、僕と充香《みか》さんの関係というのは……）

実は僕は今日、挨拶回りのついでに、自分の警備企画課でネット用共用パソコンを叩《たた》いた。便利な時代だ。パソコンで住所だの地図だのがすぐに出てくる。

本栖《もとす》充香・愛予大学講師（憲法学）の勤務する愛予大学は、しかもその法学部本館は、僕がこれから勤務するであろう愛予県警察本部から、なんと二㎞と離れてはいない。さらに、どのような悪魔のいたずらか、僕がこれから住むであろう警察官舎の方からは――宮岡次長が教えてくれた住所からすると――なんと五〇〇ｍと離れてはいない……

（誰の差し金かは知らないが、いやそれは最終的には人事を発令した警察庁の差し金になるんだろうけど、あれだけの離《わか》れまで演出した僕に、なんとも酷《むご》いことをするものだ。すまじきものは宮仕《みやづか》え、か）

僕はそんな、ものすごく独善的で身勝手なことを考えてしまった。

悪辣《あくらつ》なことを考えているのは僕で、悪辣なことを仕掛けようとしているのも僕。それをまるっと組織の所為《せい》にしようとするのは、、、、どんな事情があれ、決して褒《ほ》められたものではないだろう。僕にはまだ、悪辣なことを止《や》める自由が残されているのだから。

しかし――

僕はもう躊躇《ためら》うのをやめ、うらぶれた電話ボックスを出ると、また北寮のあしっちゃんの所へ帰った。そしていきなり頼んだ。

17

「あしっちゃん、その、変なお願いして悪いんだけどさ。

あしっちゃんのパソコンで、電子メール打たせてくれる？　その……どうしても連絡を取りたい人がいるんだけど、電話がつながらなくて。僕からだと五〇字のメールしか打てないし、それだと一太郎の最初の一行くらいで終わっちゃうから……」

「そんなの全然かまわないよ、むしろ手伝わせてよ」

「じゃあパソコン使わせてくれる？」

「もち」

あしっちゃんはさっそく起《た》ち上がった。そして微笑《ほほえ》みながら、自分のデスクのオンボロ椅子《いす》を僕に勧める。といって、この六人用勉強部屋の調度《ちょうど》で、オンボロでないものなんて何処《どこ》にもないが……

僕は、スポンジも飛び出した、軸ごと折れて尻餅《しりもち》をつくんじゃないかと恐《こわ》くなるほどの事務椅子に座り、あしっちゃんの最新鋭ノートパソコンと対面した。あしっちゃんは僕の左横に立って、いそいそとやり方を教えてくれる。

「これがメーラーだから、普通に起動してもらって、あとはここに送信先のアドレスを。

あっ、送信先もパソコン？　それとも携帯？」

「ええと……」

充香さんはiモード使いではないが、仮にそうだとしても、そのメールアドレスはも、ろ電話番号だ。公用パソコンの使用経験から考えると、きっと、送信したメールは削除しないかぎりあしっちゃんのパソコンに残る。ならアドレスも残る。一般女性の電話番号を、同期のパソコンに残すというのは流石《さすが》に非常識だろう――といって、充香さんはまだiモード使いではないので、どのみちパソコンからメールを送ることそれ自体ができないが。

ゆえに、僕は懐《ふところ》から手帳を取り出して、充香さんのパソコンのアドレスを――表現がオカシイかも知れないけど要はiモードのアドレスでない奴を――捜しながらいった。

「……パソコンに送ることにするよ」

「なら、公用のP-WAN端末と一緒で、字数制限も何もないから。アドレスはここに直打ちしてもらって、本文はここに。打ち終えたら公衆電話に行って、モデムがかくかくしかじかで、モジュラーケーブルがかくかくしかじかで、ダイヤルアップ接続がかくかくしかじかで――」

「い、いやゴメン、全然解《わか》らないんで、よかったら一緒に来てくれると……あ、通信代とか、それもよく分からないけどすぐに払うから」

「じゃあ打ち終わったら教えて。一緒にやってみよう。きっと役に立つよ。それから通信代なんて……ケーキもらっちゃうし、そんなの全然いいから。そしたら僕、視聴覚室でエヴァのビデオ観《み》てくる。三〇分後に帰るよ～」

「解った。それまでにはもちろん打てる。気を遣ってくれて有難う」

――あしっちゃんはソツなく勉強部屋を出て行った。熱烈なエヴァ党のあしっちゃんが、今更ビデオを見返す必要なんてありはしないのに。

（すまじきものは宮仕え、持つべきものはよい同期……）

さて、と。

いよいよ独りになった僕は、本文として何を打つべきかを考える。

どうせ、まだ誰もいない。

僕は内容を口に出しながら、パソコン関係でこれだけは自慢できる速度のブラインドタッチで（寸秒を争う国会答弁作成だと、一太郎要員としてよく他課に動員された……）、いよいよ大事なメールを打ち始めた。

「ええと……

司馬です。今朝は有難う……じゃないな……今回は有難う。

ひさしぶりのピアノ連弾、ほんとうに嬉しかったです。

君と会えたことも。

そして、一緒に夜を……いやこれは生々しいな……そして、一緒に話せたことも。

ああして君と離《わか》れたけれど、その、なんというか、僕の側の事情が変わりました。

結論からいうと、今度の人事異動で、なんと君のいる愛予県に赴任することが決まったのです。世間でいう県職員、身分も地方公務員で、愛予県の、公安課長というのになります。八月六日付けなので、八月五日には愛予に入り、そこから約二年間を過ごすことになります。

正直、躯《からだ》が震えます。

こんな偶然があるのかと、恐くなります。

ただ……

これも正直、子供みたいに嬉しがっている自分もいます。

君がどう感じるかは全然解りません。

けれど、ともかく会って話したいです。それなりの時季を過ごした、大事な友人として。

返事をもらえるかどうかが恐いので、時期を見て、僕から電話させてください。

嫌なら出ないでください。けど、ちょっとでも嫌じゃなかったら出てください。

いきなりこんなこと、ゴメン。

取り急ぎ連絡だけします。司馬達拝《はい》……っと‼　こんなもんだろう‼」

これでよし。というか、小細工も熟慮も今はいらない。今のところ、すべては充香さん次第なのだから。僕の約二年がどうなるかも、そうだ。

だから僕は、職場では癖になっている二度の推敲《すいこう》も碌《ろく》にせず、急いでメールを保存した。

──キッカリ三〇分後に帰ってきたあしっちゃんは、無論、内容や相手方を詮索《せんさく》するようなことはしない。そのまま僕をあの公衆電話に導き、『ダイヤルアップ接続』なるものをやってくれた。重ねて、僕には何が何故どう必要なのか、サッパリだが。

そして聴こえてくる、失敗した警笛《けいてき》のような、はたまたバネのような通信音。

ぴー、ひょろひょろ、がー、ぴこんぴこん、ぴーろりろりろりろ──

もちろんその後の作業も全《すべ》てあしっちゃんがやってくれた。未来人か。

「──これで大丈夫。間違いなく送信できているから」

「なんかドキドキする音がしたね、おもしろいけど──有難うあしっちゃん‼」

するとそこへ、同期の天河《あまかわ》が通り掛かり──

「あれっ？

同期イチのアナログ警察官・司馬達《とおる》警視も、とうとう蘆沢《あしざわ》パソコン部に入部したの？」

「うん、もろ改宗したよ!! 愛予に行ったらまずパソコンを買う!!」

「ま、初任課程の昔から、司馬は食わず嫌いで臆病《おくびょう》だからなあ。その癖《くせ》、過集中《かしゅうちゅう》の気がある。もしパソコンを買ったなら、エロサイトにドハマりすると思うけどね?」

「……もう天河にはケーキあげない。御祝儀は今もらう。明日はグランパでおごらせる」

「なんでやねん、あっは」

僕らはそんな軽口を叩きながら寮へ帰ったので……

……あるいは、『ダイヤルアップ接続』の音があまりに印象的だったので。

僕は大事なことをあしっちゃんに頼み忘れた。

それがやがてどう転ぶのかは、この時点では全然解らなかった。

18

その翌週。

運命の内示は金曜日だったから、次の土日を挟んで月曜も過ぎ、今日は火曜。

すなわち、平成一一年(一九九九年)八月三日、火曜日だ。時刻は午後二時前。

『警察大学校初任幹部科研究課程』の卒業式も終わり。寮と教場《きょうじょう》の大掃除も終わり。

北寮の六人寝室でひとり、制服返納のため夏開襟《かいきん》制服に夏制ズボン、夏制帽などをチェックしていると、同期の白居《しらい》が部屋に入ってきた。そしていった。

「ああ司馬、ここにおったんか。グランパ終わったら速攻で中野を出る、ゆうとったから、もう家《ヤサ》に帰ったんかと」

「そのつもりだったんだけど——これでこの警大も見納めだと思うと、なんだか離れがたくてさ」

「それでチンタラ片付けしとるんか。まあ、ちょうどよかったわ」

「ていうと？」

「お客さんやで」

「えっお客さん？」

僕はここで初めて白居の方を直視した。

——白居とは、内示が出てからも散々飲み食いしている。もともと仲の良い同期だが、ともに警備部門の新任課長として出るとくればなおさらだ。ちなみに白居は、鳥取県の警備第一課長になる。ここで、僕は愛予県の『公安課長』になるが、公安課長と呼ぶか『警備第一課長』と呼ぶか、あるいは『トテモアヤシイスパイ課長』と呼ぶかは、それこそ各都道府県警察の自由というか、各都道府県警察が勝手に決めてよいことだ。要は、僕らふたりの仕事はほとんど一緒になる。だからもちろん白居も、時期はともかく鷹城理事官に、あの『誓約』をしたはずだ。

いずれにしろ、今更《いまさら》気を遣う関係じゃない。

だから、それまで背中で話を聴いていた僕は、ここで初めて白居の方を直視した。

すると——

——確かに白居は客を連れている。人を伴っている。

それは、夏制服姿の警察官だ。

年の頃、五〇歳前後か。きちんと整えた銀髪に、理知的な銀眼鏡。ただその銀眼鏡の奥の瞳は、とても穏やかで優しい。その穏やかな印象は、まったく嫌味のない微笑でさらに強化されている。喩《たと》えるなら田舎の中学校の、人気ある教頭先生だろうか。

「あれが司馬です」白居はニヤッとしながらいった。「トボけた顔して油断ならん奴ですから、毎日行動確認《コウカク》してやってください」

「お客様の前で、なんてことをいうんだ」

「で、司馬。こちら愛予県から入校している赤松《あかまつ》警部さん。おまけになんと、愛予県公安課の課長補佐を務めておられるらしいで」

「——そ、それはまあ、まさになんと」

「そしたら俺はこれで。まだ警備局の挨拶回りが終わっとらんから、警察庁行ってくるわ」

白居はマイペースに六人寝室を出てゆく。

僕はお客様――いや正確には三日後からの部下に、どう声を掛けてよいか迷った。

すると、その赤松警部は、新任課長の途惑《とまど》いなど先刻承知といった感じで、ゆっくりと会話をリードしてゆく――

「突然の御挨拶、誠にすみません。そして、こんな形で恐縮です。

今、御同期の白居警視から御紹介いただいたとおり、愛予県警察本部警備部公安課で課長補佐を務めとります、赤松警部と申します。

微妙にフライングですが、これから約二年間、どうぞよろしくお願い致します司馬課長」

「いえ、御丁寧《ごていねい》に有難うございます、こちらこそどうぞよろしく……

……まさか、新任課長の迎えのために御上京されたとか、そんなことはないですよね？」

「あっは、それはまさかです、この御時世《ごじせい》。昭和の御代《みよ》ならそれもありましたが……」

「そうすると、警察運営科への入校とか？」

「いえ私はまだ管理職試験も通っておりませんので、滅相《めっそう》もない。ウチの宮岡次長なら、この秋には運営科に入らんといけんのですが。というのも、次は確実に署長で出られますけん――

私はといえば専科《センカ》がありまして、初幹《ショカン》の皆さんと御一緒のタイミングで、警大入校しとるんです」

警大では、警部に昇任した者が半年間入校する義務的コースを本科《ホンカ》といい、それ以外の、様々な特殊技能・特殊知識を教えるためのコースを専科という。本科も専科も全国警察から警察官が集まるから、なるほど、愛予県警察の警察官が入校していて何ら不思議はない。それがたまたま、僕の赴任する公安課の幹部だったというのは、いささか奇《き》遇《ぐう》だけど（ちなみに『警察運営科』というのは、今度、警察署長といった所属長《ショゾクチョウ》になる上級警視が三週間の入校をする義務的コースである。警察はほんとうに教養《キョウヨウ》が好きな機関だ）。

とまれ、このいささかめずらしい出会いを大事にするかのように、赤松警部は続ける。

「皆さんのうち、何方《どなた》かがウチの課長になることは確実だったのですが、そこは警察の人事、誰がなるのかはずっと分かりませんでしたけん。御挨拶が今日まで遅れてしまって」

「あっは、そりゃそうです。私自身、それを知ったのは先週金曜ですから」

「宮岡次長にも、『せっかくウチの人間が入校しとるんやけん、人事の蓋《フタ》が開いたらすぐ御挨拶してもらえ』――ゆわれとったんですけど、一日中専科の講義があり、なかなか司馬課長をおつかまえすることができず……遅うなって本当に申し訳ありませんでした」

「そんなこと。

これからいろいろ教えてもらい、いろいろ鍛《きた》えてもらう身の上だから、こっちから挨拶に行くのが筋でした。いずれにしろ、僕は赤松警部のこと、生きているかぎり忘れないでしょうね、あっは」

「いやホントそうです。これから二年愛予で一緒に働く私らが、何故か東京の、しかもすぐに取り壊される中野学校で最初の挨拶をかわすなんて……こんなこと二度と起こらんですけん」

「ところで専科入校は何時《いつ》までですか？」

「来週金曜までです。ゆうたら、課長は私より先に公安課に行かれることになります。といって、その一週間後には私、課長から距離一〇mの、公安課のデスクに座っとりますけんど。

それで課長、今お訪ねしたのは、御挨拶もありますが――

若干大事なお話もありまして」

「えっ、というと？」

19

「司馬課長は明日水曜、愛予に行かれる御予定ですね？」

「はい、宇喜多《うきた》課長との引継ぎがあるので。明日一日、日帰りで愛予にお邪魔しますが」

「……実は、その御予定を変更していただきたいのです」

「変更――」

「無論、宮岡次長の決裁は口頭で頂戴《ちょうだい》しとります。

そして、その宮岡次長からの緊急のお願いなのですが……

宇喜多課長との引継ぎは、キャンセルしていただきたいと。明日の愛予入りは控えていただいて、翌《よく》木曜日のしかるべき時間に、そのまま愛予県に着任していただきたいと」

「明日の日帰りをキャンセルするとなると、確かにそれしかなくなりますね。というのも、金曜の〇八三〇《マルハチサンマル》に執務卓にいるためには、どうしても木曜の内に愛予入りしなければならないし、その木曜にまた東京へ帰ることなどできませんから――

しかしまた、何故でしょう？

そして何故、宮岡次長は私に直接、警電を架けなかったんでしょう?」

「……近くに人がおらんのは確認しとりますんで、率直にお話ししますが。

警電でも口外をはばかる事態が生じました。それで私に対し、CSZ-4で書かれた警電FAXが届いたのです。むろん宮岡次長からです」

「えっ、あの厄介《やっかい》な言語で?」

「失礼ながら、司馬課長はまだCSZ-4の当県版を御存知《ごぞんじ》ないので、司馬課長あてに送信するわけにもゆかず……」

「確かに……しかし、またアレを勉強し直すのかあ。まだロシア語をアラビア語に翻訳しろって言われた方が気が楽だな。どっちもできないけど」

「ゆえに、私が当該《とうがい》警電FAXを受領し、急ぎ解読しましたところ……」

無人を確認しているはずの赤松警部は、ここで恐ろしいレベルにまで声を落とした。

20

「……宇喜多課長は急逝《きゅうせい》されました。

しかも、そこには事件性があります」

「お――」

大声を上げかけた僕は、どうにか思いっきりデクレッシェンドを掛けた。

（――お亡《な》くなりに？　宇喜多さんが？）

（はい）

（事件性がある……）

それはつまり殺されたということ？）

（はい）

（誰に）

（ＭＮに。

ただ詳細は私にも電送されておりません。宮岡次長が木曜日に直接、御説明申し上げるとのことです）

僕はただただ絶句した。

ＭＮ。

無論、僕らで言うところの〈まもなくかなたの〉である――

第2章　愛予県警察本部

21

平成一一年（一九九九年）八月五日、木曜日。

僕は自宅アパートから電車を乗り継いで、羽田空港第一ターミナルに到着した。

（〇九四五《マルキュウヨンゴー》羽田発。一一〇〇《ヒトヒトフタマル》愛予着。愛予の空港は……山松《やままつ》空港）

飛行機に乗るのも本州を出るのも、実に久しぶりだ。警備局《ビキョク》時代は、一度も飛行機での出張はなかった。僕は久々のモノレールを下り、羽田空港の出発ロビーを目指しつつ、幾度も映画のチケットを分厚くしたような航空券を確認する。時刻、空港ともに誤り無い。そして現時刻、〇八五五《マルハチゴーゴー》。

（一時間前には着けるかと思ったが……モノレールは時間が読みづらい。鈍行というか、各駅停車しかない。あのゆったりゆったりした運行は、ちょっとイライラする）

中央線のように快速を作ってくれればよいのに、とも思うが、現状を見るかぎり快速その他を作るのは無理だ。追い越しのための待避線や複線ホームがないから。成程《なるほど》、物事にはすべて理由があるものだ。

　僕はそんなことを考えながら、長い長いエスカレータを使い第一ターミナル二階に出る。そして愛予県への——山松空港とやらへの搭乗口を、巨大なカタカタ掲示板で確認する。

（眼鏡は出さなくてもなんとか……ええと、69番搭乗口か）そのまま目を細めてフロアマップも見る。（うわ、保安検査場入っていちばん右の奥だな。最果てだ。これはかなりのトレッキングになる……）

　さいわい、保安検査場は混んでいない。というか人の列もない。いつか同期の天河がいったとおり小心で臆病《おくびょう》な僕は、さっそく出発エリア内に入ってしまうことにした。保安ゲートの傍《かたわ》らでプラスチック籠《かご》を取り、あの金属探知ゲートの直前カウンタで装備資器材を躯《からだ》から出してゆく。

　僕は見栄《みえ》っ張りでもあるので、出張時の装備資器材が山ほどある。銀のライター、シガレットケース、銀の懐中時計、札入れに小銭入れに名刺入れ、タイピンにカフスボタン、ボールペンが二本……全《すべ》てサンローランというのは嫌味のつもりじゃない。本栖充香にサンローランのベルトをもらって以来、それに合わせ、薄給の中でちょこちょこ集めてきたものだ。そして僕は小心なので、後ろの人を待たせていないかとても気になる。オフィシャルな出張で身形《みなり》を整えているときは、じゃらじゃらした装備資器材がとても厄介《やっかい》だ。

（そういえば、出張での装備資器材についても、いろいろな思い出があるなあ……）

とりわけ、地域課長の随行《ズイコウ》で三重県警察に行ったときのこと。季節が冬だったから、ほとんど踝《くるぶし》まであるボックスコートを着ていったらいきなり『何だ司馬君、君はギャングかＦＢＩか』って言われたっけ。おまけに新幹線の中で『司馬君、悪いが煙草をくれないか』『ハイ課長、ただいま』なんて感じでシガレットケースを差し出したら『これ君のか』『ハイ』『またすごいものを持っているな。偉くなったもんだ』って言われたっけ……

そんなことを思い出しながら、装備資器材を入れた籠と、唯一《ゆいいつ》の荷である黒いアタッシェケースを流す。そして単身、金属探知ゲートをくぐる。僕は小心ゆえこの瞬間、いつも瞳を閉じてしまうのだが……事前準備のよろしきを得て、何の警告も鳴らさずにすんだ。すぐさまゲートを出た所で装備資器材とアタッシェを回収。またライターからシガレットケースから懐中時計からタイピンからカフスボタンから……警察官としてはほとんど無用な金属グッズを、これは左胸、これは右胸、これはポケット云々《うんぬん》と身に着けてゆく。そして新調したばかりの三《スリー》つ揃《ピース》いを翻《ひるがえ》しながら、保安員さんなり警備員さんなりに軽く『ありがとうございました～』と告げ、つい先刻作った脳内地図を頼りに、最果ての69番搭乗口を目指す。保安員さんなり警備員さんなりに礼をいう旅客というのもめずらしいのだろうが……警察官としては素直に『お疲れ様です』『御迷惑を掛けます』と思う。

そしてその人々の制服姿に、またちょっとした感慨を憶《おぼ》える——

(考えてみれば、僕は今、警察官でも何でもなかったな!!)

動く歩道を使いながら、カーペットの上をテクテク歩きながら、初めてその事実を意識した。そうだ、僕は今、実は警視でも警察官でも何でもない。無位無官《むいむかん》の民間人で、公務員ですらない。それこそ四年前までやっていた、お気楽学生と一緒だ。

(就職したときは、まさかこんなにアッサリと警察官じゃなくなることがあるなんて、思いもしなかった。

だからどうという訳ではないし、どのみち明日八月六日からはまた警察官だけど、ちょっと躯がスースーするような、どこか寄《よ》る辺《べ》ないような、何とも不思議なこの感覚)

そう。

今、空港の69番搭乗口を目指してトコトコ歩いている、黒い三つ揃《スリーピース》いと黒いアタッシェのトボけた兄《あん》ちゃんは、『裸の司馬達《とおる》個人』であり、それ以上でもそれ以下でもないのだ。無論、警察官としての職員証も、警察官としての警察手帳も所持してはいない。

……これには、警察のちょっとした事情がある。

というのも、僕は今、警察庁を辞職してきた身の上だからだ。無論、依願退職などしたわけではない。どちらかといえば、退職させられたという表現が正確だ。何故《なぜ》ならば、愛予県警察へ赴任する以上、僕はもう警察庁警察官でも警察庁警視でもないからである。その身分を取り上げ、『愛予へ行け』という辞令はもう出た。今も黒いアタッシェの中にあるその辞令には、こうある――『辞職を承認する。警察庁長官』と。そう、社長である警察庁長官による辞令交付は終わった（ちなみに、ひさびさに長官の御尊顔《ごそんがん》を拝した。新任警視なんてそんな立ち位置だ）。

かくて、僕は警察庁から切り離されたのだ。

ゆえに今現在――辞職を承認された以上――民間人であり無位無官である。僕がもう一度警察官に、いや公務員になるためには、愛予県に行き、今度は愛予県の社長＝愛予県警察本部長から、採用と任官の辞令を頂戴《ちょうだい》しなければならない。その辞令交付は、明日だ。

このあたり、警察という組織は、地方分権を徹底している。

地方分権という点についていえば、警察は、霞が関の中でもいちばん徹底している。よって、僕は愛予県警察の警察官になる以上、身分を完全に切り換える。警察庁の国家公務員から、愛予県の地方公務員へと切り換える。僕が警視正以上だったなら、またちょっと絡繰《からく》りが違うんだけど……

いずれにしろ、僕は警察庁を辞職した根無し草である……今は。

（それぞれの辞令交付にタイムラグがある以上、いきなり民間人に戻ってしまう期間が生じるのは避けられないけど——例えば今この瞬間、僕が何かの事故で死んだらどうなるんだろう？　ちゃんと公務災害にしてもらえるんだろうか？）

——やはり臆病な僕は、躯がスースーする感覚と、いささかショボくさくケチくさい憂慮《ゆうりよ》を憶えつつ……長い長いトレッキングの果てに、いよいよ69番搭乗口のある羽田の奥地へと到着した。そしてパパッと観察するに、ここには四つの搭乗口がある。67A、67B、68そして69だ。僕は銀の懐中時計の蓋《ふた》を開ける。現時刻、〇九一三《マルキユウヒトサン》。もう一度執《しつ》拗《よう》に厚紙の航空券をチェックするに、何度も何度も確認したとおり、僕の便は〇九四《マルキユウヨン》五《ゴー》羽田発・一一二〇《ヒトヒトフタマル》山松着である。すなわち、あと三〇分強も余裕がある。

ここで、近視の僕はまた目を細めた。超勤月三〇〇時間は、確実に目を弱める。

（そして69番ゲートの表示を見るに——これまた眼鏡は出さなくてもいいだろう——まあ、ナントカ松とのパネルが確実に出ている。ならもう大丈夫だ。あとは飛行機に乗るだけだ。

　そのまま機内で最後の仕事をしている内に、約一時間半で愛予に着く）

……羽田までの旅程が、いちばん不安だった。

何故と言って、これから約二年、『いきなり遅刻した新任課長』なる汚名を被《かぶ》って仕事をする訳にはゆかないからだ。『やっぱり二五歳の若僧だから』『やっぱり偉そうなキャリアだから』――そんな評判をいきなり蔓延《まんえん》させるわけには絶対にゆかない。是が非でも、〇九四五《マルキユウヨンゴー》羽田発の便を逃す訳にはゆかない……そう、新任課長の入県とあって、あの宮岡次長の音頭《おんど》で、僕の受け容《い》れスケジュールが分単位でガッチリ組まれているからだ。今日の分も、明日の分も、明日以降の分も。その〈司馬新課長受け容れ御日程表〉は既に僕に警電ＦＡＸされ、まさに今、僕のアタッシェに入っている。

（いずれにしろ、もう心配はないな。69番搭乗口まで、所要徒歩三〇秒だもの）

すっかり安心した僕は、空港トレッキングで微妙に汗ばんできた三つ揃《スリーピース》いを翻し――このスーツ代も痛かった――盛夏の滾《たぎ》るような日射《ひざ》しあふれる大きな窓を見遣《みや》りながら、こみあげる生理的欲求を解消しようとした。手洗いではない。僕は、三本目の脚はともかく膀胱《ぼうこう》がやたら大きい。ゆえに今僕を切実に襲撃している生理的欲求とは、むろん喫煙への欲求である。まして幸運なことに、徒歩一〇秒未満のところに――要はほとんど真横に、小綺麗《こぎれい》そうな喫煙所が整備されていた。僕は思わず喜色満面《きしよくまんめん》となってそこへ駆け込む。自動ドアを開け、無人だったスペースのいちばん奥に陣取り、マイルドセブンに着火する。

――ただ、喫煙所の中からは、搭乗口回りがよく見えない。搭乗口そのものも、腐るほどある待合椅子《いす》も見えない。今にして思えば、ここで喫煙欲求に負けたのがよくなかったし、近視の気があるのに、面倒臭がって眼鏡を使わない癖《くせ》があるのがよくなかったのだが……いずれにしろこの時点での僕は、あと二〇分後に発生する悲劇を知りようもなかった。一時間以上我慢していた煙草《たばこ》が美味《おい》しすぎたからだ。今日も元気だ煙草が美《う》味《ま》い。

（さて、と。

家財道具は今日木曜、嫁はんが送り出す。それを僕が愛予で回収。その搬《はこ》び入れは週明け月曜。そして宮岡次長は、もうそれも〈御日程表〉に組んである。引っ越しはお任せパックだから、ぶっちゃけ『立ち会って見ていればいい』。引っ越し完了までの宿すら、宮岡次長が手配済み。金曜・月曜用のワイシャツその他は持参しているから、着衣にも特段の心配はない。そしてどんな宿かは知らないけれど、アイロンくらいはあるだろう、靴磨きも。

これすなわち、私生活上の問題は全然ない——）

そんなことを頭の中で整理していると、マイルドセブンが三本灰になった。

僕は大きく頷《うなず》きながら、アタッシェを勢いよく持ち上げると、無人の喫煙所を出た。

現時刻、〇九二八《マルキュウフタハチ》。飛行機の離陸まで、あと十五分くらい。これすなわち、僕が東京を確定的に離れるまで、あと十五分くらいということである。そして目指すのは、人生で一度も訪れたことのない未知の地方県。しかも、そこで約二年を過ごすであろう地方県だ。

そんな旅情と緊張とを感じながら、自棄《やけ》に人気《ひとけ》の少ないのを訝《いぶか》しみつつ、ガラガラの待合椅子に座る。69番搭乗口が視認《しにん》できる位置に座る。座って数分の間は、何も感じなかった。だが幾度か銀の懐中時計を開いている内に、奇妙なことに気付いた。

（……こんなにガラガラというのはどういうことだ？

ぶっちゃけ、誰も椅子に座っている旅客がいない。近くのカフェなり売店なりには人がいるが、それすら片手で数えられるほどだ。まして、そういえば……喫煙所だって誰もいなかった。出発前に、吸い貯《だ》めをしたい人間はそこそこいるだろうに）

僕はぐるぐると周囲を見遣った。69番搭乗口の周辺は、あからさまに無人である。

執拗《しつこ》く懐中時計を見る。

現時刻、いよいよ〇九三五《マルキユウサンゴー》――

（搭乗一〇分前にお客さんが誰もいない、なんていうことがあるのか？）

そもそも搭乗口でさえピタリと閉まったままだ。地上勤務員のお姉さんはいるが、独りでポツンと雑務に没頭している感じだし……過去の出張経験をどう顧《ふりかえ》っても、そう、一〇分前くらいには『搭乗のお知らせ』が大きくアナウンスされ、さっそく人の列ができるはずなのだが。

（飛行機の遅れだろうか？　マシントラブルか何かか？）

僕は居ても立ってもいられなくなり、唯一視認《しにん》できる地上勤務員のお姉さんに近付こうとする――

　するとそのとき。

「山松空港へお越しの司馬さまー!!

　日本航空四三三便で愛予県山松空港へお越しの司馬達《とおる》さまー、いらっしゃいますか⁉」

　なんと、僕の背後から大声も大声、絶叫ともいえるフォルテシシモが響いた。

　当然、御指名を受けた僕は三つ揃い《スリーピース》とアタッシェを翻し、その声の方へ進む。というか駆ける。事情は全然解《わか》らないが、僕を呼んだその声は恐ろしく緊迫したものだったからだ。僕は声の方へ進み、声の主は僕に駆けてくる。声の主は、やはり地上勤務員のお姉さんだった。ゴツい無線機を持っている。そして僕の顔を真正面から見据えるや否《いな》や、やにわに絶叫した。

「愛予へお越しの司馬達さまですねっ⁉」

「は、はい。山松空港まで行く司馬達ですが……」

「どうしてこんなところに…… いえお話をしている時間はありません!!」

　なんと地上勤務員のお姉さんは僕の腕を取ると、そのままダッシュし始める。理由も解らないまま、僕はぐいぐい引き擦《ず》られてゆく……

「あ、あの、これはどういう」

「羽田発・山松行き四三三便の搭乗口は、54番です!!　空港のまさに反対側なんです!!

ああ、どうしよう間に合うかしら……」

「えっ、だって69番搭乗口には確かに」

「あそこは一〇時四五分の、高松便が出るところです!!」

（なっ……なんとまあ、やらかした!!

そういえば面倒臭がって、『松』の字しか確認していなかった……!!）

——地上勤務員のお姉さんと必死に羽田を駆ける。初任科生みたいに駆けて駆けて駆ける。54番搭乗口からなんとバスに乗せられる。空港によくある、二両がアコーデオンで結ばれた、搭乗口と飛行機とを結ぶ大きなバスだ。しかももちろん特別便。僕だけのために急遽《きゅうきょ》仕立てられたもの。五〇人は乗れそうなその連絡バスに、お姉さんと僕がたったふたり。しかもどういうお仕置きプレイなのか、この列車のような横座りのバスで、お姉さんは僕の座った位置の対岸、真っ正面に陣取っている。そして時々僕を睨《にら》みながら、手にしたゴツい無線機で、どうやら飛行機と必死に連絡をとっている。

……やがてバスは飛行機のたもとに着いた。

「急いで——急いでください!!　もうお客様は全員乗っておられます!!」

「すっすみません!!」

僕は突き飛ばされるようにバスを追い出され、特別に用意されたのか、飛行機への夕ラップを駆け上がる。今度は水難救助されるように、機内のCAさんによって腕をグイと引っ張られる……

そして搭乗した機内で、眼前の様子を見る。

成程《なるほど》、機内は満席。誰もがもうベルトすら着用している。

そして遅刻してきた痛い子に突き刺さる、無数の非難の視線、視線……

「お荷物もう入らないんで、椅子の下に。すぐ離陸です!!」

「すみません……もうホントすみません……」

かくて日本航空四三三便、愛予県山松空港行きは、定刻を数分遅れで離陸した。

（コンタクトレンズ、作った方がいいかなあ……

それにしても、どうにか乗れてよかった。着任時にいきなり遅刻、みたいな無様《ぶざま》は避けられた。さっきみたいな視線を部下に——いや愛予県二、〇〇〇人警察官に投げられちゃあ、今後二年間まるっと仕事にならないよ……）

22

——出発時のマヌケっぷりはともかく、飛行機そのものは順調に空路を進んだ。

約一時間半の空の旅である。

さすがに気が動転していた僕だったが——三つ揃《スリーピース》いは汗だくだ——飲み物が給仕される頃には、なんとか気を取り直すことができた。とても熱いコンソメスープに舌を焼きながら、取り敢《あ》えず機内で終えておかなければならない仕事を始める。

といって、まさか警察の具体的なオペレーションに関する仕事ではない。そんなものを公共の場でやり始めたら、僕は鷹城理事官の直轄《ちょっかつ》部隊に暗殺されてしまうこと疑い無い。ゆえに、僕が始めた仕事は極めて公然性が強いもの、行き交う誰に知られてもさしたる実害のないものである。もっといえば、いささか陳腐《ちんぷ》なものでもある——

第一に、書籍『愛予県の歴史』をもう一度、チェックしておくこと。

第二に、いわゆる『初訓示《はつくんじ》』の原稿を推敲《すいこう》することだ。

——警察庁が戦前、内務省だった昔からの格言がある。内務省三訓《さんくん》。すなわち〈人を愛し、土地を愛し、仕事を愛する〉って奴《やつ》だ。内務官僚も警察官僚も全国異動が多い。現に僕とて、二十五年の人生で足を踏み入れたこともない愛予県に着任する。ゆえに、着任先の歴史・地理・風土・文化を事前に勉強しておくことは、戦前からの伝統にして、先輩方から厳しく言い渡される宿題でもある。よって僕は先週金曜、あの運命の内示があってから、新宿の紀伊國屋《きのくにや》で『愛予県の歴史』を買ってきた。もう幾つか附箋《ふせん》を貼《は》り、幾箇所か蛍光ペンを引いてある。この機内では、それらの総復習をやる。まあ付《つ》け焼《や》き刃《ば》だが。

そしてもうひとつの仕事は、それよりやや重要度が高い。

僕はアタッシェからクリアファイルを出し、その中からA4のコピー用紙を二枚、取り出した。そこには公用文よりやや大きなサイズの文字で――12ポイントだ――つらつらと文章が印字されている。文書ではなく、文章だ。そしてこれはいわばカンペである。喩《たと》えるなら、披露宴の主賓のカンペに近い。

(ああ、緊張するなあ……

宮岡次長によれば、公安課の体制は七〇人弱。警電ではもちろん具体数なんて教えてくれなかったけれど、それにしても、七〇人弱の前で一席ぶつことになろうとは)

――これは旧内務省系だけの伝統ではないだろうが、だから何処《どこ》の役所にもある伝統だろうが、『初訓示』は新任課長最初のビッグイベントといっていい。これは読んで字の如《ごと》く、新任課長が着任して『初の』『訓示』である。僕の場合だと、七〇人弱の所属《ショゾク》にいよいよ着任した実戦指揮官として、『当課の方針こうあるべし』『仕事の在り方こうあるべし』『各員いっそうの奮励努力《ふんれいどりょく》を期待する』――ってな感じのアジ演説をぶたなければならない。起《た》てよ国民よ、ってな感じで。無論、その七〇人弱が参集したその眼前でだ。

僕はピアノを嗜《たしな》んだりホルンを吹いたりする音楽者だった癖《くせ》して、実はかなりのあがり症である。自分自身の披露宴においてすら、一切の発言・スピーチを御遠慮した。ただこの『初訓示』からは逃げることができない。僕の経営方針を示す重要儀式だし、なにより、新たに部下となる七〇人弱が『僕を見定める』重要な機会だからだ。まして儀式好き・儀典好きの警察において、新任課長が初訓示をしないなどということは絶対に許されない。

（はあ……まあとにかく、明日早朝の本番までに、暗記だけは確実にしておかないと）

――ゆえに僕は、『愛予県の歴史』の最終チェックを終えると、初訓示原稿の最終チェックを始めた。これを作成したのは内示が出た直後だが、ゆえにもう何度も何度も繰り返して読んではいるが、どうにも気恥ずかしいし、どうにも実感がわかない。それはそうだ。警視になったのはつい先日。それまではヒラ警部で、既述のとおり部下などいなかった（P-WANと警電と警電FAXだけが部下だった）。要は、僕は職業人生において、部下というものを初めて持つ身の上なのである。世間は、キャリアキャリアと持て囃《はや》すけれど、実態をつぶさに見ればこんなもんだ。まして、初めて持つその部下が、なんと六〇人だか七〇人だか……重ねて僕は二五歳の身空《みそら》なので、デビュー戦としては、桁《けた》が一桁少なくてもいいくらいだ。ただどんな愚痴《ぐち》を零《こぼ》したところで、課長として出ると誓約までしたのは僕自身だし、まさか今日一日で愛予県警察公安課の課員が一桁少なくなってくれるはずもない。僕は落語の前座さんにでもなった気分で、何故かいつも滅《め》茶苦茶《ちゃくちゃ》熱いコンソメスープを啜《すす》りながら、ブツブツ、ブツブツと暗唱の練習を繰り返した。隣席の人には、さぞ迷惑だったかも知れない。

そんなこんなで、空の旅を仕事に使っていると。

「乗客の皆様にお知らせします。

当機はまもなく目的地、山松空港に到着いたします。

到着時刻は定刻どおりの一一時二〇分。到着時の天候は晴れ、気温は三二度となっております。リクライニングを元の位置に戻し、ベルトを着用の上……」

（到着時刻は定刻どおり、か。

パイロットさん、かなり頑晴《がんば》ってくれたのかな？）

やがて、飛行機はぐんぐん、ぐんぐん高度を下げてゆき――

強い衝撃と逆噴射。きぃんと鳴る音としばしの滑走。タイヤと機体の揺れ。

――何の問題もなく着陸したその地は、むろん高松ではない。

たちまちのうちに、旅慣れていそうな人々が、ベルト着用サインも消えぬ間に、陸続《りくぞく》と荷を下ろし始める。そして列を作り、機体前方ドアの方を目指す。

ひとつ、大きな深呼吸をして――

僕は黒いアタッシェケースを採ると、自分もまた、その列に溶け込んだ。

（いよいよだ）

23

搭乗時に『お世話になった』ＣＡさんに何度も頭を下げつつ、飛行機からボーディングブリッジに踏み出す。さほどの距離なく、山松空港の建物に入る。

（明るい……そして暑い!!）

南国の強い日射しが、ボーディングブリッジや空港の窓から燦々《さんさん》とあふれている。

僕は極端な夏と極端な冬が好きなので、これだけで気分が昂揚《こうよう》し始めた。

（そして、何だろう……この甘いような美味しいような、不思議な匂《にお》いは。

まさか名産の、蜜柑《みかん》でも伊予柑《いよかん》でもあるまいが。とにかく甘い匂いがする、絶対に）

羽田でも機内でも感じなかった、その不思議な匂い。燦々とした太陽とあいまって、いかにもトロピカルな感じがする。といって、太陽にも空気にもギラギラした感じはない。どこかぼんやりとしていて、どこか優しい。東京と同じ盛夏だが、そして東京より暑い南国だが、すべてがふんわりとした穏やかさの中にある。

――羽田のイメージからすると恐ろしく小規模な空港は、僕をたちまちエスカレータに導いた。短いエスカレータを下りていると、『ようこそ愛予へ』『住田《すみた》温泉においでんか』『じゃこ天食べてつかあさい』等々の看板なりパネルなりが瞳《め》に入る。いささか意味不明なところはあるが、これまたふんわりとした優しさを感じさせる。

その短いエスカレータを下りると、そこはたちまち荷物用のベルトがカタカタぐるぐる動いている、手荷物受け取りのエリアだ。僕は手にしているアタッシェ以外に荷を持っていない。ゆえにそれをチラ見して出口を捜していると、『捜す』などという言葉に申し訳なくなるほど直近に、到着ロビーへの出口が——到着ロビーへの自動ドアが見つかった。

無論、それを出る。

空港なのに、そして到着エリアなのに、雑踏《ざっとう》密度はかなり低い。新宿駅の山手線ホームの何倍も低い。僕の実家の、田舎新幹線駅に近い。

いよいよ、運命の自動ドアをくぐる。

いってみれば、愛予県初上陸だ。

くぐった先も、僕の実家の田舎駅程度の人出である。

（となると、あまり苦労なく合流できそうだが——）

——そうだ。

さすがに東京からのピックアップはないが、この空港からのピックアップはある。というのも、僕はこの空港からどうやって愛予県警察本部に行くのか全然知らないからだ。身分証とてない。それどころか、この自動ドアの先はこれすべて初上陸の異世界である。

ゆえに、この自動ドアを出た先で、出迎えがある。

——ここで今、僕は課員の誰の顔も知らないが（正確に言えば、あの赤松警部だけは例外だが、その赤松警部はいまだ中野学校にいる）、僕の顔なら課員の誰もが知りうる。というのも、僕の顔写真は警察庁から送信されているし、そもそも地元紙には、僕の異動記事と僕の顔写真が出ているからだ（その顔写真はむろん愛予県警察が提供した）。だから今必要なのは、誰の顔も知らない僕を、僕の顔写真を見た課員に発見してもらうことである。

そんなこんなで、僕は自動ドアを出てから、他の旅客の邪魔にならないようわずかに道を開け、ちょうど近くにあったＡＴＭコーナーのたもとで、故意《わざ》と顔を左右に動かしつつ、だから『人を捜していますよアピール』をしつつ、三〇秒ほど直立していたのだが——

そのとき。

五ｍほど先に立っている、とある人物と瞳《め》が合った。

やや小柄な、五〇歳弱ほどの男性だ。

しかし小柄といえど、その躯《からだ》はビシッと引き締まっていて、鋼《はがね》か鞭《むち》を思わせる。

といって、険《けん》のある印象を受けるかというと、そんなことは全然無い。

眼鏡の奥の瞳は、僕がさっき感じた不思議な匂いのように優しい。

そしてその眼鏡の脇《わき》に残っている髪と、ほとんど禿頭《とくとう》ともいえる頭の上部が、そこはかとなくユーモラスな印象を与えている。サッパリとした夏開襟《かいきん》シャツ姿が――むろん制服ではない――ちょっとくだけた感じも醸《かも》し出す。夏開襟シャツ姿だから、両腕がよく見える。やはり引き締まった両腕は、自然に、健康的な感じで黒く焼けている。

――僕らふたりが瞳を合わせてから、五秒ほどで。

その人物は、どこか嬉《うれ》しそうに数歩足を進めた。足を進めながら、大きな声を上げる。

「あっ、ひょっとして――ひょっとして⁉」

「ひょっとして‼」

僕も声を上げる。釣られて笑顔になる。そして感じる。僕は今の声を既に聴いていると。しかも、眼前の人物は僕が漠然と予想していた感じ、そのものだと。だから僕はいった。僕の方からいった。

「ひょっとして、宮岡次長さんですか⁉」

「はい宮岡です‼　愛予県警察の、宮岡です‼」

24

「司馬課長でいらっしゃいますね？」

「はい、警察庁を辞職してきました司馬達です。これからどうぞよろしく――」

「お顔は分かっとりましたけん、それに人出も知れとりますけん、すぐに会えるとは思っとりましたが――いや無事合流できてよかったです。

改めまして――もう課長が嫌になるほど警電を架けさせてもろとりますが――愛予県警察本部警備部公安課次長なんぞをやっとります、宮岡公明《きみあき》警視であります。こちらこそどうぞよろしくお願い致します。

そして、いささか儀式がかっとりますが……

いよいよ愛予県へようこそ、司馬課長。

そして御栄転、おめでとうございます!!」

「有難うございます。宮岡次長と一緒に、愛予の名を全国に轟《とどろ》かせるべく頑晴ります」

「いきなり嬉しいこと、ゆうてくださる――

お暑いでしょう。それに東京からの空路、お疲れやったと思います。

すぐに課長の公安課へ……と、申し上げたいところなのですが」

「何かここで用事が?」

「ハイ課長。実はウチの部長と待ち合わせ、しとるんです」

「部長さまというと……愛予県警察の警備部長さま?」

「ハイ課長。そがいにええもんじゃございませんが、マア課長の直属上官になる、警備部長です。その警備部長ですが、昨日《きにょう》から福岡県警察に出張しとりまして。ちょうど二〇分ほど前の飛行機で帰ってくる予定やったんですが、ちいと遅れとるみたいです。

ああ、課長の飛行機は定刻でよかった。初《しょ》っ端《ぱな》から事故に遭われたら、私ら泣くに泣けんですけんね」

「そ、そうですね、あはは……」

「と、いうわけで、もうしばしここでお待ちを。部長と合流でき次第、おふたりを警察本部に搬送いたしますので——あっ課長、初めて警察本部にお越しいただくのに部長と相乗り、しかも上席は部長にお譲りいただかんといけんのです、いきなりすんません!!」

「いやそんなことは。私つい先日まで廊下鳶《ろうかとんび》でしたし、偉い人の随行《ズイコウ》では助手席専門でしたし。車の中の配置まで気を遣っていただくような身分じゃないですよ」

「……お心得違いをなさってはいけません、司馬課長」

「え」

「課長は七〇人弱の実戦指揮官です。それこそ廊下鳶のお気持ちでおられたらいけません。本来ならここで、『宮岡なに言いよんぞ、儂《わし》を誰じゃ思とる、お前の上官の公安課長やぞ、なんで儂が下座《しもざ》にすわらんといけんのじゃ』——と、厳しく叱責《しっせき》されんといけんのです」

「そ、そんなもんかな」

「そがいなもんです」

「『仁義なき戦い』みたいになってきたなあ……ともかく、司馬警視努めます」

「誰にでも最初はありますけん、そこは頑晴っていただいて、あっは――」

うーん、それにしても部長、遅いなあ……あんまり待つようやったら、課長には空港派出所で珈琲《コーヒー》飲んでもろてもええんですけんど……部長の飛行機、さっき着いたことは着いたとアナウンスありましたけん、どのみち其処《そこ》の自動ドアから出て来よります」

「成程《なるほど》」

――などと言っているそのとき、僕らにいきなり大きな声が掛かった。

「おう公明《コウメイ》、待たせたの!! スマンスマン、飛行機遅れよって」

「いえ部長、急な御出張お疲れ様でした」

「福岡には、また無理なお願いをしたけんの……

で、公明よ。こちらの御方《おかた》が、ひょっとして」

「ほうです部長。明日から公安課の指揮をとっていただく、司馬課長でいらっしゃいます。

司馬課長、こちらがウチの警備部の部長で、渡会《わたらい》警視正ですぞな」

「ほうですか、ほうですか。アンタが司馬警視サンかな。

御挨拶《ごあいさつ》の警電は頂戴しとるけんど、お会いするのは初めてじゃの」

「警察庁を辞職してきました司馬達です。お引き立てのほど、よろしくお願い致します」

渡会警備部長は、電話の声から予想できたとおり、大柄でドッシリした風格のある、如何《いか》にもな最高幹部だった。あの柔道家の鷹城理事官よりひとまわり大きい。また、鷹城理事官よりひとまわり、人徳を感じさせる大人《たいじん》の威風が強い。民間企業でいったら社長か役員といった感じだ。しかしながら、威圧感はない。それは口調によるのかも知れないし、諸事悠然《しょじゆうぜん》とした立ち居振る舞いによるのかも知れないが、渡会警備部長の発する『圧《アツ》』は、圧倒的な自信を感じさせこそすれ、恐怖や不快を感じさせるものではなかった。

（まあ、それも当然か。

都道府県警察で部長といったら、民間だと役員だからな。詳しいことはまだ分からないが、渡会部長は警視正。地元警察官で警視正ともなれば、定年も近い、功成《こうな》り名《な》を遂《と》げたその県のエースたちだ。警察庁によくいるパワハラー型警視正とは、経験も育ちも違う）

「ほしたら部長──」宮岡次長がいった。「──さっそく警察本部に。警備部長車ならもうスタンバっとります」

「ほうじゃの、公明。ほんで、その車中で司馬サンに聴いてもらう大事なこと、あるんじゃろ？」

「はい部長。ちょうどええ機会ですし、警備部長車の消毒《ショウドク》も終えとりますし」

「まさに、ちょうどええ。公安課長室なり警備部長室なりも、それはキチンと消毒《ショウドク》しとろうが……壁に耳あり障子に目あり、ゆうけんの。こんな物騒な話は、車中でするんがちょうどええ」

（物騒な話……）僕はすぐに直感した。（……宇喜多課長の件だな）

「ほしたら部長、課長。空港派出所の駐車場まで願います」

25

警備部長車は山松空港を出、かなりゆったりとした、新しい道路を順調に進む。目指すは県都《けんと》、愛予市。その官庁街にある、愛予県警察本部だ。

（しっかし、空の近いこと近いこと。高層建築物がひとつもない。ふんわりした山に、棕櫚《しゅろ》の木がなんともトロピカルだ。日本ってのも、実は広い）

——そんなことを考えていると、空港から三分ほど離れたあたりで、渡会部長がいった。

「なんぞー、公明よ。お前が自ら運転しよるんかな、もし」

「それはもう。渡会部長と司馬課長のトップ会談ですけん」

「そんなん、広川《ひろかわ》補佐や内田《うちだ》補佐でかまんじゃろがな、もし……

公明、お前もまだ修行が足りんのう。公安課の次長ゆうたら、職制的には所属長《ショゾクチョウ》ぞな。筆頭課の次長じゃけんの。まして、これからいよいよ署長にならんといけん――ゆうのに、自分が公用車の運転なんぞしよってどうすんぞ。お前の貧乏性も、度が過ぎようわい」

（なんだか僕と同じようなことを言われているな。

そういえば、宮岡さんは愛予県警察のエース。言ってみれば、一〇年後の渡会部長だ。その渡会部長から見れば、この世馴《よな》れた感じの宮岡次長も、まだまだ小僧っ子なんだろう。なるほど人にはいろいろな立場があり、いろいろな初めてがある。それは、二十五歳新任課長でも四十九歳次期署長でも、変わらないっていうことか……）

「のう司馬サン。宮岡も、まだこがいに修行中の身ですけん。

警察庁からみえられたキャリアさんとして、ひとつ厳しく鍛えてやってつかあさい」

「いえそんな。それは真逆です」

「司馬課長、私は渡会部長には頭が上がらんのです」宮岡次長がいった。警備部長車にはこの三人しかいない。「いっつも、こがいに怒られてばっかりで」

「マア、宮岡に仕事と麻雀《マージャン》とゴルフと実施《ザッヘ》を教え込んだの、儂《わし》じゃけんの……何故か、歌ぎりはちいとも上手《うも》うなりよらんけんど。司馬サン、宮岡は儂の一番の弟子ですけん、マア間違ったことは教えよらん思いますけんど、何かあったら直接儂に言いつけてくださいや。儂も含めて、愛予人は泥臭い田舎者ですけんね。司馬サンから見よったら、鈍《ドン》くさい所も多々ありよろう」

「渡会部長、司馬課長の前ですけん、私の勤評《きんぴょう》が下がるような話は慎んでくださいや」

そういった宮岡次長の口調は、まさか真剣なものでも険悪なものでもない。いわば牧歌的な茶飲み話だ。

ふたりの会話は察するに、内緒内緒の、大事大事な話のマクラであり、あるいは僕をリラックスさせるための気配りだろう。それはそうだ。六十歳近い老練な警視正と、四十九歳の老練な警視のすることである。他方で僕など、年齢的に、宮岡次長の長男であっても面妖《おか》しくない。渡会部長の孫であっても不思議はないだろう……

「それに部長、マジメな話をすれば」さっそく宮岡次長が口調を微妙に変える。「この秘密を知る人間は、少なければ少ないほどええですけん――」

「それもそうじゃの」

「ほしたら部長、課長。

道路事情からすると、道中は極めて順調。二〇分もあれば警察本部車寄せに着いてしまいます。ほやけん、運転しながらで恐縮ですが、私の方から司馬課長に諸々《もろもろ》の御説明を」

「頼む、公明。さすがに儂も歳《とし》じゃけん、週明けからのバタバタはしんどかったわい。それにしてもまさか、あのカズヒロのタマ、獲《と》られるとはの……ましてあのMNに」

「……司馬課長、今日まで詳細を伏せてしまい、誠にすみませんでした」宮岡次長がミラー越しに頭を下げる。「まずは、二期先輩でいらっしゃる宇喜多前課長の急逝《きゅうせい》、お悔やみ申し上げます」

「カズヒロは、がいにええ奴じゃった……」

「……新課長の下、必ず仇《あだ》を討ちますけん」

「宮岡次長」僕は訊《き》いた。「それがMNの仕業であることに間違いは無いのですか？」

「実は、宇喜多課長が肌身離さず持っておられた、重要なフロッピーディスクが強奪されとります。そしてそれは――消毒《シヨウドク》済みの車内ですけん言いますが――実はMNに関係する文書を保存したFDやったんです。具体的には、〈MN内の定点《オトモダチ》〉と〈警察内のMN病毒《ウイルス》〉に係る文書を保存したFDです」

「なんと」

「この『被害品』からも犯人は明白……少なくともどの組織の犯行かは明白ですが、我が公安課は右翼以外のあらゆる治安攪乱要因《チアンカクランヨウイン》を担当する課。直ちにすべての敵について緊急の情報収集態勢をとり、すべての敵について月曜日の動静を洗い出しましたが――それらはすべて平時どおりの状態にありました。これには誤りありません」

「MN以外の伝統的な敵についてなら」僕はいった。「何十年単位の、日記《ニッキ》態勢がとられていたことでしょう……その通常態勢から考えても、今《いま》宮岡次長がおっしゃった緊急の情報収集態勢から考えても、『敵は伝統的なお客様ではない』のは間違いないでしょうね」

「ほうなんです、司馬課長。

まして敵の性格なり敵の出方なりを踏まえれば、まさか『警備部の所属長を殺害してその所持する文書を強奪する』など……日本共産党が武装闘争を開始した頃や六〇年安保・七〇年安保の頃ならともかく、新たな世紀も間近の一九九九年八月現在、そんな大胆不敵なことをやらかす治安攪乱要因は、〈まもなくかなたの〉しかおりません。オウム真理教の残党ですら、もはやそんな作戦能力も気概も持ってはおりません」

「このことについて話を伺《うかが》うのは今日が初めてなので、事案の概要を――宇喜多課長殺害事件のあらましを、教えていただけませんか？」

「……課長、私は課長の直属部下です。教えろと、命令をしていただければよいのです。まあそれは追い追いとして、本件事案について判明していることを全て喋《しゃべ》りますと」

――それから宮岡次長が五分弱でまとめた『宇喜多課長殺害事件』の概要は、次のようなものであった。

【犯行時刻】
平成一一年（一九九九年）八月二日（月）午後九時三〇分頃から午後一一時三〇分頃の間

【犯行場所】
愛予県警察本部警備部公安課長室（応接セット）

【被害者】
宇喜多和宏公安課長（一名）

【犯行態様】
公安課長室内応接セットにおける、飲料への毒物混入による毒殺

【第一発見者】
臨場した公安課次長及び公安課補佐（二名）

【被害品】
宇喜多公安課長が所持していた公務用ＦＤ二枚（表面にラベル、記載等なし）

【遺留品等】
なし。ただし、応接セットの応接卓上には開封済みの缶ビールが一本。缶から

は宇喜多公安課長の指紋・唾液《だえき》検出。ビールは三分の二ほど飲まれた形跡あり

【その他】

公安課冷蔵庫から缶ビール一本が消失。また公安課の茶器の棚《たな》からグラス一客が消失。加えて、公安課長卓上の課長用公用パソコンが使用された形跡あり

「宮岡次長」僕は訊いた。「その日――つまり今週月曜の夜、そもそも宇喜多課長は何をなさっていたんですか？」

「ハイ課長。

　実はこの夜は、宇喜多課長離任に伴う全体送別会がありまして――当課は人数も七〇名弱と多いため、例えば係ごと、例えば警部以上のみなど、それまでにも様々な送別会がありました――とまれ宇喜多課長は、公安課員総員とともに、午後九時まで、愛予市中心市街地の料亭で、飲酒をしておられました。また一次会にあっては、こちらの渡会警備部長にも御出席いただきました。

　その一次会が終わったのが、当夜午後九時頃、いえ午後九時一〇分頃です」

「そして、犯行時刻が『午後九時三〇分頃から午後一一時三〇分頃まで』と概算されているのだから、宇喜多課長はその一次会の後、現場である警察本部に戻られたと」

「ほうなります。

犯行時刻にあっては、かなりの幅があることからお解りいただけるとおり、宇喜多課長と我々の行動から概算した、いわば推定時刻になりますが」

「何故、宇喜多課長は警察本部の、しかも自分の執務室に戻ったんですか？

一次会云々《うんぬん》という言葉からして当然、二次会以降が想定されていたのでしょうから」

「宇喜多課長が公安課長室に戻られた理由は全くの謎です。御指摘のとおり、我々はそのまま二次会会場のスナックに移動する予定でしたので――そしてそれは無論、主役の宇喜多課長とともに移動する予定でしたので、宇喜多課長の行動は我々にとっても意外でした」

「主賓《しゅひん》ですもんね。

その宇喜多課長は、例えば宮岡次長に何と言って、二次会を御遠慮なさったのですか？」

「宇喜多課長は女房役の私に、『ちょっと警察本部に忘れ物がある』『ちょっと警察本部に戻らなきゃいけない用事ができた』『用事が済み次第、すぐ二次会に合流するから』とおっしゃって、『自分に構わず先に始めておいてほしい』と、中心市街地の路上で我々公安課員と離《わか》れたんです。

私は宇喜多課長を半年間、支えさせていただきましたが――私が広報室長から公安課次長に異動したのが半年前でしたので――この半年間で、宇喜多課長の歩調《ほちょう》等は熟知しとります。我々が離《わか》れた地点、離れた時刻から警察本部までは、あの颯爽《さっそう》とした歩調からすると、徒歩十分強。ゆえに、宇喜多課長が御自分の執務室に入られたのが、当夜の午後九時三〇分頃となります」

「宇喜多課長は、その、主賓として、御自分のための二次会をいきなり辞するような、そのような御性格でしたでしょうか？」

「それはありません」宮岡次長は断言した。「後輩である司馬課長も、宇喜多課長のお人柄は御存知でしょうが、余程《よほど》の突発事案《トッパツ》でもないかぎり、課員の心配りやもてなしを無視するような、そんな御性格の方ではありませんでした。

それが証拠に――ゆうわけではありませんが、我々から離れて警察本部へ向かう際も、私に『皆《みんな》に余計な気を遣わせると悪いから、次長かぎりの話にしておいて。黙っておいて』とおっしゃったくらいですけん。私もそのお気持ちを尊重して、所詮《しょせん》は三〇分程度のことじゃろと、宇喜多課長が警察本部に行くゆうことは、他の誰にも喋《しゃべ》りませんでした。ゆうても、主賓が不在になるわけですけん、何か訊いてきた課員に対しては、『携帯でお電話でもしておられるんじゃろ。すぐにお帰りになるけん、要らん気遣《きづか》わんでもええわい』等々と適当なことを言い、煙《けむ》に巻く必要はありましたが……」

「そうすると、宇喜多課長のおっしゃった『忘れ物』『用事』というのは、余程《よほど》大事なものだったということになりますね？」

「理論的にはほうなんですが……そこに若干、解《げ》せん点もあります」

「というと？」

「宇喜多課長はもう、公安課長室をいわば『更地《さらち》』の状態にしとられました。ゆうたら、その月曜夜の段階で、公用のもの・私用のものを問わず、すっかり片付けを終えておられました。

そして警察庁に送付すべきものは荷出しを終え、東京の官舎に送付すべきものは宅配を終え、司馬課長に残すべき引継ぎの品は厳重に施錠《せじょう》した引き出しなり金庫なりに入れ終え、どうしても司馬課長に直接お手渡ししたい品は御自分の身に着けられ——いずれにせよ、もうすっかり、公安課長室を司馬課長に引き渡せる状態にしとられました。

我々はそれをよく知っとります。なんでかゆうたら、そのお片付けが終わってから、我々が公安課長室の大掃除に入ったからです。そして宇喜多課長が完全に公安課長室を『手放した』『手放せる状態にした』のを確認したからです。

何が言いたいか、ゆうたら——」

「——当夜、いきなり二次会への道から離脱してまで回収すべき『忘れ物』などない」

「まさしくです、司馬課長」

「宇喜多課長は『用事』という言葉も遣われていますが、それは『忘れ物を回収する』という用事』なる意味だったのでしょうか？」

「文脈から、私は当然そうだと解釈しました。また、送別会なりその二次会なりが——実際には三次会以降も御用意しとりましたが——予定されとる以上、そしてそれが宇喜多課長の御決裁を頂戴した日程である以上、当該《とうがい》忘れ物の回収以外の『用事』がおありになるはずもありません。

念《ねん》の為《ため》申し上げれば、急な公務が入ったということもございません。なんでかゆうたら、もし急な公務が入ったとすれば、それは宇喜多課長と私とが一緒に対処せんといけん仕事になりますけん。ほやけん、急な公務のことを、宇喜多課長が私に秘する理由がないのです。もう一言いうたら、それは『宇喜多課長と私と担当課長補佐とが急いで処理せんといけん仕事』になるでしょう——

いずれにせよ、宇喜多課長は指揮官です。指揮官が単独で、副官の私にも実務家の担当補佐にも黙って処理せんといかん急な公務、ゆうんは公安課にはございませんし、警察組織の在り方としてもそれはないです」

「ただ宮岡次長」僕は訊いた。「先刻の御説明によれば、宇喜多課長の『課長用公用パソコン』が使用された形跡はあったのですよね？　とすると、それは文書作成等、何らかの仕事をするためと考えられますが……」

「司馬課長、宇喜多課長もまた警備警察官です。敢えて申し上げれば、司馬課長より二年多く経験を積んだ警備警察官です。更に申し上げれば、かなり酒を嗜《たしな》まれる方でした。

そして私は宇喜多課長にお仕えして半年、その酒のお好きな宇喜多課長が、飲酒の上、公用文を作成するお姿を目撃したことがございません。一度たりともございません。如何《いか》に酒にお強いとはいえ、宇喜多課長は酒に酔って警備文書を作成なさるような、そのような指揮官ではありませんでした」

「それもそうですよね……そもそもCSZ－4を使わないといけないし、酒に酔った状態では、警備の仕事に関する文書を作成するのは無理でしょうね。

あっ、そういえば。そもそも『課長用公用パソコンが使用された』ということは――使用された『形跡がある』ということは、何故分かったのでしょう？」

「当該《とうがい》パソコンは部内ネットにつながっとりますけん、ログイン記録ゆうんですか、パスワードを使《つこ》て、要はパソコンに入った時刻が記録されます。

ゆえに情報通信部《ジョウツウ》に『課内のパソコンの一斉調査をするけん、記録出してくれ』ゆうデタラメを告げて記録を入手したところ――宇喜多課長のパスワードで、当夜『午後九時三六分』にそのログインとやらがされとると分かりました。ただし、同『午後九時四四分』には電源が落とされとるゆうか、ログアウトとやらがされとりますけん――

起動時間だの認証時間だのを厳密に考えんとすれば、約八分の間、パソコンが使用されたことになります」

「成程《なるほど》、確かに約八分じゃあ、パソコンが起ち上がる時間とかを考えると――今の公用パソコンだと三分四分は掛かるんだよなあ――仕事をするのは無理ですね。

ちなみに、それ以前、宇喜多課長がパソコンを使っていたのは何時でしょう？」

「ログインとやらの記録を確認すると、七月三〇日の金曜日、午前八時四〇分にパソコンに入られて、同日の午後五時一〇分には出られとります。ここで、犯行当日は八月二日の月曜ですけん、ゆうたら、それ以前の最後の勤務日に一日使われとった――ゆうことになります」

「すると、犯行当日の日中はもう」

「ハイ課長、一切パソコンには入られとりません……当該《とうがい》『午後九時三六分』までは。それもそうです。公安課長室同様、御自分のパソコンもまた『更地』にし終えとられたはずですけん。実際、宇喜多課長がパソコンの中に保存しとられたのは、直ちに確認したところ、誰にどう読まれても問題のない、オモテの中のオモテの文書ぎりでした。それさえ六文書ゆうか六ファイルぎり。そしてそもそも、宇喜多課長のパスワードがなければ、宇喜多課長のファイルを読むことすらできません」

……パスワードを無事使っているからには、当夜パソコンを起動させたのは宇喜多課長本人だと考えるのが自然だ。というのも、宇喜多課長は警備警察官だから。公用パソコンのパスワードなど、宮岡次長にさえ教えないだろうから。

ただ、わずか八分未満で何ができるというのか。

例えば、メール一本打つにしろ——それは内容にもよるだろうけど——八分未満は厳しい気がする。そもそもメールならパソコンに記録が残るだろうし、いやそれにまして、自分が主賓である送別会を中座してまで、『八分未満で打てるほどのメールを打ちに帰る』とは思えない。それなら、携帯電話で直接相手に架電した方がよっぽど速いし自然だ。

（メールチェックという線もあるか……ただそれも急ぐ理由はない。何故ならば、宇喜多課長は『水曜日の午前中まで』愛予県にいる予定だったから。月曜夜に、送別会を中座して八分未満のメールチェック……それも解せない）

——いずれにしろ、パソコンの線から事態を把握するのには限界がある。

僕は主題を、宇喜多課長の『用事』から『忘れ物』にシフトした。

「そうすると宮岡次長、宇喜多課長の当該《とうがい》『忘れ物』のことが俄然《がぜん》、気に懸かります。ひょっとして、それは宇喜多課長が肌身離さず持っておられたというFDなんでしょうか？」

「その可能性もございません、司馬課長」これまた宮岡次長は断言した。「当日月曜の昼、宇喜多課長が公安課長室を『更地』にしてからは、宇喜多課長が保管しとられた特に重要な鍵《かぎ》・文書・FDは——更地になった公安課長室の施錠できる引き出し又は金庫にすら保管したくはないそんな重要極まる鍵・文書・FDですが——宇喜多課長の御命令で、①最重要なものを宇喜多課長御本人が、②それ以外のものを私が、それぞれ常時携帯することとなったからです。常時携帯です。ほやけん『肌身離さず』ゆう言葉を遣いました。

　そして当該ＦＤ、結局強奪された二枚の〈ＭＮ関係ＦＤ〉は、当日月曜の昼から、宇喜多課長が御自身のスーツの隠しポケットに延々《えんえん》所持しとられました。延々です。料亭での送別会のときもです。ゆえにその送別会の後で、それを警察本部に回収に行く――ゆうことは絶対にありえません」

「公明よ」渡会部長がいった。「飲酒の席に、いちばん重要な文書を持ち出す――ゆうんは基本からの逸脱《いつだつ》じゃろが」

「それはそのとおりですが部長、当夜は公安課員総出の送別会です。ゆうたら公安課はガラ空きになります。無論、セキュリティは常時作動させとりますが、いちばん痛いのは当直が置けんかったこと――ゆえに極論、公安課のドアを破壊されたら仕舞《しま》いです。金庫も、焼ききられたら仕舞い。

　すなわち、先の月曜日の夜は、公安課のセキュリティが最も下がる夜。

　ゆえに基本からは逸脱しよりますが、逆に最重要の文書だけは避難させようゆう決断をしました。無論、それを所持しとる宇喜多課長と私は、互いに、定期的に、その安全を確認し合っとります――飲酒の席のそのときも」

「マア、公明は元々外事《ソトゴト》も長い。まして、ソ連のオトモダチ数多《あまた》とウォッカ勝負をして無敗を誇る酒豪《しゆごう》じゃけれ、たかだか一次会の一時間や二時間で酔うなんてこともなかろうが……

ただカズヒロを独りにしたのは、お前の失態じゃな」

「それについては責任を痛感しとります、渡会部長。

宇喜多課長が警察本部に帰る、ゆわれたとき、課長補佐のひとりでも防衛《ボウエイ》に付けるべきでした。面目次第もございません」

「……ただ公明のことやけん、それはカズヒロに申し出たんじゃろ？」

「実はそうです、部長。

一次会の後ですし、警察庁に御栄転される身の上でいらっしゃいますし、万が一足元に間違いがあってもいけませんから、『広川《ひろかわ》か内田《うちだ》補佐を随行《ズイコウ》に付けましょうわい』――ゆうたんですが、宇喜多課長は『ほとんど行って帰ってくるだけのことだから』『時間が掛かりそうだったらタクシーを使うから』『最後の送別会だから、皆《みんな》には楽しんでほしい』とおっしゃって、どうしても随行《ズイコウ》はいらん、ゆう話になりまして。

また先刻も御説明しましたが、『皆《みんな》に余計な気を遣わせると悪いから、次長かぎりの話にしておいて。黙っておいて』という御命令もあり、強いてそれに叛《さか》らうのもどうかと思い……」

「ほじゃけん、その話は公明限りで留めた、ゆうことか。

まあカズヒロも二年弱、実戦指揮官を無事務め上げたけん、防衛《ボウエイ》には自信があったんじゃろ。まして、古典的なお客さんたちの現状を考えれば、まさか指揮官をテロって強盗をしようなどと、そんな敵対勢力は今ほとんど存在せん……ほとんどな。なまじその実情を知っとるけん、いささか大胆不敵にもなったんじゃろ」

「ただ、そうゆうても部長、犯行形態から考えて、宇喜多課長のＦＤが強奪されたんは、まさか路上でも敵対勢力のアジトでもないですけんね。犯行形態から考えれば、ＦＤが強奪されたんは他の何処《どこ》でもない、我が警察本部のしかも我が公安課ですけん。ほうだとすれば、宇喜多課長の防衛心・警戒心には何らの問題もなかったと、こうゆうことになります」

「宮岡次長」僕は訊いた。「犯行形態から考えると、宇喜多課長は、目指す警察本部には無事到着した。その経路においては、何の文書事故もなかった――そうなりますね？」

「ほうです。

これも、なんでかゆうたら、宇喜多課長が無事警察本部入りするんを、警察本部エントランスで警備当直員が目撃しとるからです。目撃しとるのみならず、その無事な宇喜多課長に、公安課の鍵を貸し出しとるからです」

「警備当直、というのは警察庁と同じイメージでよいですか？」

「そのとおりです司馬課長。

警察本部は夜間、当直員を置いてエントランスその他の警戒をさせますが、そのメンツには必ず警備部の警察官を入れよります。なんでかゆうたら、まさに『鍵の保管』の問題があるからです。警備部の、とりわけ公安課の鍵は、これは刑事部であろうと生安部であろうと交通部であろうと、他部門の警察官には絶対に委《ゆだ》ねられません。

そして問題の月曜夜も、隣の警備課の課員が、この警備当直として配置されとりました。ほんで、単身帰ってきた宇喜多課長に、もう施錠されていた公安課の鍵を貸し出したと。その時刻は、警備当直員とその簿冊《ぼさつ》の記載から『午後九時二六分』。

これは先刻私が申し上げた『宇喜多課長の歩調』『所要時間の概算』と矛盾しません」

「ゆえに犯行推定時刻の始期は、午後九時三〇分頃から——となる」

「ほうです、司馬課長」

「まして警備当直員は、その午後九時二六分の時点で、宇喜多課長に異変がなかったことを目撃している。ならFDが強奪されたのは……そう、まさに他の何処《どこ》でもない、警察本部内となる。ましてそれは、他の何処でもない公安課長室といっていい」

「ほうなります。

なんでかゆうたら、宇喜多課長は確実に公安課入りして、御自分の公安課長室に入られましたけん」

「それは、公安課長室の応接卓上に缶ビールがあったから」

「まさしくです」

「その缶からは宇喜多課長の指紋が検出されたほか、その中身は三分の二ほど飲まれていた──

飲んだのは宇喜多課長で誤りありませんか？」

「誤りございません、司馬課長。

缶に遺留された指紋は、宇喜多課長のものぎり。その附着《ふちやく》の態様もまったく自然です。誰かが着けたならすぐバレますけん。また飲み口に遺留された唾液も、宇喜多課長のものぎり。そして宇喜多課長がビールを飲んだことについては──『ちょっと忘れ物がある』『ちょっと戻らなきゃいけない』『すぐ二次会に合流する』といったお言葉からは若干不思議ですが──その、何と言うか、御性癖《ごせいへき》としては全く違和感ありません。さっき少し申し上げましたが、宇喜多課長はかなり酒を嗜《たしな》まれる方でしたけん、缶ビール程度なら、多少の水を飲むのと変わらなかったでしょう」

「ここで、宮岡次長の説明だと、『毒殺』という判断がもう確定しているようだけど、それはつまり」

「当該缶ビールのビールに毒物が混入されとった──ゆうことです司馬課長」

「なら外傷などは」

「一切ございません」

「いわば現場である公安課長室で発見された『凶器』は、当該毒物のみだったと」

「そのとおりです、が……

宇喜多課長がまさにその毒物ぎりによって殺害された、ゆうんはもっとシンプルに証明できます。なんでかゆうたら、その毒物は……司馬課長も警察庁で鷹城理事官のレクを受けられた思いますが……実際上、MNのみが使用でき、かつ、他のどのような毒物とも異なる性質と効果を発揮しますので」

「……そうしたら、宇喜多課長の血液を確認して」

「〈キューピッド〉との確証を得た、ゆうわけです」

26

「ならほぼ即死だ」

「まさしく」

「飽くまでも念《ねん》の為《ため》だけど、御自殺ということは」

「司馬課長も御存知の上でお訊きになっとられる思いますが——宇喜多課長に〈キュー

ピッド〉は入手できません。できとりましたら警察庁長官賞ものです。

また、我々は公安課から消失しとる物件に留意しなければなりません」

「すなわち、さっき宮岡次長が説明してくれた『消えた缶ビール』と『消えたグラス』」

「ほうです、司馬課長。

初動捜査で確認されとりますが、我が公安課の冷蔵庫から缶ビールが一本、我が公安課の茶器の棚からグラスが一客、それぞれ消失しとります。缶ビールの数にあっては、当課の酒類《しゅるい》――日本酒・焼酎《しょうちゅう》・ワイン等を補充する次長の私がいちばん熟知しとりますし、グラスの数にあっては、キッカリ十二客ワンセットを常備しとりましたんで、いずれの消失も明白。その数勘定《かずかんじょう》にまさか誤りありません」

「なら、それは他殺説を更に補強する――もっといえば、事件当夜、公安課内に客人があったことを証明することになる。

そしてそれは無論、宇喜多課長の客人だ」

「ほうなります。

なんでかゆうたら、もし消えた缶ビール一本、これが宇喜多課長の飲まれよったものなら、まさか消失するはずがない――宇喜多課長はほぼ即死です。御自分がそれを用意されとったなら、処分する暇《いとま》はないし動機もない。また、宇喜多課長御自身は、唾液の附着状況から明白ですが、缶ビールを直《じか》飲みされとられた。そこにグラスが出てくる余地は無い。裏から言うたら、缶ビール一本を処分した何者かがおったし、グラスを用いた何者かがおった。そがいなことになる」

「そして、想像をたくましくするなら——宇喜多課長は缶ビールを直飲みしていたのに、さらにもう一本の缶ビールと、おまけにグラスが使用された可能性が高いのだから、そのもう一本の缶ビールとグラスは、客人用のものだったということにもなる。推測だけど」

「私も、そして渡会部長もそう考えとります。

以上の状況を、自然に考えれば——

宇喜多課長は、何故《なぜ》か公安課に帰った。御自分の執務室に入った。缶ビールを用意した。ここまでは間違いない。以降はまさに推測ですが、宇喜多課長は更に缶ビールとグラスを用意した。それは御自分の為《ため》ではない。それは客人の為だったからこそ、わざわざ自分自身は使わないグラスまで用意した」

「その客人こそが被疑者で——」

「——まさにMNとなります」

「ただ、まさか一般人・民間人を夜の警察本部に、まして最も隠微《いんび》な公安課に招き入れはしないでしょう。強いて考えれば、大事な友人といった線もありますが……」

「ウチの警察本部には、それなりに防犯カメラが設置されとります」宮岡次長がいった。

「まず、二箇所ある警察本部への出入口。これはメインエントランスと裏口ですが、ここで警察本部への人の出入りは完全に捕捉《ほそく》できます。そして当夜、宇喜多課長は単独で警察本部に入った。これは警備当直員の目撃証言でもありますが、直ちに防カメで裏を取ってもいます。宇喜多課長に連れなり客人なりはいませんでした。誤りありません。そして警察本部八階まで二番エレベータを使われた。エレベータには全機、防カメが着いとりますけん、その御様子も分かる。すなわちやはり単身、おひとり。連れも客人もなし」

「公安課内や公安課周辺はどうなんでしょう？　防カメの話ですが」

「残念ながら、公安課内にも公安課周辺にも、防カメの設置はないのです」

「微妙に不思議な気もしますが……？」

「当課は、御案内のとおり国家的な機密を取り扱う所属です――ゆうても、国家的な機密のうち、主として当県に関係するものを取り扱う所属ですが。いずれにせよ、警察本部内でもトップクラスの保秘《ホヒ》を必要とします。ゆえに一年二四時間三六五日、大原則として、課内を無人にすることがございません。先の警備当直とは別個に、必ず公安課内にも当直員を置くこととしとります。要は、必ず防衛員がおります。加えて、田舎県ゆえ古典的ですが、赤外線その他の警報装置を幾重にも展《は》り繞《めぐ》らせてもおります。ゆえに、防カメの設置はこれまで検討されとりませんでした。

そして防カメを設置していないことには、いまひとつ理由があります。

それは、どのような態様であれ、当課内部の映像をこの世に残さない――という理由です。防カメがあれば、当課が作成する各種文書を撮影してしまうこともあるでしょう。防カメの映像からは、当課員の勤務状況が確認できます。いや、当課員が果たして何人いるのか、その実数すら割り出せてしまうかも知れません。他にも、どんな容貌《ようぼう》をした誰がどのような階級・職制にあるのか、誰が誰の上司で誰が誰の部下なのか、ある係がおおむねどのような職務を担当しているのか、それすら分析できてしまうかも知れません。例えば渡会部長や司馬課長や私は、ゆうたら公然要員ですけん、面《メン》も名前も職務も警電番号も割れてかまいません。というか、それを隠し切るのは絶対に無理です、部長や課長なら異動内容や顔写真が新聞報道されるほどですし、私とて他部門なり他官庁なりと公《おおやけ》の折衝《せっしょう》をせんといけん身の上ですけん。ただ、私より下位の公安課員――具体的には管理官以下の公安課員は話が別です。それらは基本的には非公然要員ですし、それは〈八十七番地〉の者であろうとデスク勤務の者であろうと変わりありません。今更警備局《ビキョク》育ちの司馬課長に申し上げることでもないですけんど、例えばデスク勤務の公然部門から割っていけば、残るのは非公然部門の者じゃ――ゆうことになりますけんね。最終的には全部バレる。

ゆえに、『余計なものを残さない』という基本原則にしたがい、敢えて防カメは設置しとらんのです。それであっても、今回のような事態には充分対処できるはずでした……というのも、二年に一度の、課員総出の送別会なるものさえ無ければ、犯行現場には『必ず』公安課の当直員が残っとったはずですけん。そして宇喜多課長に連れなり客人なりがいたことを確認した当直員は、直ちに警戒態勢・防衛態勢に入ったでしょう」

「そうか、こんな事態が発生するのは、公安課長が交代するときだけ——すなわち二年に一度だけ、というわけか」

「ただ今般の事件を踏まえ、渡会部長の御指示もあり、新たに防カメの設置・運用を検討してはおります。といって、その映像を誰がどう管理するのか等はこれまた頭痛のタネですが……」

いずれにせよ、現時点までの『連れ・客人』の話をまとめますと——防カメ映像から、宇喜多課長が単身、警察本部入りしたのは分かった。メインエントランスで警備当直員から鍵を借り受け、やはり単身、八階までエレベータを使われたのも分かった。

ただそれ以上のことは、残念ながら客観証拠からは分かりません」

「ならば当夜、宇喜多課長とは別個独立に——そう何時《なんじ》でもいいから警察本部に立ち入った一般人・民間人はいないのですか？」

「おりません」宮岡次長の断言は、安心できる響きがする。「正確に言うたら、当日月曜午後五時一五分の勤務終了時間以降——すなわち役所としては閉庁し、当直体制に移行して以降――一般人・民間人は誰ひとり警察本部に入庁しとりません。それが被害者であれ、相談者であれ、事件関係者であれ被疑者であれ、当該月曜日には誰ひとりおりませんでした。これは、当直員の証言と防カメ映像から確実です」

「昼間の内に入庁して、夜間も残っていたなどということは」

「それもありません。当直体制に移行する際、庁内に一般人・民間人が残っているかいないかは確認されます。そしてその確認は容易です。一般用の、入庁証が返納されているかいないかをチェックすればよいだけですけん。

結果、当該月曜日の午後五時一五分、すべての一般用入庁証は問題なく返納されとりました。これすなわち、すべての一般入庁者はそれまでに警察本部を出た、ゆうことです」

「あっ、そういえば。

犯行時刻は『午後九時三〇分頃から午後一一時三〇分頃までの間』ということだったけど、その『午後一一時三〇分』というのはどういう時間なの？」

「私と、当課の広川という課長補佐が、公安課長室に臨場したその時刻です。

というのも――

宇喜多課長の帰りがあまりに遅い。二次会が終わろうとしているのにまだ合流されない。携帯電話にもお出にならない。それで私心配になりまして、その広川を連れて警察本部に向かったのです。私らが警察本部に到着したのが、午後一一時二五分頃。警備当直員に宇喜多課長の動静を尋ねるなどしてから、いよいよ公安課に入ったのが午後一一時三〇分頃。

それが『午後一一時三〇分』の意味です課長」

「成程《なるほど》。そして公安課長室で、宇喜多課長が変死されているのを発見したと」

「そのとおりです」

「当然、その午後一一時三〇分頃までの間においても一般人・民間人の入庁はなかった」

「それも確認しました」

「……けれど宮岡次長、そうすると」

「ハイ司馬課長。かなり厄介なことになります」

27

——それはそうだ。

宇喜多課長が〈キューピッド〉で殺害された以上、殺害者はＭＮ以外にありえない。これは、今《いま》詳細を述べるわけにはゆかないが、絶対にそうだと断言できる。すると、宇喜多課長の缶ビールに〈キューピッド〉を混入したのはＭＮ以外にありえない。あれは

MN以外に取り扱えるシロモノじゃない……

ところが、だ。

犯行時刻と目される午後九時三〇分頃から午後一一時三〇分頃までの間、警察本部に一般人・民間人の出入りが一切無かったということは……

（被疑者はMNの信者であり、かつ、その時間帯に警察本部にいた警察職員だ）

――さて、僕ら三人を空港から乗せた警備部長車は今、ゆるやかでのびやかだったバイパスを越え、街区も道路も次第に密集してきた市街地に入りつつある。山松空港あたりとは違い、いよいよ県都《けんと》のにぎわいが感じられる。そして地方都市らしく、そう車社会らしく、いつしか渋滞すら見られるようになっている。とはいえ、依然として盛夏の青空は近く低く、確実に東京とは違う長閑《のどか》さも感じられる。

僕はしばし車窓を見、微《かす》かに窓ガラスに映る自分の顔を見たあと、宮岡次長に訊いた。

〈八十七番地〉の、鷹城理事官の言葉がふと頭をよぎる――

「……モグラさんかな？」

「当夜、警察本部内に残っとったあらゆる警察官を」宮岡次長は直接は答えなかった。「私と広川のふたりで洗い出しとる最中です。ただ、まっとうな理由もなく、残業しとった者に係る超勤簿その他の簿冊《ぼさつ》を他所属から借りるのは至難《しなん》の業《わざ》。といって、本件犯行のことは極秘《ごくひ》。捜査しとることすら察知されてはならないもの。まして、『被疑者は警察職員の誰かだ』などと、口が裂けても言えんことです。

　ほやけん取り敢《あ》えず、無難《ぶなん》な口実でメインエントランスと裏口の防カメ映像、そしてエレベータ各機の防カメ映像をどうにか回収し、『誰が退庁したか』『誰が残っとったか』『誰が八階に上がったか』等々を虱潰《しらみつぶ》しに精査しとりますが……」

「警察官なら、警察本部に寝泊まりしとっても不思議はない」渡会警備部長がいった。「何泊しとっても不思議はない。防カメ映像の解像度も悪い――摩《す》り切れたビデオの、しかもコマ送りみたいなもんじゃけれ。おまけに、八階だろうが何階だろうが、エレベータを使わんでも階段でゆける。

　こうなると司馬サン、ウチの公明がどれだけ優秀でも、当日夜にどの所属のどの警察職員が在庁しとったか――ゆうんを割り出すのは不可能に近いぞな。百歩譲って、警察本部の全所属の協力が得られれば話も違ってこようが、公明のゆうたとおり、本件犯行そのものも、それを捜査しとることも極秘中の極秘。儂の四十年近い警備警察官人生においても、超トップクラスの極秘やけんの……

　また、公安課長室の微物《びぶつ》が採取できんかったのも、これまた痛かった。

　まあ、本当に痛かったのは……辛《つら》かったのは、カズヒロの葬儀もできんことじゃが」

「……やはり、宇喜多課長の死そのものを、その」

「隠蔽《いんぺい》じゃの。我ながら因果な仕事じゃわい。孫とも思とったカズヒロを、遺体ごとこの世にないものとするなんぞ……鬼畜の所業《しょぎょう》じゃ、思われますか？」

「いえ……〈キューピッド〉が用いられたとあれば、それしか道はありません。

確か、宇喜多課長はまだ独身で」

「ほうじゃ。儂が四度五度、見合いを強制したんじゃが……『お前がイケメンでプレイボーイなのはよう知っとるが、指揮官なんやけん、軍艦でゆうたら艦長なんやけん、社会的地位ゆうもんがあろうがな、課員の披露宴の仲人《なこうど》もしかねようが』ゆうてな……ほやけど、結果としては見合いが成功せんでよかったです。

司馬サン、アンタはもう奥さん持ちで、来月には赤ん坊まで生まれよる、聴いたけんど……もしカズヒロに嫁さんなり赤ん坊なりがおったなら、儂はもうどうしてええか、解らんくなるところじゃった。

そのカズヒロについては、時期を見計らって、『不慮の交通事故』とでもゆうことになろうが……サテ親御《おやご》さんがどう思われるか。鷹城理事官の方で、きっとカズヒロの名誉と御遺族を無下《むげ》にはせんじゃろうけんど……儂も公明も、これで地獄行きは確定じゃ。なら、天国のカズヒロとはもう二度と会えはせん。

……ただし、カズヒロを慕《した》っとった公安課員は、儂と公明と広川の、『異動先の外事課で急なオペレーションがあり、その夜の内に最後の荷をまとめ、翌朝一番の飛行機で上京した』なる嘘話《うそばなし》を受け容《い》れるしかないけん――そこは選ばれた集団じゃけれ、違和感があってもまさか口にはせん――まさか儂らの共犯でもなければ嘘吐《うそつ》きでも隠蔽者でもない。司馬サン、これからアンタは連中の指揮官になる人じゃけんど、ほとんどの部下はこの鬼畜の所業《しょぎょう》に関係しとらんこと、ように憶《おぼ》えとってつかあさいや」

「それはもちろんです。というか、渡会部長に宮岡次長、そしてその広川補佐にしろ、それはお苦しみになったと思います。

　若輩の身で恐縮ですが、そして小生意気な口を利《き》いて恐縮ですが、そのお辛さを……今日から御一緒に分かち合いたいと考えます。願います、渡会部長」

「……司馬サン、アンタもカズヒロによう似とる。そうやって、地元の儂らに精一杯《せいいっぱい》気い遣ってくれよるところがよう似とる。自分が未熟じゃゆうことを恥じとる、その様子も。まるで死んだカズヒロが、新しい孫を送ってくれたようなもんじゃ。

　ただのう、東京からの、若いキャリアのアンタを見るたびに、若かったカズヒロのこと、思い出すじゃろな……」

「……宇喜多課長の御遺体は」宮岡次長が沈痛にいった。「八十七番地の指揮の下、シミュレイションどおり村山《ムラヤマ》に空輸いたしました。また同時に、警察庁警備企画課の調整で、福岡県警察機動隊の専門部隊に『援助の要求』をし――私には専門的なことが解《わか》りませんが――グルタラール、次亜塩素酸ナトリウム、消毒用エタノール、イソプロパノール、過酢酸とかいったものによって、現場の徹底した洗浄を実施してもらいました。

この関係の特殊部隊となると、福岡サンがいちばん近いので。

本来なら、公安課長室をまるごと修繕《しゅうぜん》するか、せめてその調度品をまるごと入れ換えたかったんですが……保秘《ホヒ》の観点からも、あと情けないことですが予算の観点からもそれは断念いたしました。申し訳ありません司馬課長、よりによって、司馬課長が明日から御使用になる執務室じゃいうのに、課長をいきなり危険にさらすような真似《まね》をしてもうて」

「いえ宮岡次長、それは全然気にしません」そうか、渡会警備部長が福岡県警察に出張していたというのは、その御礼《おれい》と今後の打ち合わせだったのか。「機動隊の特殊部隊が洗浄してくれた後だというのなら、今後の執務に不安はありませんし、そもそも〈キューピッド〉は――液体中だろうが何だろうが非常に安定した物質ではあるものの――地球の空気中において、高温と湿度にさほど強くはない。それは例えばインフルのメカニズムと変わらない。そして今は盛夏。だからMNも、『ビールに混入させて飲ませる』などという迂遠《うえん》な手段に出たのでしょう。

すなわち、現時点ではもうほとんど危険がない」

「ちなみに当夜のその時間帯ですが」宮岡次長が続ける。「気温は約三一度、湿度は約七四%でした。空気中における〈キューピッド〉の特性を踏まえると――鷹城理事官から御説明があった思いますが――三五度・八〇%を五時間も維持すれば確実とのことでしたけん、福岡サンが洗浄を終えてくれた後、朝までストーブを焚《た》くとともに加湿器をフル稼動《かどう》させました。無論のことこの数値は、御存知のとおり『今のところは』なのですが……

　いずれにせよ、そうした洗浄その他の事後措置が最優先でしたけん、渡会部長がおっしゃったとおり、通常の初動《ショドウ》捜査が――例えば微物《びぶつ》の採取等が――まったくできなかったのです。できたことといえば、どうにか宇喜多課長の〈バス路線図〉〈健康診断表〉を確認することと、宇喜多課長の血液を採取すること、そしてどうにか缶ビールの鑑識作業をすることぎり」

「あっすみません宮岡次長、その〈バス路線図〉〈健康診断表〉というのは……？」

「あっこちらこそすみません司馬課長。これは部長と私とで急遽《きゅうきょ》決めた符牒《ふちょう》なんですが、宇喜多課長が肌身離さず持っとられたＦＤ二枚、要はＭＮに強奪されたＦＤ二枚、このうち〈ＭＮ内の定点《オトモダチ》〉を記録したＦＤをバス路線図と、〈警察内のＭＮ病毒《ウィルス》〉を記録したＦＤを健康診断表と、それぞれ呼ぶこととしとります」

〈なるほど、こちらが先様《さきさま》に展開している線の方は〈バス路線図〉で、先様がこちらに展開している線の方は〈健康診断表〉だと。

　そして確かに、パンドラとかエニグマとか、いかにもな名前を付けるより遥《はる》かにいい。ましてキューピッドなんてのは先様御自身の命名だから、まあセンスがないとい

うか、あからさまにすぎる〉

……それをいったら、〈八十七番地〉なんてのも一〇〇から一三を引いただけだから、あまり人様のことを笑えないのかも知れないが。

「ここで無論、〈バス路線図〉〈健康診断表〉は現存しませんでした」宮岡次長がいった。「これにも誤りありません。私自身が、おそれながら課長のお身体《からだ》を捜索させていただきましたけん」

「そ、それは命懸けでしたね」

「いや、何が使われたかを知りませんでしたけん……

もしそれが〈キューピッド〉じゃ知っとったら、間違いなく二の足を踏んだでしょう」

「ちなみに宇喜多課長は発見時、どのような体勢で、どこに？」

「課長室の三人掛けソファの、御自分の定位置に――ゆうたらいちばんの上座にすわっとられました。いちばん窓に近い、いちばん課長卓に近い上座です。ただ『座っとられた』ゆうても、大きく体勢を崩し、ほとんど崩れ墜《お》ちとられた訳ですが……」

「そうすると『お客さん』は目下《めした》の警察職員か。まあ、目上の者なら宇喜多課長を呼び付けるでしょうしね……そしてその宇喜多課長の躯《からだ》からは、〈バス路線図〉〈健康診断表〉を保存したＦＤが奪われていた、と。

もちろんその『失われたＦＤ』の文書も、ＣＳＺ‐４で書かれたものですね？」

「無論です。フロッピーを挿し込んで一太郎で開いても、まるで無意味な記号の羅列《られつ》。まさか解読できるものじゃありません。そして、これまた司馬課長も御存知のとおり、ＣＳＺ‐４を解読するには、①二十一桁《けた》の『鍵』を知るか、②『鍵』のすべての記号と数字の組合せを総当たりで試すしかありません。鍵を知り癖《クセ》を知れば、そして訓練を積めば、どうにか脳内で平文に読み換えることもできるようになりますが。

　ここで①の鍵は、八十七番地の通達どおり週一で変更している上、絶対に筆記させません。当課でいえば、宇喜多課長の御着任日が月曜日でしたけん、それ以降ずっと月曜日が来るたびに変更しとります。更に言えば、まさに犯行当日月曜日の勤務開始時間に変更したばかり。また②は、八十七番地の試算によれば市販のパソコンで二十三年から三十二年を要します」

「ゆえに宇喜多課長から〈バス路線図〉〈健康診断表〉を強奪したＭＮも、まさかそれを解読できはしない」

「それも御案内のとおりです、司馬課長」

「筆記しないってことは、口頭で伝達するってことですよね。

ただ、公安課内に秘聴器《ひちょうき》・秘匿《ひとく》撮影機の類《たぐい》があったとすれば――」

「警察本部到着後、また当課のセキュリティ態勢を御報告いたしますが、今は御質問の点ぎりをお答えすれば――

毎日一回、勤務開始時間午前八時三〇分の一時間前までに、公安課長室を含め、当課の課長運転手が、徹底した消毒《ショウドク》を行うこととなっとります。消毒《ショウドク》の方法は〈八十七番地〉の通達どおり。またほぼ同時に、庶務の彦里《ひこさと》嬢が、徹底した掃除を――これは世間一般でいう掃除そのものの掃除ですが――行います。

私の知るかぎり、現実に秘聴器その他が摘発されたことはありませんが、演習として歴代の公安課次長が腕に縒《よ》りを掛けて仕掛けた秘聴器その他は、一〇〇%摘発できとります。私も幾度か演習を行いました。警察官ですけん、大声ではよう言われませんが、当該《とうがい》課長運転手と彦里嬢に対し、それぞれ一万円を賭《か》けたガチの勝負を挑んだこともあります……もちろん私の完敗でした。

ゆえに、概《おお》ね午前七時半頃に実施される課内消毒《ショウドク》で、秘聴器その他が摘発されん、などとゆうことはありません。またそれゆえに、CSZ-4の『鍵』が公安課外に漏れることはありません」

「な、成程《なるほど》」

……だとすれば、宇喜多課長のFD二枚を強奪したMNは、結局無駄足《むだあし》を踏んだ、いや無駄な悪行《あくぎょう》を行ったことになる。よりによって敵の指揮官を暗殺してまで獲《え》たFD内の文書は、無意味な記号の羅列なのだから。

（あっ、しかし、ここでまた疑問が生じる……
ＭＮは何故、宇喜多課長がその日、そのスーツの隠しポケットに、そのＦＤを入れていたことを知ったんだろう？　いやそればかりじゃない。ＭＮは何故、そのＦＤが自分達の組織に関係するＦＤだと解ったんだろう？
そもそもＦＤは『表面にラベル、記載等なし』、すなわち無地の黒いプラスチック板だったんだから）

　まして、もっと不思議なことがある。それは——

（ＭＮは何故、宇喜多課長を警察本部内で毒殺したのか？）

当夜、宇喜多課長は自身が主賓《しゅひん》の送別会に参加していた。その会場は、警察本部から徒歩十分強の市街地にあった。宇喜多課長はそこから単身、警察本部へ向かった。時刻は夜の九時過ぎ。いくら盛夏とはいえ、午後七時をちょっと過ぎれば太陽は沈む。夜の九時過ぎなら確実に暗い。暗い夜道に、おたからを持った若者が独り。ましてＭＮは〈キューピッド〉を使用できるのだ。その絶大な威力を考えれば——自分に累《るい》が及ぶのを避けなければならないが——それこそオウム真理教によるＶＸガス使用事件みたいに、野外というか露天というか公道というか、とにかく外で通り魔をすることもできたはずだ。だのに、わざわざ警察本部などで犯行に及ぶから、偶然とはいえ『被疑者はＭＮに籠絡《ろうらく》された警察職員である』『被疑者は警察職員信者である』などという重大事《じゅうだいじ》がバレてしまった（なお、念《ねん》の為《ため》にいえば、それがバレた理由は既述のとおり『犯行時間帯において警察本部には一般人・民間人がひとりもいなかった』からである）。あと、結局現場が警察本部、しかも宇喜多課長の執務室となったことに関連して、更なる疑問が生じる。それは――

（……宇喜多課長の、突然の中座。宇喜多課長が突然、二次会を辞したこと。その『謎《なぞ》の忘れ物』『謎の用事』。それそのものが、MNの仕掛けたことなんだろうか？　それともそれは全くの偶然で、宇喜多課長が公安課長室で独りになったのは『たまたま』、そこをMNに襲撃されたのも『たまたま』、なんだろうか？

ただこの疑問については、『謎の忘れ物』『謎の用事』に関するデータが皆無《かいむ》である以上、今この時点で何を考えても結論は出ない。入力が皆無なら、出力はゼロかゴミだ）

――僕は流れる車窓を見つつ、しばし物思いに耽《ふけ》った。

僕ら三人を乗せた警備部長車は、いよいよ市街の外辺《がいへん》から、中心市街地へと進んでいる。車線が次第にふえてゆき、その道幅も次第にひろくなり、車と雑踏《ざつとう》との喧騒《けんそう》が車窓越しにも感じられる。窓の外は、立川《たちかわ》とか大宮《おおみや》とかいった感じから、中野《なかの》とか吉祥寺《きちじょうじ》といった感じになってきている。いよいよ県都の中心も近いんだろう。だが依然、青い空は近く低い。この伸びやかな雰囲気は、どうやら中心市街地でも変わらないようだ。

「部長、所要あと一〇分強です」宮岡次長がいった。「そろそろこの話は締めましょう」

「それもそうじゃの、公明。

まだ下見段階じゃけんど、それでも新任課長の、初の登庁じゃ。そんな機会に警備部長も公安課次長も御通夜《おつや》顔では、それこそ何ぞ問題でもあったんかと大騒ぎになる……司馬サン、上級幹部だの指揮官だのゆうんは、顔色ひとつ自由にはならん、そがいなもんです。

ほじゃけん司馬サン。

このトップ会談の締めとして、アンタにふたつ頼み事をしたい」

「もとよりです警備部長、願います」

「ひとつは、これはもう当然じゃけんど、カズヒロの仇《あだ》を討つことじゃ。すなわち徹底したＭＮ諸《しょ》対策じゃ。既に警察庁でも八十七番地でもように気合いを入れられとろうけんど、情勢はまた大きく変わった。儂らの公安課長が……子が孫が殺された。警察官殺しには、必ず報いを受けさせる。これは未来永劫《みらいえいごう》変わらん、我が国警察の掟《おきて》じゃ」

「はい渡会部長。

司馬警視、必ず宇喜多課長の仇を討ちます」

「有難う。

ただ、困難な点もある……指揮官なり大将なりが『困難』なる言葉を遣うのは恥やけん、儂とアンタの、ここだけの話にしてもらいたいけんど……ＭＮに対して討ち入りをするには、事件をやらんといけん。ただ、カズヒロの殺人をガサネタにすることはできん。理由は解っとろう？」

「はい部長。我々自身が事件を隠蔽してしまった……隠蔽せざるを得なかったからです」

「ほうじゃ。いくら〈キューピッド〉対策上必要じゃったとはいえ、現場を徹底的に洗浄し、証拠を全《すべ》て消滅させてしもうた。もはや、カズヒロ殺しを刑事事件として立件できるだけの証拠はない。いや、我々自身が証拠隠滅罪を犯しとるけん、そもそもこの事件の存在自体、公開する訳にはゆかん。公判廷に持ち込むなど以《もっ》ての外《ほか》。

――まとめれば。

我々はＭＮに報いを受けさせねばならんが、そしてそのためには事件ネタを握《つか》まねばならんが、その事件とはカズヒロ殺し以外の事件である必要がある。ゆうたら、鵜《う》の目鷹《たか》の目で、必死に別のガサネタを捜す必要がある。それがカズヒロの仇を討つ唯一の道じゃ。そして儂の、アンタへの頼み事のひとつじゃ」

「了解しました警備部長。司馬警視、必ずＭＮの事件化《ジケンカ》を実現します」

「そしてアンタへの頼み事は、もうひとつある」

「御下命《ごかめい》ください、警備部長」

「アンタのことも、これからはトオル……いやタツと呼ぶ。呼ばせてくれ。ええな？」

「そ、それはその……はい喜んで、警備部長」

28

同日、一二一〇《ヒトフタヒトマル》。

警備部長車は、愛予駅西口と、立派な城山《しろやま》のお堀を経て、とうとう愛予県警察本部に到着した。お堀を経て——というか、警察本部は大きく長いお堀の、そのたもとにある。どうやら警備部長車は、城山のお堀の、西南から東南へと駆けていたようだ。そしてそのお堀の、どうやら中央で停まった。

要は、愛予県警察本部は城山のたもと、城山の南側のお堀の真ん真ん中に面している。

——僕はさっそく役に立った『愛予県の歴史』の内容を思い出した。

（この城山は、愛予城《あいよじよう》の城山だ。この頂上に、愛予城がある）

考えてみれば不思議はない。城はいわば行政の中枢《ちゆうすう》だ。そのたもとに官庁街があるのも当然だ。

（しかし、この城山の優美で大きいこと……）

重ねて、僕は極端な夏と極端な冬が好きだ。そして盛夏の太陽は、この牧歌的な愛予の地を、今いちばん暑くしようとしている。そのあざやかな南国の日射《ひざ》しが、お堀の水のどっぷりと深い緑に映えて、濃い、濃い夏を演出している。また、城山の森の燃えるように息づく緑に映えて、強い、強い夏を瞳《ひとみ》に灼《や》きつける。

——警備部長車は今、警察本部のメインエントランス前にいる。警察本部の、車寄せにいる。上席から渡会警備部長が下り、次席から僕が下りる。宮岡次長は自ら運転手を買って出ていたから、そのまま車を収めにゆくのかと思いきや——車寄せには私服の警察官が待機しており、警備部長と宮岡次長とに『お疲れ様でした』と声を掛けるや、手《て》際《ぎわ》よく警備部長車そのものを回収していってしまった。

ゆえに、僕ら三人は今、警察本部のメインエントランスの前にいる。

ここで、僕はむろん愛予県警察本部初訪問である。私的な旅行でも公務出張でも、この二十五年の人生で、愛予県を訪れたことがなかったから。ましてその警察本部など、TVですらお目に掛かったことがない。だがそれは今後約二年間、僕の勤務場所となることが確定している。だから、いささかならず感慨深い。感慨深いが……

……どこかから響く蟬《せみ》の声の中、僕は率直な感想を憶えた。

(可愛《かわい》いというか、こぢんまりしているな。

大規模県の大規模署——といった感じか。少なくとも、これまで勤務したことのある渋谷警察署より小さなビルだし、大宮警察署より敷地面積が小さい)

一〇階建ての一棟のビルが、五分もあれば一周できそうな敷地にトン、と建っている。

そして、それだけだ。

といって、みすぼらしい感じは受けない。

そこは如何《いか》にも警察本部らしく、市役所とも銀行とも違う、ある種の『圧《アツ》』がある。

――すると、感慨と感想とでしばし立ち止まってしまった僕に、宮岡次長がいった。

「さあ司馬課長、どうぞお入りください、あばらやですが」

「――それでは」

僕らはメインエントランスの自動ドアをくぐろうとした。すると、庁舎の立番警戒に当たっていた制服警察官が、三人のうち僕だけに鋭い視線を向ける。そのときすぐさま、宮岡次長が僕にあるものを手渡しながらいった。

「課長、辞令交付前でちいと気が早いですけんど、もう入庁証が用意できましたけん。このＡＰバッジをスーツの左胸に着けてください」

「あっ成程《なるほど》、これは僕らでいうＪＰバッジですね？」

「ほうです、ほうです」

宮岡次長が既に用意してくれていたのは、胸元にクリップで留める徽章《きしよう》だった。青と紺のあいだのような色をした、バッジとしては何の変哲《へんてつ》もない、切符ほどの長方形の徽章。その徽章には、白い字で『ＡＰ』と書かれている。むろん、Aiyo Police のＡＰだろう。一九九九年八月現在、一部の先進的な民間企業が取り入れているような、何らかの電子的チップを組み込んだ、首から下げるパスケースのような、そしてセキュリティゲートに翳《かざ》せば電子的に認識されるような、ハイテクな身分証はまだめずらしい。警察庁でも警視庁でも、まだ採用してはいない。ゆえに、入退庁のときは胸元のバッジで関係者であることを示すか、職員証あるいは警察手帳を呈示するかしかない。ちなみに警察庁のバッジはJPバッジといい、白地に緑でNPAの文字が書かれている奴《やつ》。僕がもう東京で返納してきた奴だ。さらにちなみに、警視庁のバッジは紺でMPDバッジといい、まさにその文字が書かれている奴である。ただ、もう来年は二十世紀最後の年だ。二十一世紀になったなら、そう遠からぬ内に、パスケース式のチップ身分証が主流になって、こんなバッジ文化も、こんなバッジが存在したこともすっかり忘れ去られてしまっているだろう。

僕がそのAPバッジのクリップを胸に噛《か》ませ、立番警察官に確認してもらっていると、なんと、渡会警備部長が自らエレベータを呼んでしまっていた。随行《ズイコウ》がふたりもいるのに、上官にエレベータのボタンを押させてしまうなど、警察では椿事《ちんじ》である。あっすんません部長、と宮岡次長が焦燥《あわ》てて謝り、僕も急いでエレベータのたもとまで駆けたが——渡会部長はせっかちなのか、それとも小事《しょうじ》を気に懸けない方《かた》なのか、ああええ、そんなんええ、と僕らを手で制しつつ、エレベータが到着するまでの間、なんと世間話まで始めた。

「のう、タツや。あそこに蜜柑《みかん》のバケモノみたいな縫いぐるみがあるじゃろ？」

「はい渡会部長……拝見するに、警察官の制帽を被《かぶ》っているようですが」

「あの巨大な縫いぐるみは、当県警察が誇るマスコットで、『あいよ巡査くん』ゆうんよ。聴いて驚くなかれ、全国ゆるキャラグランプリで四位入賞しとる強者《つわもの》じゃ」

「えっ、それはすごいです」

「売店でグッズ売っとるけん、親御さんや奥さんへのお土産にどうじゃろかな、もし」

「御配慮ありがとうございます、部長」

「……失望しとりゃ、せんか？」

「は？」

「こがいにこんまいビルじゃけんの――ホラこのとおり、エレベータも二基ぎり。エレベーターホールゆうたところで、警察官が一〇人も待っとれば、東京でいう満員電車みたいになりよる。そもそもエレベータなんぞ使わんでも、ホラ、そこの階段が一〇階まで通じとる。駆け上がっても知れとる規模の、そがいなビルぞな。

　小規模県の警察本部なんてこがいなもんじゃ。東京から来たら、それは吃驚《びっくり》するじゃろ」

「いえ、そんなことは」

「ほやけど、裏から言うたら、儂《わし》らは皆、家族みたいなもんじゃ。知っとる思うけど、愛予県警察の警察官は、ぜんぶひっくるめても二、〇〇〇人おらん。これは、『ほとんどの警察官が、ほとんどの警察官の顔を知っとる』ゆうことじゃ。タツはそのいちばん新しい家族じゃけん、このこんまい家族のこと、好きになってくれると儂は嬉《うれ》しい」

僕が返事をしようとすると、エレベータが着いた。そして僕は実感した。少なくとも今この時点では、僕の返事などどうでもよいと。渡会部長は、ラスボスとしての圧《アツ》を——たぶん努めて必死に——隠しながら、僕をリラックスさせるための世間話をしているに過ぎないと。タツ、タツと呼んでくれているのもその流れだ。考えてみれば、有難いことだ。部長にしてみれば、僕は海のものとも山のものともつかぬ、孫のような年齢の若僧である。階級的にも、ベテラン警視正となりたて警視。職歴的にも、四〇年近くをひとつの組織に捧《ささ》げてきた警察官と、ひとつの所属に二年ほどしかいられない警察官。僕が逆の立場だったなら、僕は小人《しょうじん》だから、『なんだこの若いの』『駆け出しの癖に俺のショバを荒らしやがって』『二十五歳のキャリア風情《ふぜい》に何ができる』などと思ってしまうに違いない。それを思うと、このドッシリとした、いかにもな地元ボスキャラの渡会部長は、真にボスキャラにふさわしい人格と人徳の持ち主に思える。このことだけをとらえても、世間でいう『キャリアとノンキャリアの確執《かくしつ》』なんてのは、あまりに戯画的《ぎがてき》なとらえ方だろう。

――さて、警視正と二十五歳警視と四十九歳警視は、いよいよエレベータに乗る。

今度はさっそく宮岡次長が階数ボタンを押す。押したのは、八階だ。

そして、無言。

エレベータは途中で停止することもなく、たちまち僕らを八階に搬《はこ》んだ。

当然、最初にエレベータを下りた渡会部長が歩きながらまた言う――

「ほしたら、タツよ」

「はい渡会部長」

「ここ八階が、儂《わし》の警備部が入っとるフロアになる。〈八十七番地〉関係はまた別じゃが、それはすぐ説明もあろうし、すぐ出向かんといけん用事も出てくるじゃろ。ゆうたら、警備部のほぼ全部の機能は、ここ八階にあって、八階にしかない。ほんでの――」

警備部長はここで、八階エレベーターホールに最も近いドアを指し示した。といっても、そのドアは最初から閉ざされてはいない。警察庁警備局だと、五階廊下のほぼ全てのドアは、『そこまでしないでも……』といった感じで、全てガッチリ閉ざされているのだが。

「――いよいよここが、アンタの公安課じゃ。

このドアを入ってすぐの、このだだっぴろい大部屋が、タツの公安課ぞな。

ほんでの、ここを入って、左にまたドアがある――その先が儂の警備部長室。儂は普段、そこにおる。マア公明《コウメイ》を付けとるけん、何の心配もしとらんが、困ったことがあったら何でも儂に相談せえ――ほしたら公明、タツのこと頼むぞ」

「大切にお預かりします、渡会部長」

「それもええけど、ガッチリ鍛えるのも忘れたらいけんぞな、もし。東京からのキャリアを一端《いっぱし》の現場指揮官に育てるんは、儂ら現場警察官の責務やけんの」

渡会警備部長はそのまま、僕らふたりを廊下に残し、大部屋経由で自室へと入っていった。

29

「さあ司馬課長、参りましょう」

「司馬警視了解です」

……ここで宮岡次長は、何故か微妙に、微妙に渋い顔をした。けれどそのまま『まあ、追い追いじゃやな……』と謎の台詞《セリフ》を残し、今度は上官である僕を先導して、既に警備部長が消えていった大部屋内へと勢いよく踏み出してゆく。そして、腹筋を利かせた声でいう――宮岡次長の声は、音域がやや高めだが、ひとつひとつの発音がクッキリしていて、またとてもよく響く。大声を出している感じはないのに、ハキとした声が自然と場の空気を引き締める。そんな感じだ。

「司馬新課長、御到着ぞな!!」

（うわっ!!）

宮岡次長の背を追っていた僕はいきなり吃驚《びっくり》した。宮岡次長に続いて公安課大部屋に入った僕は、いきなりすさまじいものを見た――

視界に入るすべての課員が一斉に起立したのである。

座っていた課員は、縦の線をビシッと揃《そろ》えて起《た》ち上がり気を付けをする。課内を歩くなどしていた課員は、宮岡次長と僕の方へ向き直り気を付けをする。要は、いきなり直立不動になった二〇名以上の警察官が、僕に視線を合わせ、微動だにしない。

僕は正直、狼狽《うろた》えた。

これだけ縦の線が――要は起立するタイミングが――揃った気を付けはひさびさだ。警大でもなかなかお目に掛かれない。ちなみに、警察の『気を付け』は、座っている者に対しては『起立して気を付けしろ』を意味する。そしていったん気を付けとなった以上、上官の『休め』がなければ、未来永劫その姿勢を維持するより外《ほか》に無い。

（現場だ。僕にとっても久々の、警察の現場だ……）

いかん、狼狽《うろた》えていては。このままでは警察礼式上、誰も通常勤務に復帰できない。というか、そもそも今は午後〇時一五分過ぎ。どう考えても昼休みの真っ最中である。

「み、宮岡次長。取り敢えず休めを……まだ辞令交付前でもありますし」

「休め!!」

朗々《ろうろう》と号令を掛ける宮岡次長。するとこれまたあざやかな縦の線で、総員の気を付けが解除される。座っていた課員はまた着席でき、歩くなどしていた課員は用事に戻れる。

このとき、僕はまた宮岡次長の顔を盗み見た。空港で満面の笑顔だった宮岡次長は、引き続き眉根《まゆね》に皺《しわ》を寄せ、実に渋い顔をしている。眼鏡の奥の瞳は、どこか不満そうに細まっている……

(僕、いきなり何か仕出かしたんだろうか?)

ただその宮岡次長は、数瞬の不可解な不機嫌さをたちまち掻《か》き消すと、やはり満面の笑顔に戻って、スッと僕の背に左手を当てた。空いた方の右手は、一定の方向へと突き出されている。僕の進むべき道を示している。

「課長、準備は整っております。どうぞ課長室へ」

「あっ、はい」

――ドアを入った大部屋のすぐそこは、三つのデスクからなる島《シマ》だった。その奥に、かなり大きな執務卓が見える。その、かなり大きな執務卓の横には、一人掛けのソファが対面式に置かれた応接セットが見える。

「いえ、彼方《あちら》は私の席です。課長室は、こちら」

「あっ、はい」

　宮岡次長がその右腕で指し示しているのは、成程《なるほど》、その大きなデスクなり応接セットなりではなかった。宮岡次長の右腕は、その隣にあるパーテーションで仕切られたエリアを指し示している。それらは金属製の、衝立《ついたて》ともいえる頑強なパーテーションで、官庁らしい落ち着いたクリームイエローだった。それが三枚というか三連、ぴったりと連なって、大部屋の他の区画とその内側とを切り離している。明確に区分している。そして三枚連なったパーテの手前に、ちょうど一枚分、ぽっかりと入口のように開いた空きスペースがある。宮岡次長は更に僕をうながして、そのパーテの開口部から、仕切られたエリア内へと僕を導いた。僕が入った、そのエリアは――

「課長」宮岡次長がやや冷厳にいった。「こちらが司馬課長のお部屋です」

「うわっ、大きいね……」

30

　僕はそのエリアを観察した。

課長室、といっても、完全な個室ではない。半個室、とでも言うべきだろうか。

これを、もし、後から聴いた東西南北の位置関係を踏まえて鳥瞰《ちょうかん》するなら、課長室はこういう構造になるだろう——

十六畳はあるスペースに、巨大な執務卓がひとつ、立派な応接セットがひとつ。

巨大な執務卓は、さっきパーテの外で見た大きな執務卓より、更にひとまわり大きい。

その執務卓が、半個室のいちばん窓側——いちばん奥の、一枚ガラスの巨大な窓辺に鎮座《ちんざ》している。その窓のサイズは、もう観光用といいたくなるほどだ。そしてこの、巨大な窓のある方角が北側になる。鳥瞰図《ちょうかんず》だと、長方形の上辺《じょうへん》になるだろう。

北側の窓を背負うその執務卓は、両脇《りょうわき》にサイドデスクを備えており、だから両側に大きくウイングを伸ばしている。また、執務卓の上はガラスパネルで蔽《おお》われ、その下にはこれまた官庁らしい緑のマットが敷かれている。それが総じて、非常に実務的で落ち着いた印象を与えている。

そして、巨大な執務卓は、巨大な肘《ひじ》掛《か》け椅子《いす》を有している。清冽《せいれつ》で糊《のり》の利いた、確実に洗濯したての白布が、椅子カバーとして、背も肘掛けも蔽《おお》っている。よく見れば、あちこちに蝶結《ちょうむす》びがあるのが分かるから、椅子カバーを被せるだけでも一手間に違いない。

執務卓の隣には——向かって右側、すなわち東側になるが——これは官品《カンピン》そのものでしかないスチールロッカーがある。どこにでもある色調の、どこにでもある大きさと背丈のスチールロッカーだ。ただ特筆すべきは、それが二台あることである。無論、ここは半個室だから、二台ともその使用者に割り当てられたものだろう。

さらに、北側にある執務卓・ロッカーの手前には、重厚な茶の、瀟洒《しょうしゃ》な応接ソファがある。鳥瞰図でいえば、長方形の課長室中央から下辺にかけて設《しつら》えてある。それらのソファは、三人掛けのものが一脚、一人掛けのものが二脚。といって、一人掛けのものも、例えば僕が座ったならばズブズブと腰を減《め》り込ませてしまうだろう。また、あまりの幅に、両腕を強いて広げなければ肘掛けも満足に使えないだろう。

それらのソファに挟まれた応接卓もまた、どのような客を迎えようと恥ずかしくない、風格あるものだ。

この、執務卓と応接卓が、課長室の二枚看板である。

そして今は、これを鳥瞰しているのだから、一緒に部屋回りをも概観しておくと――

長方形の上辺・北側についてはもう述べた。その壁は巨大なガラス窓そのものであり、座高の位置からはエアコンが金属棚《だな》を構成している。その天板に手を突いて窓の外を見るもよし、そこに実務書を並べてもよし、書類をドカドカ置いてもよしという感じの、かなり余裕のある段差となっているが、いずれにしろ課長室の北辺は、ガラスとエアコンとが壁になっている。

他方で、課長室の長方形の左辺・西側はというと、これはビル構造物から成るガッチリとした壁だ。要はパーテでも衝立でもない、まさに『壁』である。その壁には応接セットの、三人掛けのソファひとつが接しており、また、天井の方に無数の表彰状と、そして『歴代公安課長』の木彫りの札が掲げられている。

目を転じて、課長室の長方形の底辺・南側はというと、今度は『壁』でなく、ビッシリと官品《カンピン》のスチールロッカーが並べられており――その扉は室内を向いてはいないので、それらは僕用ではありえない――それが壁の役割を果たしている。スチールロッカーの列だから、その天辺《てっぺん》の方は空間が空《あ》く。これもまた、課長室が『半個室』だといえる理由だ。

そして最後に、課長室の右辺・東側はというと……

これももう述べた。右辺・東側は頑強な金属パーテ三枚の列であり、それが壁の役割を果たしている。あの、クリームイエローのパーテだ。その金属パーテは概《おおむ》ねスチールロッカーほどの背丈をしており、可搬式《かはんしき》ながらも重みがありそうだから、そうカンタンに動かしたり倒したりできるものではない。また、それだけの背丈があるので、例えば僕が背伸びをして、ようやく自分の瞳がパーテの上に出せるか出せないかといった程度（ちなみに僕の身長は一七〇㎝ジャストだ）。言い換えれば、そうカンタンに課長室内をのぞけるようにはなっていない。

――これらを要するに。

北の窓、西の壁、南のロッカー、東のパーテによって繞《かこ》まれた、十六畳ほどの半個室が、愛予県警察本部公安課の課長室である。

そしてここにはドアがない。

さっき僕が入ってきた様子から分かるとおり、右辺・東側の三連パーテの開口部が――底辺・南側のロッカーとの間にちょうど一枚分空いた開口部が、いってみればドアである。ドアといっても、単純にパーテを一枚分撤去しただけだから、ノブもなければドア板そのものが存在しないが。

そして僕はもう一度、さっきと似たような台詞《セリフ》を繰り返した。

「まさか、こんなに大きいとは……」

「宇喜多課長も御着任のとき、そうおっしゃっていたと聴きます」

「それはそうだよ。こんなの、警察庁のなまじの課長室より広いもの」

……つい先日まで、個室だの半個室だのどころか、ソデすらない末端構成員用の小さなデスク一台が、仕事スペースの全てだった身の上だ。それが、警察庁の警備企画課長や外事課長より巨大な室を与えられるとは。まあ、警察庁がある人事院ビルは戦前からの建物だから、全体的に誰のどの室もとても狭隘《きょうあい》なのだけれど。それにしても、である。

「――それで課長、御着任前で恐縮ですが、さっそく庶務的な手続が山積しとります」

「なるほどですね」

僕らは課長室の入口付近で、立ったまま話をしている。そして宮岡次長は、最後の台詞《セリフ》を紡《つむ》いだ後、しばし口をつぐんだ。そのまま、眼鏡の奥の鋭い瞳で僕を見続ける。眼鏡の脇の髪以外『ほぼ禿頭《とくとう》』な頭が醸《かも》す優しい雰囲気がなければ、僕はまさに警備企画課長だの外事課長だのの決裁を受けている最中《さなか》のような、あのドキドキする緊張感に襲われたことだろう。

そして奇妙な沈黙は、一分ほど続いたろうか。

……宮岡次長は、微妙な嘆息《ためいき》を吐いた後、またもや『まあ、追い追いか……』との謎の言葉を発すると、諦《あきら》めたように僕にいった。

「ここは課長のお部屋です」

「はあ」

「どうぞ、課長席にお座りください」

「……いや、それは何だかよくない気がする。辞令交付は明日だし、何よりまだ、宇喜多課長の任期の内だから。宇喜多課長に礼を尽くす意味でも、今日は課長席には座れないよ」

「ならどうされます」

「そうしたら、こちらの応接セットでいいですか？」

「……オイ彦ちゃん!!」宮岡次長は怒鳴った。「場所決まったけん、始めておくれんか!!」

31

「課長、座るところが違います。課長は奥です」

「いや、どうも慣れなくて」

僕は課長室の応接ソファに座った。またもや宮岡次長の右腕と左腕にうながされるまま——というかいよいよ強いられるまま、応接セットの最上席に座る。宮岡次長は下座《しもざ》側、僕の真正面にスッと座った。すると、まるでタイミングを見計らっていたかのように、『入口』脇の金属パーテがノックされる。カンカン。

(成程《なるほど》、ここにはドアが無いから、入室するときのノックはパーテを叩《たた》くしかないな)

……ところが、宮岡次長はまったくの無反応である。

僕はそれが三〇秒以上続いた後で、耐えきれなくなって、そのノックに返事をした。

「あっ、どうぞ、入ってください」

「失礼します」

入口のたもとで軽く一礼をして、いよいよ応接セットに近付いてきたのは、年の頃二〇歳代後半と思える女性だった。清楚《せいそ》なブラウスにスカート姿。私服の婦警の、パンツスーツ姿とはあきらかに違う――

「公安課で庶務係員をしております、彦里《ひこさと》と申します。

これから司馬課長にお仕えいたします。どうぞよろしくお願いいたします」

「あっ、いや、こちらこそどうぞよろしくお願いします」

「事前に申し上げず大変恐縮ですが、昼食を御用意させていただきました。

今から準備をさせていただいてよろしいでしょうか？」

「あっ、ありがとうございます。もちろんですお願いします」

見れば、彦里嬢は銀盆を携《たずさ》えている。そして彼女は、応接卓の上に、その銀盆の上の茶器と皿とを調《ととの》えていった。茶は紅茶、食べ物はサンドイッチである。

「お紅茶でよろしかったでしょうか？　次長から、課長は紅茶派だと伺ってはおりますが」

「いやもちろん大丈夫……というか、そんなことまで気を遣ってくれてありがとうございます。宮岡次長も、わざわざすみません」

やはり僕の個人情報は、かなり徹底的に洗い出されているようだ――などと思いつつ宮岡次長を見ると、どこかイラついたように瞳を、いや顔そのものを伏せながら、なんと右手を何度も何度も開襟《かいきん》シャツの左胸に当てては離し、離しては当てを繰り返している。そして、喫煙者である僕にはその意味がよく分かる。

煙草《たばこ》だ。

今《いま》宮岡次長は猛烈に煙草を欲している。あたかも、まる一日は禁煙を強いられたようなイライラとともに。しかも着火を、いや煙草パケを取り出すことすら遠慮している。だから、無意識の内に煙草に触れては避け、避けては触れる往復運動になる……

僕が、宮岡次長が喫煙者であることに安堵《あんど》しつつ、しかしそのイライラを微妙に恐怖していると、彦里嬢が楚々《そそ》といった。

「それでは取り敢えず失礼いたします。また事務的な書類を、後程《のちほど》お持ちいたします。お茶が無くなりましたら、御遠慮なくお呼びください。すぐ外の、庶務係の島《シマ》で待機をしております」

彦里嬢は丁寧なお辞儀をすると、パーテの開口部から課長室を出て行った。

顔を伏せていた宮岡次長が、そのタイミングでパッと僕の方を見る。そしていう。

とても小さなピアニシモで。しかし、とても腹筋のアクセントが利いた鋭い声で――

（庶務のエース嬢です。先の人事異動で本部長秘書室からもぎとりました。

声の掛からん内は、絶対に入室せんよう躾《しつ》けてありますけん、防衛《ボウエイ》については御心配なく――ゆうても、朝の消毒《ショウドク》と掃除以外、誰であろうと、この私であろうと課長の許可なくこの室に入ることはございません。天地が引っ繰り返ってもございません。重ねて、絶対にございません。これは、当課の伝統にして掟《おきて》です。違反する者《もん》がおれば、理由が

どうあろうと公安課からは飛ばします、即日）

（わ、解りました）

（本来、ここまで声を潜《ひそ》めんでも、八階の構造上、課長室内の会話は漏れません。最も近い、私のデスクや庶務係の島《シマ》にも漏れません。普通に話していただいて大丈夫です。ただ、今日は最初ですけん、このことを御説明する意味で、声量を変えてみました）

（なるほど）

ここで宮岡次長は、なるほど声量を元に戻す――

「昼を食べ終わったら、彦ちゃんに庶務関係の手続をやらせますんで、それまでは私が、当県の概要と当課の概要を御説明いたします――これ、御着任後でもええんですけんど、明日八月六日から、そう二週間は、御着任関連の行事で猛烈にお忙しくなられますけん。それに……宇喜多課長からのお引継ぎが、流れてしまいましたけん。よって、宇喜多課長がゆわれたであろうこと、当県や当課の全般的なことについては、私が代役を務めます」

「成程《なるほど》。解りました、よろしくお願いします」

……煙草を吸わなくてよいのだろうか。ただ、今はもう宮岡次長は右手の往復運動を止めている。そして僕には、この愛予県警察公安課の喫煙ルールが分からない。いや、もっと正直に言えば――宮岡次長が何をそんなにイライラしているのかが分からない。

するど、宮岡次長は、何かの説明を始めるどころか、まずこういった――

「課長。ひとつ深呼吸してみましょう‼」

「は？」

「こうして、こう――すうっと――はあっと。そうですぞな。できればもう一度――そうですぞな。

次に、警察体操じゃないですけんど、こう、胸をグッと開いてみましょう。腕を広げて――左右の胸を大きく開くイメージで。そうです。もう一度――ハイもう一度――」

（何の儀式だろう？）

「あれですか課長、課長はちょっと、その、猫背の気がありますか？」

「ああ、本庁のパソコン仕事の所為《せい》だと思います。あれはこう、グッと前傾姿勢になるし、肩がグッと狭《せば》まりますんで」

「ほうですね、本庁は月《つき》三〇〇時間は超勤をするところですけん、御職業病じゃ――ああすんません、変なことお願いしてもうて。それではさっそく、当県と当課の概要を――いえ御遠慮されんと、食べながら聴いてつかあさい。私も食べながらやります」

「そうしたら、遠慮無く……」

32

「まず、当県の概要——ゆうても当県と当県警察の概要ですが。

当県は、もうすっかりお分かりのとおり、文字どおりの田舎県です。人口ゆうたら一三〇万人くらい。そのうち五〇万人くらいが、県都《けんと》・愛予市に集中しとります。課長に解りやすい喩《たと》えでゆうたら……当県には、警大のある中野区の四倍ほどの市民がおり、うち愛予市には、御縁《ごえん》の深い渋谷区の倍ほどの市民がおる。こうゆうことになります。裏から言うたら、それしかおらん、ゆうことにもなりますが。

そして無論、この県都・愛予市が当県最大の都市となります。この愛予市は、隣県を含めたこの地方の経済の中心で、マアど田舎ではありますけんど、この地方では最も栄えとる街じゃ言えるでしょう。そして当県においては当然、政治・経済の中心となっとります。それは、警察本部なり県庁なり地裁なり地検なりがあることからお解りいただけるとおり」

「ふむふむ」

「ひろく瀬戸内海に接しとりますけん、気候は温暖、漁業も盛んですが、恐らく御存知のとおり、農業も盛んです。有名なのは蜜柑《みかん》・伊予柑《いよかん》の類《たぐい》でしょう。もっとも、最上級のものは県民の口には入りません。県内では流通しませんけん。東京の料亭あたりでバカ売れしよるとか。そんな感じで、県民もまあ、なんというかおっとりしとります。それは、夏目漱石《そうせき》の『坊っちゃん』で描かれとるとおりですし（田舎の底意地の悪さも描かれとりますけんど……）、同じく『坊っちゃん』で描かれとる住田《すみた》温泉のイメージどおり。獲《と》れる魚も、太平洋なり日本海なりの荒海に揉《も》まれた身の引き締まった魚でなく、これまたなんというか、良う言えばはんなりした優しい、悪う言えば歯応《はごた》えのない、柔《やわ》い味がしよります。実際に芯《しん》が通っとるか、筋が通っとるかは、魚それぞれ人それぞれですが――総じて、愛予の人間に根っからの悪人はおりません。ゆうたら、人を騙《だま》す側ゆうよりは、アッサリ騙される側でしょう。また、田舎ですけん酒は嗜《たしな》みますが、隣県みたいに『お猪口《ちょこ》に故意《わざ》と穴を開けとるけんすぐ飲まんといけん』とか『お猪口を幾つか伏せておいて菊の花びらを引き当てた奴が全部飲み乾す』とか、そういった下品な県とは文化が違《ちご》とります」

（そういえば『愛予県の歴史』に書いてあったな。愛予人は極めて温厚だけど、いったん怒らせたら恐《こわ》いし、文化と品格に誇りを持っていると……）

「口調もまったりしとりますし、私が言うのもアレですが、まあ親切心が強い。田舎ゆうこともあるでしょう。これは、東京の対極と考えていただければ。東京では誰もが他人に関心を持ちませんし、逆に持ったら失礼じゃゆう空気がありますけんど、愛予では困っとる他人に干渉するのがアタリマエゆう空気があります。そういった県民性は、特に愛予市についていえば、歴史的なもんやと思います。ゆうたら、愛予市はかつて松平家の殿様に治められとりましたけん……」

「ひょっとして、あの城山《しろやま》のお城は」僕は本の内容を確認した。「その松平の殿様のお城？」

「ほうです、ほうです。ゆうたら、このあたりは親藩《しんぱん》の国なんです。すなわち徳川一門やけん、お家の存続に不安がなかったんです。また徳川一門やけん、領民を過酷に搾取《さくしゅ》せんでも生き残れたんです。ほやけん領民も、おたがい牧歌的に助け合いながら、最近の言葉でゆうたら『ノホホンと』江戸時代を過ごしとったんです。昔からの言葉でゆうたら、『ぞなぞなと』でしょうか。ただ愛予人はバカですけん、時流を読まんとホイホイ幕府に従い続けて、幕末ではまともな戦《いくさ》もせん内に賊軍《ぞくぐん》にされてもうて。明治維新後はかなりの辛酸《しんさん》を舐《な》めとるんですけんど……そのあたりもまた、愛予人の『ぞなぞなさ』を示しとります」

「な、成程《なるほど》」

「これはまあ、こんまい歴史的経緯を省《はぶ》けば、全県的な特徴といってよいでしょう。ちなみに当県は歴史的に三地域に分けられとりまして、県北《けんほく》・県央《けんおう》・県南《けんなん》の地理的な区分があります。それぞれには拠点都市があります。ゆうたら県北の、まあ工業都市の美愛《みあい》市、これが人口約一三万人。県南の、まあ漁港都市の国府《こう》市、これが約一〇万人。県央の中心はこの愛予市ですが、あと『小京都』なんぞゆうとる観光都市もありまして、それが姫橋《ひめはし》市、約一二万人。ゆうてもドングリの背比べですね――あっ御安心ください、どのみち来《きた》る二週間で、県下すべてを巡行《ジュンコウ》していただくことになりますけん。このあたりは、今はどうでもええ雑学です。

ゆえに、ここからは肝心の、当県警察の概要に話を移しますと――

当県警察の定員は、約二、〇〇〇人。正確に言うたら、平成一一年四月イッピ現在の政令定員が一、九七八人となっとります。これが、ここ警察本部と、当県に置かれた十九警察署に配分されとる訳です。

この、県下十九警察署は、便宜的《べんぎてき》にA署・B署・C署のカテゴリに分かれます。これは単純な人数別の区分です。三〇〇人の警察署と、三〇人の警察署を、同列に実績評価することはできませんけんね。ちなみに当県には、三一二人の警察署も、二九人の警察署もあります。

そしてまず、筆頭署の『愛予警察署』は全てにおいて別格。これは、警視庁が全国でも別格やゆうんと同じ趣旨です。ここ愛予市にあるその愛予警察署は、当県の筆頭警察署にして、唯一《ゆいいつ》の警視正署長が置かれる警察署。ここ警察本部から歩いても行ける距離にあります。まさに、『県都の守り』いいますか――

この最大規模の警察署を別格とすれば、残りは十八警察署。これが規模によってA署・B署・C署に分かれるのは前述のとおりで、規模が大きい方からA署が六、B署が七、C署が五。先に申し上げた拠点都市の美愛・国府・姫橋に置かれた美愛警察署・国府警察署・姫橋警察署などは、御想像いただけるかと思いますが、規模的にすべてA署となります。さかしまに、私の出身地でもありますド田舎中のド田舎、漁村の奥の漁村の奥のそのまた奥の超僻地《へきち》である御油町《ごゆ》、この御油町を管轄《かんかつ》する御油警察署なんぞになりますと、これは当然、規模からしてC署となるわけです。なにせ、署員がまさに二九人しかおりませんけん。

このA署・B署・C署の区分は——微妙な数式の変更は必要ですが——警察署全体の評価のために用いられるだけでなく、例えば我々警備部が、あるいは我々公安課が、各警察署を評価する際のカテゴリにもなります。なんでかゆうたら」

「やっぱり、我々の仕事を担当してくれる警察官の数が、各署によって違うからですね？」

「まさしくそのとおりです。ゆえに、警察の用語を用いれば、我が警備部も『各警察署の警備課の課員が何人か』によって警察署をグループ分けしとる、ゆうことになります。ちなみに、吃驚《びっくり》されるかも知れませんが、只今《ただいま》申し上げた御油警察署は『一人署』です。いきなり当県用語ですけん急いで御説明しますと、なんと警備課員が警察署にたったの一人しかおらんのです」

「えっそれはすごい。なんかどう表現していいのか解らない感じですごい。というか、そもそも課員が一人だったら、『課』にならないんじゃないかと思うけど……」

「御指摘のとおりです。ゆえに御油警察署は当県で唯一、警備課を持たん警察署となります。御油警察署にあるんは警備課でなく、『警務課警備係』いいます。

　ゆうても、あっは、実は私自身、その一人署での経験がありますが、その警察署で個室を持っとるんは警察署長と警務課警備係員ぎりなんで——さすがに警備の仕事をオープンスペースでやることはできませんけんね——結構な身分といえば結構な身分ですぞな。まして、実はこの御油警察署、現時点においては極めて重要、いやトップクラスに重要な警察署となっとります。その理由はすぐに御説明いたします。

　いずれにしましても、この御油警察署を除く十八警察署にはちゃんと『警備課』が設置されとります。無論、それが我々の『出先』ゆうことになります」

「宮岡次長、僕、現場だと警察署にしか勤務したことないんで——正確に言うと警察本部の捜査一課にいたことあるけど捜査本部《ちょうば》立って警察署にしか出勤しなかったんで——警察本部と警察署の関係、リアルには解らないんだけど」

「基本的には、警察署のことは警察署で責任を持ってやります。ほやけん、例えば愛予警察署の警備課は、我々の業務を担当しよりますけんど、それは、愛予警察署長の指揮で、愛予警察署長の責任でやるわけです。

ただ……

実際のところ、特に我々の警備部ではそうなんですが、警察署の尻叩《しりたた》きをするのは、警察署長ゆうより警察本部なんです。無論、警察署長は警察署の全能神ですけん、署長のキャラクタによっては署長の方ががいに厳しい、ゆうことはありますけんど――しかし御存知のとおり、警察の仕事は縦割りが強いですけん、どうしても警察本部の担当課の方が、それこそ警察署長を飛び越えて、ああせえ、こうせえ言うことが多くなります。警察本部の刑事部は各署の刑事課の尻を叩きますし、警察本部の生安《セイアン》部は各署の生安課の尻を叩きます。なんでかゆうたら、警察の表彰は結局、各部門縦割りの表彰ですけんね。

ゆえに、警察本部の担当部門と警察署の担当部門は一体となって……ゆうとキレイゴトに過ぎるわなあ……まあともかく一緒の目標目指して、部門ごと動くことになる。それはもう、あざやかな縦割り行政ですぞな。といって、我が警備部もまさしくそうで……例えば、課長は明日公安課長になられますが、それは言い換えたら、『事実上、県下各署の警備課をダイレクトに指揮することとなる』ゆうことです。そがいな意味で、言葉は悪いですがさっき、警察署のことを『出先』といいました」

「まだよく解らないんだけど……

各警察署長さんと、僕なら僕の指揮権とはどういう関係になるのかな?」

「建前上は、課長にはむろん各署の指揮権なんぞありません。なんでかゆうたら、司馬課長が公安課ゆう所属《ショゾク》の所属長《ショゾクチョウ》なら、各署長も各警察署ゆう所属の所属長ですけん。階級も——愛予警察署を除けば——警視どうし。要はまったくの対等。まさか上下関係はありませんし、まして警察署はそもそも警察署長の城です。

しかし、実際上は……

特に我が警備部門となりますと、国家的な秘密を扱ったりもしますし、そこまでゆかんでも、内緒内緒の話が非常に多くなります。ゆえに、署長にもお知らせせんと、司馬課長の御下命《ごかめい》のみでコッソリやらかすオペレーションも少なくない。言い換えたら、仕事の性質上、司馬課長だけが指揮せんといけん仕事があるし、それを署長にすら黙っとかんといけん場合がある。ゆえに実際上、司馬課長が署長を飛び越えて署員を動かすゆうことも、まあ全然めずらしくはございません。これが、仕事の性質を踏まえた説明です。

ただ、もっと生々しい説明をすると。

司馬課長の場合でいえば、ほうですねえ……そもそも、各署の警備課の実績を評価して指導したり表彰したり気合いを入れたりするんも司馬課長。各署の警備課に配分する予算を決定するんも司馬課長。それどころか、各署の警備課を含めた、当県警備部門全体の人事を起案するんも、実は司馬課長なんです」

「えっそうなの、自分自身が全然知らなかったよ!!」

まじか。僕はいつからそんなに偉くなったんだ。いやまだ辞令交付前だけど。

「このあたりは、やはり宇喜多課長がお引継ぎなさるべき微妙な内容でして、私などにはいささか荷が重いんですけんど――」

ゆうんも、私自身は所属長未満警視で、まだ所属長の経験なんぞありませんけん」

（そうか、所属長経験ということで言えば、二年をお務めになった宇喜多課長の方が、四十九歳の宮岡次長より経験豊富ということになる訳か。警察の人事とは、まあ不思議なもんだ。

といって、宮岡次長は愛予県のエースだし、その宇喜多課長の女房役を務めていた訳だから、宇喜多さんがやっていたことはほとんど熟知しているとは思うけど――）

「いずれにしましても、司馬課長は実際上、各署の警備課の評価・予算・人事を握っとられる……明日から握ることになる。こうなると、いくら警察署長が警察署の全能神ゆうても、各署の警備課員が普段から誰の顔色見て動くかは、御想像いただけると思います。

ただ、これまた実際上、警察本部の課長と警察署の署長の関係は、一筋縄《ひとすじなわ》ではゆきません。署長からすれば『自分の部下が司馬課長の方ぎり向いとる』と見える訳ですし、また『司馬課長は予算や人事を盾に、怪しげなスパイごっこをコソコソ実行させとる』と見える訳です。

ほやけん、どの署長も敵に回したらいけません。

腰を低う、腰を低うして、我が部門のお味方になってもらわんといけません。

特に、筆頭警察署・愛予警察署についてはそうですが——それはそうです、我が県最大の警察署ですし、ゆえに我が県最大の売上を誇りますし、なによりその署長は司馬課長より格上の警視正ですけん——しかし、どの警察署についてもそうです。

ここで無論、警察署長の中には、我が警備部門出身の署長もおれば、他部門出身の署長もおります。そして警備部門出身の署長の場合は、まあ難しいことはない。自分達が長年育ってきた部門ですけん、そもそも愛着がありますし、司馬課長がどがいな仕事をさせよるかは、それなりに熟知しとりますけんね。他方で、警備部門出身でない署長の場合——要は生安・刑事・交通といった他のギルド出身の署長の場合ですが——縦割り行政の悲劇、いいますか、まあ、我が部門の仕事を全然知りよりません。ゆうたら、司馬課長がどがいな仕事をさせよるか、想像するんも難しい。となると、放っておけば局外中立。悪くすると、我が部門に反感を持っとるケースがあります。特に、刑事部門出身の署長はその傾向が強い……なんでかいうたら、当県警察においては、今のところ、刑事部門と我が警備部門が、いわゆるメインストリームですけん。この二部門が、当県警察において、なんというか、まあ覇権を握るべく、日々鎬《しのぎ》を削っとります」

「愛予県警察内の、主導権争いがあるということ？」

「これはどの都道府県警察でも一緒じゃ思いますが、またどの民間企業でも一緒じゃ思いますが、要は査定権《さていけん》を握っとるところが強い――

例えば、さっきゆうたとおり、司馬課長は警察署の警備課に対して絶大な権力をお持ちになる。なんでかいうたら、その人事・予算・組織改編の権限を握っとられるからです。それと一緒で、愛予県警察全体についても、誰が、あるいはどの部門が人事・予算・組織等の在り方を決める権限を握っとるかが、ポイントになってきよります。もちろんそれを一手に握られとるのは、社長である東山《ひがしやま》警察本部長ですけんど、どの会社でも仕事は社長独りがするもんやないですけんね。実質的に誰が、人事・予算・組織等を動かすポストにおるか、そして誰が社長をお支えしとるかが、重要になってきます。

これを警察の場合でゆうたら、誰が警務部参事官か、誰が警務課次長か、誰が警務課企画補佐か、誰が人事調査官か、誰が総務室長か、誰が会計課長か、誰が本部長秘書官か、誰が広報室長か……ゆうんが重要になってくる。こうした総警務《ソウケイム》部門の主要ポストは絶大な権限を有しますけん、また実質的に各部門のエースが配置されるポストですけん、どの部門も鵜《う》の目鷹《たか》の目でこれらの獲得を目指します。我が警備部門もそうです。

そして現在、こうした総警務の主要ポストをほぼ独占しとるんが、我が県では刑事と警備、ゆうことになります。パワーバランスを概算すると、概ね警備が六、刑事が四の割合で、こうした総警務の主要ポストを確保しとります」

「成程《なるほど》。権力の植民地争いは、若干ながら我が警備部門に有利なかたちで進んでいると」

「言葉を選ばんかったらそのとおりです。

　交通ギルドは――これは気の毒に思うくらい――人材確保そのものに難《なん》がありますし、生安ギルドは最近の躍進が著しいですけんど、まだ伝統的な刑事・警備の二強支配に楔《くさび》を打ち込むまでには至っとりませんけん。もっとも生安ギルドはいわゆるハイテク犯罪、DV、ストーカー、児童虐待《ぎゃくたい》、警察相談業務等々の、ゆうたらフロンティアを幾らでも抱えとりますけん、あと数年もしたら、二強支配は崩れ、刑事・警備・生安の三つ巴《どもえ》を経て、刑事か警備のどちらかが権力闘争から脱落しよる思いますけんど……

　いずれにせよ、そがいな権力闘争の情勢がありますんで、特に刑事部門出身の署長は、我が警備部門に対して、少なくとも警戒心を……悪くすると敵対心を持っとります。ほやけん、二十五歳の司馬課長としては、そのとろけるように魅力的な若者の笑顔で、すべての署長と良好な関係を築いてゆかれる必要があります。まあ、警察署長にまでなる――ゆうたら、それは地元ノンキャリアとしては出世競争に勝った、ゆうことですし、そもそも人格なり人徳なりが円満やないと警察署長なんぞ務まりませんけん、あからさまな嫌がらせなんぞはございませんが……部門どうしの歴史的な・伝統的な遺恨《いこん》もありますけん、そこは政治が必要になってきよります。そしてその政治ができるんは、同格の司馬課長ぎりです」

「そしてその部内政治に失敗すれば、結局苦しむのは各警察署の警備課員だと」

「御指摘のとおりです。

司馬課長はギルド全体の長《おさ》。他方で、直属の各警察署長は所属《ショゾク》の長。このふたりの言うことがまるで違う――みたいなことになると、板挟みで身動きとれんくなるんは警察署の警備課員ですけんね。ゆうたら、司馬課長の大事な仕事のひとつに〈署長営業〉がある、ゆうことになりましょう。愛予県警察十九署の各署長と『どれだけオトモダチになれるか』が結局、当部門の売上の鍵《かぎ》になる。そしてそれができるんは、繰り返しになりますけんど、各署長と同格の所属長《ショゾクチョウ》である司馬課長ぎり。私でもそれは無理です」

「なるほど、なるほど……」

33

「以上が当県の概要と、当県の警察署の概要です。

最後に、当課の概要を御説明いたします――

これから課長に指揮官となっていただく我が公安課ですが、まず体制《タイセイ》から申し上げますと、定員は六十八名。病欠・派遣等はございませんので、実員もまた六十八名。これ、ずっと黙っとって申し訳ありませんでした」

「いや、そこはかなりセンシティヴな部分だから」

「ちなみに、これは司馬課長を含めた数です。ほやけん司馬課長は——私を含めた——六十七名の公安課員を指揮されることとなります」

（概数を教わっていたとはいえ……これもまた、偉くなったもんだな司馬達。

部下の数が、零《ゼロ》からいきなり六十七名の純増《じゅんぞう》とは!!）

「そしてこの六十七名は、七つの係に分かれます。これも今日までボカしとりました。ボカしとった理由は、体制をボカしとった理由と一緒です。お許しください」

「それも当然です。ですが、今はもう七つの係の詳細を聴いてもかまいませんね？」

「無論です。

庶務係、第一係、第二係、第三係、第四係、第五係、第六係となっとります」

「うわ、これまた見事な警備警察流」

「あっは、そうですね、中身が全然分かりませんけん。

ほやけん、急いでそれぞれの中身を御説明いたしますと——

まず庶務係。これは隠語でも符牒《ふちょう》でもなんでもありません。いわゆる庶務係です。庶務係の長は不肖《ふしょう》この私、宮岡公明警視であります。ここにさっきの彦里嬢と、課長運転手の谷岡《たにおか》警部補がおります。ふたりはともに課内の庶務的な事項を――ゆうたら給与厚生関係とか、出勤簿の管理とか、超過勤務関係のとりまとめとか、公印の管理とか、週間予定の作成とか、出張旅費の手続とか、捜査費の手続とか、通勤手当の確認とか、装備資器材の管理とか、公用車の運転記録なりガソリンなりの確認とかを――行いますが、彦里嬢は司馬課長のお身回りを整えさせていただく任務を、そして谷岡係長は司馬課長のまさに運転手を務める任務を、それぞれ担当することにもなります。

といって、御案内のとおり、庶務関係ゆうても特に超勤と捜査費は実質的に司馬課長の大事な権限ですけん、これらは庶務係のトップたる私直轄の仕事となっとります。これらについては、日常的には私が管理し、私が起案し、私が司馬課長の御決裁を受ける――ゆうかたちになります」

「捜査費関係は、大事だもんね」

「間違ったことをすると、ふたりとも懲戒免職ですけんね」

「そもそもどこに保管しているの？」

「後程《のちほど》御確認いただきますが、私の次長執務卓の横に公安課の大金庫があります。その開け方もすぐ憶《おぼ》えていただく必要があります――捜査費が執行できんくなりますけん。しかも、今年は会計検査の対象になる可能性が著しく高いですけん、帳簿関係は丸暗記できるくらい頭に叩き込んでいただく必要もあります。あれはカンペが一切許されませんけん」

「うわ、所属長一年生でいきなり会計検査かあ……

司馬警視ともかく了解です。で、超勤の方はどういう流れでつけるの？」

「各係から私のところに、Excel シートで自己申告の実績が上がって来よります。私がそれを事務的にとりまとめた上、まず各人の勤務態度・勤務実績等から仮査定をさせていただいて、課長決裁に上がります。課長はそれを御覧になって、二〇万増やすも一五万減らすも全くの御自由と、こういう流れになります。まさか私の側で文句は言いませんＪ」

（これまた責任重大だ。これまで査定される側で、人の査定をしたことなんて無かった）

「いずれにしましても、谷岡係長と彦ちゃんには、課長に恥を掻かさんようお仕えせえと、重々言い聴かせております。ふたりとも優秀な課員ですし、宇喜多課長にもずっとお仕えしとりました。課長に御不便を感じさせるようなことは無い思いますが、何かございましたら、庶務係の長である私にすぐおっしゃっていただければ」

「了解です」

「以上が庶務係の概要です。ちなみに、この庶務係は当課唯一の公然部門となります
――まあ、私も課長も公然要員ですけんど。

他方で、他の六ある係はすべて非公然部門となります」

「警備部門ならそうですよね」

「うち、まず第一係ですが、これは広川《ひろかわ》補佐ゆう警部が率いる係です」

「広川警部っていったら、それはひょっとして……」

「……まさしくです課長。私と一緒に、宇喜多課長の死を確認した警部になります。ちなみにナンバリングどおり、当課の筆頭係で、ゆえに広川が当課の筆頭補佐です」

「彼の第一係は何を？」

「当課では、ナンバリング係は全《すべ》て諜報《ちようほう》部門ですが、第一・第二の両係は『情報の分析』を行います。ゆうたら、情報を収集する係でのうて、収集された情報を精査・解析・報告する係となります。

そして第一係は外事《ソトゴト》以外の全ての情報を、第二係は外事《ソトゴト》情報を取り扱います」

「成程《なるほど》。ちょっと文化も毛並みも異なる外事《ソトゴト》は外事《ソトゴト》で独立していて、それ以外の公理《コウリ》、15、特対《トクタイ》、極左《キヨクサ》といったドメスティックな分野は全て第一係で取り扱うと」

「ほうなります。ゆうてもその分野の『情報の分析』を取り扱うわけですが」

「言い換えれば、情報の猟師でなく、情報の料理人」

「まさしく」

「するとMN諸対策は、少なくともその情報の分析は、第一係の任務だね？」

「そのとおりです。ゆうたら、第一係が特対《トクタイ》を持っとりますんで」

「その担当補佐が、広川警部だと……ちなみに外事《ソトゴト》をやる第二係の補佐は？」

「あっは、これはもう御面識がある思いますが、実はあの赤松《あかまつ》警部です。ゆうたら、警大におった——」

「あっ、あのとき中野学校で、わざわざ挨拶《あいさつ》と……報告に来てくれた警部さんか」

「ほうです、ほうです」

「なるほどね。これで第一係と第二係は分かったと。なら第三係以降は？」

「第三係と第四係は、まさに猟師です。『情報の収集』を行います」

「あっ、すると第三係と第四係は、〈八十七番地〉になる」

「ほうです課長。当課の第三係と第四係は、当県における〈八十七番地〉です。ほやけん、当課の係のほとんどは非公然部門ですけんど、とりわけ第三係と第四係はいわば忍者。そもそも第三係にいたっては、この警察本部八階・公安課内にはおりません」

（それは、警察庁の鷹城理事官とまったく一緒だな）

「そして、警備局《ビキョク》育ちの司馬課長なら御存知のとおり、第三係と第四係については、指揮権について若干の注意が必要です」

「それは了解しているつもりです。

すなわち、今度は僕が、さっき説明してくれた警察署長の立場になる……

所属長《ショゾクチョウ》としての指揮権は確かにあるし、基本的には僕の命令で動かせる係だけれど、最終的には〈八十七番地〉の一員として、鷹城理事官の統制を受ける。そして僕とて、鷹城理事官の統制には叛《さか》らえない……叛らうつもりもないけどね」

「まさに御指摘のとおりです。

とはいえ、警察署長の場合と違《ちご》とるんは――我々は同一の部門におり、同一の任務を達成するために働いとる、ゆうことです。ほやけん、例えば刑事と警備ゆうような内ゲバはまさかありません。〈八十七番地〉については、課長の指揮権が、鷹城理事官の指揮権によって一部制約を受ける。それぎりです。まして司馬課長は、鷹城理事官の御信任も厚いと聴いとりますんで、警察庁との軋轢《あつれき》などは一切、心配しとりません」

「ただ、所属長として〈署長営業〉が必要なように、〈東京営業〉もまた必要だと」

「是非《ぜひ》ともお願いします。

そして実はそこが、東京からキャリアの課長をお委《ゆだ》ねいただいとる県の強味なんです。なんでかゆうたら、東京とのパイプがあるキャリアの課長なら、〈八十七番地〉をイラつかせたり激怒させたり、はたまたその結果、予算を削減されたりする可能性は少ないですけん。

とりわけ中小規模の県についていえば、キャリアの課長を頂いとる県なんぞ五指《ごし》に満たん……これすなわち、その県は〈八十七番地〉に信頼されとるゆうことですし、その県は〈八十七番地〉との軋轢《あつれき》を気にせんでええ。もっとゆうたら、〈八十七番地〉を恐怖せんでええ。これは、東京からキャリアの課長をお迎えしとる、栄誉ある県の強味なんです」

（そういうものなのか。割り引いて聴く必要はあるが、『ノンキャリアがキャリアの若僧課長を押し付けられて難儀《なんぎ》する』――という単純な話でもないということか）

裏から言えば、受け容れ県としては『利用価値がある』というドライな話にもなるが。

「……以上をまとめると」僕はいった。「当課の第三係と第四係は、当県における〈八十七番地〉として、濡《ぬ》れ仕事をやっていると。その運用については、鷹城理事官を強く意識する必要があると」

「ほうなります」

「第三係と第四係はどう違うの？」

「いずれも猟師として『情報の収集』を行いますが、第三係はいわば司馬課長直轄のユニットです。ゆうたら警察本部公安課のユニットです。ほやけん、課長があもせえ、こうせえゆうて猟をさせる係です。

他方で第四係は、当課のユニットゆうより、各警察署警備課の指令塔になります。無論、課長があもせえ、こうせえゆうて猟をさせる係ですが、猟をするのは第四係そのものではなく、各警察署の警備課になる。ゆうたら、第四係は警察署を指揮して猟をさせる、警察署の猟の指導者ですね」

「成程《なるほど》。猟師の仕事については、警察本部がやるか署がやるかで切り分けていると。第三係は警察本部員として直接猟を行い、第四係は警察署に命じて間接的に猟を行っていると」

「ほうです、ほうです。

ほやけん、第三係にはようけ人がおります。ゆうたら実働部隊・機動部隊ですけん」

「忍者さんたちだものね。

そしてもちろん、〈八十七番地〉の任務に対応した編制になっていると」

「御指摘のとおりです。ゆうたら第三係には、第一係・第二係の業務に対応して、それぞれの営業《エイギヨウ》、日記《ニツキ》を担当する班が編制されとります。他方で第四係は指令塔ですけん、課長補佐が1、係長が1の体制で充分ですし、実際にそうなっとります」

「〈八十七番地〉の任務としては、営業《エイギヨウ》、日記《ニツキ》のほか、あと防疫《ボウエキ》があると思うけど」

「まさしく。

ほやけん機動部隊である第三係には、大まかに言って営業《エイギヨウ》班、日記《ニツキ》班そして防疫《ボウエキ》班が、それぞれ複数編制されとります。重ねて、この公安課内には滅多におりませんけん、辞令交付後、内緒内緒のお部屋に初度巡視《シヨドジユンシ》をしていただかなければなりませんが」

「第三係にしろ第四係にしろ、係を統括するのは、一般ルールどおり補佐でいいですね？」

「ハイ課長。申し遅れましたが第三係は丸本《まるもと》警部が、第四係は内田《うちだ》警部が、それぞれ課長補佐として統括しとります」

「すると残るは、第五係と第六係か」

「第五係はいわゆる書庫《ショコ》を担当しとります。他係による情報の収集・分析が終わった後、それを必要に応じて分類・保存・管理する係です。これは伊達《だて》警部が統括しとります。他の係と比較すると地味ですが、我々の仕事は一〇〇年先を見越したものでなければなりませんので、第五係は縁《えん》の下の力持ちゅうか、非常に重要な係です。機動部隊のように日の目を見ませんので、課長が機会あるごと声掛けして士気を保《たも》っていただく必要があります」

「了解しました」

「最後の第六係は、当課で庶務係に次いで公然性が強い係——事件係になります。これも庶務係同様、隠語でも符牒《ふちょう》でも何でもありません。事件、すなわち犯罪捜査を担当する係です。この事件係を統括しとるんは兵藤《ひょうどう》警部。そして今年までに、この兵藤警部の下、どうにか捜査班二個班を編制できました。事件係は現在員、一一名です」

「体制を強化したということですね。するとそれは、やっぱり……」

「ＭＮに係る事件化《ジケンカ》が急務だからです。ところが、これは課長が御存知かどうか分かりませんが、我が警備部門はここのところ事件に弱い……

例えば極左によるテロゲリが華やかやった頃は、嫌というほど実戦経験を積めたのですが……平成一一年現在、極左が大暴れしとるわけでなし、オウムとの肉弾戦も取り敢《あ》えずの決着を見……いずれにせよ、ショボい右翼の街宣だの恐喝だの以外、我々が実戦経験を積める事件がめずらしくなりました。当県のような田舎県なら尚更《なおさら》です。そして、実戦がなければノウハウが失われてゆく。伝承ができんくなる。捜査員が育てられんくなる。

――そこへきて、MN。

まだ国民多数の知るところとなってはいませんが、少なくとも警察としては、〈まもなくかなたの〉こそ第二のオウム、目下最大の治安攪乱要因《チアンカクランヨウイン》と見とります。これは御案内のとおり。そしてオウムの経験を踏まえ、やられる前にやらんといけん。ゆえに充分な情報収集・情報分析が必要となりますが、まあ情報関係はええです。自家薬籠中《じかやくろうちゅう》の、得意分野ですけんね。ところが肝心の事件捜査・事件化《ジケンカ》となると……」

「近時の警備警察としては、ぶっちゃけ、苦手科目であると」

「正直そうです。そうですが、そうも言ってはいられません。とりわけ当県は」

「そうだね、とりわけ愛予県は……MNの〈教皇庁〉、総本山をかかえているから」

「ゆえに、捜査の達人に指揮を執らせ、一分一秒でも早く〈教皇庁〉その他の教団関連箇所にガサを打たねばなりません。そこに苦手科目もへったくれもありません。

ほやけん、先の春に、人事に無理ゆうて、どうにか事件係の純増《じゅんぞう》を認めさせました。また、実は宇喜多課長にお縋《すが》りして、当県でも指折りの事件屋を、当課の課長補佐にリクルートしてもらいました」

「その『指折りの事件屋』が、先の、事件係を統括する兵藤警部？」

「ほうです。御存知のとおり、宇喜多課長と出崎《でざき》課長は——当県捜査第二課長の出崎課長は同期でいらっしゃいましたけん、宇喜多課長から出崎課長に泣き付いてもろて、当県捜二のエースを公安課にレンタルしてもらいました」

「えっそれは大胆だね、純血主義の警備ギルドとしては」

「自前で人が育っとらん以上、恥も外聞も純血主義もありません。

ゆえに、当課事件係のボス、兵藤警部にあっては、当課唯一の刑事部門出身者です。そして確かに警備部門の知識経験はありませんが、出崎課長のお優しい配慮もあって、こと事件捜査に関しては当県警察本部でも指折りの職人です。刑事ですけん、若干癖《くせ》が強いキャラクタをしとりますが——いやかなりかな、愛予県人やないけんの——まあ諸事《しょじ》信頼していただいて問題ないと思とります。いや正直、頼れる思とります」

「了解です。

これで庶務、第一、第二、第三、第四、第五、第六と、七つの係の仕事が解りました」

——まあ、事件係とその人選を除けば、公安課としてはオーソドックスだろう。

というのも、諜報部門《ちょうほう》として、標準的な組織を編制しているからだ。

34

ここで、僕ら諜報部門のお仕事を、既に出た言葉を遣いながら、かつ鷹城理事官からレクを受けた内容を踏まえながら、おさらいしておくと……

——僕らのお仕事は、大きく分けて『情報の収集』『情報の分析』『犯罪の捜査』だ。うち『情報の収集』は、猟師たちあるいは忍者たちが、二十四時間体制で、様々な手法を駆使して行う。当課でいえば第三係・第四係がこの猟師たちだ。そして猟師たちが集めてくるのは、新鮮な肉であり魚であり野菜であり……要は素材そのもの。これは要はパーツ、断片なので、そのままでは有効活用できないし、意味不明である場合も多い。売り物にもならない。そこで、地を這《は》い、海に潜り、山を駆けていた猟師は、料理人に素材を直送する。意見とか判断とか疑問とかを棚上《たなあ》げして、パーツそのものを直送する。

この段階で、料理人が『情報の分析』を行う。料理人は過去の知識・経験・ノウハウをフル活用して、その素材のよさを見極め、食べられるかたちに——有効活用できるかたちに料理する。そのためには、素材そのものについての目利《めき》きと、その素材が獲《と》れる海・山・畑に関する深い知識が必要となるだろう。当課でいえば、第一係・第二係がこの料理人だ。そして料理が完成して初めて、素材なりパーツなりが、本当はどんな意味と価値を有していたのかを知ることができる。有効活用できるようにもなるし、売り物にもなる。

――しかも、かくて完成した料理の中には、特殊な意味を持つものが出てくる。

喩《たと》えから離れれば、かくて分析され整理され、いよいよ真の『情報』としてのかたちを備えたものには、特別な意味を持つものが出てくる。それは、僕らにとって致命的なものであることもあれば、敵にとって致命的なものであることもある。例えば、僕らにとって致命的な意味を持つものとは、『既に組織の中にモグラさんがいる』といった奴だ。他方で、敵にとって致命的な意味を持つものとは、『犯罪を犯している』といった奴だ。

この、『犯罪を犯している』ことを意味する情報こそ、実は僕らのお仕事が最終的に狙《ねら》い定めるものである。言い換えれば、当課でいうと第六係がやっている『犯罪の捜査』というお仕事こそ、僕らの真骨頂《しんこつちょう》だ。というのも、僕らは諜報機関ではあるが、むろん捜査機関だから。ただ単に、いい情報を獲ってくればよい、あるいはいい情報として分析できればよい――というものではない（このあたり、捜査権を持っていない他の諜報機関とは訳が違う)。『情報のための情報』では、まるで意味が無いのだ。情報は、犯罪に――だから事件にまで到達して初めて意味を持つ。少なくとも警察ではそうだ。そして具体的な事件情報を獲《え》、それを端緒《たんちょ》として敵に対してガサを打つ。身柄を獲《と》る。要は、いよいよ直接攻撃をする。物理的打撃を与える。ガサや検挙そのもので、敵の活動にダメージを与えるとともに、ごっそり押収《おうしゅう》してきたブツをまた分析して(押収物もまた情報の素材といえる)、そこから再び事件情報を獲《え》る。そしてまたガサを打ち、身柄を獲《と》る。そこからまた押収物を分析し、事件ネタを発見し、直接攻撃を加え――

これをまとめると。

情報の収集↓情報の分析↓犯罪の捜査、というのはひとつの流れとなるべきもの、ワンセットとなるべきものであり、かつ、『情報の収集↓情報の分析↓犯罪の捜査↓情報の収集↓情報の分析↓犯罪の捜査↓情報の収集……』というかたちで、スパイラルとなるべきものである。このスパイラルによって敵に――治安攪乱要因《チアンカクランヨウイン》に痛撃を与え、その蠢動《しゅんどう》を封圧《ふうあつ》し、最終的には壊滅に追い込む。これぞ警備警察の本懐《ほんかい》である。

ただ、最近の警備警察はオウムを除き実戦経験に乏しいから、このスパイラルの最も重要な部分、『犯罪の捜査』の力が落ちているのは宮岡次長が説明したとおりだ。そうなると、警備警察は刑事部門が始終バカにするように『警察のくせに事件に弱い事務職員』『一年に一度も事件を検挙しないスパイ稼業《かぎょう》』『自己満足の情報屋』『国家百年バカ』

になってしまう。

（……宮岡次長が公安課の事件係を強化したのは、この文脈による。ただ、いよいよ体制が――充分であろうとなかろうと――整った以上、成果を出さなければ意味が無い。意味が無いどころか、そのときたちまち係はリストラされ、その定員は他部門の草刈り場となるだろう）

35

「さて司馬課長、だいたい以上が」宮岡次長がいった。「宇喜多課長がおられたなら、司馬課長に引き継がれた、当県と当課の概要です。もっとも、私を含めて宇喜多課長が課員をどう評価しとられたかとか、宇喜多課長が特に何に力を入れようとしとったかとか、宇喜多課長が今後公安課をどのように変えてゆくつもりだったのかとかは、私からは御説明できません。その意味でも、宇喜多課長があのようなことになってしまったのは、当課としては痛恨の極みなのですが……」

「引継書はありますよね？」

「無論です。誰に読まれても問題ないオモテの引継書は、あのとおり課長卓上に置かせていただいとります。また、そうでない引継書は、課長執務卓の施錠《せじょう》できる引き出しに入っとります。その鍵は私が肌身離さず持っております。鍵の類《たぐい》は明日、辞令交付後に直接お引き渡しいたします」

「了解しました。ならまずそれらを確認して、疑問があればその都度質問します」

「ゆうても課長、明日の辞令交付が終わりましたら……挨拶回りもあるけんスケジューリングが悩ましいですけんど……第一係から第六係の課長補佐すべてに事務概況説明をさせますけん、そこでお解《わか》りにならないことは徹底的に御質問ください。課長は指揮官ですけん、当課の秘密であって課長にも漏らせんもの、ゆうんは理論上も実際上もないですけん」

「解りました、宮岡次長」

「ちょうど御食事も終わられましたね。ほしたら──

　内緒内緒の話は終わりですけん、彦ちゃんと谷岡係長にゆうて、さっそく庶務的な作業を終わらせましょうわい。よろしいですか？」

「まだお昼休みだから、おふたりと次長に悪くなければ、そこはお任せしますが……」

……再び、眼鏡の奥で宮岡次長の眉根《まゆね》が寄った。宮岡次長はまた無意識に左胸の煙草パケを触りながら、そしてまた微《かす》かに嘆息《ためいき》を吐《つ》きながら、やはり諦めたように声を上げた。

「おーい彦ちゃん、谷岡係長!!

課長の御了解とれたけん、山積みの書類、片付けてしまおうわい!!」

了解です、了解しました、と男女の声。たちまちあの彦里嬢が課長室に入り、サンドイッチの皿を片付けながら、手際《てぎわ》よく二人分の紅茶を足した。また、三〇歳代半ばと思われる警察官がひとり、入れ代わりで入室しては、さっきまでサンドイッチの皿があった場所に、役所っぽい書式の書類や、銀行の伝票っぽい書類をドサドサと搬《はこ》び入れてゆく。

それから僕は、さっきまでの内緒内緒の話に比べると、極めてしみじみする作業に忙殺された。

口座開設書の作成。給与振込口座の申請。各種手当の申告。扶養家族の確認。通勤届と経路図の作成。共済年金の手続。健康保険証の申請。各種装備品の引継書類・受領書類の作成。制服・出動服等一式の確認。課長室の調度《ちょうど》・什器《じゅうき》の確認。官舎の使用申請。駐車場の使用申請。自転車置き場の使用申請。公用パソコンの引継ぎ確認。赴任旅費の確認と調整。身分証の発行願。身分証に使用する写真（制服・スーツ）の確認。APバッジの貸与願。戸籍謄本《とうほん》の確認。転出届の確認。新しい身上書の作成……

（これだけ住所氏名を書いて、これだけ三文判を押すのもひさしぶり……いや、この量だと初めてじゃないかな？）

警察官僚は二年に一度ほど異動をするが、警察庁内の異動なら大した手続は必要ない。

ただ今回は、国家公務員から地方公務員への身分換えを伴う、派手な異動だ。そして警察庁と都道府県警察は全く別個の組織だから（だから僕は警察庁を辞職させられた）、今回の異動は、要は初めて愛予県警察に就職する新任巡査とあまり変わらない。国で通用していた書類も、県では全然通用しなかったりする。だからとにかく書類が多い。まして、僕はまだ一度も自分が住むことになっている『清水荘』なる官舎に立ち入ったことがない。だから何度も何度も書かなければならない個人情報のうち、住所なり郵便番号なりをやたらミスった。そのたびに彦里嬢や谷岡係長は、新たな書式を用意しなければならなかった。ふたりとも、嫌な顔ひとつ見せなかったのは安心したけれど、考えてみれば自分の所属長《ショゾクチョウ》に嫌な顔を見せるはずもなし。もし僕が新任巡査だったなら、かなり気合《くうき》を入れられていたに違いない……

……そして、二時間ほどの格闘の果てに。

「ありがとうございました、司馬課長!!」彦里嬢が笑顔でいった。「取り敢えず、今日の時点でお願いしなければならなかった書類は片付きました」

「といっても、大変申し訳ないのですが……」谷岡係長がいう。「……辞令交付が終わりましたら、またこの二倍ほどの書類が届きますので、そのときはまた『住所、氏名、ハンコ』のループをお願いすることになります。できることなら我々が記載したいのですが、これらはいちおう公文書ですので、警察官としては」

「それはもちろんです、谷岡係長。

それに、僕自身が書かなくてもいい箇所は全部、キチンと事前に埋めてくれてあったし。それでかなり手数が省けていると思う。係長も彦里さんも、どうもありがとう」

——ふたりは課長室の開口部から退室してゆく。谷岡係長は警察官として室内の敬礼を、彦里嬢は一般職員として丁寧なお辞儀をし、自分達の、庶務係の島《シマ》へと帰ってゆく。

「ほしたら課長」宮岡次長がいった。「課長は辞令交付前ですけん、勤務時間も何もございません。書類作成は多少フライングさせていただきましたが、課長は未《いま》だ、ゆうたらただの民間人ですけん。ほやけん、このまま課長室におっていただいても結構ですし、御退庁いただいても結構です。

ゆうても、今晩は先に警電でお打ち合わせしたとおり、宿を確保しとりますし——まだお引っ越しの荷が届いとりませんけんね——課長に特段の御予定がないなら、私でも課員でも、夕食を御一緒させていただきますが。その準備はしとります」

「ええと……今後の、なんというか、歓迎会等の行事はどうなっていますか？」

「辞令交付後の明日の夜、まずは課員総出の歓迎会を予定しとります。いよいよ司馬丸の船出ですけん、総決起集会をやらんといけん」

（そ、そうなのか……）

「その後も、警部以上の幹部会による歓迎会、そして各係ごとの歓迎会と続きます。ゆうたら、挨拶回りとの兼ね合いを考えんといけませんが、最低でも九晩は歓迎会が続きます」

「それなら、今夜の夕食については、特に気を配ってくれなくても大丈夫ですよ。というのも、辞令交付後は、嫌でも課員の皆《みんな》とたくさん飲むことになるから。それに、民間人として自由になる最後の晩は、気楽な気持ちで、ちょっと愛予市街の様子を実査《じっさ》しながら、適当に飯を食って早めに寝ます」

「ほんとうによろしいですか？」

「むしろそうしてください。お気遣いは嬉《うれ》しいけど、僕がそうしたいんで」

「了解しました!!」

宮岡次長は、今度は何故《なぜ》か嬉しそうに頷《うなず》いた。そう、あたかも空港で初めて出会ったあのときのように。ただこれまた、何が次長を喜ばせたのか僕には全然解らない――

「……ただ宇喜多課長の件がありますけん、防衛《ボウエイ》だけは付けさせていただきます。ゆうても、まさか課長の視界に入ることはありませんが。そこまでのヘタクソは、まさか警察本部員にはひとりもおりません。おったら馘《クビ》じゃ」

「そ、それは了解です。いかがわしい場所には入らないよう気を付けましょう――ああ、宮岡次長のことだから段取り済みとは思うけれど、課員総出の歓迎会。これ、悪いけど公安課に当直員を残しましょう。要は、誰かひとりは欠席してもらうことになるけど、やはり宇喜多課長の事件のことを考えると、公安課がガラ空きになるのは問題だから」

「了解しました」宮岡次長はまた微笑《ほほえ》んだ。「すべて課長の御下命《ごかめい》どおりに」

——十五分後。

僕は三つ揃い《スリーピース》の皺《しわ》と靴のテリを確認すると、人生で初めて登庁した愛予県警察本部を、人生で初めて退庁した。自分の言葉どおり、ひとりでだ。

（さて。初めての街の楽しみといえば、書店とパスタ屋だ。最後の民間人生活、楽しむとしよう）

36

翌日。

すなわち平成一一年（一九九九年）八月六日、金曜日。

いよいよ辞令交付の日だ。

時刻は、〇七五〇《マルナナゴーマル》。

——僕が今いるのは、『シャトーテル愛予』なるホテルの一室だ。警察本部から、徒歩十五分程度の中心市街にある。手配してくれたのは、むろん宮岡次長――さすがに、行ったことのない都市のホテル事情など分からないからだ。まして赴任旅費のことを考えれば、仮の宿など安ければ安い方がいい。そして宮岡次長はあざやかに僕の依頼を聴いてくれた。というのも、このホテルもこの室も、何の変哲《へんてつ》もないいわゆるビジネスタイプだったからである。いささか狭隘《きょうあい》な感じもするシングルルーム。学生時代のアパートを思わせるユニットバス。公務出張で、こうしたビジネスホテルや警察共済の宿に慣れ切ってしまった身としては、何にでも触れれば手が届く狭さが有難いし、何より手荷物で店を広げないから、忘れ物の心配がないのも安心だ。

（そして意外に、スッキリと眠れた。

いよいよだ――という緊張があるから、まんじりともしないかと思ったけれど）

片道切符の飛行機に乗り、生まれて初めての地で、生まれて初めての勤務場所へゆき、生まれて初めての人達と出会う。そうしたことで、意外に精神的にも肉体的にも疲労しているのかも知れない。ただ、僕はまだ二十五歳と若い。ある程度偉い人の話を聴くと、ある程度の年齢になったら眠るのに体力がいるようになり、夜寝付くのも昼寝をするのも難しくなるらしいが……今の所、僕は何時《いつ》でも何処《どこ》でもよく眠れる。とりわけ、終電に乗れることもレアな警察庁勤務を経験した後では、午前零時前に風呂《ふろ》も食事も終えられ、六時間以上は何の心配もなく鼾《いびき》を掻《か》いていられるだなんて天国のようなもの。それは安堵《あんど》になり、だから快眠になった。そう、今日人生最大のイベントのひとつが行われるとしても、だ。

（むしろ、寝過ごしてしまわないかというのが恐《こわ》かったが……もう大丈夫だろう）

目覚めは午前五時過ぎだった。快眠は快眠だが、やはり心の何処《どこ》かで緊張しているのかも知れない。午前六時にセットしていた枕元《まくらもと》のアラームを、遥《はる》かに追い越してしまった。このホテルを出るのは午前八時と約束していたから、三時間も余裕を作ってしまったことになる……

僕はシャワーを浴び、それどころか風呂にまで入り、頭と躯《からだ》をサッパリさせると、さっそくワイシャツとスーツを身に纏《まと》い、出撃準備を終えてしまった。スーツは昨日と一緒の、もうお気に入りになった真っ黒の三つ揃《スリーピース》い。吊《つる》しでないスーツを仕立てるだなんて、これまた生まれて初めてだった。それをいったらワイシャツもだが――週の勤務日に合わせて五着仕立てたイニシアル入りのワイシャツは、白、白、ピンク、ピンク、オレンジと、いささか警察官らしからぬカラーリング。僕はさすがに今日は白を選び、そして青と赤とが微妙に派手なネクタイを合わせた。

――男の着換えにまさか一〇分は掛からない。

銀のライター、シガレットケース、銀の懐中時計、札入れに小銭入れに名刺入れ、タイピンにカフスボタン、ボールペン二本といった装備資器材を着装したところで、それでも一五分と掛からない。ライターの火打ち石と、ガスの残量まで確認したとしても、だ。これだけ時間の余裕ができると分かっていれば、何も前夜にフロントからアイロンとアイロン台を借り、ワイシャツからスーツから、親の仇《かたき》のようにアイロン掛けする必要はなかったが……そこは警察官の悲しさ、『できることはできるうちにやる』癖《くせ》が躯に染《し》み着いてしまっている。携行してきた靴磨きセットで、黒の革靴もまた、もう外出には使いたくなくなるほどピカピカになってしまっている（ちなみにこの革靴とネクタイもサンローランというのが、僕の偏執的《へんしつてき》な傾向の現れといえよう）。

いずれにしろ、午前六時過ぎにはすっかり身支度が終わってしまった。

重ねて、わずか一泊をお世話になったこのホテルを発《た》つのは午前八時である。

ゆえに、僕は〇七三〇《マルナナサンマル》まで、新任課長着任という人生最大のイベントのうち、最大の難問にして難関といえるイベント――『初訓示』の原稿をチェックしていた。例の、昨日の飛行機の中で何度も何度も推敲《すいこう》しては、ブツブツ、ブツブツと暗唱の練習をしていたアレである。いよいよ実数の分かった、六十七名の部下の前で、朗々《ろうろう》と演説をしなきゃいけないアレだ。そして不文律ではあるが、初訓示は原稿・カンペなしの丸暗記と相場が決まっている。誰が作った因習なのか、あがり症の僕にとっては拷問《ごうもん》のようなものだ。いや、僕は所属長《ショゾクチョウ》になるのだから、カンペを見ようが原稿を棒読みしようが誰も文句は言わないはずなのだが……僕は小心で臆病《おくびょう》だから、『いきなり東京からの若僧課長が組織の不文律を犯した』と、そんな悪評の立つ事態は避けたい。そんなわけで、時刻のチェックのため意味なく点《つ》けたTVをBGMに、またブツブツ、ブツブツとA4二枚紙ほどの原稿と格闘し始めたのだった。知らず、煙草《たばこ》の吸《す》い殻《がら》が灰皿に貯《た》まってゆく。嫌になって時折TVに目を遣《や》ると、ローカルニュースと一緒に映る天気予報の地図に吃驚《びっくり》した。それはそうだ。これまで『関東地方のお天気地図』ばかり見てきたのだから。一瞬、どこがどこなのか、どれが何県なのか分からなかったほどだ。ちょっとおもしろくなって、小さなTVを適当にザッピングしてみると、チャンネルの番号がこれまた全然関東地方と違うのも、微妙に感慨深い……

（成程《なるほど》、僕は間違いなく瀬戸内海のほとりに来たようだ。思えば遠くへ来たもんだ）

——そんなこんなで、〇七五〇《マルナナゴーマル》。

僕は初訓示の原稿と格闘するのをやめ、既に荷を収め終えてある、黒のアタッシェケースを確認した。そもそもそんなに店を広げてはいないので、忘れ物はない。カーテンをずっと開け放してあった窓からは、八月の、盛夏の日射《ひざ》しが燦々《さんさん》と零《こぼ》れている。もう一度言えば、僕は極端な夏と極端な冬が大好きだ。太陽に脳が刺激され、戦う意欲がわいてくる。そして太陽は紫煙《しえん》のコロイドを、あざやかに浮かび上がらせる——平成一一年現在、煙草のにおいを気にするような警察官はいやしないけど、僕はいったん窓を開けられるだけ開け、換気をするとともに、身支度の最後の仕上げに入った。サンローランの『ライヴジャズ』のボトルを手に採り、軽く、軽く脚元とスーツの裾《すそ》に振り掛けると、この香水を思いっきり空中に吹き上げさせ、その霧の中に身をくぐらせる。

（完成、これでよし。

そして約束の時間まであと五分強だが、警察官の習性を考えれば、そろそろ……）

僕が出撃準備を終え、シングルベッドの上に置いたアタッシェを手に採ったりまた置いたりしていると――予想どおり〇七五五《マルナナゴーゴー》きっかりに、シングルルームのドアがノックされた。それはそうだ。警察官は最低でも五分前行動をする。お互いにそれをやり合うと、五分が一〇分、一〇分が一五分……と、先着競争みたいになってしまうのだが。

コンコン。

明瞭《めいりょう》なノックの音に、僕は声を上げた。

「はい、今行きます!!」

「お願いします」

ドア越しに、迎えの警察官の声。僕は最終的に、スーツのあちこちを手で触れながら装備資器材を確認し、シングルルームのベッド周り・机周りを視認《しにん》して問題が無いことを確信すると、いよいよアタッシェケースを採り上げてこの室を離れる決意をした。さわやかにドアを開ける。そして演技的に、元気よく第一声――

「おはようございます!!」

「おはようございます。司馬公安課長でいらっしゃいますか？」

「本人《ホンニン》です」

「失礼しました。そして初めてお目に掛かります。愛予県の公安課で課長補佐をやっとります、内田《うちだ》警部であります。これからよろしくお願い致します」

「内田警部さんですね」

昨日の宮岡次長の説明によれば……そうだ、第四係の課長補佐。当県の〈八十七番地〉のうち、警察署の活動の指令塔をやっている警部さんである。

「こちらこそどうぞよろしくお願いします」

「御準備はよろしいですか？」

「初訓示以外は、万端《ばんたん》です」

ここで、内田警部は相好《そうごう》を崩した。人懐《ひとなつ》っこい、優しい笑顔になる。見た所、年の頃五〇歳強か。宮岡次長とは少なくとも同年代。僕の観察眼が正しければ、たぶん宮岡次長より歳上《としうえ》である。

「それでは警察本部まで御案内いたします——課長、お鞄《かばん》を」

「えっ鞄？」

「お持ち致しますけん」

「やめましょう。大した荷じゃないし。街行く人に奇異に思われちゃう」

僕は自分のアタッシェを手放さず、そのままフロント階に下りた。エレベータでもボタンを押させてもらえなかったし、僕がエレベータを下りるまで内田警部は絶対に下りない。僕は警察庁時代、自分自身が偉い人の鞄持ちをして、そうした所作《しょさ》を繰り返してきたことを思い出した。お仕えする側からすれば当然だ。偉い人に、気持ちよく動いていただきたいから。ただ、自分がお仕えされる側になってみると、どうにも……

「あっ内田補佐、ちょっとゴメン。フロントで精算をしてくるから」

「いえ課長、精算はもう終わっとります。

宮岡次長の御下命《ごかめい》で、先程《さきほど》すませておきました」

（いかん。それをしてくれるなと駄目押《だめお》しするの、忘れていた……こんなことでは昭和のバカ殿そのものになってしまう。宮岡次長に、後刻お金を払っておかないと）

……だが今は仕方ない。僕は内田補佐に自然なかたちで先導されながら、『シャトーテル愛予』を後にした。八月の日射しが僕らを襲う。そしてどこからともなく、蝉時雨《せみしぐれ》の音。

「御存知かとも思いますが、警察本部までは十五分と掛かりません。勤務開始時間までには充分間に合います――課長、どうかお鞄を」

「堪忍してください。僕は二十五歳の坊やです。身の程を知らなきゃいけない立場です」

「ほやけど……課長サン御着任の日の鞄持ちを任されて、お鞄ひとつ持たせていただけんとあっては、私が宮岡次長に激怒されますけん。どうかお願いしますぞな」

「そ、そんなもんかな」

「そがいなもんです、課長」

……僕はやむなく、黒のアタッシェを内田補佐に預けた。内田補佐は安堵《あんど》の嘆息《ためいき》を吐きながら、もう二度と僕に鞄は返さないという強い決意を感じさせつつ、やはり自然に僕を先導してゆく。僕は先導されながら、そして『何か話さなきゃ』という強迫観念に駆られながら、眼前の内田補佐を観察した。先述のとおり、年というなら五〇歳強。けれど素朴な七三分けの髪は、まだ黒々としている。その下に銀縁の、四角い古典的な眼鏡。瞳はニコニコしていて安心感がある。というか、躯から発するオーラがおよそ警察官らしくない。どこか牧歌的で、どこか農夫的である。そしてスーツからのぞく手や顔は、とても健康的に日焼けしている。概して、刺々《とげとげ》しいところが全くない。もし娘さんがいるとするなら、結婚を申し込みにゆくその恋人は、緊張するどころかたちまちこの人を好きになるだろう。

（これが、ぞなぞなした感じという奴だろうか。

そしてこのヨレッとした、トボけた印象。どうも既視感《きしかん》があると思ったら……）

コロンボだ。小学生くらいの頃、ＴＶでよく流れていた『刑事コロンボ』。あのコロンボ警部のトボけ方によく似ている。といって、あれほどの慇懃無礼《いんぎんぶれい》さは全く無いが。

「あにょう、課長サン。

　昨晩はよくお休みになられましたか？」

「はいお陰様で。準備は万端《ばんたん》、仕上げを御覧《ごろう》じろ——初訓示以外はね」

「あっは」内田補佐は屈託《くったく》なく笑った。「課長サンは東京から来たキャリアの、そう東大卒のエリートですけん、そがいなもんは朝飯前でしょう」

「いや僕、実は部下を持つの初めてなんで。まして、訓示なんてするの前代未聞《ぜんだいみもん》なんで」

「皆、それはもう楽しみに待っとりますけんね、司馬課長の第一声。ひとつ盛大に気合《くうき》を入れてやってつかあさい」

「またプレッシャーを掛けるなあ……」

　僕らはたちまち中心市街地の大商店街に出、マッチ箱のような、オモチャのような路面電車がカタコト駆ける大通りに出——やがて官庁街と思《おぼ》しきエリアに入った。大商店街は、アーケード式でかなり栄えているようだ。少なくとも、同じアーケード式の中野のそれよりずっと規模が大きく、ずっと道幅が広い。それをいうなら、片側二車線以上の大通りも、とても伸びやかで開放感がある。そして何より、青空が近く低い。むろん中心市街地だから、それなりの背丈の建物はあるが、東京の都心部のような圧迫感はまるでない。

八月の太陽をたくさん浴びている僕は、内田補佐の人懐《ひとなつ》っこさもあってか、かなりリラックスしてきた。

「あにょう、課長サン。今御覧《ごらん》いただいたアーケードが、県内一の繁華街・大街道《おおかいどう》です。そしてこちらが裁判所と地検。その先に見えますのが、県庁になります」

「もう眼の前に見えてきた森は、城山の森？」

「まあほうです。正確に言うたら、城山の前の公園の森ですけんど――ぜんぶひっくるめて、愛予城をとりまく森ですけん。そしてこの森と山のてっぺんに、愛予城がございます」

「愛予市の中心だね」

「ほうです。課長サンも落ち着かれましたら、是非《ぜひ》城山に登られて、愛予城を見学してやってください。課長サンが入られる官舎も、その愛予城から見えるはずです」

「官舎にはまだ行ったことないんだけど、確か、城山の真北の方……」

「ほうです、ほうです。

そして警察本部が城山の真南ですけんね、御通勤も――まさか城山の中を突っ切るわけにはゆきませんけんど――城山を時計回りするにしろ反時計回りするにしろ、自転車で十五分と掛からんでしょう。路面電車を使われてもええですけんど、あのノンビリした速度ですけん、待ち合わせもありますし、それだと三十分くらいは見込まれた方がええです」

「繁華街と官庁街がとても近いね？　城山のたもとに、コンパクトにまとまっている」

「おや、そがいなもんでしょうか。私ら愛予しかよう知らんですけん、相場が分かりませんけんど……確かに、こんまい街じゃゆうんは間違いありません。量販店とかファミレスとか、郊外型の店舗を使わんのなら、路面電車と自転車でほとんどの用事は片付けられます。そがいな意味では、暮らすのに不便はございません。

かの、夏目漱石が書いた住田《すみた》温泉も、警察本部から車で十分、路面電車で十五分程度ですけん、毎日通うてもええくらいの距離感です。ほういえば、住田温泉の本館――まあ古典的な大公衆浴場ですけんど、今度宮崎駿《みやざきはやお》のアニメの舞台になるとかならんとかゆう話も聴きました。宇喜多課長も、ように通っとられましたし、今の社長も毎朝……いやさすがに毎朝はないか……とにかく始終、足を向けとられます。そもそも社長公舎がその住田温泉ゆうか、その奥の奥住田《おくすみた》温泉のエリアにありまして。こちらは路面電車では行けませんが、やはり警察本部から車で二〇分弱です。住田は結構人出の多い、始終にぎわっとる昔ながらの温泉街ですけんど、奥住田はコンビニどころか公衆電話も捜すのが難しい、閑静な隠れ家エリアとなっとります。いずれの湯にせよ、課長サンも是《ぜ》非《ひ》」

（さすがに地方勤務となると、超勤月三〇〇時間なんてことはないらしい。警察本部長が率先して通っておられるというのなら、僕もできるだけ早めに実査《じっさ》してみよう）

その東山本部長とは今日会う。今日の午前中に会う。むろん辞令交付があるからだ。

僕はその緊張感も憶えつつ、『部下』なるものとできるだけ打ち解けようと、雑談を続ける――

「――内田補佐は、出向の御経験はないんですか？　愛予しか知らないとのことだけど」

「いやいや、私は宮岡次長や広川《ひろかわ》補佐みたいなエリートと違いますけん。本庁どころか、管区警察局に出向したこともございません。四半期に一度、鷹城理事官のところへ出張させていただきますけんど、東京で知っとるところゆうたら〈八十七番地〉くらいのもんで」

「逆のパターンの人がこの国の大多数だから、あっは、因果といえば因果なことだね」

僕らは県庁を片眼に、クランクになっている大通りを進む。クランク、という言葉から感じられるサイズ感とは、大きさと広さが段違いだが。

「ほんで課長サン、これが愛予市役所になります。ここはすぐお訪ねになる思います。転入届の提出がありますけんね。あと、ちょっとこのエリアとは離れるんですけんど、愛予警察署もすぐに御訪問されると思います。筆頭署ですけん、まず挨拶回りが必要ですし、なにより運転免許証の住所変更がございますけんね――まああの宮岡サンのことですけん、そのあたりは緻密《ちみつ》に、挨拶回りと連動させた日程を組み終えとる思いますけんど」

「――あっちの、なんというかクラシックな、石造りの宮殿風な建物は？」

「あれは愛予銀行です。我々の、ほやけん課長の給与の振込口座がある銀行になります。ほんで、その先へゆくと家裁、さらにその家裁の先へゆくと……」

「ああ、見えてきたね。

成程《なるほど》、こういう位置関係かあ」

赴任地の脳内地図が少しずつ出来上がってゆくのは、なんだか気持ちのよいものだ。

無論、その家裁の先に見えてきた一〇階建ての一棟のビルこそ――

「課長サン、今更ですけんど――あちらが愛予県警察本部です。

ああよかった、予定どおりの〇八一五《マルハチヒトゴー》じゃわい。御着任日にさっそくスケジュール乱しよった、ゆうことになったら、宮岡次長に殺されるところじゃった」

「あっは、宮岡次長はそんなに恐い人なの？」

「まあ言葉を選ばんかったら、鬼神ですねえ」

「ぷっ」

「いやいや、冗談でなく。

宮岡サンは……いえ宮岡次長は当県警備部門のエースじゃゆうぎりでのうて、愛予県警察のエースですけんねえ。実は私と同じ高卒組なんですけんど、私と違《ちご》て、愛予県警察全体の出世競争の、トップを独走しとられますけん。四十九歳で筆頭課の次長――ゆうたら、あまりに昇任スピードが速すぎて、どっかで休憩してもらわんとしかるべきポストが用意できんくらいですぞな、もし」

「あっそうか、しかるべき署長になっていただくにも、しかるべき部長になっていただくにも、まだ年が若すぎると」

「実はほうなんです。ほやけん、ほうですねえ……県庁出向とか、市役所出向とかで、要は機と年齢が熟するのを待たんといけんのです。

というんも、宮岡サン、既に警察庁には出向を終えとられますけんね」

「警察庁では何処《どこ》に行かれたんだっけ？」

「公三《ハムさん》です、極左《キヨクサ》です。そこで地獄の三年奉公を耐え抜かれて」

「元々極左《キヨクサ》畑の人？」

「それが、元々は外事《ソトゴト》のスペシャリストなんですぞな。ああ見えて――ゆうたら私また殺されますけんど――ロシア語ペラペラ。警大で、ロシア語の専科《センカ》に入っとりましたけんね」

「なんとまあ」

「といって、あの宮岡サンのことですけん、極左《キヨクサ》・外事《ソトゴト》に限らず何でもできよります。今でいう第一係で筆頭補佐をしとりましたし、むろん第三係の〈八十七番地〉の経験もあります。愛予の公安課の生き字引、ゆうてもええでしょう。あと確か、警務部の企画補佐とか、広報室長をもやっとられるんで、単純な警備バカゆうわけでもない――いやあ、課長サン、私ごときがゆうんもアレですけんど、社長は後輩である宇喜多課長や司馬課長のこと、ほんまに大事に思っとられますねえ。なんでかゆうたら、課長サンをお支えする女房役に、愛予県きってのエースを投入しとられますけん。ほじゃけん、司馬課長の御治世《ごちせい》においても、宮岡サンさえおれば、何も心配なさることはない――そうゆうてもええ思います」

「そこまでのエースだったら、やっぱり最終的には……」

「一〇年近くが過ぎたら、警視正になっとるんは当然ですけんど、当県でいう最終ポスト――愛予警察署長か、警察本部刑事部長になっとることは絶対確実ですぞな、もし」

「その宮岡次長の愛弟子《まなでし》が、当課第一係の広川補佐だと漏れ聴いたことがあるけど？」

「あっお耳が早い。流石《さすが》は警察庁警備局生え抜きの課長サンでいらっしゃる――ほうです、広川補佐、当課の筆頭補佐の広川補佐も、まあ宮岡サンと一緒のコースをたどるでしょう。警部になったんも、確か三十五歳やったか、三十四歳やったか……いずれにせよ超特急です。まだ警察庁に出向はしとらんですが、出向するんも間違いないですぞな。

警察庁に出向せんと、警視正・役員にはなれんですけんね。もちろん勤務成績・学校成績ともに優秀でないと警察庁出向はできませんけんど、広川補佐にかぎってそれも問題ナシ。

現在は、師匠たる宮岡サンの下で筆頭補佐をしながら、上級幹部の振る舞いを見取《みと》り稽古《げいこ》しとる、ゆう感じですねえ。もし病気・事故等がなければ、宮岡次長が愛予警察署長になったその一〇年後、そうひと世代後にそのポジションに就く。そがいな感じです」

「内田補佐も警察庁に行けば？　推薦状なら今日にでも書くよ？」

「ごっ御冗談を!!」トボけた内田補佐は、突然素《す》に戻った。「儂《わし》は根っからの現場職人ですけん……地べたを這《は》ってナンボですぞな。警察庁なんてハイソなところは、とてもとても。それに第三係の丸ちゃんが、警察庁出向から帰ってきたばかりですし。私なんぞを東京に出さんでも、当課には逸材《いつざい》が腐るほどおりますけん!!」

――いよいよ僕らは警察本部の敷地に入った。車寄せを過ぎ越し、エントランスに近付く。僕はいきなり紛失事故を起こさないよう何度も何度も胸ポケットを叩《たた》いて確認してあった、あの『ＡＰバッジ』をいよいよ取り出し、スーツの左胸ポケットに嚙《か》ませる。

「第三係の丸ちゃん――というと、当課第三係の課長補佐の、確か丸本《まるもと》警部ですね？」

「ほうです、ほうです。これまた四十歳前で警部になった逸材で、やはり宮岡次長の魔の手によって、警察庁へ叩き込まれました。帰ってきて、今は〈八十七番地〉の補佐をやっとります」

（警察庁への出向者、多いな……ただそれはつまり、将来への布石を怠《おこた》っていないということだ。愛予警察署長なり、刑事部長なりに登り詰めるかはともかくとして、警察庁に出向していなければ警視正にはなれないのだから。つまり、出向者が多いということは、将来、自分の部門から警視正を――役員を多々輩出できるということだ）

この点だけから考えても、宮岡次長の名軍師ぶりが知れる。

それを許すだけの人材のストックを有している、愛予の警備部門もまたすごいが――

「ただ、丸ちゃんと私は、例えば広川補佐とは、ちょっと派閥が違いますけん……」

「えっどういうこと？」

僕らはＡＰバッジを呈示しながら、立番《りつばん》警察官の横を過ぎ越した。自動ドアをくぐり、エレベーターホールへ向かう。ゆるキャラのあいよ巡査くんは微笑んでいる。ここでまた、内田補佐はそそくさとエレベータのボタンを押した。押してまた一歩退《さ》がり、僕を先に乗せる準備をする。その流れは、如才《じょさい》ないというより誠実だった。スマートというより優しさに満ちていた。たちまちやって来たエレベータに乗りながら、たちまち八階ボタンと開閉ボタンを押した内田補佐を見つつ、僕はまた訊《き》いてみる――

「派閥があるんですか？　それは愛予県警察の話？　公安課の話？」

「あっ、また余計なこと言うて、課長サンに要らん誤解をさせてもうた……課長サン、これは綺麗事《きれいごと》でのうて、公安課にも警備部門にも派閥はございません。公安課ゆうならもう御存知のとおり六十八名。警備部門ゆうても二〇〇名程度。二〇〇人ゆうたら、中学校の一学年くらい。皆《みんな》が皆、互いの顔を知りよる程度の規模です。そがいにこんまい世界で、派閥だの抗争だののしよったら仕事になりません。

確かに愛予県警察全体ゆうたら、それは刑事と警備の水の違い、縁の遠さみたいなもんはありますけんど、そもそも愛予県警察の警察官の九〇％以上は愛予県人ですけん。ゆうたら、極めて同質性が強い、いいますか……」

そして御案内のとおり、警察には学閥がありませんし」

（それはそうだ。高卒だろうが大卒だろうが、あるいは何処《どこ》の大学を出ていようが、警察に学閥なんかは無い……肝心なのは仕事ができるかどうか、ただそれだけだからだ。それはなんと警察庁においてもそうだ）

「ほじゃけん、儂が派閥、ゆうて口走ってしもたのは、なんといいますか、エコールの違いですぞな、もし」

「え、エコール？」

急にハイソな単語が出てきた。外務省じゃあるまいし、警察では実にめずらしい言葉だ。

「ほうです、エコール。ゆうたら流派、あるいは師弟関係、いいますか……例えば宮岡次長は、渡会《わたらい》警備部長の愛弟子で、渡会エコールの出世頭。また先述のとおり、広川補佐は、宮岡次長の愛弟子で、宮岡エコールの出世頭。ほじゃけど、例えば私や丸本補佐は、師匠が違《ちご》とるんです。私らは宮岡次長でなく、今は警務部へ出て監察官なんぞをやっとる平脇《ひらわき》警視、この平脇警視の流派に属しとりまして。ほやけん一応、平脇エコールゆうことになります」

「エコールが違うと何が違ってくるの？」

「ゆうたら性格の違いぎりです。宮岡次長はその名のとおり、今孔明《いまこうめい》呼ばれとりますけん、あんなハゲポンに見えて、緻密《ちみつ》に軍略を練りよります。他方で、私らの師匠の平脇監察官となりますと、これはもうイケイケドンドン、攻めが大好きな猛将タイプで――それがまあ、仕事のスタイルにも現れてきよります」

「エコールがあるんなら、対立もありそうな気がするけど？」

「課長サン」内田補佐がニヤリと笑った。「まだまだ課長サンは、ド田舎県の、ド小規模さを見括《みくび》っておられる……

私ら、性根《しょうね》の曲がった他県人はともかく……アッ課長すんません課長はもちろん別格ですけん誤解なきよう……そう他県人は大嫌いですけんど、内輪で派閥抗争やらかすような、そがいな大規模県文化は持っとりませんし、持てません。なんでかゆうたら――

例えばこの平脇監察官と宮岡次長、実は兄弟ですけん」

「ええっ？」

「平脇監察官の妹サンを、宮岡次長が娶《めと》っとるんです。もっとゆうたら、その平脇監察官には今刑事企画課長をしとる実兄がおるけん、これで何と三兄弟になる。人呼んで平脇三兄弟。これを愛予県警察で知らん者《もん》はおりません。またこんな例は、当県では腐るほどありますけん、いわゆる派閥抗争なんぞ、まさか、とてもとても——」

（な、成程《なるほど》）僕はしばし絶句しながら、エレベータを下りる。（警察庁では到底考えられない……確かに僕は、二、〇〇〇人規模というものの実態を、まだまだ知らなすぎたようだ）

37

八階エレベーターホールを出てすぐ左は、もう公安課の大部屋だ。

時刻は、〇八二〇《マルハチフタマル》過ぎ。勤務開始時間が〇八三〇《マルハチサンマル》だから、理想的である。

（今孔明《いまこうめい》。宮岡公明《きみあき》だからコウメイか。成程《なるほど》、諸事《しょじ》抜かりがない）

それをいったら、僕にもちょっとした綽名《あだな》があるが。ただ微妙な綽名だから、新天地ではあまり蔓延《まんえん》してほしくない……

——とまれ僕が、次いで内田補佐が大部屋に入った瞬間。

それまではトボけたコロンボのようだった内田補佐が——そうぞなぞなした感じだった内田補佐が、昨日の宮岡次長同様、いかにもオン・ステージの警察官らしい大声を上げた。

「司馬課長、御着任です!!」

また一斉に起立する課員たち。心なしか、昨日より室内の人数が多い。

僕はまたもやその縦の線の揃《そろ》いに気圧《けお》されつつ、しかし今度は微妙に顔を上げ、微妙に顎《あご》を上げ、そしてそっと頷《うなず》いた。ただ、頷いただけでは誰も気を付けを解いてはくれない。僕はそのまま、大部屋を入ってほぼ正面奥にある大きな執務卓に向かった。次長執務卓だ。そしてそこでは無論、宮岡次長が気を付けをしている。そして、僕に報告する。

「おはようございます司馬課長。

公安課員総員六十七名、現在員六十七名。事故等ございません」

「おはようございます、宮岡次長……総員がこちらに?」

「はい、総員が課長をお待ちしておりました」

——僕は宮岡次長の視線にうながされ、回頭してもう一度、直立不動の課員たちを見た。そして宮岡次長の、軽い、軽い咳払《せきばら》いにうながされ、自分の役割を思い出す。思い出して、課員たちの顔を見渡しながらいう。

「……休んでください」

「休め!!」

指揮官の許可が出、宮岡次長の号令も掛かり、課員は直立不動から解放された。

そこへソツなく、さっきまでのコロンボ・スタイルもどこへやら、自らも気を付けをしていた内田補佐が足を進める。そして厳粛《げんしゅく》にいう。

「課長、お鞄をどうぞ」

「ありがとう」

僕は自分のアタッシェを受け取ると、これまた宮岡次長の視線にうながされるまま、公安課長室に入った。金属パーテの開口部を抜け、応接セットを過ぎ越し、アタッシェを執務卓の横に置きながら――

とうとう、一度も座ったことのない公安課長席に座る。

(きょ、巨大だ……)

椅子《いす》というよりは、ソファのような規模である。

背にも肘《ひじ》にも尻側《しりがわ》にも、清冽《せいれつ》で糊《のり》の利いた白布が被《かぶ》せられていて、皺《しわ》を付けるのが勿体《もったい》なく思えるほど。僕はそこにいよいよ深く尻を沈め、両肘を肘掛けに載せると、思いっきり仰《の》け反《ぞ》ってみる……椅子の背は無理なく天井が観察できるほど自然に倒れた。背を戻し、今度は革靴で床を蹴《け》って椅子を回転させてみる。なめらかに、なめらかに、たちまち一八〇度回頭してしまった。いや、靴でブレーキを掛けないと、二周は回るんじゃないかと思えるほどのなめらかさ。今度は再び革靴を駆使して、椅子を前後左右に動かしてみた。これまた、氷の上に置いてあるんじゃないかと思えるほどの機動性である。――幼児のように椅子を動かしていた僕は、巨大な執務卓の上に瞳《め》を転じた。

公用のパソコンが一台。オモテの引継書が一冊。

左側のウイングの上には、古風な役所にありがちな『未決』『既決』の書類箱。

取り敢《あ》えず、それ以外には何も無い。

緑の布を敷いた上に載せた重厚なガラスパネルが、蛍光灯の光をあざやかに反射する。そこには無論、指紋の跡ひとつ無い。ガラスパネルの下には、大きな〈愛予県警察幹部一覧表〉が挟まれており、警視以上の上級幹部の名前と警電番号がたちまち確認できるようになっていた。

（さて、自分の文房具なり書籍なりを、さっそく荷入れするべきか）

引っ越しの荷は別論、警察庁や警察大学校から送った鉛筆だの赤鉛筆だの蛍光ペンだのホッチキスだの附箋《ふせん》だの（これらは公務員として必要不可欠である）、そうした様々な文房具は既に到着している。よくよく見れば、その荷は課長室の応接卓の横にキチンと置かれている。あと、さっそく必要なのは文房具だけではない。実務六法だの法学書だの例規集《レイキシュウ》だの各種マニュアルだのは、これまたすぐ活用するものだ。僕は貧乏性なので、それらを直ちに配置して、いつでも執務ができるようにしようかとも思ったが——

（いや、どうしてもこれだけは観ておきたい）

　僕は瞳を巨大な窓に転じた。

　課長室唯一《ゆいいつ》の窓だが、あまりにも大きなガラス一枚板の、もう壁一面といえるほどの窓。そこからは夏があふれている。僕はまた革靴で課長室の床を蹴り、椅子を窓際《まどぎわ》にツイと寄せた。窓に浮かぶのは、緑燃える城山《しろやま》。親藩《しんぱん》の殿様の城山とあって、丘だの台地だのといった規模ではない。まさに山だ。そういえば今朝、内田補佐と登庁するとき『ロープウェイ乗り場』なる看板を見掛けた。ということは、徒歩ではキツいほど高い山ということになろう。

（しかしまあ、真夏の緑の、この力強いこと）

　そして窓から真下を眺めれば、これまた緑深いお堀と、庁舎前の街道がよく見える。ここは八階だ。かなり視界もよい。この課長室で何か退屈することがあるとして、この窓さえあれば、秋は紅葉《もみじ》、春は桜と、心を慰めるものには事欠かないだろう。

（ただ、惜しいかな、どうやっても……愛予城そのものは、見えない）

　僕は革靴で椅子の位置を調節しながら、何度も何度も、窓の前を前後左右に動いて確かめた。間違いない。立派で風情《ふぜい》ある城山はいくらでも眺められるが、その頂点にあると聴く、愛予城そのものは全く視認《しにん》できない。課長室の位置と、窓の配置と、角度の限界による現象だろう。まあ、愛予城が見られなくとも、窓からの景色はまるで一幅《いっぷく》の絵画のように美しい。こんな窓まで用意してもらって文句を言っていては、罰《ばち》が当たるというものだ。

そんなことを考え考え、またオモチャを嬉しがる幼児のごとく、巨大な椅子を動かしていると――

コンコン。

執務卓の左手側、課長室と大部屋を距《へだ》てる金属パーテの開口部がノックされた。ここで重ねて言えば、窓は警察本部庁舎の北側にある。西側はどっしりした壁、南側はスチールロッカーの群れだ。だから金属パーテは東側となる。ただこの言い方だとちょっと解りにくい。

――課長卓は窓を背にして置かれているから（それはそうだ）、僕から見れば真正面がスチールロッカーの群れ、右手側がどっしりした壁、そして左手側が今ノックされた金属パーテであり、その先、左手側にずっと大部屋が続いていると、こういう位置関係になる。

「どうぞ!!」

「入ります」

　幼児のように椅子を動かしていたのを見られただろうか。僕はかなり頰《ほお》を紅潮させた。

「おはようございます課長。朝のお茶をお持ちしました」

「……ひょっとしてもしかして、お茶の給仕があるとか？」

「はい、私の仕事ですが……？」

　これまた警察庁では信じられない。そりゃあ偉い人なら別論だが。

　かくて僕が途惑っていると、彦里嬢もまた途惑ったようにいった。

「応接卓に置きましょうか、それとも執務卓の方に……」

「ああ、それならこちらで頂きます」僕は『自分の』執務卓を指し示した。「わざわざ有難う。でもノックなんてしなくてもいいのに」

「いえ、課長室には課長の許可無く入れませんので。朝のお掃除以外、私どもが課長室に入ることは許されておりません。そのようなことをすれば、宮岡次長に厳しく怒られます」

「ああ、彦里さん」

（そういえば、そんな話だったな）

　――彦里嬢は赤茶のお盆から、巨大な湯吞《ゆの》みと典雅《てんが》なティーカップを給仕した。それらが課長卓の右ウイング寄りに置かれたとき、僕は思わず目を見張る。

「これはまた……立派な器だね‼」

「つまらないもので恐縮ですが、庶務係から、司馬課長の御着任祝いです。

宇喜多課長のときも、御用意させていただきました」

湯呑みは、とても背丈あるもの。けれど、とても品があるもの。水墨画のような落ち着いた意匠《いしょう》に、水墨で書いたような名前が入っている。流麗《りゅうれい》に『司馬』と。とすれば、ハンドメイドかオーダーメイドだ。脚の部分というか、いわゆる高台《こうだい》がかなり高い印象を受けるが、それがまた盃《さかずき》のように興趣《きょうしゅ》ある感じで、総じておもしろい焼き物である。

他方で、ティーカップもまたオーダーメイドと思われるつくり。僕は紅茶好きなので、いろいろな銘《な》のティーカップを見たり集めたりしているが、そのどれとも似ていない。ただ青磁《せいじ》と金彩《きんさい》がとろけるような白地に映えて、とても上品である。そのソーサーに瞳《め》を転じれば、カップを受け止めるいわゆるミコミの部分が――カップの脚が付く輪というかくぼみの部分が――とても深く、その深さはパッと見、小指の幅ほどはあろうかというくらい。だからソーサーが、とてもしっかりした印象を与えている。そしてカップは、その印象に負けない白地の強さを持っている――

「有難う彦里さん。とても嬉しいです」

「宮岡次長と谷岡係長の御下命《ごかめい》です。私は注文をし、調達しただけです」

「見た所、手製のようだけど――」

「実は当県の美愛《みあい》市は、焼き物の産地でもあります。田舎の品で課長にはお恥ずかしいのですが、地元の美愛焼を御用意させていただきました」

「重ねて、ありがとう」

「今朝は課長のお好みも訊かず勝手に準備させていただきましたが、明日からは何をお持ちすればよいのか、茶菓《ちゃか》は必要か等について、御登庁後きちんと伺わせていただきますので、どうぞお申し付けください。あと、昼休み後とお三時にもお茶を御用意いたしますます。お三時の茶菓に御希望がありましたら、お昼休み等に準備いたしますのでお命じください」

「……了解しました」

「毎朝の朝刊は六紙、こちらは場所を取りますので、応接卓上に並べさせていただきます」

（六紙……そうか、地元紙があるからな。確か『愛予新聞』というのがあった）

「あと、差し出がましいようで申し訳ないのですが……」

「どうぞ、何か？」

「課長の左手側に、スチールロッカーがございます」

「うん確かに。昨日も見掛けたけれど、二個あるね」

「大変失礼なのですが、それぞれ、開けていただけますか？」

「はいもちろん。じゃあ左側の奴から――」

――開けて吃驚《びっくり》、玉手箱。

そこには警察官の制服が吊してあった。夏開襟《かいきん》の長袖《ながそで》、半袖。夏制ズボンが二着。それらはいわば剝《む》き出しだったが、他にも入っている制服がある。そちらはクリーニングしたてのように、ビニールを纏《まと》いながら吊されている。その色からするに、春と秋に着る合服《あいふく》だ。あともちろんベルトに制帽。制帽はこれまた夏と合。

僕はちょっと夏制服に触れてみた。パッと見て察知できたとおり、完璧《かんぺき》に洗濯ずみ、完璧にアイロンずみである……

「あと下に、官品《カンピン》の支給靴の箱が入っております」

「ち、ちなみにこの夏制服だけど、ひょっとして彦里さんが洗濯を？」

すると彦里嬢は、何言ってるんだコイツ、という顔で答えた。いや全然、そんな無礼な感じではなかったけれど、とにかく質問内容がくだらなすぎる――といった顔で答えた。

「司馬課長のお身回りを整えるのは、私の仕事です。

司馬課長が制服で勤務なさる必要があるときは、その都度、私が洗濯とアイロン掛けをさせていただきます。あっ、椅子カバーも週一でお洗濯させていただきますが、もし私が忘れていたら、厳しくお申し付けくださいい。

時期が時期ですので、まだ合服の必要はありませんが、念《ねん》の為《ため》お入れしています。あともちろん、冬服の時期になりましたら、そちらも事前に整えさせていただきます。

それから、右側のロッカーですが――」

僕は既に恐怖すら感じながら、当該《とうがい》右側のスチールロッカーを開けた。

そこには、これまた洗濯ずみ、アイロンずみの出動服が掛かっている。そして瞳を下に転じれば、これまた靴箱がある。となれば当然、半長靴《ハンチヨウカ》だろう。要は機動隊の戦闘靴である。出動服には出動服用の階級章が装着されており、さらにさらに、ロッカーの中を見るに――

「指揮棒、だね」

「年頭視閲《しえつ》、機動隊の御視察、防災訓練等で必要になります。出動服のときに必要となる出動服用マフラーも、そのロッカーの中に収めさせていただきました。

それから、あとは……

課長の場合、私服勤務がほとんどですし、制服勤務でもフル装備は滅多に必要ありませんので、警棒・手錠・拳銃《けんじゆう》・警笛は宮岡次長が保管しておられます。ただ月に一度、警察本部員点検《テンケン》がありまして、課長も年内には一度、その指揮官をなさる必要がありますが……」

「うげっ」

点検《テンケン》でいちばん楽なのは点検官、次に楽なのは点検《テンケン》を受ける部隊員、いちばん面倒なのは指揮官である。そもそも警察礼式上のシキタリが多い上、僕なんぞ霞が関の官僚生活で、号令すら忘れてしまっている。余程《よほど》の練習を積まなければ、点検《テンケン》の指揮官なんてできやしない。

「そのときはキチンと装備品一式を御用意いたしますので、御安心ください」

「りょ、了解です」

「半長靴は既に磨いてありますが、その他のお靴を磨く必要がありましたら」

「……いやそれは結構、というか大丈夫。靴磨きは警察官の趣味みたいなものだから」

「御下命《ごかめい》どおりに致します。必要がありましたらお声をお掛けください。

あと課長、本日のお昼はどのようになさいますか？」

「ど、どのように……というと？」

「外食されますか。それともお買い物に出られますか。あるいは出前をお取りしますか」

「そ、そこまで……」御丁寧すぎるお扱いにも吃驚《びっくり》だが、そもそも当課のシキタリなり文化なりが解《わか》らない。「ええと、それは……そうだ、取り敢えず宮岡次長と相談してから」

「了解しました。

ではいったん失礼致しますが、何か御用がありましたらすぐお呼びください。普通の声では絶対に庶務係の島《シマ》には届きませんが、声を張り上げていただければ大丈夫です」

「いろいろ有難う、彦里さん。これからもよろしく」

「失礼致します」

彦里嬢はひととおりの説明を終えると、お盆を楚々《そそ》と胸元に抱えつつ、課長室の入口で僕に向き直って一礼し、そのまま大部屋方面へと去って行った。話していることが事務的だし、態度が過剰に丁寧なので、人によっては、ややもすると冷ややかな感じになりがちだが……彦里嬢は笑顔の飛びきり素敵な娘《こ》で、しっとりと、とても優しく話す。また躯《からだ》からあふれる誠実さが、事務的な冷たさなど一切感じさせない。どうやら本気で、公安課長に徹底して仕えることを自分の本分としているようだ。といって、仕えられる側は、もういっぱいいっぱいというか、スッポンがいきなり月に変化《へんげ》した驚愕《きょうがく》にガクブルである。

――僕が（たぶん）しなくてもいい緊張をどうにか解いていると、そのとき。

38

コンコン。

また金属パーテの開口部がノックされる。

呆然《ぼうぜん》と執務椅子から立ったまま見遣ると、今度は宮岡次長だった。

「課長、改めておはようございます」

「おはようございます、宮岡次長」

宮岡次長は、そのまま僕の執務卓に歩み寄ってくる。そしてそのまま、まるで決裁でも受けるかのように直立しようとする。僕は焦燥《あわ》てて宮岡次長を腕と掌《てのひら》で制し、応接セットのソファに座ってもらった。次長は軽く頷《うなず》くと、当然のように入口側の下座《しもざ》に腰掛けようとする。僕は慣れない上座《かみざ》におどおどと腰を掛けた。壁に寄せた三人掛けソファの、いちばん窓に、だからいちばん課長卓に近い席である。次長は下座の、一人掛けソファの僕と向かい合う席に座った。ゆえに正対した僕らの瞳が合ったとき、宮岡次長がいう——

「彦ちゃん、いい娘《こ》でしょう？

この美愛焼の湯呑みにティーカップも、彦ちゃんの見立てなんです。宇喜多課長御着任のときも、ほうやったと聴いとります」

「彦里嬢、とても気が利《き》くね。というか、やってくれすぎの感はあるけど」

当初、満面の笑顔だった宮岡次長は、また眼鏡の奥の瞳を細めた。出会ってまだ二日目だけど、そのイラッとした感じは確実に伝わってくる。いやビンビン伝わってくる。

──やっぱり軽く、諦《あきら》めのような嘆息《ためいき》を漏らした宮岡次長は、しかし気を取り直したかのように、ハキハキとした口調でいった。宮岡次長の喋《しゃべ》り方は、リズムよく耳に心地よい。

「ほうしましたら課長、彦ちゃんに続いて、私が当課の朝の日課を御説明します」

「お願いします」

「……まあ、そこは追い追い」

「────？」

「ええと……そうじゃ、朝の日課。

まず彦ちゃんが朝のお茶を入れ終えましたらば、次に私が課長室に入ります。ゆうたら、朝のミーティングです。当日の課長の御予定を、週間行事予定等も踏まえながら確認しつつ、我々ふたりで自由討議。私から相談事があるかも知れませんし、課長が何か御下命《ごかめい》を思い立たれるかも知れません。いずれにせよ、公安課のその日の動き等を詰めて、公安課の重要事項等をふたりぎりで話し合うと。ゆうても、そんなに連日、難題なり大事件なりが起こるわけではありませんけん、何も無ければ一〇分程度で終わります。

そこでさっそく、本日の予定、御着任日の行事予定ですが──

本日は、午前九時三〇分から、五階・警察本部長室で辞令交付がございます。

県の定期異動ではございませんので、これは課長おひとり用の行事。

礼式どおりの辞令交付が終わりましたら――既に幾度か御経験ずみじゃ思いますが――発令者の御意向で御歓談となるかも知れませんけん、そのときは流れに従《したご》うていただければ。ちなみに現在の本部長秘書官は稲宮《いなみや》警視と申しまして、実は警備部門から送り込んどる者《もん》です。むろん警視ゆうても所属長未満《シヨゾクチヨウ》ですけん、課長より格下、この私より格下。ほやけん、『間違《まちご》うても司馬課長に恥掻かすことすな』『今後、司馬課長は本部長室フリーパスじゃけんの』ゆうて厳しく言い聴かせとります」

（これまた、内田補佐いうところの〈宮岡エコール〉かな？

ただ、本部長秘書官といったら、警察本部長への取次を一手に握るゲートキーパーだ。言葉を選ばなければ、側用人《そばようにん》といってもいい。それが当部門の出で、まして宮岡次長の言うことなら聴くとくれば、今後、仕事が俄然《がぜん》やりやすくなることは間違いない）

「その辞令交付と、もしあれば御歓談が終わり次第、ここ八階にお戻りいただきまして、渡会《わたらい》警備部長と光宗《みつむね》警備課長に着任申告《シンコク》をしていただきます。

これはあの、作法どおりの、要は辞令を見せて回るアレ」

「当警備部の所属長は確か僕・警備課長・機動隊長の三人だけれど、機動隊長さんはまた後日――ということで大丈夫ですか？」

「ハイ課長。御説明が遅れましたが、機動隊はここ警察本部から車で二〇分ほどの隊舎におりまして、ゆえに機動隊長もそこが勤務地。警察本部には必要な都度《つど》顔を出す程度です。ほやけん、今度ここに顔を出したときついでに挨拶《あいさつ》すればそれでよいかと。司馬課長は当警備部の筆頭課長ですけん、こちらからホイホイ出掛けてゆくんは、それは筋が違《ちご》とるゆうもんです。迫《さこ》機動隊長も上級幹部ですけん、そこは心得とるでしょう」

「そ、そんなもんかな」

「そがいなもんです。

ちなみにここで付言《ふげん》しますと――お隣の大部屋の光宗警備課長は、実は交通部門の人。今ゆうた迫機動隊長は、実は刑事部門の人です」

「えっ、純血主義の警備部門の所属長《ショゾクチョウ》のうち、僕以外は他部門の方っていうこと？」

「ほうなんです」

「僕まだ当県の人事の掟《おきて》が解っていないけど、それは伝統的なものですか？」

「いえ、渡会警備部長が積極的に推し進めとる人事政策です」

「ラスボスの、渡会部長が……」

「既に御説明しましたとおり、当県では刑事部門と警備部門が主流派を形成しとります。しかも、パワーバランスとしては当部門がやや優勢です。先の稲宮警視の例のように、総警務《ソウケイム》の主要ポストを押さえとりますけん。

ただ、部内政治において勝ち過ぎるんは火事の元です。当県の規模だと、派閥抗争ゆうハイソなもんにはなりませんけんど、それでも嫉《ねた》み・僻《ひが》み・妬《そね》みは人の自然な性《さが》ですけんね。ほやけん、渡会部長は率先して、警備部の所属長《ショゾクチョウ》ポストを他部門に譲っとるんです。

ゆうても、他部門にただ配意するぎりでのうて……他部門のノウハウを当部門に教えてもろたり、当部門のいわば協力者・理解者になってもろたり、例えば警備部門が苦手科目としとる事件化《ジケンカ》の能力を向上させてもろたり、警備部門に対する諸々《もろもろ》の偏見を取り除いてもろたりするんも目的ですけんど」

「なるほどですね。交通部門の方なら法令に強いし、刑事部門の方なら事件に強いと。ましてや今後、自分のギルドに帰って御出世なさるから、そのときはまさか警備部門の敵にはならないし、諸々の誤解を解消してくれるかも知れないと」

「ウチは内緒内緒の話・喋りたくても喋れん話が多いですけん、悪気は無《の》うても、どうしても純血主義で排他的になります――ゆうか、他部門からはそう見られます。

ゆえに、『警察部内《ブナイ》の理解が得られんのに、なんで国民市民の理解が得られるんぞ』ゆうんが、渡会部長が口を酸《す》っぱくしとる口癖でして」

「へえ、意外に……というと失礼千万だけど……開明的な方なんですね、渡会部長は」

「ああいう態度に性格ですけん、よう誤解されよりますが、実は御自分も刑事部門に出たことがありまして。そこでまあ、結構な御苦労をされたようです。ほじゃけん、『こがいな小規模県で部門の壁もギルドもあるか』『田舎者どうし腹割って協力せんでどがいすんぞ』ゆう、まあ渡会哲学を形成されたようで。それは弟子の私にも叩き込まれとります」

「成程《なるほど》」

「そのあたり、光宗警備課長も迫機動隊長も充分理解されとりますし、とりわけ当課の仕事については何も知りません。また重ねて、当部の筆頭課長は司馬課長ですけん、おふたりとも、まさか課長に嫌気《いなげ》なことするはずもございませんが……そがいな文脈を踏まえて、宇喜多課長時代に引き続き、良好な関係を築いていただければよい思います」

「了解しました」

……先刻から僕が返事をする都度、宮岡次長は虫歯が痛むように顔をしかめるが、やはり僕にはその理由が解らない。といって、僕の返事が終われば、またハキハキとした明瞭な口調とリズムで、本日の予定を説明してくれるのだが。

「ほやけん、辞令交付が終わったら警備部長と警備課長に着任申告《シンコク》をしていただくこととなります。ほやけど、これはもう礼式そのままの、まあ儀礼的なもんですけん、それぞれ三分程度や思います。ゆうたら、まさか一〇分は掛かりません。

――辞令交付が午前九時三〇分からですけん、そのセレモニーに五分。仮に東山《ひがしやま》本部長との御歓談が一五分として、それで総計二〇分。八階に帰ってこられて辞令を見せて回られても、それで総計三〇分弱――ほやけん、平均的にゆうたら、午前一〇時前後には、次の予定に移行できます」

「まさか、次の予定というと、それはいよいよ――」

「――ハイ課長。司馬課長の、初訓示となります。私も大いに期待しとります」

「次長も聴くのか……それはそうですよね……ともかく司馬警視頑晴《がんば》ります」

「ちなみに課長、大演説でしょうか？」

「まさかです。所要五分、いや五分弱」

「三〇分は余裕がありますけんど……」

「それこそまさか」

「五分弱、了解しました。ほがいな時間感覚を持っておきます。

初訓示が終わりましたら、課員総員はいったん解散、通常業務に復帰させますが、その直後に名刺奉呈《ほうてい》を予定しとります。これが、所要三〇分弱」

「め、名刺奉呈？」

「当課の幹部会――ゆうたら警部以上の警察官を指しますけんど――その幹部会の総員が、ひとりずつ課長室に入りよります。そして課長に自分の名刺をお渡しし、自己紹介とカンタンな業務紹介をいたします。ゆうても、本格的な業務説明は別途、各係三〇分ずつの時間を用意しとりますけん、名刺奉呈の場ではさわりを述べさせるぎりですが」

「警部以上の総員が、僕に、名刺を？」

「ハイ課長。何か問題がございますか？」

「……確か長野県だかどこかで、新しく当選した知事が部下に名刺を切って回っていたら、ベテランの幹部が『上司が部下に名刺を切るような文化は我が国にはない!!』とかなんとかいって、いきなり破り捨てたって話を聴いたことがありますが」

「余所《よそ》は余所。ウチはウチ。

これ当課の伝統行事ですけん、課長がやめろゆうたらやめますが、宇喜多課長のときもその前任課長のときもそのまた前任課長のときもやっとります。司馬課長ぎりやらん、ゆうことになれば、課員も不思議に思いよるでしょうし、いらん邪推を招きよるかも知れません。

ましてこれ、まさか虚礼ではないですけんね。新任課長の最初の、そして最大の任務は、課員の顔と名前を直ちに一致させることですけん。そがいな意味では、課員総員の名刺奉呈をやってもええんですけんど、それはさすがに時間と業務の関係から不可能ですけん、まずは当課の中枢《ちゅうすう》を成す警部以上からやる、ゆうことです」

「りょ、了解しました」

「この名刺奉呈が終わりましたら、今度は、司馬新体制下における最初の〈課内課長補佐会議〉を行います。ちなみに課内課長補佐会議は定例会なら週一、月曜。臨時会は司馬課長か私が命ずるその都度、行います。ここでは、実際上警察本部の業務を切り盛りしとる課長補佐以上が所要の連絡・報告をし、必要ならば討議をし、司馬課長と私の了解を得ることとなります。

本日はまさに一発目ですけん、大した報告も討議も予定してはおりませんが、むろん司馬課長の御判断で、如何様《いかよう》に御運営なさってもかまいません。司馬課長が思うままに行う会議ですけん」

「それも了解しました」

「ええと、これで……

辞令交付、着任申告《シンコク》、初訓示、名刺奉呈、課内課長補佐会議の御説明が終わりましたが、これでもう午前中は潰《つぶ》れる思います。昼休みは無論、御昼食をとっていただいて、御休憩いただいて――あっそうじゃ、彦ちゃんに御昼食の下命《かめい》を終えられましたか？」

「あっそうそう、それそれ。

彦里嬢には訊かれたんだけど、当課のシキタリが分からなくて……課長はどんな感じで昼御飯をとればいいんですか？　宇喜多課長はどうされていました？」

「……課長」また宮岡次長の右手は、煙草《たばこ》パケへの往復運動を始めた。「課長の御食事にシキタリもへったくれもございません。課長がこれ食わせえ、ゆうたらそれが命令です。それが指揮官です。ほやけん、彦里嬢にでも私にでも、何でも言うたらええんです。

『宮城県産の牡蠣《かき》が食べたい』『フレンチの技法のクスクスが食べたい』『挽肉《ひきにく》と茄子《なす》のペペロンチーノが食べたい』……課長がそう御下命《ごかめい》されたら、私らその御下命を実現すべく駆け回ります。実現できんかったら直ちにそう復命《ふくめい》し、新たな御下命を頂戴《ちょうだい》する。それが上官と部下ゆうもんです」

「そ、そんなもんかな」

「そがいなもんです――

ただ大きな例外として、ほうですねえ、庶務係の慰労会なり忘年会・新年会・暑気払いなり送別会なりは、これには実はシキタリゆうか、まあ特殊事情がありますゆうんも、あの彦ちゃん、毎週水曜と金曜は琴《こと》と日舞《にちぶ》のお稽古《けいこ》事《ごと》がありますけん、当該曜日にはどうしても参加できんのです。というのも、一度金曜にセッティングしたら、顔には出しませんがそれは怒って、松阪牛《まつさかうし》にも関アジにも箸《はし》を付けてくれんかったことがありまして。

ただ、それはいわばプライヴェートの話。

勤務時間中においては、課長の御下命こそがシキタリで掟《おきて》です。

ほやけん、本日の御昼食については、今《いま》私が御下命を承りましょうわい」

「……そうしたら、そうですね、ええと、昨日と一緒のサンドイッチで」

「かしこまりました課長。ここでのお話が終わり次第、直ちに手配いたします――

ではその昼休みが終わりましたら、午後の日程に入りますが、午後は警察本部内での着任挨拶をしていただきます。これまた、辞令を見せて回るあの儀式です。

ゆうても警備部内は申告《シンコク》が終わっとりますけん、他部門の所属長以上に、まあ、顔見《かおみ》世興行《せこうぎょう》をしていただくことになります。もちろん司馬課長はまだ警察本部庁舎にお慣れになってはおられませんけん、随行《ズイコウ》を付けます。ちなみに当課の三人の警視のひとり、藤村《ふじむら》管理官が随行いたします。私の直属の部下になりますが、私より歳上《としうえ》ですけん、そこは世馴《よな》れとりますんで御安心ください。

挨拶回り先は当然建制順《ケンセイジュン》に、総務↓警務↓生安↓刑事↓交通↓情通、と行っていただき、例えば生安でしたら生安部長、生安企画課長、地域課長、少年課長、銃器薬物対策課長、生活環境課長……といったかたちで、顔と辞令と愛想を見せて回っていただくことになります。これは全《すべ》ての部門についてそうです」

「かなりの時間を要しますね？」

「小規模県ゆうても、警察の仕事は大規模県と一緒。部や課の編制が、大規模県とそう変わるもんではありませんけんね。ゆえに、部長・課長もそれなりの数になります。ここで、愛予県人はトボけとりますが人懐《ひとなつ》っこい所もありますけん、『それでは珈琲《コーヒー》でもどうぞ!!』ゆう所属長もきっとおるでしょう。東京から客人が……いや違《ちご》た、東京からキャリアの課長が来るゆうんはレアなイベントですけん、もてなそうとする所属長もおる。それは課長、時間の都合はありますが、断らんといてください。時間の許すかぎり歓談してください。

というのも、例えばMN諸対策を考えただけでも、生安・刑事・交通、いずれの協力も不可欠ですけん。課長のそのとろけるように魅力的な若者の笑顔で営業をして、ひとりでも多くの協力者を獲得してください」

「成程《なるほど》、これまた虚礼ではない訳ですね？」

「もちろんです。

さて、午後の他部門挨拶回りが終わったら、もう午後もええ時間になっとる思います。ほやけん、本日の行事はそれで打ち止め。それ以降は課長御自身のお時間です。ゆうても、既に午後四時を回っとる公算が強いですけんど」

「了解しました。ちなみに明日……じゃなかった、週明け月曜以降は？」

「本日の、ほうですねえ、午後三時には、私の決裁を終えた〈公安課週間行事予定表〉をお見せできる思います。無論、課長決裁を経て確定となるわけですけんど。ちなみにこれは毎週のことなので、遅くとも金曜の午後には、課長は来週の御予定を把握できると、こういうことになります。

そしてまさに今現在、広川の方で鋭意、御予定を調整中なのですが――」

「僕の予定を管理してくれているのは広川補佐なの？」

「課長補佐クラスでは、ほうなります。ゆうたら広川は当課の筆頭補佐で、すべての課長補佐のとりまとめと、あと警察庁でいう企画・総務の仕事をも任務にしとりますけん。実は宇喜多課長の御治世《ごちせい》、その前半にはちゃんと『企画補佐』ゆうんがおったんですけんど、先に述べた事件係の増員の際、代わりにリストラされよりまして。ほんまにウチの警務は、嫌気《いなげ》なことをしよる……ほやけん、広川は第一係補佐として情報の料理人をやっとりますけんど、私直属のかたちで、企画・総務の仕事もやらしとりまして。まあ広川は二〇年後の愛予県警察を背負って立つ……背負って立たんといけん人材ですけん、情報バカ警備バカでは困ります。その修行も兼ねとります」

「成程《なるほど》」

「ゆえに、その広川が、課長の来週の御予定を今、必死で詰めとります。ゆうんも、来週の予定は今週の予定と違《ちご》て、調整先ががいに多いですけん。

ゆうたら来週は、週明け早々、いよいよ十九警察署の挨拶回りをしていただかんといけんのです。いわゆる初度巡行《ショドジュンコウ》です。これは筆頭署・警視正署の愛予警察署を皮切りに、まずは市内署の愛予西署、愛予南署。それから美愛署・国府署・姫橋署といったA署の拠点署。そしてもちろんそれ以外のA署・B署・C署のすべてを巡行していただくもの。まあ諏訪《すわ》署だの八幡島《やわたじま》署だの、私の出身地である御油《ごゆ》署だのとなると、もう日本の秘境探訪の旅、みたいなことになりますが……当県は田舎県ですけん……」

「そうすると当然、車ですね？」

「課長が電車にせえ、ゆうたら、その御下命に合わせてスケジュールを組みますが。実は諸々《もろもろ》の筋から、課長はあまりお車がお好きでないという話、聴いとりますけん」

「いやそこまでは。確かに車酔いする方《ほう》ですが、広川補佐にも悪いし」

「……そろそろかの」

「え？」

「私も私の任務、果たさんといけんのです」

（…………………？）

「ただその前に、来週の初度巡行の話をまとめますと——要は各警察署長に着任の仁義を切る、ゆう儀式です。同時に、我々の事実上の出先である、各警察署の警備課と警備課長に気合《くうき》を入れにゆく儀式でもありますが。

　既に御説明したとおり、警察署長を怒らせては、公安課の仕事に大きな支障がでますけん、これもまた協力者の獲得。刑事出身の署長もおれば、生安出身の署長も、交通出身の署長もおる。そしてそれぞれが一国一城の主《あるじ》。むろん仲間ですけん、同じ愛予県警察の所属長《ショゾクチョウ》ですけん、目的は一緒です。ただそこは人間のやること。司馬課長が好きになった署長は、公安課を意識した仕事を指揮してくれよるでしょうし、自分とこの警備課員にも、より目を掛けてくれよるでしょう。司馬課長の直接の頼み事も、聴いてくれやすくなるでしょう。ほがいな意味で、初度巡行も決して虚礼ではございません」

「だいたい、どれくらいの期間で初度巡行を終わらせる感じでしょう？」

「足掛け二週間ですぞな。なんでかゆうたら、流石《さすが》に日がな一日全部、警察本部の外に御出張されてしまっては、公安課の仕事が回りませんけん――課長は決裁権者ですし、その課長のハンコ・花押《かおう》なくして当課の仕事は動きませんけんね。ゆえに、二、三署訪ねてもらってはお帰りいただき、また二、三署訪ねてもらってはお帰りいただき……ゆうピストン運動が必要になります。

　十九署全部一気に回ってしまおうゆうんなら、二泊三日の強行軍で、秘境署まですべてクリアできますけんど……それは実際問題、無理です。ほやけん、足掛け二週間で、地域ごと警察署をグルーピングするなどして、行っては帰り、行っては帰りの往復運動をしていただく、ゆうことになります」

「成程《なるほど》、ツアーを組んで警察本部を離れっぱなし――という訳にはゆかないんですね？」

「ほうです、そこが広川の悩みのタネでして。ゆうんも、警察署長ゆうたら――繰り返しますが司馬課長と同格ですけんど――やはり『地元の名士』ですけん、公《おおやけ》の行事も多ければ地元の客も多い。そのスケジュールは分刻みで決まっとることもありますけん、一署の署長ぎり攻略するならまだしも、こっちの都合に合わせてグルーピングして、上手《うま》いことパズルを組み合わせるとなると……まあ、それも含めて勉強です」

そのとき。

コンコン。

課長室の、金属パーテがノックされた。

39

僕と宮岡次長は今《いま》応接卓にいるから、課長卓付近よりは金属パーテに近い。近いというか、僕の座ったソファからは、まさにノックの主が視認《しにん》できる。宮岡次長はその僕と正対しているから、首をぐるりと回頭させてノックの主を見ることになる。そしてそのノックの主はいった。

「次長、打ち合わせ中すんません」

「ああ、管理官。どうされました」

――未《いま》だ課長室に入室せず、金属パーテの開口部で自然に立っていたのは、年の頃五十五歳前後の、銀髪と銀眼鏡が渋い警察官だった。宮岡次長と比べると、若干老いた印象を受ける。全般的な印象は『紳士』だけど、どことなくほんわかした、そう、どことなくぞなぞなした当たりの軟らかさがあって、銀行員とみかん農家を足して二で割ったような感じだ。

「今よろしいですか？」

「ああ司馬課長、こちらが当課の管理官をしとられる、藤村警視です——

よろしいですか？」

「……入室ですか？　もちろん。次長がよいなら」

「管理官、課長のお許し出ましたけん」

「ほしたら失礼します、司馬課長」

そういってひょこひょこと課長室に入り、すとんと宮岡次長の隣に座った藤村管理官は、しかしもうひとり警察官を連れていた。その警察官は未だ課長室に入室しない。こちらは年の頃四十歳前後、瘦身《そうしん》でとても背丈がある若々しい警察官だ。細身なスクエアの眼鏡が、実に理知的な印象を与える。といって、ひ弱な感じは微塵《みじん》もない。開襟《かいきん》シャツからのぞく両の腕は、宮岡次長同様……いやそれ以上に健康的に日焼けしているし、何より引き締まった筋肉が鋼《はがね》のようでもある。ただその躯《からだ》つきと、現場特有の『臨戦態勢』のにおいがなかったら、霞が関の官僚といわれても全く不思議はない。

……すると、そのもうひとりの警察官をガン睨《にら》みしていた宮岡次長がいった。

「広川、お前は何ぞ」最早《もはや》、組長の口調である。「何《なに》課長の前でバカみたいに突っ立っとるんぞな、もし」

「申し訳ありません次長。管理官と一緒に、課長の御承諾を頂戴したい件がありまして」

「ほしたら黙っとらんと、座らせてもらえや。課長も御多忙ぞな、もし」

「――司馬課長、私も同席させていただいてよろしいですか？」

「もちろんです、どうぞ」

「オイ広川、お前は末席じゃろが」

「いや次長、かまん、かまんのよ」藤村管理官がゆったりいった。儂《わし》が丸椅子に座りますけん――そがいなことは、かまん、かまん」

次長側のソファは、ゆったりとした一人掛けがふたつだ。当然、一度に座れるのはふたり。僕の真正面には次長が座っている。藤村管理官は、自分は課長室の片隅に置いてあった、背もたれすら無い四つ脚の丸椅子を応接卓に寄せると、そこにひょいと座った。広川補佐はほとほと困り果てた様子だったが、管理官警視の命とあらば是非《ぜひ》もない。礼を尽くしつつ、次長の隣の一人掛けソファに座る。僕も微妙に身が狭まる思いがした。首座を占めているのは二十五歳の若僧。ソファに座しているのは僕の父親でもおかしくない年齢の警視がひとり、警察官として僕より一〇年以上先輩の警部がひとり。いまひとりの、僕の父親でもおかしくない年齢の警視は、靴磨きでもされようかといった丸椅子に座っている。

（これ、慣れる日が果たして来るのかどうか……）

「改めまして失礼します、司馬課長」広川補佐がソファで深々と頭《こうべ》を垂《た》れた。「当《とう》公安課の第一係で課長補佐をしております、広川警部であります。後程《のちほど》、名刺奉呈でしかるべく御挨拶をさせていただきますが、取り敢えず御承諾を頂戴したい件があり、藤村管理官とともにお邪魔いたしました。御寛恕《ごかんじょ》ください」

「ええけん広川、用件を言え。課長これから辞令交付やぞ。まだ茶も飲まれとらんのやぞ」

「いやいや、次長、ゆうたらどうでもええことなんですけんど――」藤村管理官はマイペースだ。「――さっき、本部長秘書官の稲宮から次長卓上に警電があったんです。ただ次長、ずっと課長と打ち合わせ中じゃったけん、今度は儂《わし》んとこ架けてきよったんですわ」

「ほしたら、辞令交付関連ですかの？」

「ほうです、ほうです。

　さっき東山本部長登庁されて、稲宮に命じたそうですわ――『司馬君も今後二週間は行事でバタバタするだろうから、辞令交付なんてパッパと終わらせてやろう。午前九時三〇分と言わず、午前九時でよい』と」

「おや、ほうですか。東山本部長らしいといえば東山本部長らしいお言葉ですね、管理官」

「ほうですねえ。東山サンは気さくやし、嫌味がないし、それでいて鋭い。また、いつでもどこでも『取り敢えず焼酎《しょうちゅう》‼』ゆう気さくさにも御愛嬌《ごあいきょう》がありますけんね。歴代社長の中でも抜群の人気を誇っとる――ゆうんも納得ですぞな。まあ、後輩の司馬課長が可愛《かわい》い、ゆうんもあるんでしょうが。

　ああ司馬課長、御挨拶もせんと大変失礼しました。公安課で管理官を務めます、藤村警視ですぞな。課長が警察署長、次長が副署長やとしたら、儂は次長の下で、実務のとりしきりをやる現場監督、ゆう感じになります。特に体制を厚うしてもろとる、第三係と第四係――要は当県の〈八十七番地〉を管理しとります。どうぞよろしゅうお願いいたします」

「警電でお話ししたっきりでしたね。こちらこそどうぞよろしくお願いします」

「次長がしっかりしとられるけん、儂の出番はほとんど無い、思いますけんど、とりわけＭＮ諸対策は喫緊《きっきん》の課題ですけん、御迷惑をお掛けせんよう努めます」

「お願いします」

「ほしたら、東山本部長の御下命《ごかめい》やけん――」宮岡次長がいった。「――今午前《いま》八時四五分やな。広川、お前どがいにスケジュール組み直したんぞ」

「はい次長、辞令交付ですので、五分前には本部長室前で待機を。これについては、管理官の方で稲宮秘書官と御調整いただきました。稲宮秘書官が五階で司馬課長を御案内するとのこと。五階までは私が先導いたします。以降の予定ですが、これも管理官と稲宮秘書官で御確認・御調整いただきまして、『東山本部長と司馬課長の御歓談は十五分』『十五分を過ぎたとき、稲宮秘書官がノックをして御退室をうながす』ということでまとまりました。ですので、課長が当課を発《た》たれるのが午前八時五四分。辞令交付と御歓談の終わるのが午前九時二〇分。そこから警備部長と警備課長に御挨拶いただきまして――これも管理官に御内諾を頂戴していただきました――午前九時四五分から初訓示でよろしいかと。この新しいタイムスケジュールは、こちらのA４一枚紙にまとめてあります。管理官の御決裁は頂戴いたしましたので、次長と課長に御決裁いただければ、課員総員に『午前九時四〇分には大部屋に集合』との指示を出したいと考えております。如何《いかが》でしょうか」

「そがいなことは、いちいち」宮岡次長は広川補佐には厳しい。「管理官に動いてもらうことと違《ちご》とるぞな、もし。お前ももう警部なんじゃけれ、稲宮にしろ警備部長にしろ、お前が動いて調整すればそれで済もうがな、もし」

「いやいや、宮岡次長それは違います……」藤村管理官が急いでいった。「……段取りしたんは、全部広川補佐ですけん。儂は広川補佐にああせえ、こうせえ言われたとおりに警電架けたり部長室行ったりしたぎりですけん。広川補佐はようやっとります——それで広川補佐、あと東山本部長から、アレ」

「はい管理官。

実はさらに東山本部長から御下命……いえ御指示……いえ御連絡がありまして」

「ハッキリ言え」

「はい次長。東山本部長からの御伝言で、『司馬君は確かへビースモーカーだから、遠慮せずに煙草を持ってこい』とのことです」

「……広川よ、それ、実はいちばん大事なことじゃろがな、もし」

（そうなのか……？）

「本部長が、そこまで司馬課長に気を遣われとる。司馬課長を、どうにかリラックスさせようとなされとる。我が社の社長がやぞ。警視長がやぞ。

それ真っ先にお伝えせんと、本部長のお気持ちは伝わらんし、課長が聴きそびれて煙草忘れたゆうことになったらお前、司馬課長に本部長の煙草強請《ねだ》らせるつもりかな、もし。おまけにそのときは、公安課は伝言ひとつまともに伝達できん巫山戯《ふざけ》た課じゃゆうことになろうがな、もし。本部長も司馬課長のこと、部下ひとり掌握できん巫山戯《ふざけ》た指揮官じゃ思われることになろうがな、もし。そんな課を本部長が信頼なさると思とるんかな、もし。いつもゆうとるじゃろ。てにをはを間違える警察官は、警察手帳を無くす警察官じゃ。煙草の話ひとつ取り次げん警察官は、文書事故を起こす警察官じゃ。くだらんことをくだらんうちに処理するんが、企画なり総務なりの仕事やけんの」

「申し訳ありませんでした次長、課長。以降、物事の優先順位を考えて仕事をします」

「ああ、ほういえば宮岡次長……」まだ時間大丈夫じゃな、と藤村管理官は話を続ける。広川補佐に助け船を出す意味もあったんだろう。「……ちょうど煙草の話が出たけん、今、次長にも課長にも相談したいんですけんど」

「ゆうたら？」

「宇喜多課長は煙草を嗜《たしな》まれんかったけん、課長室も大部屋も〈八十七番地〉も全面禁煙じゃったけんど……二年前に焦燥《あせ》てて喫煙所作りました……司馬課長は煙草、がいに嗜まれる聴いとりますけん、課員も微妙に喧騒《ざわ》めいとります」

「……まったく、調子に乗りよって」もちろん宮岡次長は一般論としていった。藤村管理官を面罵《めんば》したわけではない。「もう一度課内全面喫煙にせえ、言いよるんですか？」

「あの喫煙所、狭いですけんねえ。といって、まさか課員に『吸いたくなったら課長室に出入りせえ、決裁の用事を作れ』ゆうわけにもいかんですし、あっは」

「えっ」僕は吃驚《びっくり》した。「話を聴くに、課内全面禁煙なんですよね、宇喜多課長の御方針で。なら課長室も禁煙ですよね？」

「いえ、それは課長が……」

ここで、何か話をしかけた管理官を、宮岡次長が腕で制した。そしていよいよ首を大きく振りながら、何かの決意をするようにいった。

「それは課長がお決めになることです。課長が、『御自分の課長室で煙草を吸いたい』ゆわれたら、それが当課の方針です。

ちょこちょこ同じようなこと言うとりますが、お立場をお辨《わきま》えください」

「けれど、課内全面禁煙なのに、課長だけが自室でプカプカ——というのは」

「……ここは司馬課長の課ですけん、司馬課長の御下命《ごかめい》が掟《おきて》です。課長室は無論のこと、課内全面禁煙を撤廃して全面喫煙にするもよし。このまま喫煙所以外全面禁煙にするもよし。はたまた、内緒内緒の話が漏れる虞《おそれ》があるゆうことで——当課の課員にかぎってそがいな不心得者《ふこころえもの》はおらんしおったら離島に飛ばしますが——喫煙所すら撤去するもよし。これすべて課長の御決断です。私達はそれに従うぎりです」

「ちなみに次長は煙草を？」

「大好きです」

「管理官は？」

「儂は禁煙中ですぞな」

「広川補佐は？」

「勤務中は、二時間に一本程度を吸わせていただいております」

「……様々ですね。

　そうしたら、課員の多数決で決めるのがベストなんじゃないかと。もちろん煙草が嫌いな課員もいるでしょうから、全面禁煙を撤廃するにしても、例えば午後だけ可能とか、午前二時間・午後二時間可能とか、はたまた曜日で分けて禁煙デーを設けるとか。

　いずれにしろ、課長室全面喫煙可はちょっと……仮に課員が我慢するとするなら、さすがに外聞が悪いというか、我《わ》が儘《まま》が過ぎるというか。少なくとも申し訳ない気分になる。ひょっとしたら課員の士気にかかわるかも知れないし、それに……」

「……潮時《しおどき》じゃわい」

　僕は自分の言葉を続けることができなかった。

　やにわに、宮岡次長が、謎《なぞ》の言葉とともにソファから立ち上がったからだ。

40

　それまで僕の言葉を、俯《うつむ》きながら、小さく首を振りながら、両の顳《こめかみ》に右手の指を当て顔を蔽《おお》いながら聴いていた宮岡次長が――である。それもいきなり。

　それは『憤然《ふんぜん》と』という形容詞がぴったりの立ち上がり方だった。

そして宮岡次長の、ちょっとユーモラスな頭部は、今や茹《ゆ》で蛸《だこ》のようになっている。

ふと広川補佐の方を見遣《みや》ると、あたかも脱衣所で悪鬼に遭遇《そうぐう》したかのごとく顔を真っ青にしている。ぞなぞなした藤村管理官はといえば、あからさまに瞳《め》をつぶり腰を浮かせ、如何《いか》にも課長室を退出したがっている感じだ。

そして実際、大きな嘆息《ためいき》を吐《つ》いて、寂しく肩を落とした宮岡次長はいった。

「広川、お前、もう出てええぞな」

「……了解しました、次長」

「本部長室までの課長の御先導、これも儂の方で差配《さはい》するけんお前はええ、任解《ニンカイ》じゃ。それからしばらく――そうあと五分は喫煙所、立入禁止にせえ。入る奴《やつ》がおったら止めえ」

「了解しました」

「ほ、ほしたら宮岡次長、儂も取り敢えずこれで」

「すんません藤村管理官、いろいろ段取りしていただいて――」

ほしたら課長。

煙草、吸いに行きましょう。

辞令交付前に、申し上げておきたいことがありますけん」

41

喫煙所は、公安課の大部屋を出て左方向、徒歩六歩程度のところにあった。

短い廊下の、行き止まりだ。そこには背丈ある衝立《ついたて》が立てられている。その衝立の小《こ》脇《わき》をすり抜けると、人が四人も立ったら満員になる、狭隘《きょうあい》なスペースができていた。そのスペースの真ん中に、直方体の、角形灰皿スタンドがぽつんと一本。黒いスチールの本体に、銀のステンレスの灰皿部分。上の方が、網というか格子《こうし》になっている、街のどこにでも置いてありそうな、何の変哲《へんてつ》もない灰皿スタンドだ。

「あっ次長――‼」

「おはようございます次長‼」

先客がふたりいた。まだ出会ったことのない課員だ。名前も顔も分からない。ただ次長の態度から、警部補以下であろうことは想像がついた。

「悪いの、ちょっと外しておくれんか。トップ会談じゃけれ」

――先客ふたりはたちまち出てゆく。

残されたのは宮岡次長と僕、そして灰皿スタンドだけになった。

廊下の端《はし》、廊下の最果てだから、蛍光灯の灯も充分届かず、どこかうら寂しい。

「課長、御自分のお煙草はありますか」

「ああはい、持っています」

僕はシガレットケースからマイルドセブンを出すと、考えてみればこの警察本部で初めてとなる喫煙を始めた。ライターを取り出そうとすると、次長が、愛用と思《おぼ》しきオレンジの百円ライターで火を点《つ》けてくれる。僕もお返しをしようと思ったら、次長は既にピースの紫煙《しえん》を大きく吹き出したところだった。

二度ばかり勢いよく紫煙の雲をたなびかせると、茹で蛸のようだった次長はちょっと落ち着いた感じで――けれどこれまでとは何処《どこ》か違う厳粛《げんしゅく》な感じで――父親のように、あるいは義父のように、ゆっくりと僕に語り始めた。

「まだ課長とは飲んどりませんけん、腹割って話すのは、これが初めてになります」

「そうですね」

「、、、、それがいけん」

「え」

「部下に敬語をお遣いになるのは、金輪際《こんりんざい》お止《や》めください。

いや解ります。課長に悪意はない。課長は御自分の年齢と経験を気にされて、年長者への礼儀を尽くそうとしとる。それはよう解ります。その礼儀を忘れろとは申しません。ほじゃけん、人間と人間として、私的に飲んどるとかゴルフしよるとか、そうしたときは結構です。

しかし、課長が課長であり、部下が部下である以上、私が四十九歳であろうが、管理官が五十三歳であろうが、はたまた広川が四十一歳であろうが、そがいなことには何の意味もありません。宇喜多課長が非命《ひめい》に倒れられたとおり、兵がおるぎりです。そして、我々の仕事は命懸けのもの。宇喜多課長が非命に倒れられたとおり、また無数の先人が対象勢力に殺されたとおり、我々の仕事は戦争です。要は生きるか死ぬかです。そのとき指揮官が――大将が兵に敬語でお願いをして、それで兵が気分良うなる思いますか。それで兵の御機嫌が取れる思いますか。それで兵の士気が高《たこ》うなる思いますか。

真逆です。

そがいに腰の据《す》わらん、部下に媚《こ》びへつらう、部下の顔色ぎり見よる大将の下に残る兵なんぞ、ただのひとりもおりません。兵が大将を慕《した》うとき――それは大将が信用できるときです。この大将なら、戦《いくさ》に勝てると確信できるときです。

なら、どがいな大将が信用できるか？

――決断のできる大将です。

大事なことでも、くだらんことでも。公のことでも、私のことでも。

俺はこうしたい、俺はこうする。それでええんです。道を示す。それが大将です。

ほんで戦に負けたら、兵が死んだら、いさぎよく腹を切る。それが大将です。

ほじゃけん、『お願いします』『ありがとうございます』『シキタリはどうですか？』『次長がよいなら』『多数決で決めましょう』『外聞が悪い』『申し訳ない気分になる』ゆうことにはならんのです、絶対に。

課長はさっき、我《わ》が儘《まま》ゆう言葉を遣われた。けど我が儘でええんです。所詮《しょせん》、決断なんぞは大将ひとりでするもの。その結果と責任は、大将ひとりで負うもの。他の誰にも委《ゆだ》ねられん。裏から言うたら、他の誰も気にせんでええ。それが我が儘で、それが大将の決断です。そこに気迫と凄味《すごみ》が出ます。どうしてもやる、絶対にやるという決意が出る。腹を括《くく》った者《もん》の、戦に勝てる匂いが出る。それに兵は動かされ、それに兵はついてくる。

大将は気合いで、決断です。

もし課長がまだそれを誤解されとるようなら、どうぞ東京にお帰りください。

私ら、みすぼらしい神輿《みこし》を担《かつ》ぐ気はありませんけん。

……以前、少しだけ申し上げました。東京からのキャリアの指揮官をお迎えするんは、当課の栄誉だと。渡会部長もそがいなことを言うとった思います。当県警察でキャリアの課長をお迎えしとる課はたったのふたつ。公安課と捜査二課です。課長は我々が失望しとる思いますか？　真逆です。公安課と捜査二課は、当県警察に数多《あまた》ある所属のうち、最も警察本部長に信頼されとる課であり、最も警察庁に信頼されとる課ゆうことですけん——

ほやけん、我々は嬉《うれ》しい。特に愛予の者《もん》はバカですけん、素直に嬉しい。儂らの大将をどうにか守《も》り立てて、一緒に戦《いくさ》に勝って、大きな戦果とともに東京に帰っていただきたい。バカの一念でそう思とります。ほやけん、誰もが課長についてゆく。彦ちゃんを御覧《ごらん》になってても解るでしょう。誰もが課長を、まだ親しく口も利いとらんのに尊んどる。それはそうです。儂らの大将ですけん。儂らの自慢の神輿ですけん。

ほやけど。

もう一度いうと、私ら、みすぼらしい神輿を担ぐ気はないんです。

お願いします、ありがとうございます、多数決で決めましょう……そがいな神輿は神輿と違《ちご》とります。それは間借り人です。戦争では何の役にも立たん。それは課長の御本意でもないはずです。私ら、こがいな部門ですけん、課長のことはひょっとしたら課長以上にお調べしとりますけんね。

ほじゃけん、私からの願出《ねがいで》、聴いてやってつかあさい——

大将であってください。立派な大将であってください。決断する大将であってください」

「……そうか、それで次長は昨日から、僕が間借り人のような態度をとるたび怒っていたんだね？」

「私もまだ修行が足りませんけん、すぐ感情が表に出よります」

「諫言《かんげん》ありがとうござ……諫言、嬉しく思いま……いや結構難しいな!!

……次長、次長の諫言とても嬉しく思う。これからも厳しく支えてほしい、本音で」

「難しいのは解っとります。けど何事も形からです。立場が人を作るゆうんは真実です。課長は、駕籠《かご》に乗る人担ぐ人、そのまた草鞋《わらじ》を作る人――ゆう言葉を御存知ですか？」

「いや、初耳です……だよ」

「要は、人それぞれに天が与えた役目がある、ゆう意味です。課長は指揮官を、大将を命ぜられた。駕籠に乗る人を命ぜられた。なら駕籠に乗るしかないんです。私らはそれを担ぐ。そのための草鞋を作る。それが仕事で、それが組織です。そのことに誰も不満は持ちません。もっとゆうたら、私らが駕籠を担いだり草鞋を作ったりするんは、御立派に駕籠に乗っていただくそのため。それはそうです。そうでなかったら、何のために駕籠を担いどるんか、何のために草鞋を作っとるんか解りませんけんね。

　確かに、担いでくれてありがとう、作ってくれてありがとう――ゆう気持ちは大切です。ほやけど、いちばん大切なことは、そうした兵の努力が報われるような、自《おの》ずから『ああ、俺はこの人のために駕籠を担ぎたい』『ああ、俺はこの人のために草鞋を作りたい』思われるような、御立派な指揮官になられることです。

そこは課長が頑晴らんといけん。

頑晴ってバカになって、その立場を演じんといけん。

誰もが仰《あお》ぎ見る——それが今の課長のお立場ですけん。

そしてそがいに腹を括《くく》って演じ続ければ、嘘《うそ》から出た誠《まこと》、立場が人を作ってくれよります。誰だって、最初から大将や指揮官に生まれてくる訳やないんです。そがいに見られ、そがいに腹を括り、そがいに振る舞う——

言葉を選ばんかったら、上も芝居、下も芝居です。

ほやけん、大根役者は困ります。下がシラけますけん。

御経験がなかろうが、御年齢が若かろうが、課内に年下の部下がひとりもいなかろうが、そがいなことは関係ない。やるからには、命ぜられたからには懸命にやらんといけん。ほうです。仕事なんてゆうんは、職場なんてゆうんは、所詮《しょせん》は社会的な芝居です。

ほやけん、課長の好きなシェイクスピアにも、確かこうあるはずです。『人の生涯は、動き回る影にすぎぬ。あわれな役者だ——』」

消えろ、消えろ、つかの間の燈《とも》し火……

〈マクベス〉の第五幕第五場だ。けれど、しかし、警察本部なる無風流《ぶふうりゅう》な役所の中で、しかも高卒と聴いた宮岡次長からシェイクスピアとは。警察官というのは、とりわけ警備警察官というのはこれだから全く油断がならない。僕は、次長が紡《つむ》ぎ続ける紫煙へと載せるように、その続きを暗唱した。

「『――ほんの自分の出場《でば》のときだけ、舞台の上で、みえを切ったり、喚《わめ》いたり』」

「『とどのつまりは消えてなくなる』」次長も続けた。「『白痴のおしゃべり同然。がやがやわやわや、すさまじいばかり。何の取りとめもありはせぬ――』。所属長《ショゾクチョウ》。指揮官。神輿。殿様。これすべて社会的な芝居で、役者です。動き回る影、ゆうんはそういうことじゃと私は思とります。ましてそれも、ほんの自分の出場のときぎりの……

　ほやったら。

　やるしかないんです。

　懸命に演じきるしかない。

　そしてどう演じきったところで――」

「とどのつまりは消えてなくなる、か」

「ほうです。ほやけん私は、そこに気負いも見栄《みえ》も衒《てら》いもいらん、思います。課長はただ、あるがままを熱演されたらそれでええんです。『断じて行う所、鬼神も之《これ》を避く』。史記《しき》でしたか。ほやけん、御自分を飾る必要はない。飾っても意味がない。御自分を、あるがままに出されればそれでええ。御自分が考える指揮官としての姿を、あるがままに演じきればそれでええ。とどのつまりは消えてなくなるもんですけん……

　そして課長、いきなり御着任初日に、コイツ何言いよんぞ思われるかも知れませんが。

　課長の御任期は約二年。そして約二年が過ぎれば御栄転。裏から言うたら、私とのコンビも課員との御縁《ごえん》も、たったそれぎりの期間。我々の四〇年近い警察人生のうち、たったの二年程度です。それはゆうたらニアミスでしょう。一期一会《いちごいちえ》です。その一期一会の間、課長が部下の顔色ぎり見られて過ごすか、それとも思いっきりやりたいことやって過ごすか。それは課長の気合い次第、課長の決意次第じゃ思います。

　……おっと、辞令交付の時間も近いの。ほじゃけん、最後にひとつだけ。

　課長は柔道選択でしたね？」

「うん、お情けのギリギリ初段だったけどね。御存知のとおり、初段を取れないと学校、卒業させてはくれないから」

「私も柔道なんです。いや、別段剣道でも何でもええんですけんど……

　私は警察官ゆうんも、いえ警察ゆうんもひとつの『道』じゃ、思とります。

　警察道、ゆうんもちいと大袈裟《おおげさ》な気がしよりますが、四〇年近く警察官をやる、ゆうんは、これはひとつの道じゃ、思とります。人生の道。果てしない道。そして私、どこかで聴いたことがあるんですけんど――柔道でも剣道でも合気道でも職質道《ショクシツ》でも、その道に終わりはありません。その道を歩きながら、様々な人に出会い、様々な場所に出会い、そして……とどのつまりは別離。これ、昔取った杵柄《きねづか》のロシア語でゆうたら、『ウリータは行く《ウリータ・イエーディエト》、いつかは着くだろう《カグダー・タ・ブーディエト》』ゆうことわざになるんでしょうか。

　そして我々、いったんこの道を選んだからには、この道から外れることはない。この道が消えることもない。この道はずっとただ其処《そこ》にあり、ずっとただ続いてゆく。喜びも悲しみも怒りも不安もひっくるめて。そして出会ったもの全てと何時《いつ》かは必ず別離することを覚悟しながら、我々はこの道をただ歩いてゆく……それは必ずしもしあわせを意味しませんが、人生において、自分の歩くべき道を天から与えられた、ゆうんは、恵まれたことじゃ思とります」

「そういえば、我が社にはそんな歌があったね。『この道』だ」

「ほうです、ほうです。『この道』。課長の世代でも歌われますか？」

「妻との披露宴のとき、現場に出ていたときの署の仲間がひとりずつ、スッと立ち上がりながら歌ってくれた……最後は大合唱になった。あれは嬉しかった。正直、身震いがした」

「『われらは選んだ　この道を――』」

「『――たとえどんなに遠くても　歩いてゆこうよ　この道を』」

「我々は、この道を選んだ。警察官としての道を」宮岡次長はいよいよ三本目のピースを灯《とも》した。「今の御言葉を聴いて、課長もそうじゃ、ゆうことが解《わか》った。なら同じ道を選んだ者どうし。必ず別離が来ると解っとっても。その一期一会を、今後の道の励《はげ》みとするために――

ほやけん。

同志やないですか。

飾らんでください。ありのままでいてください。ありのままの課長の姿、課員に見せたってください。課長が考える大将の姿、課長が考える指揮官の姿、それを何の御遠慮もされず、思いっきり演じきってください。それが課長の真実になり、課長の誠になります。もっとゆうたら、神輿を担ぎ、駕籠を担ぎ、草鞋を作る私らのこと、同志として信じてください。この一期一会で、私らを思いっきり使ってください。カッコよくやらんといけんとか、スマートにやらんといけんとか、そがいなこと、同志のあいだで考えとったらこの一期一会、寂しすぎる思いますけん……

そう、ありのまま、思うまま。

飾らずに、一所懸命に、天からの役割を果たしきる――

ゆうたら、『声もなく心も見えず神ながら神に問われて何物もなし』」

「……どういう意味だい？」

「実は私にも充分理解できとらんのですけんど、合気道の言葉です。ただこれと、もうひとつ――『合気とは解けば難し道なれどありのままなる天のめぐりに』という言葉が私は好きです。こちらはそう難しくない。合気道いう道は、言葉にしたり解釈したりするのは難しいけれど、要は宇宙・天地のめぐりそのままなのだ、ゆう意味でしょう。

　これを踏まえると、先の『声もなく』は――やっぱり、合気道という道は行き着くところ、ごちゃごちゃ理屈を言うまでもなく宇宙・天地のめぐりそのままであればよいのだ、いざ神の前に立ったとしても、そこに何の自我もなければ何の作為もありはしないのだ、ゆう意味じゃなかろうか思っとります」

「つまり、あるがままを」

「思いっきり、出し切っていただければと。

　そして課長が約二年後に離任されるそのときは、自ずから、課員の誰もが空港に集まって胴上げをする。万歳三唱をする。そして嬉し涙を流しながらお見送りする。課長が思いっきりやってくださる限り、我々の別離は必ずそうなる。私はそう信じとります」

「よく解った次長。司馬警視、努めるよ」

「……いきなり御着任初日に、年寄りが煩雑《うるさ》いことをゆうて申し訳ありませんでした。

　ほしたら辞令交付ですんで、本部長室に下りていただいて」

「あっ最後に次長、ちょっとだけ……ちょっとだけ、そう、『司馬公安課長』の辞令が下りるその前に、ちょっとだけ個人として訊《き》かせてください――お願いとしては、これが最後になるでしょう」

「……すなわち？」

「この喫煙所で次長が訓育《クンイク》してくれたこと。次長としてはそんなこと言わない方が楽だし、僕がバカ殿だったなら……まだそうかも知れないけれど……僕の機嫌を損ねるリスクだってあったはずです。だのにどうして、そこまで熱く語ってくれたんですか？」

「あっは、それは言わぬが花……と言いたい所ですけんど。

課長は真剣にお尋ねになっとる。なら次長職にある者としては、逃げたらいけん。

ほじゃけん、恥ずかしながら触《さわ》りだけお答えしますと……

私には娘しかおりません。娘がふたり。そして私と妻の年齢からして、もう息子を持つことはないでしょう――それ以上の説明は課長、無礼でもあり恥ずかしくもあります。今日の所はそれで御堪忍《ごかんにん》願います」

「……解った次長、ありがとう。辞令交付前にしっかり話ができてよかった」

「ほしたら課長」

「うん、警察本部五階だったね、辞令交付」

「秘書官の稲宮が待機しとりますが、五階まで随行を付けましょうか？」

「いや」僕は苦笑をまじえて命じた。「それは不要だ。本部長室の動向を確認しつつ、初訓示のため課員を集合させておくように」

「宮岡警視、了解です!!」

――僕は警察庁で準備し、往路の飛行機でもホテルの中でも暗唱していた初訓示の原稿を、すべて忘れることにした。そして、『あるがままの自分を出す』ということに奇妙な、しかし錘《おもり》がとれたような心の弾みを感じながら、一段飛ばしで階段を使って、警察本部五階へと下りていった。

42

五階のつくりは、八階とさほど変わらない。

階段を勢いよく下りると廊下に出たが、ふと顧《ふりかえ》ればエレベーターホールがある。そして八階なら公安課大部屋のドアがあるところに、やはり大きなドアがある。恐らく、公安課の真下になるだろう。そしてその大きなドアは、思いきり開放されている。

僕はその入口から、五階の大部屋に入った。

――室内左手には、スチールデスクの島《シマ》が幾つか。今もパソコンなりワープロなりを叩《たた》いている警察官がいる。そして室内右手には、宮岡次長の執務卓とほぼ同程度の大きな執務卓があり、そこには三つほどのスチールデスクがくっついていた。さらに室内右手、もっと奥を視認《しにん》すると、とても大きなドアがある。瀟洒《しょうしゃ》で雄壮なドアだ。どうやら両開きのようだが、その右半分もまた開放されている。その立派なドアのたもとには、三人掛けのソファが、応接卓を挟むかたちで配置されていた。

これを要するに、やはり公安課と同じ配置である――規模の違い、調度《ちょうど》の立派さの違いはあるが。つまり、エレベーターホールからまず大部屋に入ると、警視級の大きな執務卓があり（ウチでいえば宮岡次長のデスク）、その奥に『部屋の主』の個室がある（ウチでいえば僕の個室）。また大部屋それ自体に、来客があっても恥ずかしくないほどの応接セットがある（ウチでいえば次長席の隣の応接セット）。むろん、まだ人生で一度も入室してはいないが、『部屋の主』のその室内には、更に壮麗な応接用の調度があるだろう。たかが警視の僕の個室とて、その身に過ぎる応接卓が用意されているほどだから――

「あっ、司馬課長でいらっしゃいますか？」

「はい公安課長司馬です。といって、まだ辞令交付前ですが――ひょっとして、本部長秘書官の稲宮警視でいらっしゃいますか？」

「はい稲宮です。お待ちしておりました。いよいよですね。さあどうぞ、どうぞ」

稲宮警視は自分の大きな執務卓をいそいそと離れ、僕に近付きながら応接セットを指し示す。僕はさっそく宮岡次長に言われたことを思い出し、極めて悠然《ゆうぜん》と、駕籠《かご》に乗る人の気分になって――内心の照れくささを必死で殺しつつ――ゆっくりと、あたかも熟練の所属長《ショゾクチョウ》のごときリズムとテンポでソファに座した。立場が人を作る。人の生涯は、役者だ。

「初めてお目に掛かります、司馬課長」

稲宮秘書官はソファに座らず、僕の傍《かたわ》らに立ったまま軽く室内の敬礼をした。本部長秘書官ともなれば、部外《ブガイ》への随行も多々あるから、制服ならぬスーツ姿である。

「東山本部長の秘書官を務めます、稲宮警視であります。今後ともよろしくお願い致します――といって、あの宮岡次長のことですから、私についても充分なレクをしておられると思いますが」

「確か、ウチの部門から秘書官に出てもらっているんですよね？」

「あっもうそんなことまで。ただそれは有難くもあります……というのも私、課長の人事権で、一刻も早く警備部門に復帰させていただかないといけませんので。その際は何《なに》卒《とぞ》、秘書官の稲宮という奴がいたなあと、そういえば出しっ放しにしていたなあと、ふと思い出していただければ、あっは」

稲宮秘書官は長身痩躯《ちょうしんそうく》、理知的な眼鏡がよく似合う、そう能吏《のうり》という感じだ。本部長秘書官ともなれば、本部長のあらゆる予定を一手に管理して寸毫《すんごう》のミスも許されない激務である。警察本部の警察官のうちでも、能吏でなければ務まるものではない。といって、眼前の稲宮秘書官には、側用人《そばようにん》的な嫌味も傲慢《ごうまん》さも全く感じられなかった。これまた、本部長秘書官に求められる資質だろう。あらゆる部門のあらゆる幹部警察官が、あれをしてくれこれをしてくれ、この予定を入れてくれこの予定を変えてくれと談判してくる。また逆も真なりで、スケジュールに合わせて各部門に、そうした諸々《もろもろ》の調整を掛けなければならない。それは人格者でなければ無理だ。

（そういう意味で、この稲宮警視は外貌《がいぼう》からして秘書官向きだなあ。

ウチの公安課でいったら、そう、あの宮岡次長の愛弟子《まなでし》の、広川補佐にとてもよく似た印象を受ける……躯《からだ》つきといい、理知的な感じといい。広川警部が警視に昇任したのなら、宮岡次長は広川さんをこのポストに就けるよう動くかも知れないな）

——そんなことを考えていると、入室したとき稲宮秘書官の前のデスクに座っていたはずの庶務嬢が、なんと、わずか五分未満しかここに座らないであろう僕に、立派な茶《ちゃ》碗《わん》と立派な茶托《ちゃたく》で、緑茶を給仕してくれる。

「どうぞ、公安課長」

「……ありがとう」

宮岡次長に訓育《クンイク》を入れられる前の僕だったら、『そんな、気を遣っていただかなくても』『どうせすぐ辞令交付で本部長室に入っちゃいますから』とかなんとか、腰の据わらないことを言ってしまっていただろう。ただ、ここで僕に茶を出すのが彼女の務めであり、また、わずかな時間とはいえ僕をもてなすのが稲宮秘書官の務めである。

（駕籠に乗る人担ぐ人、か）

「司馬課長は、昨日愛予入りされたと聴きますが」引き続きソファの傍らで立ったまま、稲宮秘書官が務めを果たす。「それならさぞお疲れでしょう。またこれから二週間ほど、警察本部内そして全警察署の挨拶回り。どうぞ、お躯《からだ》にはお気を付けくださいますよう。あっ、まだ辞令交付本番までには充分時間がありますから、どうぞお茶でも飲みながらで――」

「ありがとう稲宮さん、さっそく頂戴します」

「東京からの司馬課長にまったくのお口汚しなのですが――当県の姫橋《ひめはし》市は、実は知る人ぞ知る茶所《ちゃどころ》でして。その姫橋茶、御笑味《ごしょうみ》いただければ愛予人としてさいわいです」

僕はその濃い目の、けれど丁度よく冷ましてある姫橋茶を一啜《ひとすす》りした。確かに美味《うま》い。じんわりと、ぞなぞなと、茶の渋味と甘みが舌の上でとろけるようだ。ただ僕は、その味そのものよりも、この茶一杯を丁寧に淹《い》れ丁寧に温度調節したその気持ちに圧倒された。

「とても美味《おい》しいです」

「有難うございます。当《とう》本部長秘書室の庶務嬢も、司馬課長にそうおっしゃっていただいて冥利《みょうり》に尽きるでしょう――それではしばしそのままお寛《くつろ》ぎください。只今《ただいま》、東山本部長の御様子を見てまいりますので。

恐らく、もう朝刊も諸報告も読み終えられて、お茶も終わった頃合いだと思います」

――稲宮秘書官はまた僕に室内の敬礼をすると、そのまま、応接セットから数歩の距離にあるあの瀟洒《しょうしゃ》で雄壮なドアに接近する。そしてドアのたもとで若干威儀《いぎ》を正し、軽く室内の様子を――恐らく聴覚で――確認するや、コンコン、とそのドアをノックした。

「失礼します本部長、稲宮です――」

「――ああ、どうぞ入ってくれ」

ドアの巨大さから感じられる限り、室内は――警察本部長室は恐ろしく巨大のようだ。たちまち稲宮秘書官の足音も、その発しているであろう声も、全く聴こえなくなった。ゆえに、また姫橋茶を啜りながら待つこと二分強――

「失礼しました!!」

警察礼式どおり、稲宮秘書官がドアのたもとで室内に向けて敬礼をし、また僕のいる応接卓に帰ってきた。そしていった。

「東山本部長、『さっそく始めよう』との御意向です。ゆえに、礼式どおりに」

「解りました」

僕はソファを起《た》ち、スーツの皺《しわ》を整える。例によって革靴のテリを確認し、ネクタイの結び目を直す。そしていつか宮岡次長に言われたとおり、肩を動かして胸を開く。

「御準備はよろしいですか？」

「大丈夫です」

「そうしましたら、私が辞令と盆を持って先に入室します。室内の様子が一段落したと思われたタイミングで、礼式どおり御入室ください。その後はいつもの感じで」

「了解です」

実際、僕は警察庁長官から『辞職を承認する』旨《むね》の辞令を頂戴《ちょうだい》してきたばかりである。また、警察官なら拝命《はいめい》してから無数の辞令交付を経験している。稲宮秘書官がいった『いつもの感じ』とは、要は全国共通規格の作法どおりでかまわない――という趣旨だ。

43

その稲宮秘書官は自らも再び威儀を正すと、あらかじめ自分の執務卓にすっかり用意してあった大きな黒漆《くろうるし》の盆を両腕で捧《ささ》げつつ――そう神事で供《そな》え物《もの》を搬《はこ》ぶごとく頭上に大きく翳《かざ》し持ちながら、しずしずと、うやうやしく警察本部長室に入室してゆく。僕はその後ろ姿を目で追ってから、自分もまた警察本部長室のドアのたもとでタイミングを図った。ちょうど、瀟洒で雄壮なドアの前には典雅な衝立《ついたて》が置かれており、ドアから室内は見えないし、また室内からドア付近は見えない。

ことん。すとん。さっ――

引き続き、うやうやしさを感じさせる室内の儀礼的な音。

そして、沈黙。

僕はその沈黙がきっかり五秒続くのを待つと、意を決して警察本部長室内へと革靴を踏み出した。踏み出した先は、とても毛足の深い緋《ひ》の絨毯《じゅうたん》だ。冗談抜きで、革靴が絡《から》め捕《と》られそうになるほど。

――そのまま室内を見渡す。むろん首は動かせない。自然な視線の流れのまま、できるかぎりの目の動きで警察本部長室を視認《しにん》する。

（す、すごい……公安課長室なんて、比較の対象にすらならない）

警察本部長室は、それだけで公安課の大部屋が入りそうな規模だった。重ねて言えば、公安課は六十八名の大所帯である。そのひろびろとした個室に、重厚な会議卓がひとつ、重厚な応接セットがひとつ、重厚な執務卓がひとつ。黒と茶とが圧倒的な威厳を感じさせるそれらの調度《ちょうど》は、どこまでも伸びやかな紅《くれない》の絨毯に、壮麗な上にも壮麗に浮かんでいる。警察本部長室を入って右側が重厚な会議卓。パッと見だが一〇人以上は座れる。警察本部長室を入って左側が応接セット。これはもう芸術品だ。公安課のそれとも、また、ついさっきまで座っていたこの室の外の応接セットとも格が違う。そして、それらのいちばん奥――この警察本部長室の最も窓際《まどぎわ》に、重厚な執務卓。左右に大きくウイングを伸ばした執務卓は、僕のそれの倍以上の幅があるだろう。

この警察本部長室の主――愛予県警察の社長である東山警視長は、その執務卓にいる。

その執務卓で椅子《いす》から立ち、稲宮秘書官がセッティングを終えた黒漆《くろうるし》の盆とともに、僕が接近してゆくのを待っている。

（だがしかし……秘書官はともかく、列外員《レツガイイン》の列席がないというのは微妙に不思議だ。人事部門の役員である警務部長。僕の直属役員である警備部長。このあたりが列席していてもおかしくないどころか、それがノーマルなパターンだと思うけど。まあ大勢《たいせい》に影響はないし、ギャラリーは少ない方がありがたいが）

僕は警察礼式どおり、進行角度に注意しながら東山警視長の下へ足を進めた。ベクトルでいえば、入ってきたドアの一〇時方向になる。

執務卓の目算・三歩前で足を止める。

革靴のハネとトメを意識しながら、適度な右向け右で東山警視長と正対する。

（背丈は僕と一緒くらいか。だが凛然《りんぜん》としたこの圧《アツ》はどうだ!!

卵形の顔に、優しく撫《な》でつけて整えた髪……印象はとても軟らかいのに。瞳《ひとみ》も眦《まなじり》も悠然《ゆうぜん》としていて、おだやかな徳さえ感じさせるのに。だから傲然《ごうぜん》としたところも威迫するようなところも微塵《みじん》も無いのに。だのに、この圧《アツ》はどうだ!!

その本質は……やっぱり……将官だ。この愛予県警察の社長だ）

いまだ号令は掛からない。いや号令を掛けるのは自分、そして脳内でだ。気を付け、と。

そして、室内の敬礼――

上官より先に頭を下げる。上官より後に頭を上げる。上げ下げのトメハネも重要だ。敬礼の交換が終われば、いよいよ上官は辞令を取り、読み上げる。

「司馬達《とおる》。

愛予県警視に任ずる。

愛予県警察本部警備部公安課長を命ずる。

平成一一年八月六日、愛予県警察本部長、警視長、東山一《はじめ》」

ここで足を進める。辞令を受け取るため、上官に最接近する。

辞令を受け取るときは右手から。右手でつかみ、左手でつかみ、その両手で腹元にグッと辞令を引き寄せてから、左手と右手のちょっとしたマジックで、辞令を左腰に引き寄せ、左手だけで体側《たいそく》に保持する。すると右手が解放される。そのまま、上官を失礼のない程度に見詰めながら後退《あとずさ》りで初期位置に帰る。執務卓の目算・三歩前に戻る。そしてここでまた、敬礼の交換、仕掛けるのはこちらから――

（これで辞令交付そのものは終わりだが……『お部屋を出るまでが儀式です』。退出すべきドア目掛け、無理矢理な角度での左向け左をして、ツカツカと帰るのだが）

……ここでの『左向け左』は若干、難しい。

ドアの在処《ありか》は現場それぞれなので、九〇度以上、いや時に一八〇度以上の足捌《あしさば》きを求められることがある。今回がまさにそれだ。入ってきたドアは、今や僕の背、ベクトルでいえば四時方向にある。これはむしろ調節した『回れ右』をすべき位置関係なのだが、辞令交付の退出で回れ右をするというのは警察礼式に外れる。僕がこの事態に、微妙な躊躇《ためら》いを見せていると――

「――ああ司馬、時間は大丈夫か？」

「は、はい本部長。無論であります」

「そうしたらちょっと座っていけよ」

……儀式の時間は、お部屋を出る前に終わった。警察本部長の下命《かめい》は絶対である。

44

ゆえに、僕は奇妙な左向け左に苦悶《くもん》することなく、また、辞令交付のセレモニーに伴う躯《からだ》の緊張もやや弛緩《しかん》させ、東山本部長の背に導かれるまま、あの重厚な会議卓に向かった。片目の端《はし》でとらえると、さっそく稲宮秘書官が、儀式用の黒漆の盆などを片付けている。

「ああ、稲宮君」

「はい本部長」

「司馬が出るまで、しばらく誰も入れないでくれ」

「了解いたしました、本部長」

東山本部長はそのまま、重厚な会議卓のいちばん上座にすわる。僕はまた微妙に躊躇《ためら》ったが――

「どうした、遠慮するな。いいんだよ、もう。もう堅苦しい儀式は終わりだ」

「はい、司馬警視座ります!!」

僕は本部長の右手側にそそくさと座った。すなわち、四五度で対話するかたちになる。

すると本部長はさっそく、自分のセブンスターに着火した。紫煙《しえん》を美味しそうに紡《つむ》ぐ。

「君もやるんだろう？　警察庁でも、備企《ビキ》の大部屋を真っ白にしていたと聴いているぞ？」

「……では大変恐縮ですが、お許しをえて、御相伴《ごしょうばん》させていただきます」

「あっは、よく言う。

同期の末藤《すえふじ》からも教えてもらったよ。司馬は課長検討《ケントウ》のときも、スキあらば課長室で煙草《たばこ》を吹かす猛者《もさ》だとな。いいんだよ。それでいいんだ」

「あっそうか、そうでした。警察庁地域課で御薫陶《ごくんとう》を頂戴した末藤課長は、確か東山本部長の御同期でいらっしゃいましたね？」

「そうだ。君からすればいずれも、そう……十九期も離れているということになろうか。そう考えると俺も歳《とし》をとった。まさか、自分が四十四歳になろうとは。つい昨日、君のように新任課長として県に出たばかりのような気もするのにな、あっは」

東山警視長は、どこまでも雑談に過ぎない話を続けながら、仏像のような笑みを絶やさず紫煙《しえん》を紡いでいる。そして僕はいつしか、また自分の肩や背が、カチコチに緊張していたのに気が付いた。それはそうだ。辞令交付は辞令交付で緊張するが、十九期もの先輩と、新入りの部下として一対一で話をするなど、それで緊張するなと言う方がおかしい。

むろん東山本部長は、そんな新任課長の気負いなど見越した上で、あえて泰然自若《たいぜんじじゃく》としたムードを演出しようとしてくれているのだろう。それも気配りなら、それを素直に受けて『くだけてみる』のもまた気配りで、務めである――

「東山本部長、発問をお許しください。本部長は最初、どちらに出られたのですか？」

「ああ、石川の公安課長だ。仕事としては君と変わらない。二十五歳課長なる立ち位置も。

当時、俺はまだ独身だったが、君は確か――」

「はい、警察庁にいるとき式を挙げさせていただきまして、じき男児も生まれます」

「そうだったな。しばらくは単身赴任、か」

「……諸《しょ》情勢もありますので、年が明けて諸々《もろもろ》落ち着きましたら、妻子を呼び寄せようと考えております」

「諸情勢か。確かにそうだ。君の務めもなかなか……」

いやそれは後刻《ごこく》訓示するとして、だ。

愛予は、小さな子供と暮らすのには理想的なところだぞ。君は確か、捜査二課長の出崎とも親しかったな？」

「はい本部長。出崎課長には採用面接のとき、大変親切にしていただきました」

「実は、出崎も乳飲み子と一緒に赴任しているんだが――ベビーカーを押して街に出ると、それはもう大変な目に遭《あ》うそうだ」

「……と、おっしゃいますと？」

「老若男女《ろうにゃくなんにょ》を問わず、誰もが手を貸そうとする。引く手数多《あまた》、という表現がぴったりと言えるほどに。だからアイツもアイツの嫁さんも、路面電車なりバスなりに乗るとき一切の苦労が無い。また誰もが人懐《ひとなつ》っこいから、まったく見知らぬ間柄なのに、停留所で隣り合わせた瞬間もう子供の話でもちきりだ――アイツの子供は将来人見知りをしなくなるんじゃないかな、あっは」

「確かに、愛予人は正直で純朴だと聴いています」

「その分、他県人には厳しいがな。例えば、ここ愛予県警察を構成する警察職員の九三

％は愛予人だ。すなわち県内出身者だ。それゆえここは極めて同質性の高い、団結力の強い組織だが……そもそも他県人への警戒心が強い上、見切りをつけられたら恐《こわ》いぞ。正直、我々のような階級社会で、キャリアに見切りをつけるなんぞ余程《よほど》の事態だが……そのような悪例も無くはない。というか極めて身近にある」

東山本部長は、このときセブンスターを絢爛《けんらん》なガラスの灰皿で揉《も》み消した。そこに僕は、この上官に出会って初めて感じた『苛立《いらだ》ち』を見た。

45

「というのも、先刻の辞令交付だが──列外員《レツガイイン》がいなかったろう？」

「……はい、確かに」

「本来であれば警務部長を呼ぶ。むろん君のところの渡会《わたらい》警備部長も呼びたかった。だがそれは俺の方で断った。いらん火種《ひだね》は初期消火するにかぎる」

「と、おっしゃいますと……」

「警務部長の澤野《さわの》とは、もう話したか？」

「副社長ですか。内示の際の警電で御挨拶《ごあいさつ》をしただけですが、それはもうこの午前にもお話をと」

「いや話さなくていい」

「……は？」

「これから、君も仕事をする上で様々な決裁があるだろうが、最初に言っておく――君の判断で、澤野は外した方がよいと踏んだなら、躊躇《ちゆうちよ》せず飛ばして俺のところに直接来い。俺の方でも、『警務部長の花押《かおう》がないぞ？』などということは一切言わん」

「場合によっては警務部長を、その……無視してもかまわない、という御趣旨でしょうか？」

「そうだ」

「……もし差し支えなければ、理由を御教示《ごきようじ》いただければと」

「アイツはもう駄目だ。愛予人からの――愛予県警察からの信頼を完全に失った。元来、大人としての振る舞いに問題のある奴だったんだが、そして警察庁では厳しく指導されていたんだが、ここに着任してから、さすがに警務部長に――副社長に諫言《かんげん》するような者はいない。それはそうだ。副社長ともなれば二、〇〇〇人に諫言する側だからな。それをよいことに、アイツと来たら。

　せめて、唯一《ゆいいつ》の家族である嫁さんと一緒に赴任してくれていればな。ただ嫁さんとは上手《うま》く行っていないようで、いやむしろ険悪なようで、奴の警務部長公舎どころか、愛予県に足を踏み入れようともしない。俺も一度、全国本部長会議の際に上京したとき、奥方とそれとなく面接をしたんだが、どうやら離婚話まで進んでいるようでな。まあ健康状態はすこぶる良好で、実家から区役所の非常勤で働きに出ているそうな。といって家族のサポートというのは、かなり厳しいようだ……

とまれ、奴は警務部長室にいるときなら大抵昼寝中。いないときは警察本部の道場で柔道三昧《ざんまい》。どちらも勤務時間中だ。もっとも柔道の方は、夜の九時だの一〇時だの、部下の都合も辨《わきま》えない好き勝手な時間にもやるそうだが。付き合わされる部下としては、たまったもんじゃあるまい。

ところが副社長ゆえ、部下が決裁を仰《あお》がねばならん書類は腐るほどある。よって、部下がどうにか奴を叩き起こして花押をもらおうとすると、今度はどんな書類でも決断が遅い。例えば、愛予県警察の広報誌の編集方針なんぞに一時間二時間を平気で使う。マスコットの配置場所、弔事《ちょうじ》連絡の発出、健康診断のお知らせ文等々についてもそうだ。それらが下らん仕事だとは言わんが、まさか五分以上の思考を要する仕事ではあるまい。ましで、奴は書類を抱え込む。すぐに決裁はできないからといって、部下が持ってきた書類を預かってしまう。そして一週間が過ぎても二週間が過ぎても打ち返しをしない……それでは部下は立ち往生《おうじょう》だ。上司のハンコがなければ何もできないのが役所だからな。

そんな異様な状況、異様すぎて、最初は俺の耳にも入ってこなかったんだが……ある日、君のところの渡会警備部長が、生安部長・刑事部長・交通部長を伴ってこの室に来てな。要は地元役員総出で、連判状《れんぱんじょう》を出しに来たわけだ……紙こそ無いが。そしていわく、これから東山本部長の後輩である澤野警務部長に訓育《クンイク》を施しますが、どうぞお許しくださいと。ノンキャリアの分際でキャリアの副社長を指導するなど僭越《せんえつ》極まりないのですが、我々も、我々が四〇年近くをかけて築き上げてきた愛予県警察が滅茶苦茶《めちゃくちゃ》にされるのをもう黙って見てはおれません、と。そこで俺は詳しい事情を知った。ゆえに無論許可した。

……渡会警備部長はああいう人ゆえ、それはさぞ率直な、耳の痛いことを言ったろう。まして、地元役員総出の問責・譴責《けんせき》だからなあ。江戸時代の『主君押込《おしこめ》』に匹敵する蛮勇《ばんゆう》で椿事《ちんじ》だ。ここで、ノーマルなキャリアだったら素直に頭を垂《こうべ》《た》れ、素行を改めるところなんだが……」

「えっ、それではまさか、あの渡会警備部長が叱責《しっせき》しても」

「一、二週間は大人しくしていたんだが……それを過ぎればまた元通りだ。引き続き昼寝と柔道に精を出すどころか、何を勘違いしたか、決裁をますます慎重にするようになって——余程《よほど》地元役員が恐かったのかなあ——とうとう、大事な書類が何も俺のところに上がってこなくなった。まして、奴の生活態度というか素行がひどい。例えば、そんな感じだから始終《しじゅう》洗濯を必要とする柔道着を、なんと下着その他と一緒に警務部長室に乾すとか、それで来客を迎えてしまうとか、ジャージにサンダルで警察本部内を闊歩《かっぽ》するとか、あとはそうだな、当県で発行した警察共済の組合員証、まあ保険証だが、あれを何枚も何枚もやたら遺失するとか……

それを聴いて、俺自身も、さすがに奴を直接怒鳴ったんだが……なんというか、澤野は、悪い意味でなく純粋で朴訥《ぼくとつ》な人間なんだな。原始的ともいえるが。だから悪気はないんだ。悪気がないから、『自分のやっている奇行がおよそ副社長にふさわしくないものなのだ』とは理解できないんだ、きっと。

それで、俺は諦《あきら》めた。地元の部長たちもまあ、諦めた。ありゃ駄目だ、外《はず》れ籤《くじ》だと。

無論、俺の方で警察庁に要望は出している――可及的速やかに更迭《こうてつ》すべきだ、とな。

――ここまでいささか迂遠《うえん》な話になったが、まず、これが君の辞令交付において誰も列外員《レツガイイン》を呼ばなかった理由だ。そもそも渡会警備部長など、もう澤野をキャリアどころか警察官として見てはいないし、同席したくもないと断言しているし、間違っても自分の八階には立ち入ってくれるな、八階の警備部の者とは口を利《き》くなと公言している。君の前任の宇喜多君も、間違っても澤野を八階に入れないよう、とりわけ渡会警備部長と鉢合《はちあ》わせなどしないよう、また八階の者が不用意に澤野と会話しないよう、細心の注意を払っていたはずだ。むろん本来、警察においてそのような私闘は許されんのだが……澤野の素行と仕事ぶりに鑑《かんが》み、俺としても擁《かば》いようがない。迷惑を掛けているのは、警察庁側だしな。アイツも嫁さんと暮らしてくれていればまだ違ったのかも知れんが、離婚話まで出ているほどとあっては……ゆえに嫁さんは東京にずっと残り、奴は単身赴任の柔道三昧を謳歌《おうか》している。まあいずれにせよ、様々な経緯と背景から、澤野と渡会サンとは犬猿の仲だ。というか、渡会サンの方で、奴を路傍《ろぼう》の石ころ未満としか見てはいないんだが。

よって、このふたりの同席は避けたというわけだ」

「な、成程《なるほど》」

「――澤野は、あれは君の何期先輩になる？」

「ええと、確か」僕は指折り数えた。そう遠くない。「一〇期先輩です、間違いありません」

「もう三十歳代も半ばになって、初任科《しょにんか》生《せい》じゃあるまいし、生活態度で地元ノンキャリアから総スカンを喰らうとはなあ……」

46

「変な話、ここからは司馬、君への、俺からの訓示になるが――

まず『第一に』というのもバカバカしい中身だから、俺の訓示の、そう『第零《ゼロ》』として。

　警察本部内をジャージとサンダルで闊歩《かっぽ》するような上級幹部にはなるな。術科《ジュツカ》に精を出すのは結構なことだが、下手をすると日付が変わる頃まで大汗掻《か》いているとなるとまた別論だ、奇行だ。まして、それで出た洗濯物を、個室にロープを張ってまでわんさか部屋乾しするような非常識はしてくれるな――言うのもバカバカしいことだし、司馬の為人《ひととなり》は末藤《すえふじ》その他から聴いてはいるので心配はしていないが、目下《もっか》の情勢を踏まえ、キャリアの品格と責務を踏まえた勤務生活・日常生活を送ってほしい。

　ああ、しかしなあ……洗濯物であの窓を塞《ふさ》いだ、っていうのも何と言うか、バカだと言えばバカだし、運が悪いと言えば運が悪いなあ」

「……警務部長室の窓ですか？」

「ああ、説明しておくか。これは、司馬の公安課長室もそうだと思うし」東山本部長は煙草を挟んだ手で、大きく二面ある窓の片方を指し示した。「俺の本部長室でもそうなんだが、ここ愛予県警察の主要幹部の個室は、実はほとんどが北側を向いている。理由は言うまでもない――北に愛予城の城山があるからだ。ここは、元々その城下町だからだ。

　そして司馬は、警察本部の課長職というならここが初めてだろうが、実はこれは、全国的にはめずらしい配置なんだよ。日当たりその他の観点から、警察本部では、主要幹部の個室は南を向いているのが、まあ全国的な平均といってよい。それをわざわざ北向きにしているのは、やはり愛予城と、その城山が警察本部の自慢だからだ。そしてその自慢には理由がある。司馬ももう自分の課長室から見たはずだ。実に見事なものだよ、城山の情景は。とりわけ、頂上にそびえる愛予城がなんとも美しいアクセントとなっているだろう？ 椅子をわずかに動かせば、執務卓にいながらにして、愛予城を戴《いただ》く城山が満喫できる」

僕は、自室からの『窓と愛予城』に関する微妙な注釈をやめ、素直な流れにしたがった。

「はい本部長、まさに絶景だと感じました」

「その自慢の窓を、柔道着だのジャージだの下着だので塞《ふさ》いじゃあなあ……一事《いちじ》が万事《ばんじ》だ。県の誇りが傷付けられたように思うのも無理はない」

「確かに」

「ああ、我ながら下らないことを喋《しゃべ》ってしまった。俺が新任課長のときの本部長は、こんなしみじみしたことは言わなかったぞ、あっは――

では互いに気を取り直して、訓示の第一だ。

司馬、何よりも現場指揮官たれ。たった今《いま》辞令を交付したとおり、君には六十七名の部下職員を預けた。そして俺は君の仕事について細かく口を出すつもりはない。君には君の流儀《りゅうぎ》があるしあるべきだ。そしてどのような道をたどろうと最も重要なことは、決断すべきときに決断することだ。決断できなかったり、決断を他人に委ねてしまうことは、部下職員への、俺への、そして愛予県民すべてへの裏切りだ。その意味で、今日平成一一年八月六日以降君が当県を離れるまで、極論、君に寧日《ねいじつ》は一日もない。二四時間三六五日、常在戦場《じょうざいせんじょう》の態勢を忘れずに、君が職務とするあらゆる事象・あらゆる問題について、必ず自分自身で決断を下すこと。そしてその結果に責任を負う覚悟を決めること。警察官僚としては耳朶《みみたこ》で陳腐《ちんぷ》な内容だが、今ほどそれが問われる時期は無いと心得るよう」

「了解いたしました、本部長」

「訓示の第二。

といって、君は独りではない。君は独裁官でもなければ単独配置されてもいない。俺は俺の事情が許すかぎり、公安課にはベストの人事をしたしさせたつもりだ。すなわち君には頼るべき参謀がいる。何人もいる。そして君の知識技能経験はかぎられる。新任課長だから当然だ。最初から完璧《かんぺき》な指揮官などいないし、完璧な指揮官は実戦の中で鍛《きた》えられ練り上げられてゆくものだ。ゆえに、自分を孤独と思うな。また自分を過信するな。部下職員あってこその指揮官だ。その進言・諫言《かんげん》には素直に耳を傾けろ。意見が異なるなら徹底的に戦え。感情で戦うのではなく、気持ちで戦え。気概で戦え。そして己の誤りを認める謙虚さを持て。あるいは、解らないこと知らないことがあったら謙虚に訊け。己の無知を恥じない勇気を持て。正しい決断のためには——少なくとも自分が正しいと思える決断のためには、充分な情報が必要だ。そのために視野と懐《ふところ》を広く持て。自分を支えてくれる参謀たちには徹底的に頼れ。参謀たちの知識技能経験は、指揮官の決断のためにある。そこでは、依存と信頼をはきちがえない理性を保て」

「了解しました」

「訓示の第三。

ここからは君の具体的な職務の話になる。そして職務のうち最重要のものは、言うまでもなく〈まもなくかなたの〉諸対策だ。警察庁からも充分な指導を受けていると思うし、これからも受けるだろうと思うが、俺からも強く言っておく——君の任期の内に、何がどう在ろうと必ず、MNの教皇庁に討ち入りを掛けろ。俺も全力で臨む。君も全力でかかれ」

「了解しました」

「訓示の第四にして、最後になる……

宇喜多の仇《あだ》を討て。俺の公安課長だったアイツの仇を、俺の公安課長である君が討て。敵が誰であれ、被疑者が何人《なんぴと》であれ、これだけは絶対に許せん。俺と君の命に代えてもこの事件は必ず全容解明する。そしてどのようなかたちであれ、しかるべき報《むく》いを受けさせる……我々の事情で隠し切らざるを得なかったこの宇喜多殺し。我々の流儀で始末をつける。それが宇喜多への最大の供養《くよう》であり、俺達の最低限の義務だ。解ったな？」

「司馬警視了解しました。本部長の厳命、必ずや実現いたします」

「――訓示は以上だ。

ただ最後にひとつ。

君の任務は、君の今を考えれば、あまりに重いものだ……頭が爆《は》ぜそうになり、オンとオフを意識しろ。頭が爆ぜそうになり、躯《からだ》が動かないようになったら、ぶらりと住田《すみた》温泉を訪れて、何も考えず湯に浸かれ……張り詰めすぎた弦《げん》はたちまち切れる。

俺もできるかぎり毎朝、温泉に通っては、そう、弦を緩める。その意味でも、ここ愛予県は理想的な職場だ。オフを楽しむのに躊躇《ちゅうちょ》はするな。それでいいんだよ、それで。それもよき指揮官の資質だと俺は思う――以上だ。

ちょっと煙草も吸いすぎたな。最初の顔合わせは、これくらいにしようか」

「了解です本部長、お時間を割いていただき有難うございました。

司馬警視退《さ》がります!!」

「うん、新任課長、頑晴《がんば》れよ。

そして君は独りじゃない。俺のドアをノックするのに遠慮はするな。

使える者は警察本部長でも使う――それもまた、よき警視・よき所属長の在り方だ」

47

階段を使って我が八階に帰る。

（次はいよいよ初訓示だ……そして課員はもう集合しているはず）

はずも何も、それを次長に下命《かめい》したのは僕だが。

ただ僕は、次長との打ち合わせどおり、公安課大部屋のドアをくぐる前に、ちょっとした儀式を終わらせておくことにした。辞令交付という儀式に伴う、まあ、ちょっとした認証式である。

ゆえに僕は、八階の大部屋前廊下を、次長と煙草を吸ったあの喫煙所方向――行き止まり方向とは反対側に進んだ。この八階にはふたつの所属が入っている。そのひとつは無論公安課で、眼の前に入口があるのだが、そこから更に喫煙所と反対側へ廊下を進めば、いまひとつの所属に行き当たる。

警備課だ。

警備課はいわゆる警備実施の指令塔であり、また極右対策を所掌《しょしょう》している所属である。僕ら警備部門が対象とする警備犯罪のうち、極右によるものだけはこの警備課が担当している（その他のあらゆる警備犯罪は、カルトによるものだろうが極左《キョクサ》によるものだろうが外国によるものだろうが全《すべ》て公安課が担当しているのは既述《きじゅつ》のとおりだ）。これは歴史的経緯と警察文化と各県の組織づくり方針による。だから理論的には、極右による警備犯罪の取締りを公安課に一本化しても面妖《おか》しくないし、逆に、公安課が持っている事務をもっと切り分けて課をふやしても面妖《おか》しくない。事実、警察庁には公安第一課・公安第二課・公安第三課・外事課・国際テロ対策室があるのも既述のとおりだし、警視庁その他の大規模県も、カンバンがどうあれ組織を細分化してたくさん課を立てている。小規模県が、まさに我が愛予県のようにザックリしたシンプルな組織づくりをしているのは、そもそも警察官の数が少なくてたくさんの課を編制できないというのもあれば、課をたくさん立てれば立てるほど、少なくとも課長と次長と庶務係はその課の数だけ必要になり、管理仕事と総務仕事にとられる警察官の数がどんどんふえていってしまうということもある。

――そんなこんなで、我が愛予県は、小規模県として典型的な組織づくりをしている。すなわち、警備部には公安課・警備課・機動隊の三所属しかない。

その公安課長には、ついさっき僕が就任した。

警備実施を実際に行う機動隊が、警察本部外の隊舎に常駐しているのは既述のとおり。そして、残る警備課の課長さんが光宗《みつむね》さんという警視であるのも既述のとおり――

僕は八階廊下の、その警備課の入口付近で立ち止まった。

再びスーツの皺《しわ》、革靴のテリ、ネクタイの結び目を確認する。

そして開放されているドアを軽くノックし、警備課の室内に踏み出した。

眼前は、公安課と同様、庶務係の島《シマ》となっている。ならその長は、次長さんだろう。

僕はその島《シマ》の頭にデスクを有している警察官に語り掛けた――

「御多用中《ごたようちゅう》すみません。隣の公安課長ですが、辞令交付が終わりましたので光宗課長に御確認を願いたいと思いまして――」

「あっ司馬課長さんですね、そうか、今朝は辞令交付……光宗課長!!」

警備課の次長さんが、右斜め後方の大きな執務卓に声を掛ける。

その執務卓は、まさに僕の執務卓と同じサイズか、あるいは微妙にそれより小さいものだった。声を掛けられ、ワープロから顔を上げる初老の紳士。面長《おもなが》で、鼻梁《びりょう》がすらりとしていて、たっぷりした黒髪は丁寧にオールバックにされ、まさに紳士だ。馬面《うまづら》というと語感が悪いが、品格をそなえた駿馬《しゅんめ》のように整った顔立ち――

「光宗課長」次長さんはデスクを離れ、距離にして二、三歩の警備課長卓に近寄った。

「公安課の司馬課長がお越しです。ほら辞令交付、今朝でいらしたので」

「ああ、儀式ですね。

おはようございます司馬課長。御挨拶遅れました。当県で警備課長を務めます光宗です」

「こちらこそ、警電でカンタンな挨拶をさせていただいたきりで申し訳ございません。改めまして、只今《ただいま》公安課長を拝命《はいめい》しました司馬でございます。今日からお引き立ての程《ほど》、どうぞよろしくお願いいたします――」

ここからは礼式が必要だ。

僕は大きな警備課長卓の前に出、光宗警視と正対し、辞令交付ほどは鯱張《しゃちほこば》った動きをせず、自然な気を付けをしながら室内の敬礼を交換した。警視と警視どうし、所属長と所属長どうしなので、初任科生《しょにんかせい》のような鯱張《しゃちほこば》った動きをするのは、警察文化上かえって奇異となるのだ。ここで厳密に言えば、光宗課長はさらに『警備部参事官』という職を与えられているので、実は僕より格上になるのだが、警備部の筆頭課長である僕との関係は、少なくともここ愛予県ではかなり微妙なので、以降このことには触れない。

――僕はその光宗警備課長に、左手で抱えていた辞令を、両手で持ち直して差し出した。光宗課長も慣れたもので、カチコチした動きは一切なく、自然にそれを受領する。そして数瞬、記載内容に目を通す仕草をする。これは、まさに認証の儀式でそれだけだ。およそ警察の辞令に誤記があるはずもなく、また僕が偽者《にせもの》であるはずもないから。要はこれは、『いよいよ人事が発令されましたよ』『いよいよ発令された人事を確認しましたよ』という儀式で警察文化である（相手が上官だと話が違ってくるが、それはすぐ述べる)。

よってすぐさま、光宗課長はこれまた自然な動きで僕に辞令を返した。そしていった。

「いよいよですね、司馬課長!!」

「いささか緊張しています。光宗課長の御支援と御鞭撻《ごべんたつ》を頂戴できればと思っています」

「いやあ……」

「……何かございますでしょうか」

「実は私、今年五十五歳にならせていただきまして。ちょうど司馬課長と同い年の息子がおるんです。また違えば違うもんだなあと、失礼ながら嘆息《ためいき》を吐《つ》いていた次第で」

「そのようなことは。それにそれも御縁《ごえん》だと思わせてください。こちらこそ失礼ながら、息子さんのように思っていただければ、かえってしあわせです」

「東京からの、東大卒の、キャリアの課長さんにそのようなことは……」光宗課長の口調に嫌味は微塵《みじん》もなかった。「……それに私、お聴き及びかも知れませんが、実は交通部門から警備部に来ている変わり種《だね》でして。要は警備警察のことについては、司馬課長より余程《よほど》不慣れなところがあります。私の方こそ今後とも、諸々《もろもろ》教えていただければと思います」

(そうか、宮岡次長がレクしてくれていたな。

光宗警備課長は交通畑の警察官。あと機動隊長は……確か迫《さこ》さんと言ったか、そちらは刑事畑の警察官だ）

――ここで僕は何気なく、警備課の課内を見渡した。

デスクの数を見るに、この課は総員で二〇名前後。実数をパッとカウントするに、二〇人を割っているかも知れない。したがって、課の物理的なスペースも公安課の半分、いや三分の一に満たない。ましてや光宗課長には個室がない。物理的なスペースによる限界だろうか。それとも光宗課長の御方針なのか。いずれにしろ、城塞《じょうさい》っぽく固められた半個室、それも身に余るほどの十六畳ほどを独占している僕とは、執務スタイルがかなり違う。

（これでまた、パワーバランスの微妙さが実感できた。ウチの公安課は六八名。単純計算でも光宗課長の警備課の三倍以上のマンパワーを有する。ましてその光宗課長は、渡会警備部長が交通部門からリクルートしてきた、いわばレンタル人事だ。

僕としては、ゴリ押しでの仕事がやりやすい環境だとも言えるが……実際に光宗課長の実に交通警察官らしい、紳士的な、品格ある駿馬のような顔を前にすると、そのような部内政治のドロドロを考えている自分が嫌になる）

端的《たんてき》に言えば、僕は光宗課長が好きになった。だから素直に頼んだ。

「光宗課長も御存知のとおり、公安課の喫緊《きっきん》の、そして緊急の課題はＭＮ諸《しょ》対策です。

そしてイザ討ち入りとなれば、実力部隊の機動隊はもとより、その指令塔たる警備課の御協力は欠かせません。未熟な若輩者を救うと思って、そのときはお力をお貸し頂ければと考えます。ほんとうに、どうぞよろしくお願いします」

「あっ、そんなに頭をお下げになっては私が困ります。

　そしてそれは当然のこと。宇喜多前《ぜん》課長からも日々、丁寧なお願いがありました。私はもちろん、迫《さこ》機動隊長も解っていると思います——イザMNの総本山に討ち入りを掛けるとなれば、こんな小さな県のこと。警備課がどうだの機動隊がどうだの、くだらない内ゲバをしている余裕はありません。警備部が一丸となって取り組むべきミッションです。私らが日頃から機動隊とともに部隊を訓練しているのも、目下の情勢を踏まえれば、まさにそのオペレーションのためだと言えるでしょう。

　実際に、MNの矢面にも警察庁の矢面にも立たれる司馬課長としてはこれから大変でしょうが、隣の課長として、できるかぎりの支援を惜しみませんし、それをお約束します」

「ありがとうございます、光宗課長」

「あと、すみません司馬課長。

　宇喜多前《ぜん》課長が御予定を変更されて、そう、バタバタと警察庁外事課に帰られることとなってしまったので、御連絡先も分からず……当課は外事と縁がない所属ですので……もし司馬課長の方で御連絡先を御存知なら、また折《おり》を見て御教示《ごきょうじ》ください。宇喜多前課長は、警務部の執拗《しつよう》なリストラ案に最後まで抵抗してくださり、どうにかこの春のリストラ、当課分は課員マイナス１で押し止《とど》めてくださったので、警備課としては恩義があるのです」

「……実は私にも詳細が伝えられておらず」僕の心は痛んだ。「またあまりにも突然の予定変更、突然の離県だったもので、引継ぎも充分にできず……どうやら外事のウラのポストにお就きのようですが、そうなると勤務場所も警電番号もまったく分からず」

「そうですか。警備部門というのは、なんというか厳格なところですねえ」

「……何か分かりましたら、真っ先に御報告いたします」何か分かったときとは、宇喜多さんの『交通事故』等がいよいよ発表されるときだが。「それでは光宗課長、この場はこれでいったん――次は渡会警備部長に申告《シンコク》してきますので」

「ああ、それでしたらすぐそこのドアを使ってください。当課からも直接、警備部長室に行けます――警備部長室は、公安課と警備課が挟んでいるかたちになっているんですよ」

「あっ成程《なるほど》、それは知りませんでした。では光宗課長、取り敢《あ》えず失礼いたします」

「御丁寧にありがとうございました、司馬課長」

48

光宗警備課長が指し示したドアまで、距離にして六、七歩。

（しかし、この辞令の確認と顔見世興行《かおみせこうぎょう》。これから何人にやらなきゃいけないことやら。各部の全部長と、全所属長《ショゾクチョウ》は間違いないところだが、それだけでも三〇人……いや四〇人規模か？　しかもその後は『県下全署・十九署長』にもこれをやる。警察らしい、といえば警察らしいが……）

光宗課長がさっき指し示したドアは、やはり開け放たれている。そしてそのドアのもとに立つと、ちょうど真正面に、やはり開放されたドアが見えた。そのまた先には、スチールロッカーの壁も視認《しにん》できる。その『スチールロッカーの壁』とは、どう見ても、僕の公安課長室の南側を塞《ふさ》いでいる壁だ。成程《なるほど》、警備課と公安課、どちらの課からも警備部長室に入れるつくりになっている――

僕は光宗課長に相対《あいたい》していたときよりちょっと緊張の度合いを強め（今度はあからさまに上官である）、やはり身形《みなり》を確認した後、開放されたままのドアをノックする。このとき、ちょっとスナップを利かせてアクセントを付けるのと、それでも音は慎《つつ》ましやかに、そう、敬意がこもった『感じに』するのが、上官の個室への入室心得《こころえ》である。警察では、普段からのノックひとつで勤評《きんぴょう》ができるとも言われる所以《ゆえん》だ。気働き、気働き。

――コンコン。

絶妙に決まったノックの響き。小役人的に喜んでいると、室内からすぐ声が掛かった。

「ほい、どうぞー」

「司馬警視入ります!!」

入室の許可さえあれば、あとは有無を言わさずツカツカ足を踏み入れてよい。僕は渡会部長の個室へ入ると、その執務卓目掛けキビキビと侵攻した。警備部長は――幾度か言っているけれど――警視正で、役員。だからここは役員室だ。そしてその調度《ちょうど》は、あの警察本部長室のものと揃《そろ》えてある。黒、茶、紅。役員だけあって、実に瀟洒《しょうしゃ》で雄壮なものだ。といって、ここは社長室ほど大きくはない。社長室の三分の一、あるいは三分の一弱。というか、僕の半個室を気持ち大きくした程度といった方が分かりやすい。ゆえに社長室のような会議卓はなく、代わりに応接セットがやや大きなものとなっていて、それが会議卓の役割をも果たすようだ。その、頑晴れば一〇人は掛けられる応接セットがデン、と個室の主役になっているから、目指す警備部長執務卓へは、それを避けるべく、気持ち細い抜け道を通る感じになる――

「おう、タツか!! おはよう、どうした？」

「はい渡会部長。只今《ただいま》東山本部長から辞令を頂戴いたしましたので、御確認願います」

「ああ、今朝じゃったのお、辞令交付。ほしたらやるか、アレ」

「願います!!」

今度は、同僚ともいえる光宗課長に認証してもらうときとは訳が違う。上官に辞令を確認していただくときは、むしろ申告《シンコク》という礼式が必要になるのだ。渡会部長が今いった『アレ』とは、この申告《シンコク》のことである。

——僕は若干鯱《しやちほこ》張り、警備部長執務卓を挟んで渡会部長と正対した。渡会部長も脱いでいた背広を羽織り直し、室内用のサンダルを革靴に履き換え、そして起立している。

(ではさっそく)

室内の敬礼の、交換。

「申告《シンコク》します!!

警察庁警視司馬達《とおる》は、平成一一年八月六日付けをもって愛予県警視に任ぜられ、愛予県警察本部警備部公安課長を命ぜられました。以上申告《シンコク》します!!」

「ん」

警備部長が軽く頷《うなず》く。僕はそのタイミングで敬礼をする。それが敬礼の交換になり、次に辞令の確認となる。僕は左手で抱えていた辞令をまた両手で持ち直して——この持ち直し方にも礼式があるのは既述のとおりだ——渡会警備部長へ自然に差し出した。渡会警備部長は上官だから、礼式を守りつつも鷹揚《おうよう》に、悠然《ゆうぜん》とそれを受け取る(上官がバタバタドタバタしてはいけないのだ）。そして起立したまま、先の光宗警備課長のように辞令に視線を落とす。その視線がゆっくりと僕の顔に上がったとき、渡会部長は鷹揚《おうよう》に『ほい』と辞令を返した。返すとそのまま、いきなりいつもの調子で——警備部のラスボス、地元役員のボス級にふさわしい大人《たいじん》の風格で——どこまでも自然に語り始める。というか突然、謝った。申告《シンコク》のときにいきなり謝る上官、というのはめずらしい……

「すまんかったの、タツ」

「と、おっしゃいますと……？」

「タツの晴れ舞台に、列席してやれんかった。それは素直に謝る。本当にすまんかった。儂《わし》の直属部下の辞令交付じゃけれ、儂が列外員《レツガイイン》として列席するのが筋じゃけんど…………東山サンから諸事情は聴いたかな、もし？」

「澤野《さわの》警務部長が渡会部長に、いえ愛予県警察に、その……御迷惑をお掛けしている旨《むね》のお話はありました。ですので、その……新任課長ごときが僭越《せんえつ》ですが、また未《いま》だ実態がよく解《わか》ってはおりませんが、東京からのキャリアの後輩としてお詫《わ》び致します、警備部長」

「のう、タツよ。タツはまだ若い……

儂ら老兵と違《ちご》て、二十一世紀の警察を背負って立つ人材じゃ。もうじき、そうあと四箇月ちょっとで二十世紀の終わりが始まる。同時に、儂らの時代も終わりよる。これからは、キャリア・ノンキャリアなんぞ関係なく、タツみたいな若者の時代じゃ。

ほじゃけど。

儂ら老兵には老兵の意地がある。四〇年近く、この愛予県警察だけに身を捧げてきた意地がある。儂らの愛予県警察に育てられ、やがては儂らが愛予県警察を育てるようになった……地元のノンキャリアには、そがいな意地がある。敢えて言うたら誇りがある。それはのう、タツ、タツなら誤解せんと解ってくれる思《おも》ていうけんど、たった二年で入れ換わり立ち代わり、全国警察を渡り鳥するキャリアには、絶対に解らん意地で誇りじゃ……

その、儂らの愛予県警察を、あがいなかたちで貶《おとし》められては。

いくら儂らがノンキャリアじゃゆうても到底、黙っとられん」

ここで、儀式のため立ちっぱなしだった渡会部長は、躯《からだ》と顔の向きを変え、やはり北側に面した巨大な窓を見遣《みや》った。そしていった。

「のうタツ、見えよるかな、ほら。

あそこに見える愛予城は、かつては愛予の守りじゃった。

今その任務を担《にな》っとるんは、愛予県警察じゃが……その役員、それも筆頭役員たる者《もん》が、執務室に柔道着を乾すだのジャージを乾すだの、いや実際にはもっと無礼なものも乾しとるけんど、いずれにせよそれで窓を塞《ふさ》ぐだの……確かに窓際にはエアコンがあるけん、何《なん》も考えんかったらそれも合理的なんじゃろ。そして儂らも、何も『愛予城を虚《コ》仮《ケ》にされた』ゆうて怒っとるんと違うぞな、もし。

儂らが怒っとるんはの、タツ。

人の気持ちが解らん神輿《みこし》に怒っとるんじゃ。

――そがいな非道《ひど》い在《あ》り様《さま》になっとる警務部長室に部下が入る。客が入る。警務部長ゆうたら副社長じゃ。警務部長室は副社長室じゃ。その在り様を目撃して、果たして部下が何と思うか。悲しむじゃろ。怒るかも知れん。恥じるかも知れんの。いずれにせよ、『この人の為《ため》なら』『これで戦える』ゆう気持ちには絶対にならん。まして客人となれば……『この組織はどがいな組織じゃ』『狂っとる』思うじゃろがな。仮初《かりそ》めにも二、〇〇〇人組織の副社長が、公務を行う自室を、貧乏学生のアパートも吃驚《びっくり》の在り様にしとるんじゃけれ。それで御本人が恥を掻くのはまあ勝手じゃ。ほじゃけど、それに連座する二、〇〇〇人の警察職員は飛んだとばっちりで、もう哀れじゃろがな……

そがいな気持ち、キャリアでのうても、そう新任巡査でも想像はつこうがな、もし。

ましての、タツ。

儂らも別段、愛予城を信仰しとるんと違う。城は城。山は山。ゆうたらそれぎりじゃ。ほじゃけど、東京のお人が皇居をバカにされたら、まさかええ気はせんじゃろがな。姫路城でも、熊本城でも、あるいは銀閣寺でも法隆寺でも伊勢《いせ》神宮でも何でもええけんど、地元のものバカにされてええ気になる者《もん》はおらんぞな、もし。ほやけん、儂らが実際にどう思とるかは別として、いったんその土地に赴任したとなったら、地元の者が怒るかも知れんような振る舞いは、常識論として、慎むのが大人ゆうもんじゃろがな、もし。それを、あの小僧は……あがいに人の気持ちの解らん振る舞いをする。

のうタツ、地元警察官がするキャリアの評価ゆうんはな、ほんの一瞬で決まるんぞ。下は下で、上のことがよう見えよる。階級社会では、下からの視界の方が断然、ええんじゃ。ましてタツらは渡り鳥。儂らの出会いなんぞ、まさに一期《いちご》一会《いちえ》じゃ。ほやけん、下の見極めは早いぞ。見切りも早い。そがいな下らんことが——ゆう些《さ》細《さい》なことで、下は面従腹背《めんじゅうふくはい》、タツの姿が見えんくなった瞬間舌を出すようになる。キャリアの評価は、一事《いちじ》が万事《ばんじ》じゃ。

儂は、あの澤野警務部長を訓育《クンイク》するんは諦めた。あれは、もう駄目じゃ。悪気がないのは解る。ありゃ天真爛漫《てんしんらんまん》じゃ。幼稚園児がそのまま警視正になったようなもんじゃ。そして三十五歳だか三十六歳だかになれば、今更性格を変えようもないし、幼稚園児に何を訓育《クンイク》しても始まらん。ほやけん、ここ八階に顔を見せんでくれればそれでええ。無論、カズヒロにもそう徹底してあった。警備部門の業務については一切報告してやる必要なんぞないけんの、とも命令してあった——

他方で、儂はあの東山本部長には全身全霊でお仕えする。儂から見れば、実は東山サンもタツも大して変わらん——どっちも若者ぞな。東山サンとて四十四歳じゃけんの。儂よりは一回り以上歳下じゃ。ほじゃけど東山サンは、凡百《ぼんぴゃく》のキャリアと全然違《ちご》とる。儂は警察庁にも丁稚《でっち》奉公《ぼうこう》しとるけんそれがよう解る。大将としても役人としても、儂ら老兵以上に有能で立派じゃ。何より決断が早い。そして正しい。他の都道府県警察にも、知事部局にも、警察庁にも、検察庁にも勝手なことを言わせん胆力《たんりょく》と実務能力がある。そして何より、愛予県を愛し、愛予県警察の仕事を愛し、自分の部下職員を愛してくれよる。ほじゃけん、今の愛予県警察の部長級・課長級で、東山サンのことを悪く言う奴《やつ》はひとりもおらん。ただのひとりもじゃ。むしろ、誰もが東山サンの背中を追い掛けたい思とるし、東山サンには二年といわず永遠に警察本部長をやってほしいゆう声まで出とるほどじゃ。そしてもし東山サンがおらんかったら、今の愛予県警察は、澤野警務部長によって出鱈目《でたらめ》にされとったじゃろう……なんといっても、キャリアの副社長には、権限だけはあるけんの。

　ほじゃけん、タツよ。

　タツは東大法学部出で、しかも文官試験をパスしたキャリアじゃ。頭がええのは解っとる。そりゃ現場仕事のノウハウに途惑うこともあろうが、それはカズヒロも通った道じゃし、あんたらの頭を以《もっ》てすれば、現場仕事のノウハウなんぞすぐ勘所《かんどころ》がつかめる。それは全然心配しとらん。

ただ、人の気持ちが解る課長、人の気持ちを尊《たっと》ぶ指揮官になってくれ。

地元警察官が、『ああやっぱりあの人は選ばれたキャリアじゃ』ゆうて見上げる、そんな警察官になってくれ。それが儂からの唯一の訓示じゃ。解ったかの、タツ?」

「了解しました部長。司馬警視、部長の御訓示を忘れず邁進《まいしん》いたします」

「そしてタツよ、いよいよ辞令が出たからには……」

タツは儂らの子供じゃ。いや儂の子じゃ。儂はそう思うて、タツに接するけんの。

――タツに公安課の全権を委《ゆだ》ねたからには、儂はタツが儂の決裁を求めてくるとき以外、タツの指揮には口出しせん。まさかタツの公安課長室に入ろうとも思わん。それはカズヒロの時代と一緒じゃ。ただ親として、タツに心得違いや不覚悟があったときは、一切の遠慮なく、耳の痛いことをどしどし言わせてもらうけん。そこは、年寄りに偉そうなことをさせてくれ。親として、子を育てさせてくれ。儂には娘ぎりしかおらんけん、カズヒロやタツこそがほんとうの息子じゃ。カズヒロはあがいなことになってしもうたが……今度はタツが、カズヒロの残してくれた、儂らの家を支えてくれるほんとうの息子じゃ思とるけんの。もしタツが迷惑でないんなら、これからもそう思わせてくれ。のう、タツや」

「本当に嬉《うれ》しく思います部長。未熟な息子ですが、どうぞよろしくお願い致します」

「ほしたら、さっそく頼みがある」

「司馬警視、御下命《ごかめい》を受けます‼」

「初訓示、これからじゃろ？　是非《ぜひ》儂にも聴かせてくれ」

「――は？」

「これまた、息子の初舞台じゃけんの。タツの心得と覚悟、知っておきたいんぞな」

……訓示は、むろん部下に対してするものだ。だがしかし。

直属上官の命令は絶対である。僕は数瞬の恥じらいを隠すように、大声でいった。

「りょ、了解いたしました‼」

49

ドアのたもとで敬礼をした後、警備部長室を出る。

今度は公安課側のドアから出た。

すると、眼前には――

（く、黒山の人集《ひとだか》り。確かに六十七名が密集すれば、そうもなろうが）

僕は引き続き辞令を左手に抱えつつ、スチールロッカーの群れを越え、いつもの大部屋入口まで出る。公安課員は既にここ入口付近にまであふれている。ただ『課員の誰よりも若く、交付されたてホヤホヤの辞令を持っている奴』を目撃すれば、それが新任課長であることは誰にでも解る。密集していた課員たちが、海の割れるように僕の通り道を空ける。

――公安課の入口に最も近いのは、既述だが庶務係の島《シマ》だ。

その奥に、宮岡次長の大きなデスクがあるのも既に述べた。

どちらかといえば小柄な宮岡次長は、満を持してそこに立っている。まさか仁王立ちではないが、仁王立ち以上の圧《アツ》を感じる。それは無論、集合を終えた公安課員の、いわば部隊指揮官としての圧《アツ》である。僕がこれから『命令をする者』である以上、これから『命令を受ける者』である課員の指揮をとるのは当然、次長になる。自然、厳粛で峻厳《しゅんげん》になる。

「お疲れ様でした課長。

辞令交付と本部長室は、とどこおりなく？」

「うん、稲宮秘書官の仕切りがよくて、本部長とも密度ある話ができた」

「それはよかった。あと警備部長には――」

「――今申告《シンコク》を終えてきたよ」

「ほしたら課長、いよいよですぞな。

御下命《ごかめい》どおり、公安課員、既に集合を終えております。課長をのぞき総員六十七名、現在員六十七名、事故等ございません。

よって、着任式を開始してよろしいでしょうか？」

「きょ、許可する」

「宮岡警視了解です」

厳粛で峻厳な感じを醸《かも》し出している宮岡次長だが、その実、僕があれこれ狼狽《まご》つかないよう、時に悠然《ゆうぜん》と、時に鋭く、両腕や視線を使って僕の動線と立ち位置を懸命に知らせてくれている。僕はそれに心中《しんちゅう》感謝しつつ、次長の『さりげない』サインに導かれるまま、いわば『お立ち台』の位置となる、次長執務卓の前に立った。成程《なるほど》、大部屋の課員に対して訓示をするのだから、まさか課長室の中からという訳にはゆかない。

――僕が次長執務卓の前で回頭し、密集した課員に正対すると。

宮岡次長は一歩退《ひ》いた感じで、自分の応接卓の前にさりげなく動くと一同を見渡した。

僕も一同を見渡した。

わらわらとした海のようだった課員らは、今や自然と次長卓を中心とした扇形《おうぎがた》になり、微妙に喧騒《ざわ》めいていた六十六名は、ついに針を落としても分かるほどの静寂《しじま》をつくる。

（改めて見れば、なんていう数だろう……素直に、圧倒される）

ここで僕は宮岡次長に感謝した。あの喫煙所での訓育がなければ、膝《ひざ》が震え、腰から砕けていただろうから。重ねて、僕は部下など金輪際《こんりんざい》持ったことのない身の上である。

（ただ、何もカッコをつける必要はないんだ。ありのまま。思うまま。飾らずに……そう、『神に問われて何物もなし』）

僕は次長を見た。

次長も僕を見る。

――今、気が合わさった。そう感じた刹那《せつな》。

「気を付け‼」

部隊指揮官たる宮岡次長の、朗々《ろうろう》たる、それでいてこの上なくクリアな号令が響いた。宮岡次長の声は、いつもながら自然にハキハキしていて耳に心地よい。それにもまた、救われる……

（そういえば、宮岡次長って、広報室長を務めていたんだっけ）

そんな自然な感想を、自然に持てている自分に吃驚《びっくり》する。いやそれどころか、このときあのスチールロッカー群《ぐん》の奥からひょいと、渡会警備部長が出現したことにも気付けた。そんな視野を自然に持てている自分にも吃驚《びっくり》する――僕はあがり症だったはずなのだが。

「ただいまから」そして宮岡次長の声は続く。「愛予県警察本部警備部第二十五代公安課長、司馬達《とおる》警視の着任式を行います。敬礼‼」

ザッ。

課員すべての頭が、あざやかに縦の線を揃《そろ》えて下がる。室内十五度の敬礼。

僕は上官の義務として、ゆるやかに頭を下げた。

微妙に貯《た》めて、式典ゆえもう少し貯めて……やはりゆるやかに頭を上げる。

ザッ。

課員すべての頭が、またあざやかな縦の線の揃いとともに気を付けの位置まで復帰した。

ゆえに――

課員すべての両の瞳《め》が、僕に収斂《しゅうれん》しているのが分かる。

「司馬課長より、初訓示を賜《たまわ》ります」

（……思いっきり演じきる。それが真実になり、誠になる。

『ありのままなる天のめぐりに』）

僕は今、スーツの内懐《うちぶところ》にあるＡ４二枚紙のカンペの存在すら忘れていた。そして次の瞬間、自分が発した声に自分で吃驚《びっくり》した。宮岡次長の将校ぶりには程遠《ほどとお》かったが……僕は少なくとも今朝喫煙所に行くまで、自分がこういうモノになれるとは思ってもみなかった。

「愛予県警察本部警備部第二十五代公安課長を命ぜられました、司馬達警視であります。当課に着任し、課員各位と初めて接するに当たり、所信《しょしん》の一端《いったん》を申し述べます。

第一に、対決姿勢の保持であります。

我々に喧嘩《けんか》を売ってきている治安攪乱要因《チアンカクランヨウイン》に対しては、夏目漱石の文章を借りれば、

今日勝てなければ明日勝つ、明日勝てなければ明後日《あさって》勝つ、
明後日勝てなければ弁当を取り寄せて勝つ迄此処《までここ》に居る

という覚悟、さらにはそれら治安攪乱要因《チアンカクランヨウイン》の最後のひとりに至るまで検挙してこれを壊滅させるという覚悟、これをもって仕事をしていただきたいのであります。

そしてそのような警備警察の仕事というのは、まさに一〇〇年先のための『重き荷を負うて遠き道を行くが如《ごと》き』仕事でありますが、公安課、特に愛予県の公安課に勤務する各位は、まさにそのような『道』を行くにふさわしい者として選ばれた者であります。選ばれた者には、選ばれた者の責任があります。ここで、私の好きな作家先生の著書に、

自分で自分に課した鎖ほど、重い鎖はない

という言葉がありました。まさに各位は選ばれた者として、自分自身に鎖を課し、それに耐える義務があるのだと、そう考えていただきたいのであります。

第二に、健康管理であります。

そうした警備警察の仕事に健全に耐えてゆくためにも、心の健康と身体《からだ》の健康に、特

段の配意をしていただきたいのであります。

まず身体の健康についてスローガン的に申し上げれば、腹八分《ぶ》、仕事十分《ぶ》、休養十二分《ぶ》のいわゆる〈三十分健康法〉を心掛けていただきたいのであります。

次に心の健康については、私のモットーは常に『仕事は笑顔で』であります。ここで仏教用語に、

　三千世界は眼の前に尽きる

なる言葉がありまして、その意味する所は、うろおぼえではありますが、『世界に本当の姿というものはない、世界は自分の見方ひとつで在り様《よう》を変える』ということではなかったかと記憶しております。仕事も同じです。嫌々反吐《へど》を吐きながらやっても仕事、和気《わき》藹々《あいあい》と笑顔でやっても仕事。どうせなら笑顔でやった方がよい。

無論、我々は警備警察、すなわち備える警察でもありますから、天下の憂《うれ》いに先立って憂えるのはこれは当然ではありますが、天下の楽しみに先立って楽しむような、そんな部分があってよいと私は考えます。ゆえに、なるべく仕事の楽しい面に着目して、すこやかに笑える、そんな職場と仕事にしていただきたいのであります。

第三に、業務の進め方であります。

私の当課の運営方針は、シンプルに次の三点であります。

ひとつは、顧客満足。国民の満足感を最大限に高め、ゆえに、治安攪乱要因《チアンカクランヨウイン》の不満足感を最大限に高める。我々は仲良しサークルではありません。一流の事件産業であり、一流の情報産業であるべきです。一流の警備警察として、顧客満足を徹底していただきたいのであります。

いまひとつは、結果指向。結果を約束し、つまり私を含め、結果責任をとる。一所懸命やることだけを目的としない。結局何ができたのかを常に検証されたいのであります。

最後のひとつは、費用対効果。我々の仕事はこれすべて納税者の税金によるもの。我々の仕事が納税者に見えにくいものである以上、我々の方で常に費用対効果を意識しなければなりません。如何《いか》にして活《い》きた金を遣うか。それを考えていただきたいのであります。

以上三点、運営方針として『顧客満足』『結果指向』『費用対効果』を申し述べました。

訓示の最後として、これは私からのお願いであります。

目下の情勢に鑑《かんが》み、現在最も危険な治安攪乱要因《チアンカクランヨウイン》との戦争については、ここ愛予県がまさにフロントライン、最前線であります。私非常に若輩者でありますが、今般の異動でこの最前線に投入されたことにつき、背筋の震える緊張感とともに、これをこの上なく名誉に感じております。

この最前線において敵に痛撃を与え、完膚《かんぷ》なきまでに叩《たた》き壊《つぶ》す。これを撃滅する。

これこそ愛予県民の、そして国民の利益であります。

人々のこの負託《ふたく》に応《こた》えるべく、また、伝統ある愛予県公安課の名を貶《おとし》めぬよう、私は死ぬ気で、しかし笑顔で仕事をいたします。

課員各位にあっても、死ぬ気で奮励努力《ふんれいどりょく》していただきたい。私に力を貸していただきたい。そのことを衷心《ちゅうしん》からお願いしつつ、私の着任訓示とします。以上!!」

「これをもちまして、司馬公安課長の着任式を終了いたします。

敬礼——なおれ!!

——警部補以下の課員にあっては解散。通常任務に復帰。

警部以上の幹部にあっては、これより名刺奉呈《ほうてい》を行います。課長室の入口から、階級順・建制順《ケンセイジュン》に一列縦隊《じゅうたい》を……」

……宮岡次長の冷静な指示を聴いているうち、一気に頬《ほお》が真っ赤になる。

僕は次長の顔を見るのが気恥ずかしくて、自分の課長室へと逃げ込んだ。

——この、運命の平成一一年八月六日は、これからまだ名刺奉呈、課内課長補佐会議、警察本部各部・各課着任挨拶回りと続いたが……そしてこの日から、愛予県下全十九署の着任挨拶回りなり、検察庁、消防署、県庁知事部局その他の関係機関の挨拶回りなりも始まり、また夜は夜で『課員総員』『警部以上の幹部会』『各係別』『オモテ・ウラ別』等々の区分に分けた、怒濤《どとう》の歓迎会も連続したのだが。

僕がそれまでの僕ではない何かにならされ、あるいは何かになり、あるいは何かになりたいと思った一日の描写としては、これで充分だろう。

50

司馬ちゃんへ

前略

司馬ちゃん元気？　蘆沢です。

第一線の、課長職はどうですか？

僕の方は、大学の講義も大変だけど、警察庁からの特命もいろいろあって、意外にバタバタしています。官費での二年留学だし、役所の留学は公務出張の扱いだから、文句は言えないけどね。

あっ、急いで用件を。昨日のメールで、司馬ちゃんが訊《き》いてきたこと――

まず、司馬ちゃんの私用メールを削除していなくてゴメン。言い訳をすると、僕はメールを削除する癖がないんで、警大のあの日からずっとパソコンに残ったままになっていました。もちろん、昨日のメールで司馬ちゃんに言われるまで、それを読んだこともないし、削除し忘れたことも昨日初めて気づいたほどです。とはいえ、すごく失礼なことをしました。司馬ちゃんは『自分が頼むのを忘れたから』って書いてくれたけど、司馬ちゃんに言われるまでもなく即日、削除しておくべきでした。これ、ほんとゴメン。

で、問題のメールの中身だけど……

司馬ちゃんの言うとおり、確かに派手な誤字があったよ。

公安課長が、港湾課長になっていました。でもこれ、なんかありそうな職名だよね。

それじゃあ、御照会の件のみ、取り急ぎ。

また同期会のできる日が来ることを、こころから楽しみにしつつ。

草々

平成一一年八月二五日

警察庁人事課付（長期在外研究員派遣中）　蘆沢好正　拝

第3章　公安課長

51

「おはようございまーす」

おはようございます!!

——平成一一年（一九九九年）一〇月六日、水曜日。

僕の着任は八月六日だった。ゆえに今日からは愛予県警察公安課長、三箇月目だ。

時刻は、〇八二五《マルハチフタゴー》。

警察本部八階大部屋に入り挨拶《あいさつ》すると、視界に入る課員から大きな挨拶が返ってくる。といって、着任当初のような起立はない。それぞれがそれぞれの仕事に没頭しながら、チラと僕の方を見る程度で、座ったまま腹筋を利《き》かせるだけ。誰もがもう僕に慣れているし、僕ももう誰にも慣れている。

そして警察の朝は早い。課員総員というなら〇八〇〇《マルハチマルマル》には勤務を開始しているし、課員半数というなら〇七三〇《マルナナサンマル》、いや〇七二〇《マルナナフタマル》には出勤し終えているだろう。そんなわけで、僕が出勤時間と決めている〇八二五《マルハチフタゴー》には、公安課の暖機運転はすっかり終わっている。いわば、役所は実戦モードに入っている。

(最初、八時前に出勤して次長に『指導』されたっけ。

大将は大将らしく、最後に悠然《ゆうぜん》と来いって。ま、課長が早過ぎると、連動して誰もが六時出勤なり五時出勤なりを強いられるという、警察組織らしい事情もあるけど)

ちなみに最初、やはり次長に『指導』されたことが、大きく言ってあとふたつある。僕はひとつは、通勤時に自転車の両手放し運転なんかするな、というしみじみした奴。僕は何故《なぜ》かこれが大好きなのだが、確かに懲役刑までついている道交法違反だし、何よりもこれを目撃した防衛員らは爆笑するわ、他所属の警察官らはあまりの速度に目を白黒させるわで、どのみち『所属長としての品位に欠ける!!』とのこと。

いまひとつの指導事項は、官舎に引っ越しの荷を入れるとき、僕が何ひとつ知らぬ間にズラリと一列横隊で勢揃《せいぞろ》いしてくれた同じアパート官舎に住む警察官の奥さん方――一〇人はおられたか――に対し開口一番、『そ、そんな身分でもたいそうな荷でもありませんから!! 後生《ごしょう》ですから任解《ニンカイ》、解散で!!』としどろもどろになってしまったことについてである。次長いわく、『神輿《みこし》としての覚悟が足らん!!』とのこと。ただしかし、僕の引っ越しは全部お任せの見てるだけパックだったたし、さすがにやがて来る妻の立場を考えると、警察官舎の警察一家の奥さん方を顎《あご》で使うのはヤバいことこの上ない。僕がその日の夕刻、お騒がせした新入りとして各戸に芋ようかんと愛想を配って回ったのは言うまでもない。

（ただ、それもすっかり昔話に思える）

――僕は課員らの朝の挨拶に微《かす》かに頷《うなず》きつつ、黒の三つ揃《スリーピース》い姿で、黒のアタッシェケースを持ちながら課長室に入った。そのまま応接セットを過ぎ越し、課長卓の椅子《いす》側にまわりこむ。着任の翌日、〈八十七番地〉の課員が素早く『修繕』してくれたアタッシエを巨大な窓際《まどぎわ》に置き、今日も白布が清冽《せいれつ》な椅子に、いきおいよく腰掛ける。そして執務卓上のパソコンを起動させる。これには陳腐《ちんぷ》なパスワード式のセキュリティしか施されていないが……インターネットには接続されておらず、主として電子メール用に社内完結しているパソコンなので、さしたる問題はない。まして、このパソコンにはどうでもよい、誰に読まれてもよい文書しか保存してはいない。

重要な文書は、すべてフロッピーディスクに落としてある。そのFDのセキュリティも陳腐なパスワード式だが、記録されている文書はCSZ－4で書かれたもの。着任以来のこの二箇月間でCSZ－4には慣れたので、分速一五〇字のモールス信号を受信・聴音する感覚で読み下せるが――解読法を知らず、週一で変更される鍵《かぎ》を持たない者がこれを読み下すことは、九九・九九％不可能だ。ちなみに、残りの〇・〇一％は確率の神様に遠慮しただけ。僕も次長も、CSZ－4の堅牢《けんろう》さには一〇〇％の確信を持ってはいる。というか、それは僕らのお仕事の大前提だ。

――僕は課長席に座してから、ジリジリ、ジリッと何かを考え続けるパソコンを見遣《みや》りつつ――起動までになんと五分弱を要する――肌身離さず携帯している幾本かの鍵を使い、また、金庫のような幾つかのダイヤルロックを回し、課長卓の引き出しを確認した。引き出しのうち施錠《せじよう》できるものには、この二重の、アナログな方法でのセキュリティが施されている。FDと、そしてどうしても紙媒体に印字しなければならない文書を保管しておくのは、そこだ。ダイヤルロックの番号は僕しか知らない。次長すら知らない。また、鍵を『肌身離さず』携帯しているというのは誇張でも何でもない。これまた〈八十七番地〉の課員が器用に作ってくれたリストバンドその他で、風呂《ふろ》に入るときすら僕の躯《からだ》にくっついている。

（まあ、二十一世紀に入れば……きっとあと一〇年二〇年もすれば、もっとデジタルな方法でのセキュリティが施せるんだろうが。ただ、ここがそもそも警察本部の、しかも公安課の中だという点を踏まえれば、現時点では充分な保安体制といえるだろう）

『公安課そのものの鍵が夜間も人間によって管理されている』のは既述《きじゆつ》のとおりだし、大部屋も課長室もそして渡会部長の警備部長室も、必ず毎朝、部長や僕の出勤前、朝の清掃とともに、執拗《しつよう》な点検消毒《テンケンショウドク》が行われるのも既述のとおり。要は、秘聴器だの秘匿《ひとく》撮影機だの秘密録音機だの、そうした心躍《こころおど》るプレゼントが仕掛けられていないかは徹底的に、入室する者の相互監視のうちに確認される。このことと、あと『アナログな鍵を無理矢理突破するには物理的破壊しかない』というシンプルな事実を踏まえれば、現時点、僕は公安課のセキュリティに不安を感じてはいない。そして。

（無論、ＦＤにも紙媒体文書にも異常ナシ、だ）

僕は開錠した引き出しを閉じる。勤務時間中は開錠したままで大丈夫だ。そもそも、公安課に立ち入る他所属の警察官など限られる。またその限られた警察官も、必ず庶務係にブロックされ、あるいは宮岡次長自らに誰何《すいか》される。まして、当課の鉄の掟《おきて》……などという芝居がかった言葉を遣う必要もないが……いずれにしろ当課の永年の慣習によって、僕の許可なく課長室に入室することは絶対にできない。朝イチの掃除と点検消毒《テンケンシヨウドク》をのぞけば、これはたとえ宮岡次長でも犯すことのできないルールである。そのことは、この二箇月間で充分確認できた（ちなみに直属上官たる渡会警備部長は、有言実行というか、僕の個室になど入ってくることはない。もっとも、我が社において、『上官が部下の個室に入る』など、およそ文化として想定し難《がた》くはある――というのも、上官としては、単純に部下を自分の個室に呼び出せばよいからだ）。

――さて、執務卓とＦＤ・文書の確認を終えた僕は、課長卓から、視線の先にある応接卓を見遣った。そこには朝刊六紙が、絶妙なズラし方によって――各新聞社のロゴというか題号《だいごう》が一覧できるかたちで――ビシリと横に重ねて置かれている。仮にこれが十六紙だとすれば、プロのマジシャンがトランプをザッと横に展開したような、そんなあざやかなタテヨコの揃《そろ》いを感じることすらできたろう。

また、僕の執務卓上には、今日の新聞当番が作成した重要記事の切り抜きがある。

『スクラップ』というにはあまりに芸術的なかたちで、数多《あまた》の記事が、A4コピー用紙に絶妙に配置され複写されている。日付が律儀《りちぎ》に数字スタンプで押され、用紙には通し番号も付され、そして丁寧なパズルとなっている各記事には社名と、それが第何面に掲載されていたのかまでスタンプされている――

僕はそのA4コピー用紙複数枚を手に採ると、課長卓上のリモージュの灰皿を引き寄せ、マイルドセブンに着火しながら、気持ち椅子の背を仰《の》け反《ぞ》らせた。着任日からまったく変わらず、実にスムーズに言うことを聴く椅子。その金属音はかろやかで美しく、まさか嫌な軋《きし》みや摩擦音を立てたりしない。僕はそれに満足しつつ、一服、二服と紫煙《しえん》を紡《つむ》ぎながら、新聞当番がチョイスした記事を瞳《め》で確認していった。さいわい、喫緊《きっきん》の対応を要する記事はない（僕が所掌《しょしょう》する事件事故だの不祥事だのを、新聞報道で初めて知ったらそれだけで一大事だが）。また、他府県の御同業が派手な活躍をしたといった、気持ちを焦燥《しょうそう》させる記事もない。警察本部長と対応を協議しなければならないような、機微《きび》にわたりそうな記事もない……

――そのとき。

〇八三〇《マルハチサンマル》の、勤務時間開始の鐘が鳴る。これはまさに、小学校のような鐘だ。

キンコンカンコン、キンコンカンコン――

そして、この鐘が鳴り終わってから、ほぼキッカリ三〇秒後に。

コンコン。

課長室入口の金属パーテがノックされる。

「課長、おはようございます。よろしいでしょうか？」

「ああ彦里《ひこさと》さんおはよう、どうぞ」

「失礼いたします」

庶務係の彦里嬢は、課長卓に自然に近付くと、赤茶の盆から朝の紅茶を給仕した。彼女はもう、『司馬の朝一発目はキックの強いアッサム』だということを熟知している。そして彼女が課長卓に楚々《そそ》と置いたティーカップは、僕の着任のとき、庶務係が僕にプレゼントしてくれたものだ。あの、青磁《せいじ》と金彩《きんさい》がとろけるような白地に映えて、とても上品なカップ。無論、彦里嬢はソーサーとともにそれを給仕した。カップの脚が付くいわゆるミコミの部分がとても深く、だからとてもしっかりした印象を与えるソーサーである。

「課長、今日の御昼食はどうなさいますか？」

「うーん、次長とジャンクなナポリタン、という外食プランも捨て難《がた》いけど……

ちょっと日程が詰まっている感じだから、食堂のチキンライスを大盛りで。あと、たぬきうどんを付けて」

「了解しました。それでは、お茶と灰皿の交換が必要になりましたら、またお声を掛けてください」

「いつもありがとう」

彦里嬢が課長卓を離れ、入口の金属パーテ付近で一礼をし、課長室からはやや離れた自席へ帰ってゆく。そしてこうなると、次の客はもう決まっている。次の客は、勤務開始時間の鐘が鳴る前からスタンバっている――

コンコン。

「課長、おはようございます!!」

「ああおはよう、次長」

「朝の密談、よろしいですか？」

「もちろん。どうぞ～」

宮岡次長は、いってみれば僕の副署長に当たる。今度は、彦里嬢のように課長卓の前に立たせる訳にはゆかない。僕はティーソーサーごと紅茶を持って、応接卓に向かった。といって所要一〇秒未満である。

僕が壁際《かべぎわ》の三人掛けソファ、その上席であるいちばん窓寄り・課長卓寄りの定位置に座ると、次長はいつものように、真正面の一人掛けソファにリズムよく座った。僕はまたマイルドセブンに着火して、今度は応接卓上の、大きなガラスの灰皿に灰を落とし始める。というのも、次長もまたヘビースモーカーだからだ（ちなみに、もう遥《はる》か昔に思える『公安課内の喫煙問題』については、課長室なら全面喫煙、大部屋は勤務時間内禁煙と決めた。要は、課長室ではやたらと狼煙《のろし》が上がるわけだ。二十一世紀になれば、こんな原始的なルールは違法にすらされているのかも知れないが……）。

その宮岡次長はやはり、慣れた様子で自分のピースに灯をともした。そして濃密な紫煙を吐き出すと、煙草《たばこ》を指に挟んだまま器用に、両腕をくるくる回す仕草をする。そのまま僕を軽く指差していう――

「課長、指導!!」

「えっ、今朝も僕何かやらかした？」

「幾ら何でもたぬきうどんは食べ過ぎ。それをゆうたら、チキンライス大盛りもですが。課長は御着任のとき、五五kgしかなかった。それが今や、七〇kgに迫るいきおい……課員の健康管理を所掌する次長としては到底、看過できません」

「着任前に、そこまで個人情報を洗い出すんだもんなあ……ただ公安課は懇親会《こんしんかい》が多くて。僕もともと酒を飲まなかったから、それでブクブクと」

「おっと、それをゆうたら私にも責任があります……二人会も、慎んだ方がええかも知れん……」

「いやあの二人会は絶対大事だよ。あそこのカクテル、すごく美味《うま》いしね」

次長と僕は、課のいろいろな飲み会が――たいていその二次会が盛況のうちに終わったあと、アイコンタクトをしてふたりでいつしか夜の街に消えるのが常だった。次長のシマであるオーセンティックバー〈岬〉で、ふたりだけの三次会をするためだ。そこでは人事や勤評や実績のホンネトークはもとより、家族とか人生とか人間とかいった、普段なら取り扱わないしっとりしたテーマについてのキャッチボールをするのも常だった。特に、愛予で迎えた二十六歳の誕生日の夜の二人会は、忘れられない。ただこの二人会でいちばんおもしろいのは、バーの止まり木の定位置に就《つ》いた僕は必ず『ここでいちばん甘いものを』と注文し、次長は必ず『いちばん辛いものを』と注文することだろう。

そしてふたりはついつい二時過ぎまで痛飲する。僕は酒を嗜《たしな》む方ではなかったから、バー〈岬〉での二人会は、確実に僕の心身双方の成長に寄与しているに違いない。

「きちんと運動はされよるのに。御体質じゃろか」

「うん、確かに広川プロのレッスンは厳しい……」

「それでまだドライバーがまともに扱えんとは……それもまた、指導!!」

再び次長の両腕がくるくる回って僕を指差す。そう、宮岡次長の指導は、勤務・生活態度のすべてに及ぶのだ……

「月末には、愛予ロイヤルでコースデビューしてもらいますけん。おまけに警備部長も『そろそろタツの腕前、見とこうわい』ゆわれとりますけん。よって広川には、『徹底的にしごけ』『課長がオナーのティーショットで大恥搔《か》いたらお前馘《クビ》じゃ』ゆうときますわい」

「いや広川補佐マジメだから、そんな命令出されちゃ僕の両手は血豆だらけだよ……」

……愛予県ではゴルフが盛んである。例えば東京と違って、車でちょっと動けば指折り数えなければならないほどのゴルフ場があり、そのうち防衛《ボウエイ》上安全なコースを選り好《よごの》みしたとしても、月ごとに違うコースが楽しめるだろう。まあ次長御指摘のとおり、僕は未《いま》だコースに出られるような腕前もなければマナーも知らず、だから具体的なイメージは作れないのだが。

ただ練習の具体的なイメージは完璧に作れる。というのも。

あの第一係の補佐、宮岡次長の愛弟子《まなでし》のエース広川警部が、僕の専任コーチに任命され、僕を官舎から打ちっ放しに連行するからだ（任意なら断ります、と業界御用達《ごようたし》の台詞《セリフ》を吐きたくなる）。そして持ち前の生真面目《きまじめ》さで、仕事の事情が許すかぎり必ず、火曜と木曜の夜の、午後八時から午後一〇時まで練習を見てくれる。キッカリ二時間、一分のズレも無く。そこでは、『今日は五番にしましょう!!』『そろそろドライバーいってみましょうか!!』『また野球打ちになってますよ!!』『まだ二〇〇球ですから……うーん、あと五〇球!!』といった感じで、口調と態度だけがマイルドな、超激辛体育会系猛特訓が展開される……

「課長がむしろ、一〇階大会議室のピアノをお弾きになりたいのは知っとりますが――当県では、飲酒とならんでゴルフが、部下の身上実態把握の極めて有効な手段ですけん。ほうです、何方《どなた》かが言うとりました――仕事は楽しく!!」

「それをいわれちゃあグウの音も出ないね。悲鳴なら筋肉が上げてくれるけどね」

「――さて恒例の暖機運転はこのくらいにして、本題。ゆうたら本日の御日程ですが。秘書官の稲宮《いなみや》から連絡が入っとります。今朝の〈本部長レク〉も、予約どおり〇九三〇《マルキユウサンマル》でよいと。ひとりふたり、突発の決裁が入りよるかも知れませんが、そこは稲宮の方で上手《うま》く調整しよる思います」

「了解――昨日の退勤後は、東山本部長にお耳打ちすべき重要な〈親展《シンテン》〉はあった？」

「ございません」ここで次長は、隣のソファに置いていた薄身の書類鞄《かばん》を幾つか差し出した。「こちらが今朝までに出した〈親展《シンテン》〉ですが、私が決裁のとき読んだかぎり、火急《かきゆう》のものはございません。新聞記事の方は御覧いただけたかと思いますが、そちらも安全です。よって今朝の〈本部長レク〉は、現在お手持ちの内容どおりでよろしいかと」

「了解」

「その本部長レクが終わりましたら、本日は一〇〇〇《ヒトマルマルマル》から月イチの『部課長会議』がございます。こちらが会議資料。課長の御発表はもちろんございません。それはまあ、MN討ち入りが成功したその日まで取っておきましょう。

さて会議資料、私の方でも確認しましたが――まずは他県で起きました、現職警察官の覚せい剤使用揉《も》み消し。なんでも当該《とうがい》県の本部長まで絡《から》んどるゆうアレ。アレを踏まえ、平脇《ひらわき》監察官から綱紀粛正《こうきしゅくせい》のプレゼンがあります。また会計課長から、来たる十二月初旬に実施される会計検査についてのプレゼン。加えて給与厚生課長から、警察本部内一〇階診療所の診療時間の変更、医療費の急増及び保険証遺失事案の増加についてのプレゼン。あと生活環境課が、風営法違反で何件か行政処分をしたとかで、その関係のプレゼン。そして情報管理課長から、いわゆる『Y2K問題』――そう二〇〇〇年問題の概要のプレゼン。それ以外は月間行事確認と自由討議ですが、警察の会議ですけん自由討議なんぞない。よって最後に東山本部長の御訓示で終了。いつもどおり、三〇分未満で終わるでしょう」

「警察の会議って、事前の予定調和を重視するあまり、ぶっちゃけシャンシャン大会なんだよね～」

「ただ課長、情報管理課長のプレゼンはよう聴いとってください。まさか、まさかとは思いますけんど、我々のオペレーションに影響を与える発表があるかも知れませんけん」

「そっか、Y2K問題については、注意をしすぎてしすぎるってことはない……

司馬警視了解」

「午前中の御予定は以上ですが、課長、本日の午後は空いとります？」

「今日の午後……うんまあ。

日課の『課内巡回連絡』をやろうかな、なんて思っている程度だよ」

「ほしたら、午後まるっとお時間頂戴《ちょうだい》できますか？」

「そりゃもう、次長の御下命《ごかめい》とあらば――

あっひょっとしてもしかして、今も話題に出た会計検査関係？」

「ああ、ほうじゃ、ほうじゃ、その勉強会もせんといけんかった……

いえ課長、確かに十二月の会計検査は大仕事。しかも、課長と私だけが対応でき、課長と私以外は対応したらいけん大仕事。だから以前チラと申し上げたとおり、ほうですねえ、ふたりでここ課長室に籠城《ろうじょう》して、まるまる四日は会計書類漬《づ》けの勉強会をせんといけんのですが……それはもう土日出勤でやるしかないですぞな。本来業務ぎりでも今の当課、てんてこ舞いですけんね。

そして課長、今日の午後にお時間を頂戴したいのは、その本来業務関係――とりわけMN諸《しょ》対策関係でして。ゆうたら広川プロ、丸本補佐、内田補佐、兵藤《ひょうどう》補佐がそれぞれ、課長検討《ケントウ》をお願いしたいゆうとりますけん。私と藤村《ふじむら》管理官も入らせていただきます」

「……それぞれの担当分野で、何か重大な動きが？」

「それも含めて、大事な話があると。また、課長御着任二箇月間の総括をしたいと。そして年内の業務計画等につき、課長の御決裁を頂戴したいと」

「もちろん了解。段取りは――」

「――私の方で。広川プロと兵藤補佐は大部屋におりますけん、ほうですねえ、一三〇《ヒトサンマル》〇《マル》から広川プロが一時間程度、一四〇〇《ヒトヨンマルマル》から兵藤補佐が一時間程度、場所はここ課長室で。私も同席」

「了解」

「他方で、〈八十七番地〉の丸本補佐と内田補佐は大部屋にも警察本部にもおりませんけん、ひさびさに課長に〈八十七番地〉にお出まし願おうかと。庶務の谷岡係長の運転で、所要……まあレベルEでええじゃろ……三〇分。ほやけん、余裕を見込んで一六〇《ヒトロクマル》〇《マル》から、あの怪しい怪しい謀略の巣窟《そうくつ》で、一時間程度。こちらは管理官が同席」

「あっは、了解。確かにここのところ、謀略の巣窟には行っていなかった。決裁というなら、丸本補佐も内田補佐も、あちらから警察本部に出張ってきてくれるからね」

「ああいう仕事ですけん、指揮官が顔を見てやるぎりで士気は上がります」

「すべて了解。むしろ午後の検討《ケントウ》、楽しみにしていると各補佐には伝達しておいて」

「宮岡警視了解です。

ほしたら課長、一〇〇〇《ヒトマルマルマル》の部課長会議、先月みたいに一分前に駆け込む――みたいなことはないように。警察庁時間と現場時間は違いますけんね。私の腕も、課長の指導用ではないですけんね」

「あっは、次長の両腕がワープロに専従できるよう、司馬警視努めます」

「それではいったん」

僕らはそれぞれの煙草を、応接卓のガラスの灰皿で揉み消した。この時点で、互いに三本の煙草をギリギリまで吸い終えている。

僕は次長の背を見遣りながら、課長室の巨大なガラス窓に瞳を転じた。

着任時、燃えるような緑だった城山《しろやま》は、今や燃えるような紅《くれない》に染まっている。大きな、とても大きな城山がまるごと、紅葉《もみじ》の錦《にしき》に飾られている。壮観、という以外の何物でもない――

（惜《お》しむらくは、東京あたりでありがちな、ライトアップの類《たぐい》が一切無いことだが。だから、夜には巨大な城山ごと、純黒の闇《やみ》に溶けてしまうことだが……）

「……申し訳ありません、課長」

「え？」

次長が課長室の入口付近で何かを謝った。僕にはその理由が理解できなかったが……

「課長室からは、何故か愛予城が見られんのです。警察本部長室や警務部長室、それにウチの警備部長室からは、間違いなく見られるんですけんど。どうしても、こう、建物の角度の問題で。

　愛予ゆうたら、瀬戸内海そのものを除けば、愛予城と住田《すみた》温泉しか見所ないですけんね。がいに申し訳ないことです」

「いいや、そうでもないよ――」

　僕はここで、彦里嬢の淹《い》れてくれた朝の紅茶を一啜《いってつ》した。そしていった。

「――次長、この僕の定位置に座ったことは？」

「無論ございません。そこに座ることができるのは、警察庁からの課長ぎりです」

「ならいうけど、現状で充分だよ。いや過分だ」

――微妙に首を傾《かし》げた宮岡次長が退室し。

　僕は紅茶のカップを課長卓に戻しながら思った。

（次長でさえ知らないのか。宇喜多課長なら、絶対に知っていたと思うけど――）

　そうだ。

　実は愛予城は見えるのだ。

　この課長室壁際の三人掛けソファ、その課長の定位置から、ほんとうにちょこんと、ほとんどオモチャのように、漆喰《しっくい》の白壁と銀鼠《ぎんねず》の瓦《かわら》がうつくしい、天守閣が視認《しにん》できる。

小指の頭ほどもなく、角度に注意して凝視《ぎょうし》しなければ視界から外れてしまうほどだけど。

（でもこれはある意味、独り占めだろう）

僕は着任二週目に発見したそのささやかな秘密をまた味わいつつ、朝の日課をこなすべく、課長席にゆっくりと腰を下ろした。

52

課長卓に、さっき次長が持ってきた、薄身の書類鞄を積む。

今朝は四つ。

そして今朝は、うち二つに、情報の料理人が――当課でいえば第一係と第二係になるが――調理し完成させた料理が入っている。もちろん比喩《ひゆ》だ。中身はＣＳＺ－４で書かれた紙媒体の文書である。警察も役所なので、公文書はＡ４横書きだ。

ここで、僕らのお仕事が『警備情報に関する職務』と『警備犯罪に関する職務』であることはもう述べた。この二本柱が、法令にも公然と規定された僕らのお仕事である。そしてこれから僕が決裁しようとしているのは、そのうち『警備情報』だ。

――僕は赤鉛筆と鉛筆を用意しながら、書類鞄のダイヤルロックを開ける。南京錠《なんきん》タイプではなく、金庫タイプだ。そして各係ごとの開け方を知っていなければ、この書類鞄は開かない。また書類鞄に一定以上の力を加えたり（要は破壊だの切断だの）、書類鞄を一定以上の熱にさらしたりすると（要は燃やすだの溶かすだの）、即座に絡繰《からく》りが発動して文書は水浸《みずびた》しになる。文書はもちろん水溶紙である。僕は水溶紙など人生で用いたことがなかったが、変な話、トイレットペーパーよりよく溶ける。すぐ溶ける。残骸《ざんがい》すら見えない。白濁した液体しか残らない。まずそれに吃驚《びっくり》したが、もっと吃驚《びっくり》したのはボールペンで字が書けることだ。すなわち、水には溶けるがアルコールには溶けないのである。もっといえば、印字すらできてしまう。その感触も、普通の紙と全然変わらない。こんな便利なガジェットを人類に恵んでくれたのは、警察の神様か極左《キヨクサ》の神様か、あるいはそのいずれもだろう。現実的なことを言えば、これは警察庁〈八十七番地〉の特製品だが。特製品ゆえ、しばしば特使により空輸されてくる。また〈八十七番地〉ゆえ、警察の他のどの部門にも供給しはしない。そもそも当県ではこんなガジェット、販売されてもいなければ生産されてもいない。東急ハンズでもあれば別論だが、あったところで品質が段違《ダンチ》である。もし僕が副業で、この特製品を対象勢力に横流しし始めれば――さすがに公安課内では、紙そのものは自然にプリンタに挿され、あるいはデンと備品棚《だな》に置かれているだけだ――着任日に無理矢理購入させられた『中古ゴルフセット代三〇万円ポッキリ』などたちまち回収でき、かつ、毎週ゴルフに行っても財布は痛まないだろう（死んでも行かないが）。

——そんなこんなで、僕は通常どおり、第一係の書類鞄から開けた。

Ａ４横書きの、ワープロで浄書された公用文が四枚、入っている。

公用文のアタマには決裁欄《らん》がある。というか、決裁欄のかたちをした朱《しゅ》のスタンプが押されている。そこには既に第一係の係長の花押《かおう》と、その直属上官の広川補佐の花押と、その直属上官の宮岡次長の花押が描かれている。残るは僕の花押欄と、渡会警備部長の花押欄のみ。役所の仕事はボトムアップが基本で、それは警察も——あるいは我が公安課も変わらない。だからこれらの公用文は、起案者から直属上官のラインの階段をとんとんと上って、今僕のところへやってきたという訳だ。

僕は執務卓上で、その、ＣＳＺ－４で書かれた公用文をウンウン唸《うな》りながら読み下してゆく。これは先述のとおり、かなりの速度でモールス信号を聴解するようなものだ。実際、読み下している内に、どうしても頭がこんがらがって意味不明になるときがある。そのときは、執務卓上に常備している水溶メモに、鉛筆で略語なり記号なり文字列なりを書いて確認したりもする。むろんこの水溶メモは、僕自身がその日のうちに確実に処分する。会計課には怒られるだろうが、会社でトイレに行かないということはないからだ（そして重ねて、水溶紙はトイレットペーパーよりよく溶ける）。

かくて、僕は愛予県内の——あるいは時として県を越え、あるいは時として国レベルにもなる——敵方の情報を日々、知ることになる。この種の公文書を僕らは〈親展《シンテン》〉と呼ぶのだが、それは、僕レベルで処理してよい『親展』の場合もあれば、渡会警備部長に御覧《ごらん》いただかなければならない『親展』の場合も、はたまた社長である東山警察本部長にお知らせしなければならない『親展』の場合も、そしてもちろん警察庁にお届けしなければならない『親展』の場合もある。このあたり、別段、特殊な仕組みだとは思わない。僕はやったことがないが、暴力団対策部門でも、銃器・薬物対策部門でも、きっと似たようなことをやっているだろう。そこでは府県課長レベルで処理できるものもあれば、警察庁が泣いてよろこぶ内容のものもあろう。その点は、僕らがお仕事とする『警備情報』についても何ら変わらない。そして、僕らは情報のための情報を集めている訳ではないことも既に述べた。再論すれば、『警備情報』は、『警備犯罪』に関するものでなければ意味が無い。情報を集め、事件の端緒《たんちょ》を得、ガサをやり身柄を獲《と》り、それでまた情報を集めて次の事件へとつなげる。このスパイラルこそ僕らのお仕事の真骨頂《しんこっちょう》だ。このとき、例えば獲ってきた情報が国家レベルのテロゲリにつながるものであれば、それはもちろん愛予県警察だけの手には負えないし、警察庁とてそんな大事なものを知らせないとなれば、愛予県警察を信頼しなくなるだろう。要は、我が国における自由・民主主義・基本的人権の尊重・法の支配といった、我が国の存立の根幹にかかわる『警備情報』——警備犯罪に関する情報については、もちろん警察庁と情報交換しなければならない。そして具体的に事件をやるとなれば、それが我が国の存立の根幹にかかわるものである以上、警察庁と連携しなければお話にならない。

——そんなわけで。

日課として僕のところに決裁に上がる〈親展《シンテン》〉については、それが料理として美味《おい》しそうであればあるほど、料理として栄養があればあるほど、料理として盛りつけが美しければ美しいほど、警察庁と連携を図る必要がある。裏から言えば、情報の料理人は、僕、警備部長、警察本部長、そして警察庁に美味しく食べてもらうよう、懸命に素材と格闘する。実際のところは、『警備警察なんて年に一度、起訴もされないレベルの事件をやればよい方だ』などと陰口を叩かれているとおり、『警備犯罪』にダイレクトに結び付くようなそんな情報は滅多《めった》にないので、そこが情報の料理人の派手に苦労するところだけど……

ただ、もう五年、七年、十年警備犯罪を検挙していません——などということになれば、それは納税者が怒り狂うだろう。小規模県に置かれた当課とて、六十八名もの警察官を、納税者の負担で置かせてもらっているのだから。

ゆえに、情報の料理人も次長も僕も、滅多にあることではないが、警察庁も吃驚《びっくり》の料理をお届けすることを目指す。そんなレベルの〈親展《シンテン》〉は——あたかも僕ら警察本部が警察署を評価するように——確実に警察庁からの心証につながる。

よって、日々の〈親展《シンテン》〉がどのようなものかは、敵方の現状を実態把握する上でも重要だが、僕らが警察庁からどう思われるかという観点からも重要なのだ。僕はなりたて新任課長で、警備警察の構成員としては現場指揮官でしかないから、詳しい評価の仕組みなどまさか知らないが、警察庁が各都道府県警察をランキングして年間表彰を行うときは、当然、二本柱のひとつである『警備情報』も、隠微《いんび》で複雑な数式とともに、実績評価の対象となっているはずだ。重ねて、現場としては美味しい料理を作ることを心掛けるだけで、それがどのようにウケ、どのように評価されるかなど全く知りようもないが。

（――とはいえ。

この四番目の〈親展《シンテン》〉は、少なくとも東山本部長には御報告すべき美味しさだ。さっそく今朝の〈本部長レク〉でお耳に入れておこう。となると、渡会部長の決裁も必要だ）

当警察本部の文化として、決裁に回るのは警部＝補佐である。そして、警視正＝部長までの決裁はその警部がする。ただ、最高指揮官である警察本部長室に入れるのは、よほどの緊急事態でなければ、警視＝課長かそれ以上だけだ。これは虚礼という訳でもない。警察本部の警視は現場指揮官。現場指揮官がしっかり業務内容を把握し、現場指揮官としてしっかり決断をして、最高指揮官の御決裁を仰《あお》ぐ。組織の在り方として正道・王道だし、ぶっちゃけそうでなければ、『よきにはからえ』『社長にはよろしく伝えてね

〜』なんてバカ殿課長が出現しかねない。

いずれにしろ、文化としては、渡会部長の決裁は担当補佐が受けるもの、だが。

（しかし、いったん広川補佐に書類を返している暇《ひま》はないな。

このまま僕が渡会部長に報告をして、その足で本部長室に向かおう）

――僕は第一係の〈親展《シンテン》〉を確認して花押を描き終えると、四番目の文書だけは本部長用の決裁挟《ばさ》みに挟み入れ、他の文書をまた第一係の書類鞄に返し、施錠をする。

次は第二係だ。

先刻と同様、各係ごとの開錠方法で、第二係の書類鞄を開ける。鞄の中から、やはりCSZ－4で書かれた〈親展《シンテン》〉を引っ張り出すと……

（うわ、今朝は一一枚も!!

このあたり、第一係の広川補佐と、第二係の赤松補佐の性格の違い、ガッツリ出ているよなあ）

ここで、これも既述だが、当課では第一係が国内のドメスティックな警備情報を、第二係がいわゆる外事《ソトゴト》の警備情報を、それぞれ分離して担当している。その第一係の補佐は、ゴルフの鬼コーチ広川警部。そして第二係の補佐は、あの赤松警部である。あの、と言ったのは、赤松さんは僕にとって印象深い警部だからだ。すなわち、僕がまだ東京の警察大学校に入校していたとき、故《ゆえ》あって僕のところへ急ぎ挨拶をしに来てくれたあの警察官が、第二係の赤松警部である。もちろん、今は自身も警大入校を終え、当県公安課に復帰している。

そして、その赤松補佐とも既に二箇月近いつきあいになるが……

（赤松補佐のモットーは、『バッターボックスに立たなければヒットはない』なんだよな。だから、情報の精度なり価値なりを無視するわけじゃないけれど、とにかく打席に立とうとする。打席に立つ回数を増やして、ヒットの数を増やそうとする）

要は、日々の料理――〈親展《シンテン》〉の数を増やせるだけ増やして、僕なり警備部長なり警察本部長なり警察庁なりの、『美味い!!』『一本《イッポン》!!』の評価を獲ろうとする。ここで、最初に出会ったときから分かっていたとおり、赤松補佐は五〇歳絡《がら》み。他方、広川補佐は四〇歳絡み。ひと世代違うだけあって、赤松補佐は熟練・老練の分析官である。マジメな広川補佐以上に、緻密《ちみつ》な仕事ができる。僕はそれをこの二箇月近くで体感している。それでいてなお、『とにかく打席に立つ』『とにかく勝負する』ことを優先しているのだ。

（その一方、同じ料理人――同じ分析官の広川補佐のモットーは、『このワンショットで決める』『ティーショットも一打、パットも一打』ときた。すなわち無意味な勝負はしない。真に美味しい料理ができたときだけ――それが確実に『美味い!!』『一本!!』となるであろうときにだけ、勝負に出る。自然、〈親展《シンテン》〉の数は締《しぼ》られ、厳選されたものとなる）

――仕事のやり方も警察官それぞれ。日常業務からでも、いろいろ勉強することがある。

僕はそんなことを思いつつ、第二係の一枚の〈親展《シンテン》〉の決裁欄に、赤鉛筆で自分の花押を描き入れてゆく。渡会警備部長の決裁を受けるべきものは四、五枚あったが、東山本部長のお耳に入れたいと思ったものは、今朝は無かった。といって、第二係が不調というわけではない。時にあの大将然《ぜん》とした東山本部長を思わずニヤリとさせるような、そんな『ホームラン』を連発したりもする。

（いずれにしろ、ウチの公安課は第一係・第二係合わせて年間二、〇〇〇以上の〈親展《シンテン》〉を作成している。毎朝毎朝少しずつを決裁していると忘れそうになるが、考えてみれば途方もない労力で執念だ。まして、直属ライン以外の誰にも評価されることなんてない……

警備警察が『国家百年バカ』と呼ばれる所以《ゆえん》だが、その悪罵《あくば》はむしろ名誉だ）

ここで、僕は課長室の掛け時計を見た。現時刻、〇九一五《マルキユウヒトゴー》。

（そろそろ時間か。

渡会警備部長に〈親展《シンテン》〉の決裁を頂戴して、そのまま本部長室だな）

念《ねん》の為《ため》、懐中時計の蓋《ふた》をも開いたそのとき――

「いやいや、赤松補佐がお先に!!」

「駄目だって、筆頭補佐は広川補佐なんだから」

――課長室の入口越しに、当の、広川補佐と赤松補佐が何やら譲《ゆず》り合っているのが見える。どうやら、どちらが先に課長室に入るかを譲り合っているようだ。ただ、広川補佐は筆頭補佐とはいえ、赤松補佐よりひとまわり若い。とうとう、広川補佐の方が、課長室の入口に押し出された。

軽く赤松補佐に頭を下げ、直立不動になり、金属パーテをノックする広川補佐。

「課長、第一係広川です、報告一件願います!!」

「どうぞ!!」

僕が第二係の〈親展《シンテン》〉を書類鞄に入れ、施錠をすませていると、生真面目な広川補佐は、背丈ある鞭《むち》のような躯《からだ》を、もう課長卓に最接近させている。僕は広川補佐を手で制し、一人掛けのソファに座ってもらった。僕もまた、ティーカップとともに三人掛けのソファに移動する。

僕がもし宮岡次長だったなら、そのまま執務卓の前に立たせ、そのまま報告をさせたろう。ただ僕は、年齢とか経験とかを別論としても、警察本部を切り盛りしている課長補佐クラスには、座って話してもらいたかった。その方が僕も落ち着く。神輿《みこし》らしからんみすぼらしい気遣いじゃと、また次長に『指導』されてしまうかも知れないが。

「朝の御多忙な時間帯に、申し訳ありません課長」

「……どうしてレッスンプロのときとそうキャラクタが違うのさ？」

「そ、それは、私に課せられた重い使命というか責務ゆえ……課長には大変無礼だと思いつつ……」

「無事今日も腱鞘炎《けんしょうえん》だけどね、あっは。

いや改めて昨夜もありがとう。御家庭もあるのに、週二で二時間ずつゴルフレッスンだなんて。ただ、次長がいうには広川プロは当課、いや当部随一《ずいいち》のゴルファーらしいから」

「月末の警備部コンペまでには、私の命に代えても一二〇を実現していただきます‼」

「い、いや僕それだと死んじゃうよたぶん……」いかん。広川補佐はマジメだから、雑談を雑談と思ってくれない。「……それで？　何か報告があるとのことだけど？」

「はい課長。実は当県から警察庁に出向している山内をフルに使いまして──」

（山内。出向している山内、山内……

ああ、あの鷹城理事官の傘下《さんか》にいる山内警部だ。誓いの部屋まで案内してくれたっけ）

「──第一係で担当しております公理《コウリ》、15、特対《トクタイ》、極左《キヨクサ》のそれぞれについて、七月から九月までの当県実績を、内緒内緒で捜《さぐ》ってもらったのですが」

「広川補佐のところの、第3四半期の実績？」

「はい、司馬課長の新体制になってから、初の四半期実績になりますが──

つい先刻、私のデスクに山内から警電がありまして。公理《コウリ》が全国一一位、15が全国九位、特対《トクタイ》が全国六位、極左《キヨクサ》が全国一二位とのこと」

「えっそれってまさか――」

「はい課長、宇喜多課長時代からの悲願だった、全科目一二位以内が実現できました!!」

「それはすごい!!　いや、愛予はすごい愛予はすごいと聴いていたし実感していたけど、まさか最初の四半期でそれをやってくれるとは……もちろん宇喜多課長の布石があってのことだし、厳密にいえば僕、七月は課長やってないけどね。

　いやそれにしてもめでたい。次長は何と？」

「はい、宮岡次長は『その為《ため》にお前を筆頭補佐に置いとるんじゃけん、当然じゃろがな、もし』『全科目一桁《ひとけた》の約束はいつ実現しよんぞな、もし』とのことでした」

「といって、あの愛嬌《あいきよう》あるハゲポン顔でニカッとしたのは想像に難《かた》くないけどね、あっは」

　――全国一二位以内というのは奇妙な数字に聴こえるかも知れないが、これには確乎《かつこ》たる意味がある。というのも、平成一一年現在、警視庁・大阪府警察の両雄を含むいわゆる『大規模県』が一二だからだ。これは定員に着目した実務上のカテゴライズで、当県はもちろん『小規模県』である。よって、当県の規模からすれば、また当県の……なんというかその……田舎度合いからすれば、全国順位など三〇位いや四〇位であっても何ら不思議はない。まして次長がいう『一桁』ともなれば、三次会から完徹《かんてつ》で飲み明かし歌い明かしても何ら不思議はない壮挙《そうきょ》である。小が大を呑《の》む。駆逐艦が空母を沈める。小規模県の公安課長としては、ただただよろこぶしかない。

「率直に嬉《うれ》しいよ広川補佐。この勢いで全科目一桁も勝ち獲《と》ろう」

「――そこで大変僭越《せんえつ》ではありますが、第一係でささやかな紅葉狩りを考えております」

「もちろん。係員皆《みんな》と飲むのは着任以来のことだから、そうだな……

あっ、東山本部長にも御報告して、是非《ぜひ》とも御臨席の栄誉を賜《たまわ》ろう、そうしよう」

「なんと。社長もお誘いいただけますか」

「そりゃもう」

僕らは日陰泥沼の身の上だから、いいことは積極的にアピールしないと」

――そこはキャリア課長の強味だ。社長に対し『飲み会しましょう』なんて甘えが許される。後輩だから。そして実務的意義も大きい。例えば、広川補佐はこれから管理職試験を受けなければならない。第一係の係員の皆《みんな》も、それぞれ昇任試験を受けなければならない。そこにまさか情実はない。ないが、『社長と直《じか》に話せた』『社長から有難いお言葉を賜《たまわ》った』あるいは『社長に顔と名前を憶《おぼ》えていただいた』等々となれば、どれほど励《はげ》みになり、どれほど力強く感じることか。いや試験なんかを別論としても、あの東山本部長の御人格に触れれば、誰もが意気に感じ、誰もが士気を上げることだろう——そもそも既述のとおり、本部長など基本、課長以上としか話をしない殿上人《てんじょうびと》なのだから。都道府県警察の社長は、それだけ『大将』で、それだけ『偉い』のだ。それを上手く使うのは、むしろ僕の責務というべきものである。

「お心遣い有難うございます。課長が大変お喜びだったと、直ちに係の皆《みな》に伝達します」

「願います。

また、すぐに教えてくれて有難う。これから年末に向けて一緒に頑晴《がんば》ろう」

「では、赤松補佐もよい報告がありそうですので私はこれで。広川警部退《さ》がります!!」

当課では、各係は完全に縦割り。もっといえば完全に細胞化されている。すなわち、他の係がやっていることは同じ公安課員であっても分からない。それを掌握しているのは、ラインの最終地点にいる宮岡次長・僕・渡会部長だけだ。だから広川補佐は『よい報告がありそう』なる表現を用いた。他係のトップである赤松補佐に対し、そうした縦割りのマナーを守ったからだ。ただ、広川補佐の今の台詞《セリフ》からして、きっと広川補佐は赤松補佐の笑顔を見たし、もっといえば警電を使っている様子をも見たのだろう——

すると——

コンコン。

「課長、赤松入ります!!」

「ああどうぞ、いつもどおりそっちのソファね」

「了解っ」

さすがに赤松補佐は世馴《よな》れたもので、広川プロのようにはカチコチせず、僕の求めるとおり最初からソファに腰を下ろす。そしていう。

「課長、恐らく今、広川補佐が説明したであろう経緯から、ウチの第二係についても、第3四半期の当県実績が分かりました。これ、もう御存知のとおり、年間表彰をゲットしたときに耳打ちでもされんことには、警察庁もまず喋《しゃべ》ってはくれんのですが……

そこは出向者を出しとる強味です。山内はよう動いてくれとります」

「……うーん老獪《ろうかい》。話を焦《じ》らすね、赤松補佐!!」

「私最初に課長と会《お》うたときから思とるんですが、この課でいちばん老獪なのは課長ですよ。私は入校中でしたんで聴けませんでしたが、着任訓示の『対決姿勢』ゆう言葉が、『今更コイツ何言いよんぞ』と、どれだけ課員をイラつかせ発奮《はっぷん》させたか……あと、音楽隊の仕掛けを思い付かれたんも課長ですし」

「それは次長がかつて広報室長兼《けん》音楽隊長だったからできたことだけどね」

「何だかんだ言って、おふたりは阿吽《あうん》の呼吸、恐《こわ》い陰謀仲間ですよ、あっは」

「もうマクラは解《わか》ったから、それで、その……赤松補佐の担当する外事《ソトゴト》の当県順位は？」

「――どうにか一二位に!!」

「外事《ソトゴト》もか!! これで第一係・第二係諸共《もろとも》に、大規模県に伍《ご》することができたね、やった!!」

「いや手放しでは喜べません課長。これでようやく、大規模県の尻《ケツ》っぺたゆうだけです。バッターボックスに立っとる回数からすれば、打率はようない。それは順位から明白です。正直、年は離れとりますが、広川補佐から学ぶことも多い。私も情報の調理人としてもっと研鑽《けんさん》を積んで、私の任期のうちに悲願の全国一桁《ひとけた》を実現したい、思とります」

「そ、その言葉は課長としては嬉しいけど――宇喜多課長時代からの目標は達成できたわけだし。よって、第一係は第一係でやるけど、もちろん第二係も係員皆《みんな》と紅葉《もみじ》狩り、社長臨席で。それはいいよね、赤松補佐？」

「課長の命令とあらば……ただ、私はまだまだウチの係は上を狙《ねら》える、思とります。ここで油断せず、一気に全国五位以内まで駆け上がれる実力はある。そう思とりますけん」

「じゃあ命令。

東山本部長にも御報告して、御了解が得られれば慰労会をしてもらおう。命令」

「……係員を浮かれさせたくはないんですが、課長のお気持ち、嬉しく頂戴します」

「あと、命令じゃないけど気付きの点。今日のCSZ－4で発見したんだけど――」

「えっ、何かミスがありましたか？」

「うん情報の中の、とある固有名詞。

実は『モーニング娘。』にはマルが付くんだ。あれ句点の『。』が付いて固有名詞なの」

「ええっ、それまた課長好みの年寄りいじりでなく？」

「な、なんてことをいうんだ。いや全然ホント。なんなら調べてもらってもいいよ」

「うーん、情報道は、何年やっても奥が深いものですねえ……

了解しました課長、公用文には所要の修正を」

「いやもう今日の分はいいよ、警備警察的にはどうでもいいことだから」

「了解しました。では赤松警部退《さ》がります」

「実績の話、ほんとうに嬉しく思う。是非《ぜひ》これからも頼みます」

赤松補佐には、燻《いぶ》し銀《ぎん》の渋さと凄味《すごみ》がある。怒ったときの恐さでいえば、宮岡次長の次にドスが利いているかも知れない。顔貌《がんぼう》はとても温厚なのだが、ゆえに微笑《ほほえ》んでいることが多いのだが、だからこそ底の知れない恐ろしさがある。第二係はそれで結束しているし、他方、第一係は広川補佐の若さと生真面目《きまじめ》さに、年上の部下も年下の部下も唖《あ》然《ぜん》としながら思わず牽引《けんいん》されている。親分タイプと学級委員タイプとでもいおうか。そうした身近な『上司部下』の在り方も、僕自身にとって実に勉強になる……

「ああっ、課長!!」そのとき金属パーテ越しに、次長の大声が響く。「本部長レク!!時間!!」

「司馬警視了解!!」

——宮岡次長の声はほんとうによく響く。

僕は課長卓上の書類鞄四つの施錠を確認し、既に処理した二つを既決箱に、未処理の二つを未決箱に入れた。そのまま、〈本部長レク〉用に作成したペーパーを決裁挟《ばさ》みに挟み入れ、備忘録《びぼうろく》とともに課長室を出る。毎日社長室に入ることができるのは、情報担当課長だから当然とはいえ、嬉しく有難いことだ。

「じゃあ次長、行ってくる。部長決裁一件、その後本部長室、そのまま部課長会議で」

「——煙草、忘れとられますよ」

「あっホントだ……ってでも何で分かったの?」

「まだ解らんのですか」次長は故意《わざ》とらしく嘆息《ためいき》を吐《つ》いた。「私は課長の女房役です」

53

「……以上が昨日の、顧客団体それぞれの動きです。いずれも特異動向ございません。

主たる親展《シンテン》の内容につきましては、今朝方《けさがた》新たに作成したものも含め、只今《ただいま》御説明したとおり。進行中の実施《ザッヘ》にあっては、〈営業《エイギョウ》〉〈日記《ニッキ》〉どちらも事故等ございません。また金曜日に開催された『愛予政経懇話《こんわ》会』については、議事概要をまとめておきました。この議事概要については、お客様の分と異なり、水溶の必要はございません。最後に、当県警察についてでありますが、警察本部・警察署いずれにおいても、何らの兆《チョウ》はありません」

「うん、解った」

――警察本部五階、警察本部長室。あの巨大な会議卓。

東山本部長は首座にすわっている。僕は辞令交付のときから変わらず、本部長の右手側四五度の位置にすわっている。右斜め前から、本部長に諸報告をしているかたちになる。

東山さんは、これは恒例のことだが、僕の方を見ず、新聞を大きく広げて読んでいる。時折、セブンスターの紫煙《しえん》を紡《つむ》ぎながら、絢爛《けんらん》なガラスの灰皿に灰を落としている。その動きの都度、僕が決裁挟《ばさ》みを開いて差し出したペーパーをチラ見する。ん、ん、と軽く頷《うなず》いては、また新聞に顔を戻す。時々垣間《かいま》見《み》えるその顔には、いつもどおりの、仏像のごとき微笑みが浮かんでいる――

もし誰かがこの様子を見ていたなら、僕はかなり粗略に、あるいは邪険に扱われているると思うだろうが……実はそうではない。真逆だ。社長たる警察本部長とて、決裁なり検討《ケントウ》なりレクなりに来る部下職員を適当にあしらうことはできない。大切な部下だし、なにより本部長室に入ってくるのは課長級以上である。四十四歳の東山本部長からすれば、自分より年上の者ばかりとなる。むろん、最高指揮官として維持すべき品格と真摯《しんし》さが求められる。東山さんは有徳者《ゆうとくしゃ》だから、そんなことをいちいち意識しなくとも自然と礼節を守られるが、いずれにしろ上官と部下の、一定の緊張関係が生まれてしまうことに違いはない（もっとも、年上の部下の方でカチコチになってしまうのが通常だが……本部長は殿上人《てんじょうびと》である）。それは、どれだけ東山さんが優しげで親しみやすくとも、一定の壁となる。よって、まさか新聞を開きながら部下と視線も合わせず『ん、ん』なんて相槌《あいづち》を打つことにはならないし、部下の方でも、そんなことをされたら悲歎のあまり自決してしまうかも知れない。

つまり、今《いま》東山本部長が極めてリラックスしたかたちで、敢《あ》えて言えばやりたいようにやりながら僕と接しているのは、東山本部長と僕との間には緊張関係なり壁なりが無いか、あっても極めて微細なものだからである。気を遣われなくともよいから、素《す》の自然体を見せてくれている。僕が毎朝恒例の〈本部長レク〉を行うようになって長いが、既に着任二週目から、もうこんな感じになさってくれているのは実際、嬉しく有難いことだった。

――その東山本部長は、緑茶を美味しそうに啜《すす》ると、新聞を卓上に置いた。卓上に開いたまま置き、また新たなセブンスターに着火して、僕とは視線を合わさずに、必要最小限のことを訊《き》き始める。これも恒例のこと。

「愛予政経懇はどうだった？」

「引き続き地元政財界の方で盛況でした。今般の議題は『Y2K問題を考える』でしたので、講師は京大工学部の教授先生。これまでの定例会よりはウケていたと思います」

「いつも代理出席で悪いな」

「いえ、本部長は御多忙ですから」

「あと、『社内に兆《チヨウ》はない』。それはよいか？」

「防疫《ボウエキ》の観点から言えば、既把握《きはあく》のモグラさんの〈日記《ニッキ》〉には自信があります。封じ込めは成功していると考えます。また御下命《ごかめい》があり次第、どのモグラさんについても、実施《ザッヘ》をアクティヴに移行することが可能です」

「御油《ごゆ》警察署の副署長は？」

「現下の情勢から、僭越《せんえつ》ながら、水も漏らさぬ〈日記《ニッキ》〉を付けております。いささか地の利が悪いのですが……現在の所、引き続き大人しくしております。もとより特異動向が認知されれば、即報《ソクホウ》いたします」

「県下における、警察不祥事の観点からはどうだ。やはり兆《チョウ》ナシか？」

「うーん、敢えて言えば、国府《こう》警察署長さんが、ちょっと……」

「というと？」

「着任挨拶《あいさつ》のとき私自身も体験していますし、また、本部長のお耳にも入っているかと思いますが――最近もやはり、勤務終了時間を待たず客人と飲酒の席に出るなど、いささかお古い殿様タイプの振る舞いをお続けのようで……また、これも私自身が経験しているのですが、酒席で人事の話を談判するなど、いささかTPOをお辨《わきま》えにならない御性格もあり。

先日も私のところに直接警電が架かってきまして、要は、自分の可愛《かわい》がっている当該《とうがい》署の警備課長を、春の異動で当課の筆頭補佐に栄転させてくれ――と、まあ、俄《にわか》に信じ難《がた》いお話をなさいました。私数瞬、絶句してしまいましたが」

「あっは、それは変わっているな。素直と言えば素直だが……それほど直截《ちょくせつ》に情実人事を訴え出るとは。司馬も舐《な》められたものだ。坊やだからだろう」

「坊やながら、私は警察庁からも本部長御自身からも『東山本部長の目と耳になるよう』命ぜられておりますので、これまた僭越ながら申し上げますが……次に警察不祥事の爆弾がはぜるとするなら、その蓋然性《がいぜんせい》が最も高いのは、やはり国府警察署かなあと」

「あそこの署長が昭和レトロな殿様タイプだということは諸々《もろもろ》聴いていたが、具体的な話は初めて聴いた。ちょっと調べさせてみよう。

といって本来、こういうことは警務部長から聴きたいものだが……」

「……他に御下命等はございますか？」

「下命ではないが、言っておく。

最近、本部長公舎から出勤する都度、そう朝車窓《しゃそう》を眺める都度、あのシンボルを見掛ける。住田《すみた》温泉から警察本部に来るときもやはり見掛ける。その頻度《ひんど》が多くなっている。体感的に、増殖しているのを感じる」

「真円《しんえん》の中に、大小四つの十字架が配置されているあのシンボル――」

「――そうだ。ＭＮのシンボルだ」

ここで東山本部長は初めて新聞を閉じ、ほんの微《かす》か、僕の方に灰皿を寄せた。無言で。

僕は東山さんのこういう些細《ささい》な所作《しょさ》から、多くのことを学ばせてもらっている。

その東山さんはまた紫煙を紡ぎながら、今度は僕の瞳を射た。その眼光に、僕は膝《ひざ》を震わせた。心が求めるままマイルドセブンに着火し、深呼吸しながらいう。

「ＭＮの本拠地がある当県において、ますますその勢力を拡大されてしまっているのは御慧眼《ごけいがん》のとおりです。そしてそれはMN諸対策を所掌《しょしょう》する私の責任です。何を措《お》いてもお詫《わ》びいたします」

「謝罪はいらんぞ司馬。お前が謝ったところで、MNの跳梁跋扈《ちょうりょうばっこ》が止まるわけでなし。まして現場指揮官に必要なのは謝罪ではない。戦果だ……内偵はどうなっている？」

「残念ながら、未《いま》だ事件化《ジケンカ》のネタを獲《え》るに至っておりません。お怒りは甘んじて……」

「あっは。俺が怒って、それで事件化ができるのなら、警察には課長も本部長もいらんよ」

「公安課員六十八名、草の根を分けても、死ぬ気で……」

「――また、警察はスローガンで動くものでもない。確か司馬の言葉ではなかったか？一所懸命やることは目的ではない。それはプロとして当然の前提に過ぎん。精神論は燃料となるが、燃料を入れただけで仕事をやった気になる警察幹部の何と多いことか」

東山本部長の言葉には、これっぽっちの怒気もなかった。ただその方が遥《はる》かに利《き》く。

僕は巨大な会議卓で思わず項垂《うなだ》れた。そして項垂れたままいった。

「現在、事件経験のゆたかな課長補佐を中心に、公正証書原本不実記載、免状不実記載、詐欺《さぎ》、傷害、略取、誘拐、薬事法違反、旅館業法違反、食品衛生法違反、風営法違反、興行場法違反、建築基準法違反、消防法違反等々、想定されるあらゆる法令を検討・駆使して事件の掘り起こしを行っております。

必ずや遠からぬ内に、端緒《たんちょ》が獲《え》られた旨の報告をお持ちいたします」

「解った。それでいいんだ。任せる」

ここで東山本部長は、ちょっとだけ、ほんのちょっとだけ寂しい瞳《め》をした。

「俺の方でも、警察庁を宥《なだ》めるだけ宥めておく。鷹城君も、知らぬ仲ではないしな。ただ、言を左右にできるのも……まあ年内いっぱいだろう。司馬、頼む」

「司馬警視了解です」

……僕は当県におけるMN諸対策の現場指揮官だが、裏から言えば現場指揮官に過ぎない。他方で、東山本部長は最高指揮官だ。具体的な実務は僕に委《ゆだ》ねてくれているにしろ、最終的に、全責任を負わなければならないのは東山本部長。だとすれば、僕ごときが警察庁から締め上げられるレベルとは段違いの締め上げを、警察庁長官以下、段違いの雲上人《うんじょうびと》から受けているに違いない。それは、一介の新任課長に過ぎない僕には分からない、超ハイソな部内《ブナイ》政治だ。だが、僕自身が連日、一日の寧日《ねいじつ》もなく苦悶《くもん》しているその実感から、東山本部長の苦衷《くちゅう》をお察しすることはできる。

(なんといっても、第二のオウム真理教ともいえる、危険極まるカルトの本拠地をかかえてしまっているのだから……)

そしてオウム真理教に係る一連の事件の教訓から、今度は絶対に先制攻撃をかまし、今度はあらゆるテロゲリを未然防止して、MNを壊滅に追い込まねばならない。

……そしてその最高指揮官たるを辞めることは、一分一秒とて許されないのだ。

（僕が警察本部長だったなら、胃痛と焦燥《しょうそう》と、そうチンタラしている部下への怒りとで、日々罵声を絶叫してしまっているに違いない）

その意味でも、眼前の東山本部長が悠然《ゆうぜん》と新聞を開き、茶を飲み、煙草を吸いながら定例のレクなんぞを受けている姿は――このあとはシャンシャン大会の部課長会議まである――実は驚異的な自制心と忍耐の発露である。もし僕が二十数年後、どこかの警察本部長に任じてもらえたそのときには、この東山本部長の朝の姿と微笑みを、自分の基準・規範とするだろう。『警察一家』と呼ばれるとおり、キャリア・ノンキャリアにかかわらず、警察は家族だ。そして僕は、東山本部長といい渡会警備部長といい、その家族において背を追うべき父親に、ほんとうに恵まれている――

「おっと司馬、もう〇九五〇《マルキュウゴーマル》だ。今朝はここまでにしよう」

「了解です。お時間有難うございました。司馬警視退《さ》がります!!」

54

予定どおり、一〇〇〇《ヒトマルマルマル》からは〈部課長会議〉である。

といって、その議場たる大会議室は、実は本部長室のすぐ隣だ。

僕は本部長室を出、大部屋の稲宮秘書官に決裁挟《ばさ》みを大きく翳《かざ》して、朝のレクが終わったことを知らせながら、段取りをしてくれたことに感謝する。もう二箇月のつきあいゆえ、稲宮秘書官もカチコチした礼式的な動きはせず、『お疲れ様でしたー!!』とくだけた声を返すだけだ。僕はもう一度軽く稲宮秘書官に頭を下げると、いったん室外に出、廊下を数歩だけ進んだところにある巨大な両開きドアを目指した。映画館なり文化会館なりを思わせるドアだ。開けるときの音も、革を擦《こす》り合わせたような、劇場で聴かれるような、ギュウッとした音である。

――常どおり、大会議室の設営はすっかり終わっていた。そこは警察のやることだ。大会議室いちばん奥に、雛壇《ひなだん》。中心に警察本部長が、両翼に各部の部長が居並ぶことになる。

その雛壇に対し『コの字型』に長机《ちょうき》が配置され、そこには警察本部の全課長が座ることになる。

結構な数だ。雛壇だけでも八人、長机も加えれば四〇人以上が出席する。

そして現時刻、〇九五三《マルキュウゴーサン》。

五分前行動を旨《むね》とするのが警察官なので、長机の課長たちはほぼ出揃《でそろ》っている。既に大多数が着座し、それ自体は味も素っ気もない会議資料をパラパラ目繰《めく》っている。雛壇の部長たちも――我が渡会警備部長を含め――もうデンと、ドッシリと座っている。

そしてこの大会議室は巨大だが、四〇人以上を収容するとなると手狭になる。長机も、肘《ひじ》掛けの付いた革椅子《かわいす》も、キッツキツな感じで押し込められている。ゆえに、ちょっと出遅れた僕は、もう着座を終えた各課長の革椅子の裏を、それと壁とに挟まれるような感じで、『すみません』『失礼します』と謝りながら、身を細めて進んでゆく。数mの距離を一分弱かけ、やっと自分の〈公安課長〉なるプレートが置かれた席に到《たど》り着くと——

そのときあっけらかんとした、いかにも親分らしい声が掛かった。

「ああ司馬課長、おはようさん」

「迫《さこ》機動隊長、お疲れ様です!!」

警備部の課長は、くどいようだが僕と光宗《みつむね》警備課長と迫機動隊長の三人だ。迫機動隊長は警察本部とは離れた機動隊舎が勤務地なので、この部課長会議と、あと警備部で独自にやる〈部内課長会議〉のとき、公用車を二〇分程度飛ばして警察本部にやってくる。

僕は自分用の革椅子にギィと座りながら、迫機動隊長と雑談を始めた。

「着任のときにプレゼントしていただいた『ゴルフ・ルールブック』、さっそく役に立っています。どうもありがとうございました……というか、最初はプレゼントの趣旨が解らなかったし、こんなに役に立つとも思いませんでしたが」

「確かにアンタ、あれ渡したとき、狐《きつね》に摘《つ》ままれたような顔しとったけんね、あっは。けどお返しに、アンタが学生時代によう読みよったゆう蔵書、機動隊にようけ寄贈してくれたな。あれは助かった。ウチは若い子が多いけん、漫画と昇任試験問題集しか読まん。それじゃあ、たとえ昇任したとしてもその後、苦労する……警察官の仕事は、要は人を相手にすること、もうそれぎりやけん、新書でも文庫でも、頭の引き出しは多い方がええぞな」

「着任挨拶のときお訪ねしたっきりなので、また機動隊の方にも遊びに行かせてください」

「いや、まさかそがいな暇《ひま》はないじゃろ。儂《わし》も今のアンタはよう誘わんわい」

「――はあ？」

「宮岡が嘆《なげ》いとったぞな、もし。ドライバーどころか、まだ七番アイアンすらまともに使いよらんと。あの広川プロが付きっきりじゃゆうんに、こりゃがいに素材が悪いのう」

「いやいや、宮岡次長は僕に忠誠を誓ってくれていますから、そんな告げ口しないと思いますけどね」迫機動隊長は刑事畑の人だ。本人にもまるで嫌味がないし、こちらも構えずに軽口を叩《たた》ける。「ただ素材が悪いのは認めます。派手な筋肉痛と腱鞘炎《けんしょうえん》のわりには、うーん、広川プロの首《クビ》もまさに皮一枚。デビュー戦の警備部コンペってもう月末なのに、この調子じゃあ、どんな接待ゴルフをされても一五〇、いやきっと一七〇叩くかな……」

「……そ、それこそ催涙《さいるい》ガス天幕に一五〇分くらい監禁したくなってきたの。お望みなら投石とゲバ棒も付けるけんど。

ただ月末のオナーはアンタと決まっとるけん、最初のティーショット、ド派手に二四〇ヤードは飛ばして、催涙ガスならぬスモークボールの紅の煙、ぶしゅうとブチ撒《ま》いてくれんと困るぞな。間違っても、あっは、頭の後ろには飛ばさんようにの」

「いや仕事の性質上、赤い煙はちょっとマズいんじゃないかな……」

くだらないことをいっていると、迫機動隊長の声が刑事らしくデカいこともあり、他の課長各位がこちらをチラチラ見る。このあたり、まるで転校生の気分である。隣の席になった子とは結構話せるけど、距離があってまだ口を利いたこともないクラスメイトからは、警戒と捜《さぐ》りの視線を染《あ》びせられる――そんな感じだ。着任挨拶の『東京から転校してきました司馬です。仲良くしてください』的な会話しかしていない課長各位が多数なわけで、僕とてこの部課長会議は、あまり居心地よく感じない。もっといえば、我が公安課は隠微《いんび》な情報部門でもあれば、まさに先のごとく『王の目、王の耳』でもあるし、まして僕は、当県に四人しかいないキャリアなる珍獣。かなり警戒されるのもむしろ当然だ。

そんなことを思いながら、迫機動隊長と無駄話中の無駄話をしていると――このあたり刑事の人情の表れでもある――いよいよ時刻は〇九二九《マルキユウフタキユウ》になった。この時刻になると、僕がさっき入ってきた『一般用入口』とは違う『本部長専用ドア』から、稲宮秘書官の先導で、東山本部長が入室する（実はさっきの会議卓至近に、ここと直結するドアがある）。今度はまさに大将として、さっきとはまた違う悠然《ゆうぜん》さで、ゆっくりと首座に進む本部長。そして本部長が着座したその瞬間、ミュージック・スタートだ――

「それではお時間でございますので、只今《ただいま》から部課長会議を開催致します」

総務課長の司会進行で議事が進む。といって、誰もが会議資料で議題は分かっている。もっといえば、誰もが会議資料でプレゼンの内容も分かっている。事前に根回しも検討も決裁もすべて終わっている。その意味で、役所の会議というのは……我が社だけかも知れないが……実は会議ではなく、最終確認と連帯責任の儀式である。

ゆえに、議事はとどこおりなく進む。進まなければむしろ不祥事だ。平脇《ひらわき》監察官のプレゼンは、某《ぼう》県における覚せい剤使用揉《も》み消し事案とそれに伴う当県の対応について。会計課長によるプレゼンは、十二月初旬の会計検査院による本検査実施とそれに伴う当県の対応について。給与厚生課長によるプレゼンは、警察本部内一〇階診療所が先週からいよいよ月～金の勤務時間内すべてにおいて稼動《かどう》し、常在する医師によって病院機能を発揮できるようになったことについてと、健康保険組合員の医療費が急増していることと及び健康保険組合員が保険証を無くすケースが目立つことについて。生活環境課長によるプレゼンは、県内で店舗型性風俗特殊営業を営む者四人に対して行った、広告宣伝規制違反に対する指示処分について。実に予定調和の進行である。メモをとるフリをするのも恥ずかしくなる程《ほど》のうるわしき予定調和だ……だがしかし。

（次の、情報管理課長のプレゼンには注意しておく必要がある）

「それでは次に」総務課長の司会進行は続く。「情報管理課長、お願いします」

55

「おはようございます、情報管理課長でございます。私の方からは、いわゆる『Y2K問題』についての概要と、当県の対応について御説明いたします」

（ホイ司馬課長よ）

（何です迫隊長）

（ワイツーケーゆうんは何ぞな。新種のファスナーか何かか？）

（そりゃYKですよ。きっと情管課長が喋ると思いますが、Year 2 Kilo の略です）

（ますます解らん。儂いっつも『刑事バカにも解るように話せ』ゆうとるやろが）

（キロは一〇〇〇を意味するそうです。それが二だから二〇〇〇。すなわち）

（イヤーが年で、二〇〇〇年ゆうことか。ほしたら『二〇〇〇年問題』ゆえばええのに）

（それは確かに。僕も全く同感なんですが、どういう経緯か、口語ではY２Kが蔓延《まんえん》しちゃっているんですよね……）

「これは要は『二〇〇〇年問題』のことでして」まさに情管課長がそれに触れながらプレゼンを進めてゆく。「さらに要は、西暦二〇〇〇年になりますと……あと三箇月を切っておりますが……多数のコンピュータが一斉に誤作動を起こすかも知れない、その危険性が大いにある、という社会問題のことであります。

　では何故、西暦二〇〇〇年になるとコンピュータが誤作動を起こし得るのか、ですが。実は、今現在のコンピュータは、日付を——まあこの場合大事なのは年でありますが——いずれにせよ日付を西暦四桁《よんけた》では処理していないのであります。今現在のコンピュータは、最新の、ちょうど先月発売されたWindows98 SEが入っているものを含め、日付を、西暦下二《しもに》桁《けた》で処理しているのであります。具体的には、今年は一九九九年でありますが、コンピュータの脳は、これを九九年としか認識していないのであります。

　その理由は、コンピュータの歴史の、意外な古さにあります。コンピュータの原型ができたのは約五〇年前。コンピュータが普及し始めたのは約二五年前。そして普及し始めたときのコンピュータは、喩《たと》えるなら、今のフロッピーディスク一四枚程度の脳味噌《のうみそ》……というか記憶力しか持っていなかったのであります。こうなると、記憶力に乏しいわけですから、憶《おぼ》えさせることはできるだけ少なく、できるだけ省略したかたちで、という話になってきます。ゆえに、コンピュータに日付を認識させるに当たり、一九九九といった四桁の数字を使うことなく、九九といった二桁の数字を使うこととしたわけです。これは、昔々には何の問題にもなりませんでしたし、昔々の人々も、『マア西暦二〇〇〇年なんて遠い未来だから、それまでにはもっとコンピュータが賢くなるし、それまでには誰かがやり方を進化させてくれるだろう、俺も辞めているし、あるいは死んでいるかも知れないし』などと思っていたのであります。

ところが、確かにコンピュータは爆発的に賢くなり、いわば記憶力も格段に上がりましたが、他方でその『誰か』は、とうとう登場しなかった。言い換えれば『誰も』、昔からのやり方を変えなかったのであります。それは、誰かがやってくれるだろうと思っていたら誰もやってくれなかったという、よくある『お見合いヒット』な展開をたどってしまったからでもありましょうし、また、予算の制約とか、私も詳しくはありませんがプログラムをいじることの難しさとか――アレ結構面倒なようであります――あるいは昔々を知る技術者がもう死んでしまったとか、そうした実際的な難問によるところもあったでしょう。

いずれにしましても、今現在、そう今日現在に至るまで、この問題の本質は変わらないままです。そしてとうとう、来年は西暦二〇〇〇年。我々は、あと三箇月未満で二十世紀最後の年だと、問題の西暦二〇〇〇年だと、そんな時点にまで来てしまいました。

これがコンピュータにとって非常に問題だというのは、お解りいただけると思います。というのも、今現在、皆さんも卓上で公用のパソコンを使っておられるでしょうが、ただいま御説明したとおり、それを含むあらゆるコンピュータは、今年を九九年だと認識しておるのです。ところが、なら来年はどうなるか。そうです、コンピュータは来年を〇〇年だと認識するのです。九九の次は一〇〇ですが、コンピュータは年を二桁《ふたけた》でしか認識しませんので、この一〇〇はただの〇〇、〇〇二桁になってしまうのであります。

そして我々は人間ですから、これを西暦二〇〇〇年だととらえるわけですが、コンピュータは教えられたことしか理解しませんから、これを西暦一九〇〇年だととらえる可能性があります。ここで、コンピュータが生まれたのは一九〇〇年代。我々も、それを前提としてずっとコンピュータを使い、あるいは改良してきました。すなわち、コンピュータは一九〇〇年代以外を知らないのです。ゆえに『〇〇』ときたら、『ハハア、これは一九〇〇の一九が省略された表現だな』と、派手な勘違いをする可能性があるわけであります。

ここで、コンピュータがこの〇〇を勘違いすると、何が困るか。

カンタンな具体例を挙げますと、運転免許のデータベース。あるいは犯罪経歴のデータベース。その他にも警察には数多《あまた》のデータベースがありますが、これが二〇〇〇年以降のデータを、正しく処理できなくなる虞《おそれ》があります。もっとカンタンに言えば、二〇〇〇年以降のデータが打ち込めないとか、それが一九〇〇年のものとして認識されてしまうとか、そうした虞《おそれ》があるわけであります。このとき、データとしても免許証としても、『一九〇〇年一月一日交付』などというありえない処理が、誤ってなされる可能性があります。そして問題はそれだけではありません。この具体例にかぎって申し上げても、そもそもコンピュータが〇〇の処理に苦悶《くもん》して――というのもコンピュータにとって初の経験ですし、コンピュータにとって歴史が巻き戻るわけですから――脳味噌がパンク、いきなりシャットダウン、あるいは全データが消去される、などという恐ろしいシナリオも、まったく荒唐無稽《こうとうむけい》というわけではないのであります。このようなカンタンな具体例に限定しても、恐ろしい事態が現実的に想定されるわけであります。

そしてむろん、これは警察にかぎった問題ではありません。

今や日本全国、あらゆる地域でコンピュータが使われておりますし、あらゆる業種・あらゆる業界でもそうであります。官民を問わずそうであります。いえ、それは全世界的に見てもまったく同様であります。すなわちこの『Y2K問題』は、人類社会が初めて直面する、世界的規模の問題であります。また、あらゆる業種・業界で等しく発生しうる問題でありますから、我々としてはまず社会的インフラへの打撃を考慮せずにはいられません。具体的には、次のような者のコンピュータがダウンしあるいは誤作動することが考えられます。すなわち、電力会社。水道事業者。ガス会社。電話会社。鉄道会社。航空会社。海運会社。道路公団。あらゆる金融機関にあらゆる医療機関。中央省庁に都道府県に市区町村。むろん消防、自衛隊。

このような甚大《じんだい》な、恐るべき脅威に対しては、当然、既に政府レベルでの対策がとられております。昨年九月には、小渕《おぶち》内閣総理大臣を長とする高度情報通信社会推進本部が所要の行動計画を策定し、官民連携しての諸対策が実施されております。警察としても、警察庁策定に係る行動計画に基づき、システム点検、危機管理計画の策定等を行ってまいりました。当県としては現在、警察庁の指示に基づき、最終的なリスク評価を行っているところであります。それは全《すべ》ての都道府県警察において同様であります。そしておそらく今月末、一九九九年一〇月の終わりには、警察の分も含めまして、我が国全体のリスク評価が、高度情報通信社会推進本部によって、行われる見通しであります。

——長くなりましたが最後に、当県の対応についてであります。

当県警察としては、東山本部長の指揮の下、引き続きシステム点検、危機管理計画の実施の万全を期してまいりますが、重要インフラが機能不全に陥る虞《おそれ》があること、及び、それに伴うあらゆる混乱・騒乱・便乗《びんじょう》テロ等を抑止すべきことを踏まえ、またこの月初に対策委員会を起《た》ち上げた警察庁にならい、〈愛予県警察2000年問題対策本部〉を設置することといたしました。そしてとりわけ本年十二月三十一日の大晦日《おおみそか》、及び来年一月一日の元旦《がんたん》にかけて、捜査本部同様の規模で、警察本部一〇階大会議室にオペレーション・ルームを設置し、夜を徹した態勢で、危機管理の万全を期したいと考えております。その際、東山本部長はもとより、各部長、あるいは関係課長にもオペレーション・ルームに御参集いただき、大規模ないわば『当直態勢』『臨戦態勢』をとる予定でございますので、各部各課からの要員人出しを含め、あらかじめ御了承いただきたいと考えております。関係通達及び関係事務連絡にあっては、各部各課そして東山本部長の御決裁を頂戴《ちょうだい》し次第、直ちに発出させていただきますので、そのときは充分御確認のほど、よろしくお願い申し上げます。

大変長くなりましたが、情報管理課からは以上です」

「ありがとうございました」総務課長が欠伸《あくび》を嚙《か》み殺したような顔でいった。「以上で全ての発表は終了であります。各部長・各課長、本日の発表につきまして何か御意見御質問等ありましたら、御発言をお願い致します」

（あるわけないじゃろ）迫機動隊長がいった。（技官サンゆうんは、警電でも公用パソコンでもほうじゃけど、専門分野になるとマア、これまた楽しそうに喋りよること喋りよること……）

（といって、迫隊長）僕も小声でいった。（イザ県内の信号機が全部止まって、あちこちで事故がバンバン――なんてことになったら、そりゃ機動隊がお祭りの主役になりますよ）

（まったく、最初にコンピュータを開発した奴がええ加減なことしよるから……できることはできるときにやる。できるときの五分前からやる。やるとなったら、手を着けた奴が尻《ケツ》を割らんとまとめきる――職質でも取調べでもほうじゃろがな、もし。『誰かがやってくれよるじゃろ』なんぞ、危機不管理の最たるもんじゃ。最初にコンピュータを開発した奴は、よほど警察道を知らんとみえる）

（いやそれは知らないでしょう……そもそも警察官じゃなかったでしょうし。まして最初に開発した人には、どう考えてもほとんど責任ないわけですし）

「それでは御意見御質問等ないようですので、東山本部長から御訓示を賜《たまわ》ります」

「――ああ楽にしたままで。まずは、十二月七日から十日までの会計検査だが。

これは警察庁や管区警察局によるものではなく、会計検査院による本検査だ。会計検査院の実地検査は、各位御案内のように厳格なもの。各所属長は日頃から、自ら各課の会計の実態を掌握していると信じているが、これ、真実ありのままを述べるもので、だからカンペ等は許されないからね。先の警察庁検査で評定が辛かった所属にあっては、改めて、また当然のことだが、捜査費等の不適正な執行の絶無を期するとともに、検査官によるどのような質問にも自信を持って適正に回答できるよう、しっかりと準備を進め、まさか誤解を受けることのないようにしてほしい。

それから、Y2K問題について。これに関しては、まあ各部長の、あっは、『久々に当直がしてみたい』『警察官に晦日《みそか》も正月もない』なる心強い御発言もあったんで、除夜《じょや》の鐘を聴きながらの、大規模な対策本部を設置することとした。我々の本分はまさに危機管理だから、これを実戦の機会ととらえ、とりわけ便乗テロ等の封圧《ふうあつ》に万全を期したい、よって……」

東山本部長は、あの仏像のような微笑みを浮かべたまま、親しみある口調で、列席者総員に訓示をしているが……

（……その実、これは僕に対する下命《かめい》だ。

現下の情勢からして、西暦二〇〇〇年最初の一分にテロゲリをやらかす敵がいるとするならば、それはMNしかありえないのだから）

だとすれば、それを完全に封圧し、予防するのが警察の責務である。

そして当県警察でそれを担当している課長は、MN諸対策を所掌《しょしょう》する僕だけだ。仮に迫機動隊長が出動する実戦になってしまっては、それは予防の失敗を意味するのだから。それは既に、地下鉄サリン事件以来の大敗北となってしまうのだから。しかも、今朝の東山本部長のお言葉もある。警察庁を宥《なだ》めておける、タイムリミットについてのお言葉。

（そう、タイムリミットは『年内いっぱい』……

いやそれではギリギリだ。やはりクリスマス前には勝負を掛けなければ）

奴等《やつら》の新年祝いが先か、僕等《ぼくら》のクリスマスプレゼントが先か。

――午後からの課内検討《ケントウ》で詰めるべきことは、多くなりそうだ。

56

「もどりましたー」

お疲れ様です!!

――僕が八階公安課に帰ると、また課員の腹筋の利いた声が響く。

ここで、僕がいちいち、行ってきますだの帰りましただの自分の動静を口に出しているのは、まさか殿様ぶるためではない。課員にとって、課長が今いるのかいないのかは、時に命に関わる重大事だからだ。どの民間企業でもそうだろうが、『午前中にハンコがもらえなければ馘《クビ》かも知れない』『あと一時間で決裁してもらえなかったらこの仕事パアだ』という事態は必ず存在する。確かに、物理的に殺される事態はまずないだろうが、職業人としての終わりはナチュラルにある。僕自身、警察庁の廊下鳶《ろうかとんび》として散々経験した。そして警察の仕事では、意思決定の遅れが市民の命に関わるなど、全然めずらしいことではない。

また、僕が自分の動静を口に出すのは、宮岡次長とペア／コンビを組んでいるからでもある。公安課長と公安課次長というのは、重ねて、警察署長と副署長に相当するから。

よって実務的には、ふたりとも不在というのは許されない。これまた、意思決定の遅れに直結するからだ。だから僕は、次長にも必ず自分の動静を告げ伝えることとしている。僕は次長卓に歩み寄りながら言った。歩み寄りながら懐中時計の蓋《ふた》を開くと——情管課長の予想外の熱弁もあってか——微妙に予定が狂って、時刻は一〇四五《ヒトマルヨンゴー》。

「ああ次長、部課長会議終わったよ——情管課長からは、一般論しかなかった」

「ひと安心ですね。まさか技官サンから『MN諸対策については……』なんてプレゼンをされたら、我が公安課としては吃驚仰天《びっくりぎょうてん》ですけん。ただ」

「いよいよタイムリミットも確定的になってきたよね。Y2Kがあるかぎり。問題は、締切はハッキリしてきたのに、宿題の中身も答えも皆目《かいもく》分からないことだけど」

「午後の検討《ケントウ》で、もう一度我々の戦力と作戦を練りましょう」

「了解。僕はこのまま自室で決裁をしているから」

「了解しました」

——僕は次長席から幾許《いくばく》か離れて、例の金属パーテの開口部から課長室に入った。白布が被《かぶ》せられた大きな椅子に、どっかりと座る。執務卓の未決箱には、例の書類鞄《かばん》がふたつ残っている。それらは、今度は『第三係』と『第四係』の書類鞄である。すなわち、広川補佐や赤松補佐のような分析官——情報の料理人ではなく、情報の猟師たちが出してきた鞄である。

僕はそのひとつを採り、また赤鉛筆と鉛筆片手に、各係ごとの開け方にしたがってダイヤルロックを開錠した。まずは、第三係の公文書から決裁を始める。むろんその公文書も、CSZ－4で記載されている。

――そのとき。

コンコン、とすっかり慣れたノックの音がして。

「課長、失礼致します」

「ああ彦里さん、どうぞ」

「お茶をお取り換えいたします。姫橋茶の緑茶とダージリンのお紅茶、両方お持ちしました。もし喉《のど》が渇いておられるのなら、冷水もすぐに御用意いたします」

「いや水はいいよ、有難う彦里さん。いつもこまめにお茶を換えてくれて助かる」

「どちらも課長卓上でよろしいですか？」

「ええ、右の方のウイングに置いておいてくれれば」

「それでは失礼致します」

――彦里嬢はほんとうによく尽くしてくれる。まさか正確にはカウントしていないが、だいたい二時間に一度は、いつもの湯呑みとティーカップで、こうして茶を換えにやってくる。それも毎日、必ずだ。こうなるとむしろ、カフェイン中毒になるのを恐れなければならないだろう……僕としては、朝に一杯おやつに一杯で充分なのだが、純粋な好意を断るというのはとても難しい。そして実際、茶を淹《い》れてもらって困ることは何も無い。当課では、次長も含め課長以外は『手酌《てじゃく》』が基本なので、僕だけが彦里嬢を使い倒している感じなのもなんだか悪いのだが。

そんなことを考えながら、第三係の書類鞄から出した、第三係の公用文の決裁を続けた。

第一係・第二係の公用文とは、微妙にスタイルが違う。

大きな違いは、第三係の公用文が、A４水溶紙一枚紙で完結してはいないことだろう。具体的には、第三係は、A４水溶紙を三枚程度重ね、左肩をホッチキスで留めている（余談だが、警察の非公式礼式どおり、ホッチキスは『左肩ノの字に四五度』だ）。これすなわち、第一係・第二係の、一本一本が独立した〈親展《シンテン》〉とは全く異なり、そこにある種の小説が記載されていることを意味する。

（第三係は、確か昨夜、接触が一件あったな。分厚いのはその小説か）

――ここで、もう一度整理しておくと。

僕らのお仕事は『警備情報に関する職務』と『警備犯罪に関する職務』に大別できる。

そして第一から第四までの四つの係は、すべて前者の職務を行っている。

この四つの係が、大きく言って、また二つに大別できる。ジャンル的に大別できる。

情報の料理人と、情報の猟師だ。

既にお解りいただけるとおり、広川補佐の第一係と赤松補佐の第二係は、情報の料理人である。他方で、今日はまだ顔を見せてはいないが、丸本《まるもと》という警部が補佐を務める第三係と、着任日に僕をホテルから誘導してくれたあのぞなぞな内田《うちだ》警部が補佐を務める第四係が、情報の猟師となる。

料理人は、素材を料理してあの〈親展《シンテン》〉を作成する。

では、猟師は何をするかというと――

――もちろん素材を獲《と》ってくるのだ。野菜を収穫し、魚を釣り上げ、肉を狩ってくる。ナマの素材を獲ってきて、産地直送で第一係・第二係に宅配するのが、猟師たる第三係・第四係のお仕事である。では第三係と第四係は何が違うのかというと、第三係は『警察本部の直轄《ちょっかつ》猟師』、第四係は『警察署の猟師を指揮監督する猟師』となっている。もっといえば、第三係は僕直轄の猟師。第四係は、僕が直轄してはいない警察署の猟師の指令塔である（出先の猟師の長《おさ》、という感じか）。

そして、我が公安課の職務に隠微《いんび》でないものは無いが、とりわけ第三係・第四係は、実際に、部隊活動として具体的なオペレーションを実行するがゆえ、公安課の中でも特に秘匿《ひとく》された存在となっている――

――そう、通称〈八十七番地〉として。

だから、第三係・第四係の誰も、ここ警察本部八階の公安課大部屋にはいない。たとえ公安課員でも、第三係・第四係と無関係であれば——例えば庶務係員や事件係員など——その居所を知らないし知りえない。隣の警備課員や、部を同じくする機動隊員ですらそうだ（もっといえば、光宗課長や迫隊長でさえ）。まして生安・地域・刑事・交通といった他部門の警察官など、まさかこれと警察人生で一度も縁がなければ、そもそもこんな秘匿部隊など、都市伝説の類《たぐい》と考えていることも多い。

そうした小学生の秘密基地チックなガジェットがほんとうに存在する。そこが警察の稚気《ちき》あふれるところであり、また愚直さあふれるところでもあろう。ここで愚直、と評したのは、このガジェットが、治安攪乱要因《チアンカクランヨウイン》との実戦あるいは全面戦争を真剣に考えたその産物だからである。こと敵との対決姿勢という点において、警備部門ほど愚直で真剣なセクションはない。なにせ、『秘密基地』に加えて『忍者』まで用意してしまうのだから……

（ああ、第三係の昨夜の営業《エイギョウ》は、〈ホングウ〉か。

そういえば、会計検査用におさらいもしておかないとだな——

確か〈ホングウ〉は、そう、あそこの会社の当県書記長さんだったか。四九歳男性。

これで三年目の求愛になる。進捗率《しんちょくりつ》なら概《おおむ》ね三〇％……まだまだ山場がある恋愛小説だ）

僕は〈ホングウ〉の顔を知らない。だが是非《ぜひ》とも当課のオトモダチになっていただきたいという意味で、嫁さんや充香さんより熱烈に愛しているといってもよい――そう。

情報の猟師は素材を獲《と》る。

それはまず、そうしたオトモダチから獲る。

このことを、会計検査院すら公表している、秘密でも何でもない用語を用いて表現すれば――『警備犯罪に関する情報を、捜査協力者謝礼をお支払いして、捜査協力者から任意に提供していただく』とまあ、こうなる。この、会計検査院がいうところの『捜査協力者』こそ僕らのオトモダチで、しかも永遠に……少なくとも死が二人を分かつまで……深く濃い友誼《ゆうぎ》と愛情を維持すべきオトモダチである。

ここで、そのようなオトモダチが既にいるのならよい。

そのとき情報の猟師は、むろん情報を『任意に提供していただく』。

しかしながら、そのようなオトモダチがまだいないときは……

それは求愛しなければいけないだろう。まず出会い、少しずつ会話をし、好意を持ってもらい、食事だの映画だの旅行だの、とにかくデートを重ね、愛情の物語をクライマックスに持ってゆき――とうとうプロポーズすることになるだろう。プロポーズまですするからには勝算があるだろう。そして見事、婚約指輪を嵌《は》めてもらうことになるだろう。

病めるときも健《すこ》やかなるときも、富めるときも貧しきときも、互いを愛し、敬《うやま》い、慈《いつく》しむことになるだろう。そう、死が二人を分かつまで。

〈八十七番地〉の猟師たちが詰め将棋のように行うこの恋愛劇を、僕らは〈営業《エイギョウ》〉という。その意味で、情報の猟師たちは時にロミオでもあり、時にドン・ファンでもあろう。

（ウチの県で現在進行形の営業《エイギョウ》は……そう、ちょうど二十五だ。

第三係がやっている僕直轄の恋愛が四。第四係が署にやらせてくれている恋愛が二十一。そのなかでも、やはり直轄の営業《エイギョウ》はステキな恋愛で、ステキな思い人。とりわけ〈ホングウ〉と〈イイモリ〉とは是非《ぜひ》とも結婚したい……）

オトモダチになってくれれば、当然、猟師が獲ってくる素材はふえる。

猟師が獲ってくる素材がふえれば、当然、料理人はもっと美味しい料理ができる。

――第一係・第二係と、第三係・第四係は、こうしたスパイラルを求めながら、ともに『警備情報に関する職務』を実行している。そういうことだ。

ただ、例えばその〈ホングウ〉にしろ、三年目でまだ進捗率概算三〇％。確か、宇喜多課長の前任者の時代にオツキアイを開始したはずだが、課長が三人目になってもまだ三〇％。これまた、国家百年バカとして、地道に、コツコツと、誰にも評価されることなく、遠き道をゆかなければならない職務である……

僕はそんなことを考えながら、〈ホングウ〉とのステキなデートについての公用文に花押《かおう》を描き入れると、他に一緒に入っていた公用文を処理し始めた。第三係の書類鞄には、あと二件の文書が入っている。

それらは〈日記《ニッキ》〉そして〈防疫《ボウエキ》〉と呼ばれる仕事についての公用文だ。

これまた情報の猟師たちの職務であり、かつ、この営業・日記・防疫の三点セットが、情報の猟師＝第三係・第四係の必須《ひっす》科目といってよい。

僕はまず〈日記《ニッキ》〉の方から、またＣＳＺ‐４を読み下し始めた。こちらは恋愛小説というよりも、なんというか、まあアイドル追っ掛け実録といえよう。営業《エイギョウ》では真摯《しんし》な恋愛感情に基づく恋物語が展開されるのだが、日記《ニッキ》となるとまた違ってくる。日記《ニッキ》のお仕事は、相手との結婚を目的としてはいない。そもそも『絶対にプロポーズを受け容《い》れない』『死んでも猟師との交際は断る』と固く誓っている貞操観念《ていそうかんねん》あふれた方々が、日記《ニッキ》のお仕事のお相手である。そうした方々を、ステキなアイドルとして懸命に追っ掛ける。二四時間三六五日追っ掛ける。僕らは大ファンだから。そして、その赤裸々《せきらら》なナマのお姿を知る。それで充分だ。結婚は求めない。そうして懸命に追い掛け続けていれば、ステキなことが分かってくるだろう。生活パターン。言動。性格。勤務形態・稼働《かどう》実態。オフの日程。交友者・関係者・仕事仲間。趣味嗜好《しこう》に主義主張。居住実態に立ち回り先……そうしたヒトの基礎的なことが、日を、月を、年を費やすにつれ分かってくるだろう。そうすれば、もっとステキなことさえ分かってしまうかも知れない。例えば、まさに警備犯罪を犯してくれるとか、じき警備犯罪を犯そうとしてくれるとか、警備犯罪を犯す段取りをしてくれるとか……

そう。

〈日記《ニッキ》〉は、アイドルの追っ掛けではあるが、追っ掛けのための追っ掛けではない。僕らのお仕事の二本柱のひとつである『警備犯罪』を検挙するためのものだ。

だからこれは、刑事さんの言葉でいえば、内偵なり行確《コウカク》なりということになろうか。

極めて身近には、刑事さんが捜査する、薬物犯罪を想定してもらえればよい。

——あるアイドルに覚醒剤《かくせいざい》使用の嫌疑があるとき、刑事さんたちは、それはもう情報が入り次第、直ちに追っ掛けを開始するだろう。そのアイドルについて、右に述べたようなステキなことを、徹底解明しようとするだろう。もちろん水面下で。闇《やみ》の中で。被疑者本人にも誰にも抜《ヌ》けないように。時に年単位の時間を費やして。そしてイザ『今なら尿で使用が立証できる』『今ならガサで所持が立証できる』というタイミングが来たのなら、そのアイドルを電撃的に検挙するだろう。

僕らの〈日記《ニッキ》〉も、そうした、誰でも知っている犯罪捜査とまったく変わらない。もし変わることがあるとすれば、対象とする犯罪が警備犯罪であることと、そして投入する時間的コストが時に一〇年単位、二〇年単位いや三〇年単位になることとくらいか。〈例えば、この〈ベルーハ〉さんにしたって——〉僕は第三係のアイドル追っ掛け実録に花押《かおう》を描いた。(――お慕《した》い申し上げてから、もうじき四年目に突入するな。市役所職員、五三歳男性。あそこの会社の選挙担当さんと思《おぼ》しい方、か。最近は選挙も頑晴《がんば》っておられるからな、あそこ。

　捜査二課ではないが、我が方の狙《ねら》い目どおりにやらかしてくれれば。いや、まだまだ実態把握が足りないと言うべきだろう……そもそも論として、あの会社とのつながりを裁判官に立証できなきゃ、ガサの打ちようもない)

――〈日記《ニッキ》〉は、誰でもよいから追い掛ければそれでいい、というお仕事ではないし、胡《う》散臭《さんくさ》いから、気に喰わないから追い掛けよう――などと、そんな納税者に申し訳ない、そんないい加減なお仕事ではない。そもそも、ヒト一人を二四時間三六五日体制で追っ掛けるために、一日当たりどれほどの人的コストと移動手段と旅費交通費と装備資器材を必要とすることか。安手のスパイ小説よろしく、『コイツ反権力だから監視しちゃおう』『コイツ俺達に反抗的だから監視下に置こう』『コイツの弱味を握れといわれたから監視態勢をとろう』などという、まるでおバカな話はありえない。死んでもありえない。

　何故と言って――当課についていえば課員は六十八名。むろん〈八十七番地〉の猟師たちの数はもっと少ない。しかも、猟師のうち一定数は既に述べた〈営業《エイギョウ》〉で懸命に恋愛しなければならないのだから、アイドル追っ掛けに投入できる猟師の数はさらに少なくなる。ゆえに、当課の規模で、例えば『一〇人のアイドル』を追っ掛けるのは絶対に無理だ。まして、いったん追っ掛けを開始すれば二四時間三六五日体制で年単位の時間を費やさなければならないのだから（薬物犯罪でいえば、被疑者がやらかすまで延々続けるのは当然だ）、『思い立ったら監視開始』『思い立ったら対象追加』なんてのは荒唐《こうとう》無稽《むけい》な夢物語である。

だから、練りに練った戦略・戦術と、こうと決めたら三〇年は待つといった覚悟と、そして『絶対に警備犯罪を検挙する』という対決姿勢が必要なのだ。〈日記《ニッキ》〉に従事する猟師たちは、下手なスパイ小説でよくある、誰彼《だれかれ》かまわずストーキングをする予算無《む》尽蔵《じんぞう》・定員無尽蔵の権力の犬ではない。そんなコストは捻出《ねんしゅつ》できないし（もちろん会計検査がある）、何より確乎《かっこ》たる目的があるからだ。警備犯罪を検挙する、事件をやるという目的が。そう、情報のための情報がくだらないのと同様、追っ掛けのための追っ掛けもまたくだらない。情報は事件のためにあるのだ。僕らは警察官だからアタリマエだ。それこそが『捜査の権限を有する情報機関』である警備警察の本質だ。このあたりを押さえておくと、僕らのような小市民的陰謀屋もビックリの陰謀論が、まるでデタラメだと解《わか》る……

（あと第三係の書類鞄に入っているのは――）僕はまた、A4水溶紙三枚のアイドル追っ掛け実録を取り出した。（――ああ〈ミツヒデ〉か。県職員、五八歳男性。まあ県職員といっても、あっは、極めて身近な県職員さんだけど。

昨日も通常勤務後、午後六時三五分に退勤。いつもの居酒屋『魚かど』にて孤独のグルメ。ビール三本と日本酒を四合。さらに、帰宅途上で缶チューハイ三本と乾き物を買っている。引き続きアルコール大好き生活だな。一昨年御離婚されてから、加速する一方だ）

……そして〈ミツヒデ〉に警報を発すべき特異動向はない。午前〇時四〇分に就寝、むろん翌朝まで外出も点灯もない。僕はまた、決裁欄に自分の花押を描き入れた。

（まあ、警視といっても所属長ではない。そして二年後には退職。

感染が拡大しないという点では喜ばしいが、摘発できないという点では複雑だなあ）

——この、今《いま》僕が読んだアイドル追っ掛け実録は、〈日記《ニッキ》〉業務のうちでも特殊なものだ。

無論、アイドルの属性が特殊だからだ。

そして、こうした特殊な属性を持つアイドルの追っ掛けは、日記《ニッキ》のうちでも〈防疫《ボウエキ》〉と呼ばれる。理由はシンプル、感染症の流行を予防する業務だから。これはある意味、既に述べた〈営業《エイギョウ》〉と対《つい》になる、あるいは真逆のベクトルを持つ業務である。というのも——

……僕らは警備情報を求める。情報の猟師は、オトモダチからその素材を収穫してくる。オトモダチがいなければ恋愛をする。オトモダチになってもらう。これらが〈営《エイ》業《ギョウ》〉だ。ところが、此方《こちら》が考えることは先様《さきさま》も考える。此方《こちら》がやることは先様《さきさま》もやる。それが戦争だ。すなわち、先様とて僕らの情報を求める。そして先様の、まあその、非公然部隊は、僕らの中にオトモダチを作ろうとするだろう。いわゆるモグラさんとかだ。そのために、やはり懸命な求愛活動をするだろう。いや、もう結婚をしてしまっている警察官とているかも知れない。それはそうだ。例えば、結婚とまではゆかないまでも、新聞記者と愛人関係にある警察官などめずらしくもないから。新聞記者などという社会的に立派な御職業の方《かた》ですら、それくらいのことはする。なら、僕らの戦争相手がそれをやらないはずもない。

それが成功すれば、僕らの中に感染者が生まれる。

感染者は、まさか外観から識別できはしない。しかも、感染を拡大し始める。

いよいよアウトブレイクとなれば、捜査情報だろうが個人情報だろうがダダ漏れだ。

いよいよパンデミックとなれば、警察そのものが敵の指揮監督を受けるようになる。

……まあ、パンデミックの危機など半世紀に一度あるかないか程度だが。いずれにしろ、感染者を生まないことにしくはない。もし感染者が生まれてしまったら、あるいはその兆《チョウ》が検知できたなら、直ちに隔離《かくり》し、感染症の流行を予防するにしくはない。これすなわち感染症の防疫《ぼうえき》で、まさに僕らが言うところの〈防疫《ボウエキ》〉である。

（第三係の書類は、あとは定型的なものだな……）僕はそれぞれの決裁欄に花押を描き入れ、そして第四係の書類鞄を開けた。（……美愛署《みあい》、国府署《こう》、姫橋署《ひめはし》、そして愛予署。筆頭警察署の愛予署は別論として、どの署も体制が厳しいなか、懸命にやってくれている）

第四係は警察署の猟師を監督する係なので、僕のところに第四係から上がってくるのは、各警察署で行われている〈営業《エイギョウ》〉〈日記《ニッキ》〉〈防疫《ボウエキ》〉の各分野の公用文である。要するに、仕事の内容そのものは第三係と変わらない。誰がやっているかの違いがあるだけだ。

よって――

僕の『決裁タイム』の終了とともに、いよいよ、当県公安課の第一係・第二係・第三係・第四係が何をやっているか、それが明確になった。

というか、僕はそれを自分の脳内で、明確にしておかなければならない。僕は、仮初《かりそ》めにも当県における全ての実施《ザッヘ》を統括する現場指揮官だ。ゆえに、来る日も来る日もCSZ－4の公用文を読み下しながら、頭の中でそれを明確にし、咀嚼《そしゃく》し、確実に記憶し、必要あらば渡会警備部長なり東山警察本部長なりに即報《ソクホウ》しなければならない。当課の各係が今現在何をどうやっているかは、日々明確にしておかなければ仕事になんてならない。

（そして無論、僕は警察庁からの渡り鳥でもあるから、必要あらば鷹城《たかしろ》理事官にもお耳打ちしなければならないのだけど――）

——今日の諸々《もろもろ》の公用文の内容からして、お耳打ちすべき重要特異事項・突発重大事案はない。僕はそれに安堵《あんど》する一方、『Y2K問題、年末、クリスマス……』といった単語を思い浮かべては、いや安堵している場合じゃないぞという焦燥感《しょうそうかん》をも抱いた……嘆息《ためいき》を押し殺しつつ、最後の鞄、第四係の書類鞄に決裁ずみの公用文を封じ入れ、第四係のやり方で施錠《せじょう》をする。施錠をまさに終えた、そのとき——

コンコン。

また金属パーテがノックされた。僕は課長卓から顔を上げる。

「——課長、決裁を幾つか、よろしいですかの？」

「もちろんですとも、伊達《だて》補佐」

57

「ウチの書庫《ショコ》に、新しい蔵書《ぞうしょ》が入りましたのでの、ホッホッ」

「それはよかった。どんなお客様の本です？」

「まもなくかなたの」

「えっMN。在家《ざいけ》？」

「在家ですの」

「誰の寄贈《きぞう》？」

「クリーニングして検本してくれたのは広川サンですが——

最初に購入してくれたのは、諏訪《すわ》警察署の御津《みと》交番で巡査をしておる若い子でしての」

「えっそれもすごい。

念《ねん》の為《ため》、書籍を確認させてください」

「どうぞ、こちらですわい」

第五係の伊達補佐は、課長室内で自ら第五係の鞄を開け、決裁挟《ばさ》みを取り出した。

僕は、今度は茶の類《たぐい》も持たずにソファへ移動した。伊達警部はニコニコしながら立っている。僕はその、好々爺然《こうこうや》とした、白髪《はくはつ》で、小柄な、長い髭《ひげ》とアカザの杖《つえ》さえあればもう『仙人そのもの』といった感じの伊達補佐を、急いでソファに座らせる——もっとも、警察官が髭を貯《たくわ》えるというのはレアなことだが。また余談として言えば、伊達補佐は当課では僕同様、非主流派を構成するノンメガネ幹部である（宮岡次長、藤村管理官、広川補佐、赤松補佐、丸本補佐、内田補佐はこれすべて何故かメガネ派だ。警備部門は書類仕事も多いし、各種実施《ザッヘ》でやたら目を使うからかも知れないが……）。

「拝見しますね、ええと……」僕は決裁挟みを開き、赤鉛筆と鉛筆を持ちながら公用文を確認してゆく。「成程《なるほど》、警ら勤務の際に……職質端緒《たんちょ》ですか。もちろん所持品検査をして、残念ながらカッターナイフも特殊警棒も覚醒剤も出なかったけれど、はあ成程《なるほど》」

「真円《しんえん》の中に、大小四つの十字架が配置されている意匠《いしょう》の——」

「——バッジを発見したと。そしてもちろん無線照会をしたら」

「愛予県屋外広告物条例違反（禁止地域）で現行犯逮捕された前歴がありましての」

「ははあ、電柱へのビラ貼《は》りですか、それも成程《なるほど》」

「そこで、当時の取扱署である八幡島《やわたじま》警察署に詳細を確認したところ、当該ビラというのは、なんでも〈まもなくかなたの〉の教祖生誕六〇周年記念ミサについてのビラじゃったことが分かりましての」

「すると、いよいよ間違いないと。

いや伊達補佐よく解りました。むろん決裁します。これ是非《ぜひ》蔵書に加えてください」

「ありがとうございます。

ただ課長、この年寄りに免じてひとつ、お強請《ねだ》りを聴いてはくださらんかの、ホッホッ」

「……あっ、成程《なるほど》ですね、もちろん了解しました。

最初に職質でこの書籍を購入してくれた巡査くん。ええと」

「大庭《おおば》寛太《かんた》巡査二十四歳ですのう」

「新任巡査くんかあ。

すごく嬉《うれ》しいですね、若い子が当部門を向いて仕事をしてくれるのは」

「我々の、よき後継者になってくれるかも知れませんしの。青田刈りは大切ですぞ。ただ課長も充分『若い子』ですがの、ホッホッ」

「た、確かに考えてみれば二歳しか違わないか。すごく上から目線な言葉を遣ってしまった……」

立場が人を作る。そのとおりだ。僕はいつしか歳《とし》を忘れてしまっている。

「……いずれにしろその大庭寛太巡査には、僕の公安課長内賞《ナイショウ》を出しましょう。さっそく宮岡次長にその旨《むね》伝えます」

「いやもう宮岡サンには内々にお願いしました。

年寄りは老い先短いゆえ、気も短くての」

「し、司馬警視了解……

それじゃあ準備ができ次第、大庭巡査には公安課に来てもらって……いや、諏訪署はちょっと遠いから逓送《テイソウ》になってしまうのか。逓送《テイソウ》で賞状と副賞を送って、諏訪警察署長さんに授与式をやっていただきましょう。諏訪署長さんには、僕の方から警電しておきましょう」

「ありがとうございます。さすがに警察本部長賞なり警備部長賞なりは要件が厳しく、そうそう出していただけるものではありませんからの。

司馬課長になってから、バカみたいに気前よく……でのうて手当たり次第乱発……でものうて、そうじゃ、『現場のより積極的な賞揚《しょうよう》と士気向上のため、適時適切に』公安課長内賞を出していただけるゆえ、各警察署も各警察署長も吃驚《びっくり》しておりますぞ、ホッホッ」

「ぶっちゃけ、賞状代と副賞のポチ袋代と中身の五〇〇円玉しか必要ないですしね。それくらいは僕の財布から出しますよ。それで若い子が——じゃなかった新進気鋭の警察官が、朝会《アサカイ》で大勢の署員の前で署長さんから賞状渡してもらって、すごく気持ちよくなってくれて、あわよくば公安課のお仕事に熱心に協力してくれて——さらにあわよくば警備部門に入ることを志望してくれるなら、こんなボロい投資はないです」

「現場の警察官も、表彰歴となれば身上書《しんじょうしょ》に記載できますしの。まあ昇任試験の面接で、ちょっとは心証がよくなる……年寄りのお強請《ねだ》り、こころよく聴き容れてくださり、大変嬉しく思っております。儂《わし》もあと一年半もすれば定年退職。最後にお仕えできた若い子が、ホッホッ、宇喜多課長や司馬課長のような子でよかったですわい」

「いやいやまだ一年半ありますから。伊達補佐は当県警備警察の生き字引《じびき》。僕のような若僧の育成に、ますます励《はげ》んでいただかなければ困ります」

「年寄り使いが荒いですの——

あっそうじゃ、また月末の茶の湯、御臨席ください。ますます励んでいただかねば」

「うっ……まだ袱紗《ふくさ》捌《さば》きも満足にできないのに」

「俳句の方もとどこおっておりますぞ。いつでも添削いたしますゆえ――それでは御免《ごめん》」

五十九歳の、当課最年長警察官である伊達補佐は、仙人のような足取りで、仙人のように微笑《ほほえ》みながら課長室を辞去した。実に飄々《ひょうひょう》としている。よくあれだけ『ひょこひょこと』歩けるものだ……

（あと一年半か。定年延長制度でもあれば、できうるかぎり公安課にいてほしいのだけど。

茶の湯と俳句で培《つちか》った人脈も大きいしな。当県警察内はおろか、検察庁に裁判所、いや地元政財界にまでお弟子さんが多い）

――『部下に対して敬語を遣うな』と宮岡次長から厳しく躾《しつ》けられている僕が、あからさまといえるほど謙譲《けんじょう》の意を表しているのは、伊達補佐の年齢と立場ゆえである。これればっかりは、次長も指導をしない。次長自身も、僕ほどではないが伊達補佐には畏敬《いけい》の念をいだいているからだ。警備警察の大先輩でもあれば、茶の湯と俳句の師でもあるから（ちなみに当県では、ゴルフと並んで俳句が盛んである）。

また、伊達補佐が〈書庫《ショコ》〉ひと筋の職人、いや公安課の書庫《しょこ》の『永久管理人』といえる存在であることも大きい。すなわち伊達補佐の第五係は――いつか次長が述べたとおり――他係による情報の収集・分析が終わった後、それを必要に応じて分類・保存・管理する係だ。

我が課に情報の猟師と情報の調理人がいるのは既述《きじゅつ》のとおりだが、料理となった情報は、その場その場で活用すればよいというものではない。暴力団対策だって、その組なりその組員なりが一〇年前はどうだったのか、二〇年前はどうだったのか、三〇年前はどうだったのか……と、過去の情報を知る必要が生じるだろう。四〇年前のあの日はどうだったか、五〇年前のあの事件はどうなったか、それを知る必要も生じるだろう。ゆえに、素材を調理して味わって、ああ美味《おい》しかったごちそうさまと、それで満足しているわけにはゆかない。あたかも図書館が購入した本を読了後廃棄しないように、むしろ蔵書を蓄積してゆくように、いやむしろ積極的に新刊・古書を問わず収集してゆくように、戦争をする所属には書庫がいる。もちろんこの書庫というのは比喩《ひゆ》だが。そして図書館に司書がいるように、僕らの書庫にも管理人が必要だ。蔵書を把握し、収集し、保存してゆく管理人が。

それが当課の第五係であり、そのお仕事を僕らはそのまま〈書庫《ショコ》〉と呼んでいる。――第五係は、他の係に比べてとても地味で、しかも他の係をアシストする縁《えん》の下の力持ちだが、しかし第五係がなければ猟師も調理人も仕事にならない。どんなオペレーションをするにしろ、どんな分析をするにしろ、基礎データがなければ砂上の楼閣《ろうかく》に過ぎないからだ。過去の記憶なくしてどんなアウトプットもない。刑事部門とて――あれはどこの県だったか——おととしの一九九七年七月、なんと一四年一一箇月・五四五九日もの歳月をかけて、同僚のホステスを殺害した指名手配犯・女ひとりを検挙したではないか。こんなとき、『事件発生時のデータがありません』ではお話にならない。『それからどのような捜査をしたか』のデータも。『これまでどのような情報が獲《え》られたか』のデータも。『それをどのように潰《つぶ》していったか』のデータも。そうした基礎データなくして、指名手配犯の追及捜査などできはしない。なら、ウチの警備部門も一緒だ——というか、事情はもっと深刻で厳しい。ウチの警備部門では、被疑者が一四年潜伏どころか三〇年潜伏、いや五〇年潜伏といったケースなんてザラにある。敵は犯罪組織であり、資金もノウハウも豊富で、ゆえに逃亡被疑者に対する補給・支援能力が桁違《けたちが》いだからだ（オウム真理教関係の、警察庁指定特別手配被疑者がそのような長期潜伏事案にならなければよいのだが……そしてそのために、ウチの公安課も草の根を分けながら追及捜査を行っているのだが）。

いずれにしろ。

伊達補佐の第五係が行っているのは、そうした捜査等をガッツリ下支えする、ものすごい仕事だ——

（これこそまさに、悪口でなく『国家百年バカ』の極みだな）

未決の決裁はすべて処理した。

58

僕の午前中は、宮岡次長の決裁を経てやってきた、書類鞄の決裁書類を処理して終わる。より正確には、そうした決裁に加えて——今の伊達補佐や朝方の広川補佐・赤松補佐のように——自ら決裁書類を持参するなどして、僕に報告をしに来たり、僕の花押を求めに来たりする部下にも対応しながら終わる。まさに今日のように『部課長会議』的なイベントあるいはセレモニーがなければ、僕にとっても部下にとっても、午前中はいわば『ハンコポンタイム』である。

ハンコをポンしたり花押を描いたりするのに、勤務開始時間の〇八三〇《マルハチサンマル》から昼休み開始時間の一二〇〇《ヒトフタマルマル》までの三時間半を遣うのは、いかにも役所らしい、ノホホンとした仕事ぶりだと思われるかも知れないが……

しかし、実は三時間半では全然足りない。午後まで決裁書類を積み残すこともよくある。

というのも、CSZ-4で書かれた公用文を読み下して処理するのには時間が掛かるし、読み下してなお疑問が残る部分は、各補佐を課長室に呼んで説明を求めなければならない。また逆に、部下から進んで新しい報告を付け加えに来ることもある。公用文を前に、ちょっとしたミニ検討《ケントウ》をするとなれば、ああでもないこうでもない、と議論しているうちに、十五分三十分はたちまち過ぎてしまう。

そして決裁書類は、まさか警備情報なり警備犯罪なりに関するものだけではない。

まさかだ!!

……次長と僕は、重ねて副署長と署長に相当する。警察用語でいえばオフクロとオヤジに相当する。よって本来のお仕事以外の——そう情報だの捜査だのといったある意味ハイソなお仕事以外の——『家政《かせい》』に関する決裁が無数にある。その類《たぐい》の書類が無数にある。

まさに先刻《せんこく》話題となった『会計検査関係』などは解りやすい例だが、他にも、備品・貸与品・消耗品・借上《かりあげ》品といった物品の管理とか、拳銃《けんじゅう》その他の装備資器材の管理とか、公用車の運用状況の管理とか、ガソリンの使用状況の管理とか、週間行事・月間行事・年間行事の管理とか、上官のスケジュール管理とか、出勤簿と休暇願《ねがい》の管理とか、超過勤務状況の管理とか、日々の領収書の管理とか、帳簿の管理とか、現金の出納《すいとう》の管理とか、課員の出張の管理とか、課員の健康状態に関する調査なり書類なりの管理とか、課員の身上《しんじょう》実態に関する調査なり書類なりの管理とか、課員の勤務評定に関する調査なり書類なりの管理とか（あっそういえば、じき勤評《きんぴょう》シーズンだ。しかし『六十七人分』ってどんだけだよ……)、あるいは課員の人事に関する調査なり書類なりの管理とか、公安課の組織改編あるいはリストラに関する調査なり書類なりの管理とか、もう言うだけで疲れてきたのでやめるがとにかく、家政に関する管理仕事は無限にあり、よってその決裁書類も膨大《ぼうだい》な数になる。なるほど、『管理』職とはよくいったもんだ。

(組織は庶務で決まる、所属《シヨゾク》は庶務で決まるとはまこと至言《しげん》だ、正論にして実態そのものだ――)

まあ、家政・庶務に関する書類はまさかCSZ－4で記載されるわけではないので、あまり決断・判断を要しないものは一、二分で処理できるが、人事・予算・組織に関するものは、徒《あだ》や疎《おろそ》かには決裁できない。一日だけでは処理できないこともザラだし、次長とふたり、ああでもないこうでもないと、何日も検討《ケントウ》をすることとてザラである。民間でもそうかも知れないが、役所では『黙っていれば人も金も係も消える』のである。要求なくして査定《さてい》なし。いや、要求なくんば強奪あり。我が社における最強の査定部門である警務《ケイム》部門は、スキあらば定員を強奪し、薬物・銃器・ハイテク犯罪の分野で躍進《やくしん》著しい生活安全部門や、超流行の外国人犯罪対策分野へのパワーシフトを断行しようとしている。素晴らしい。いち愛予県民・愛予市民としては大歓迎だ。だが、財源として草刈り場となる警備部門の課長としては、まさか黙ってはいられない。とりわけ当課は課員六十八名と、当県警察本部における最大規模の所属であり、かつ、警務部門からすれば『冷戦の遺物』である……むろん、既得権益を固守するような真似《まね》はみっともないが、僕の代で公安課の定員が二〇%も三〇%もリストラされたとなれば、愛予県の警備部門に僕の居場所はなくなる。いやそれどころか、警察庁警備局も超絶的に激怒して、僕を色丹島《しこたんとう》の斜古丹《しゃこたん》駐在所か択捉島《えとろふとう》の紗那《しゃな》駐在所に配流《はいる》するだろう。ところが書類を適当に流していれば、そういう悲劇はナチュラルに生じるのだ。家政・庶務に関する書類は、そういうところが油断ならない。そんなこんなで、国家百年の大計に関係ない決裁にも、かなりの時間をとられる。

僕の午前中が決裁タイム、ハンコポンタイムになるのは、こうした事情からだ。

そして今、課長室の掛け時計を見ながら懐中時計の蓋《ふた》を開けば——

（おお、時すでに一一五〇《ヒトヒトゴーマル》……

警察本部の食堂のチキンライスは無駄に美味《うま》い。たぬきうどんの揚げ玉もまたたまらん!!）

僕は座ったまま思いっきり仰《の》け反《ぞ》った。白布を被った執務椅子《いす》が、気持ちよい金属音とともにキィと背を傾ける。かなり傾ける。もうひと伸びすれば、巨大な窓から天地さかしまに城山の紅葉《もみじ》が愛《め》でられるほど。

腹がぐうと鳴る。

鳴ってかまわない。

ここ課長室では、通常の声量ならたとえ議論をしたとしても音が漏れない。既述《きじゅつ》のとおり、最も近くにいる庶務係の島《シマ》にすら聴こえない――号令でも掛ければ別だが。この室はそういう距離関係・位置関係を維持している。まして、極論この室で堂々とハナクソを穿《ほじ》っていてもかまわない（いやしないけど……僕にもプライドがある）。とまれ、ハナクソも穿れるこの室は、外界からの視線をほぼ完全に遮断している。入口である金属パーテの開口部に立たなければ、あるいは、巨大な八階の窓の外側を浮遊しなければ、僕の様子を見ることは誰にもできない。まあハナクソは論外としても、時折紙の鍵盤《けんばん》で、ピアノの真似事《まねごと》ができてしまう。それは僕が時々自分に許す、内緒内緒のサボりだ。

（さて、彦里嬢が昼食と冷水のセッティングに来るまで、あと五分）

嬉《うれ》しい報《しら》せが多くて、しかも平和な午前中だった。午後に重い検討《ケントウ》があるから、有難い。僕は思わず独《ひと》り言《ご》ちた。どうせ誰にも聴こえない。

「ただ呑気《のんき》なことを言っていると、そうだなあ、東山本部長のおへやにいきなり極左《キョクサ》の飛翔弾《ひしょうだん》が突っ込んでくるかも知れないな。そんなナンデモアリが、この仕事の恐ろしいところ――

おっといけない。

『良い事も悪い事も、口に出すとほんとうになる』。『特に悪い事は』。田舎の婆《ばあ》ちゃんが、僕の小さい頃から、繰り返し繰り返し教えてくれたっけ」

自分の椅子で踏《ふ》ん反《ぞ》り返っていた僕の耳に、課長用警電のぽろぽろ鳴る音が響いた。

――するとそのとき。

59

幹部用の警電はぽろぽろ鳴り、実働員の警電はピロピロ鳴る。

詩的なのかどうなのか自分でも解らないことを呟《つぶや》きつつ、僕は姿勢をもどして執務卓上の警電を見遣《みや》る。執務卓は大きい。微妙に頭と肩を伸ばし、執務卓左側奥に置いた警電の、そのディスプレイを見遣る――

ぽろぽろ音から感じとった、悪い予感は当たった。

（……やはり、また、か。やっぱり婆ちゃんの言いつけを破ったのがよくなかった）

僕は誰にも見られない課長室の中で、最大級の渋面《じゅうめん》をつくる。

所謂《いわゆる》ツーコール・ルールを破り、ぽろぽろ音を三度、四度とリフレインさせてしまう。ただ、さすがに公安課長用の警電は、呼出音の音量を大きくしてある。つまり、少なくとも次長と庶務係には聴こえるようにしてある。そうでなければ、僕が会議等で不在の際、誰も警電をとらないという、警察では死んでも許されない大罪を犯してしまうことになるからだ。そして、これ以上ぽろぽろ音を響かせていれば、間違いなく宮岡次長がいわゆる14プッシュで回線を奪い、『ハイ公安課長卓上《たくじょう》扱い宮岡です』と警電をとってしまうだろう――

（ちっ、仕方ない）

僕はほんとうに嫌々受話器を取った。取ってから、思わず先様《さきさま》に聴かれそうになった嘆息《ためいき》を呑《の》み込んだ。そしていった。

「……ハイ愛予公安課長司馬です」

『ああ司馬君ごぶさた、警察庁特対《トクタイ》室から牟礼田《むれた》だけど』

「お疲れ様です、二日ぶりですね」

『午前中どこへ行ってたのかな……？　庶務係さんは会議だ……って言っていたけど？』

「警察本部長御主催の、部課長会議なるものがございまして。伝言でよろしかったのに」

『いや……なんだかね……僕が電話するといつも会議だからさ……

　ぜひ直接話したくて』

「申し訳ありませんでした、牟礼田補佐」

――それなら折り返しを求めればよいのに。当課員に、課長あての警電を未処理にするような不良《ゴンゾウ》は一人もいないのに。素直に伝言すれば、誰だってメモなり電話《でんわ》受《うけ》なりを作成して僕に渡すのに……きっと、奇襲をかけるのが余《よ》程《ほど》好きなんだろう。しかも飯時《メシどき》ときた。

「ただ牟礼田補佐、私、仮初《かりそ》めにも当県警備部の筆頭課長を務めさせていただいておりまして。どうやら説明を御希望のようなのでより具体的に申し上げますが——ただいまの部課長会議を始め、部内課長会議、部内次長会議、庶務担当課長会議、犯罪被害者給付金支給検討委員会、安全・安心まちづくり推進委員会、少年等による蝟集《いしゅう》事案総合対策本部、外国人犯罪対策本部、若手警察官の早期育成に係る伝承教養《キョウヨウ》の在り方に関する検討委員会、愛予県警察セクハラ対策委員会、愛予県警察受傷事故《じゅしょうじこ》防止総合対策本部、愛予県警察機関誌編集会議、愛予県警察あいよ巡査くんのパートナーマスコット検討会議——等々、自分でも吃驚《びっくり》するほどの会議に出席しなければならなくて」

『へえ……お偉くなって忙しいんだね……』

「六期先輩にそうおっしゃっていただけると冥利《みょうり》に尽きます」

『喜んでもらえて僕も嬉しいよ……で……お互い気持ちがよくなったところでいつもどおり訊《き》くけど。

事件はどう？ 端緒《たんちょ》は？』

……牟礼田警視は、警察庁警備局特対室で課長補佐を務める、キャリアの先輩だ。僕は警察庁にいるときから、そう警備局の廊下鳶《ろうかとんび》をやっていたときから、この課長補佐のことをよく知っていた。廊下鳶として、書類を持っていったり決裁をもらったりすることが多々あったからだ。ここで特対室とは、もう述べたとおり〈特殊組織犯罪対策室〉のことで、オウム真理教に係る一連の事件を受けて設置された室だ。

だから無論、ＭＮ諸対策もこの所掌《しょしょう》する事務となる。

ちなみに牟礼田警視は『課長補佐』だが、例えば当県の広川補佐・赤松補佐といったところとは全然違い、警察庁の課長補佐ゆえ、実は僕より偉い。階級こそ同じ警視だが、僕は新任警視、先様はもう六年も警視をやっている。そして警察庁の課長補佐ともなれば、役所を実際に回しているのは課長補佐といわれるとおり、実は絶大な権限を有する。全国警察における、ＭＮ諸対策の尻叩《ケツたた》き役が務まるほどの……

『あれっ、もしもし……？　断線かな、もしもーし……？』

「……いえ警電は断線しませんよ。

そして当県公安課一同、血眼《ちまなこ》になって、寝食《しんしょく》を忘れ、泥水啜《すす》り草を食《は》み、どうにか補佐の御期待に応《こた》えるべく、奮励努力《ふんれいどりょく》をしておりますが」

『要は端緒の夕の字もないわけね……？』

「申し訳ございません」

『確か司馬君の県には……ＭＮの〈教皇庁〉があるんだよね……？』

「御指摘のとおりです」

『確か司馬君は……ＭＮの事件をやるために警察庁から送り込まれた……んだよね？』

「御指摘のとおりの面もございましょう」

……あいかわらず執拗《しつこ》い。そして粘《ね》ちっこい。警察庁を駆け回っていた警部のころ、この陰湿な補佐を『ムー』『逆座敷童《ざしきわらし》』等々と呼んでは、同期に愚痴《ぐち》を聴いてもらったのを思い出す。せっかく警視に昇任し、せっかく警察庁から出て、やっとこのふしあわせの座敷童と離れられたと思ったら……むしろ警察庁時代より会話を交わすことになろうとは。なにせ勤務日の三日に一回、いや二日に一回の割合で警電を架けてくる。そして喋《しゃべ》ることはいつも一緒だ。何時《いつ》MNの事件をやるのか？　事件化《ジケンカ》の端緒はとれたのか？

（ハッ、あの大《ダイ》警視庁や大阪府警察だってやれていないのに……）

――着任二箇月でホイホイ討ち入りができるなら、今頃オウムも極左《キヨクサ》も壊滅できてるっての。着任二箇月でガサネタ拾えるくらいなら、そんなものまるっと地上から消滅させられるっての。牟礼田補佐も、警備事件の難しさ、まさか知らない訳じゃあるまいに。ましてこちとら、〈八十七番地〉の鷹城《たかしろ》理事官からも諸々《もろもろ》の御指導を受ける身の上だ。

（ああ、警察のセクト主義・タテワリイズムもえげつないなあ。オモテからもウラからも、早《は》よせえ早よせえと背《せ》っ突《つ》かれる。警察名物、所謂《いわゆる》スグヤレイマヤレナゼデキナイ、だ。そしてオモテとウラは、恐ろしいほど連携を取らない……）

まあ、警察庁〈八十七番地〉の方で牟礼田補佐を相手にしていないのかも知れないが。

どう考えても牟礼田補佐は、あの武人の鷹城理事官が気に入るタイプの警察官ではない。

「ともかくです、牟礼田補佐」僕は腹の音を鳴らしながらいった。「私の仕事ですから、補佐のお怒りは甘んじてお受けします。また私の本懐《ほんかい》ですから、MNへの討ち入りは必ず実現します。それは二日前もその前もその前もその前も断言させて頂きましたとおりです」

『言うだけなら猿にでもできるしね……』

「さっ、猿……!!

湯だけなら住田《すみた》温泉にたっぷりありますよ。いずれにしろ補佐も御多忙でしょう。私もそれなりにそうです。こうしたお電話に費やす時間があれば、私自身の営業《エイギョウ》……じゃなかった、ええと……

ともかく不肖《ふしょう》司馬警視、懐《ふところ》に退職願《ねがい》を入れながら、よく解らん会議に忙殺《ぼうさつ》されながら、

『MNの事件ができなかったらもう瀬戸内海を二度と越えない』覚悟でおりますので、どうかしばしの合理的な猶予《ゆうよ》と合理的な信頼を頂戴《ちょうだい》できませんか!?」

『いや……だってもう二箇月も……』

「やるっていったらやるんだよ!!」

そのまま警電の受話器を本体に叩き付ける。もうつきあっていられない。

(いかん、大切な備品に無茶なことをしてしまった。壊したら会計課長に殺される)

僕が思わず受話器を取り上げ、それをハンカチで拭《ふ》いてはキズを確かめていると――

コンコン。

「か、課長失礼いたします。御昼食の準備をさせていただ……いてよろしいですか？」

「あっ彦里さん、全然大丈夫、全然かまわない、どうぞ～」

「牛乳でもお持ち致しましょうか。それとも、チョコレートか栄養ドリンクを」

「いや、たぶんカルシウム不足でも糖分不足でもないから、それはいいよ……

それにしても、よく牛乳なんてものがオフィスにあるね？　彦里さんの奴？」

「あっいえ、私は今日は飲みません」彼女は腕時計を見た。「ただミルクとして、珈琲《コーヒー》や紅茶に入れるためのものが、冷蔵庫にパックで用意してあります」

「そうだったのか。僕はストレート派だから全然知らなかったよ。

ただ牛乳よりむしろ、そう、二日後の僕あての警電、全部とってくれた方が嬉しいかも」

「えっ、二日後の？　お電話ですか？」

「……あっいや、冗談というか戯言《たわごと》だよ。次長には内緒ね」

僕は自制心には自信がないが、上官を尊《たっと》ぶ心には自信がある。

だからまさか、警察庁の補佐にあんなことを言うとは。自分で自分が吃驚《びっくり》だ。

そして僕は小心者でもある。やがて架かってくるであろう、牟礼田警視の次の警電のことが気に懸かってきたけれど——

（あとは婆ちゃんの教えどおりだ。

やるっていったらやる。それだけ。そして口に出したからには、ほんとうになる。

ましてや警察官たるもの、吐いた唾《つば》は呑み込めない。そんなの警察道のイロハのイだ）

——それに、午後からの各補佐との検討《ケントウ》、俄然《がぜん》やる気が出てきた。アドレナリンもだ。

「彦里さん、いつも有難う。やっぱり気持ちに甘えるよ。

午後の紅茶には甘い物を添えて」

「了解しました。ちょうど評判の、愛予市名物いよかんあんパンが買えましたので、是《ぜ》非《ひ》」

「願います」

僕は、丁寧《ていねい》にチキンライスとたぬきうどんを給仕してくれた彦里嬢を退《さ》がらせた。

応接セットのソファに座る。たぬきうどんのラップを外す。

ふわふわギトッとした揚げ玉の、なんと魅力的なことか。

しばし世俗のことを忘れ、いただきます、と割り箸《ばし》を割ったそのとき——

ぽろり。ぽろり。ぽろり。

ぽろり。ぽろり。

……警電が鳴る。逆座敷童の逆襲か。いや違う。この鳴り方は部外《ブガイ》からだ。一般回線の、局線電話《キヨクセン》からだ。僕はまたある種の予感とともに、ソファを離れ、警電の受話器をとる。

「もしもし、公安課長司馬です」

『――本栖《もとす》です』

「ああ充香《みか》さん!!」

『今日の約束、私は予定どおりでいいわ』

課長室の発話は、誰にも聴こえない――

僕は愛する本栖充香の声に、躯《からだ》をぶるっと震わせた。

（そうだ。やるっていったらやる。何事もそうだ）

60

同日、一二一〇《ヒトフタヒトマル》。

警察官の食事は、速い。

物の五分もあれば、定食だろうが弁当だろうが空になり、すぐさま煙草《たばこ》モードか昼寝モードになる。その速度は、既に警察学校時代で鍛えられる。またそれは、キャリアだろうとノンキャリアだろうと変わらない。

僕はチキンライスとたぬきうどんを、まさに四分三〇秒強で食べ終えると、応接卓の上の新聞を適当に採った。朝、目を通せなかった文化欄だのコラム欄だの投書欄だのを、これまた適当に読み流すためである。大した意味はない。今着火した、マイルドセブンの食後の一服と変わらない暇潰《ひまつぶ》しだ。

コンコン。

そして金属パーテがノックされる。これまた普段どおりで、大きな意味はない――

「課長、失礼します」

「どうぞ、彦里さん」

入室の許可を得た彦里嬢が、チキンライスとたぬきうどんの盆を下げる。入れ換わりに冷水を注《さ》し直し、食後の緑茶が入ったあの大きな湯呑みをセットしてゆく。彦里嬢のお茶汲《く》みは、ほんとうにマメだ。スキあらば――というと言葉が悪いが、二時間いや一時間置きには緑茶と紅茶を入れ換えに来る。もちろん、というともっと傲慢《ごうまん》だが、それを洗うのも彦里嬢の役目だ。要は、僕は自分用の湯呑みなりティーカップなりに、自分が湯茶を飲むときか、決裁や検討《ケントウ》のため二、三m動かすとき以外、まったく触れることがない。この課長室の外で、自分の茶器がどのように動いているのか全く知らなければ、これがどこで、どのように洗われているのかも全く知らない。自分自身がお茶汲み係で、来る朝も来る朝も三〇人近い刑事たちに、それぞれの茶器で、好みの温度の好みの飲み物を給仕していた駆け出しの頃を懐《なつ》かしく思い出す……

「あと、申し訳ありません課長」

「どうかした？」

「ロッカーを開けさせていただいてよろしいですか？　お入れしてある合服《あいふく》に、アイロンをお掛けします」

「――何か行事があったっけ？」

　僕は煙草を指に挟んだまま、応接卓上の新聞からちょっと顔を上げて彦里嬢を見た。アイコンタクトで軽く頷《うなず》くと、彦里嬢は僕用のスチールロッカー手前に置いた黒いアタッシェを申し訳なさそうにズラし、それを課長卓の陰の方へ移動させると、ロッカーの扉を楚々《そそ》と開ける。

（あっしまった、またロッカーの前にアタッシェを置いてしまった）

　僕は自分のアタッシェケースをロッカーの前に置く癖《へき》があるので、彦里嬢がロッカーを開け閉めに来る都度、『ああ、そういえば前回も申し訳なく思ったなあ』と感じるのだが……まだコートの季節ではないため、自分ではロッカーなど開け閉めしないから、ついついそのことを忘れてしまう。そして彦里嬢が、黒いアタッシェを大事そうに課長卓の陰へとズラす都度、『明日からは絶対にアタッシェを課長卓奥の窓際《まどぎわ》に置こう』と心に決めるのだが……それを実行に移せた例《ためし》がない。僕がそんなことを思いながら彦里嬢の動きを見ていると、彦里嬢は何か勘違いをしたようで、焦燥《あわ》てた感じで謝りながらいった。

「し、失礼しました課長。勝手に課長のお鞄《かばん》に手を触れてしまって」

「あ、いや、僕が思っていたのはそんなことじゃないよ」僕は当課ならではの軽口を叩いた。「それ、飛んでもない仕掛け鞄だからさ、いきなり爆発したら彦里さんに悪いと思ってね、あっは」

「まあ」

彦里嬢はロッカーの中から警察官合服を取り出しつつくすりと笑った。それはそうだ。僕以外で最もこのアタッシェに触れているのは、時折課長車で外出するとき鞄持ちをしてくれる課員を除けば、ダントツで、僕の身の回りの世話を役目とする彦里嬢だからだ。まさか爆発などしようはずもない。それは彼女がいちばんよく知っている――

「で、合服は何に使うんだっけ？」

「ハイ課長。行事予定にも記載させていただきましたが、来週の火曜日には本部員点検《テンケン》がございますので、その前に制服を整えさせていただきます」

「げっ」

……そうだ、すっかり忘れていた、本部員点検《テンケン》。

（着任三箇月目でいきなり部隊指揮官をやらせるだなんて、東山本部長もまたお茶目だ

な……いや違う、渡会警備部長のお取り計らいかも知れない）

点検《テンケン》は、礼式にしたがったセレモニーのひとつだ。偉い人がやる点検官に、受閲《じゅえつ》部隊の装備品なり容姿威儀《いぎ》なりを、まさに点検してもらう儀式。これは警察本部でも警察署でもやる。当県警察本部では、月イチだ。そして受閲部隊員にはさしたる苦労がない。号令にしたがって、『手帳!!』『警棒!!』『拳銃!!』とか言われる都度、礼式にしたがったかたちで、装備品をザッ、パッ、ザッと出してゆけばよいだけだ。それを確認する点検官にもさしたる苦労がない。泰然自若《たいぜんじじゃく》と目で点検をすればよいだけだ。ところが、その受閲部隊を指揮する指揮官となると——当県警察本部では各課長の持ち回りだが——現場での部隊編制から部隊行動から部隊の展開にいたるまで、号令を駆使しながら、まあ、それなりにあざやかに部隊指揮官をやらなきゃいけない。点検《テンケン》でいちばん多忙なのは始終『点検官にィ——注目ッ!!』『直れ!!』『回れ——右ッ!!』『第一列八歩、第二列四歩前へ——進めッ!!』『回れ——右ッ!!』云々《うんぬん》と部隊を動かさなきゃいけない指揮官である。これは無論、警察学校で死ぬほど教練《キョウレン》されるし、教練は昇任試験の必須科目になっているくらいなのだが……

（こういうのは、日々やっていないと三日で忘れるもんだ。

警察大学校時代は、同期のあしっちゃんこと蘆沢《あしざわ》ともども、『ナチスも吃驚《びっくり》の教練魔』と異名をとったこともあるけれど……こういうのは性格が出るからな……官僚ライフに

課長ライフで、最初の号令が何だったかすらすっかり忘れてしまっている）

僕は、僕の警察官合服を回収しつつ、黒のアタッシェの埃《ほこり》をきちんと払いながら、それを丁寧に初期位置へと戻している彦里嬢に訊いた。

「今回の指揮官は、いったい誰の御指名だい？」

「渡会部長と聴いております。渡会部長いわく、『初訓示の要領でやりよったら、タツのこと知らん本部員も度《ど》肝《ぎも》を抜かれるじゃろ』――とのことで」

「だと思った。

まあそのお気遣いはとても有難いけど……」

「宇喜多課長のことを思い出しますと――」彦里嬢は課長室を出ながらいった。「――あとは『警察本部員の集合教養』、これもまた一〇〇名以上の前での講師になります。あるいは『課員の披露宴の主賓』。ひょっとしたら『仲人《なこうど》』ということになるかも知れませんが、これもまた二〇〇名以上の前でのスピーチその他となります。私ではとても……緊張のあまり何も喋《しゃべ》れなくなってしまうと思いますが、課長のお務めというのはほんとうに大変ですね」

「坊やだからね」

「え？」

「いや戯言《たわごと》だよ……有難う彦里さん。

ああ、ついでに本部員点検について。さすがに幾度かリハーサルをしておかないと心臓に悪い。リハ用の場所とか要員とか、次長にお強請《ねだ》りしたいから、次長が御自身のお弁当を終えていたら、課長室に入るよう言ってください」

「かしこまりました。ではいったん失礼致します」

彦里嬢が課長室内に向き直り、丁寧なお辞儀をして去ってゆく。

僕はまたマイルドセブンに着火すると、各新聞のどうでもいい欄を流し読みしてゆく。内容はほとんどスルーしている。僕の脳裏にあったのは、先刻の本栖充香からの架電《かでん》のことと、僕らの近い過去そして近い将来のことだった。しばし職務を忘れようと、彼女の肌のことばかり考えようとする。そう、無理だとは解っていても、できるだけ職務のことは忘れようと。するとそのとき――

コンコン。

また金属パーテがノックされた。まあ課長に昼休みなんてのは無いも同然なのだが。

「課長、ちいとお時間よろしいですか？」

「ああ次長、もちろん。あっは、熱心に仕事のことを考えていただけだから……

本部員点検《テンケン》の話？」

「それは後刻。既に当課の選抜メンバーによる早朝・昼休み猛特訓のスケジュールを組んどりますので御安心ください――当課の課長に恥は掻《か》かせられませんけん。

実は、それはそれとして、課長にマア、客人が」

「お客様？」

「——課長っ、どうもお疲れ様です!!

いやいや、御無沙汰《ごぶさた》しとりました!!」

「おや平脇《ひらわき》監察官じゃないですか。またどうしました、お昼休みに？」

それは当県警察本部警務部監察官室で、筆頭監察官を務める平脇警視だった。とにかくパワフルな外貌《がいぼう》と性格をしている。ブルドーザー平脇、重爆《じゅうばく》平脇との異名を持つ、猪《ちょ》突猛進《とつもうしん》型の上級幹部である。といって、そこは監察官なる隠微《いんび》な職に抜擢《ばってき》されるだけのことはあり、獅子《しし》と熊《くま》のあいのこの様な精悍《せいかん》な容姿とは裏腹に、智将《ちしょう》としての側面を有していた。もっともそうでなければ、警務部門の上級幹部など務まらないが。ちなみに既出《きしゅつ》ながら、平脇監察官は第一に警備部門出身者であり、第二に当公安課『平脇エコール』の師匠であり、そして第三に、実は当課の宮岡次長の義兄である——平脇監察官の妹さんが、宮岡次長の奥さんなのだ。

「今お時間よろしいですか、課長!?」

「イヤよくなくっても入ってくるのは知っているから、よろこんで時間を空けますよ、あっは」

「ホイ義兄《にい》サン、儂《わし》も必要かな？」

「ほうじゃの公明、できればお前もおってくれた方が有難いの」

「ほしたら課長、暑苦しい兄弟ですんませんが、私も一緒に入らせてもらいます」

「いや暑苦しいのはお義兄さんの方だけ……じゃなかった、もちろんどうぞ、入って」

僕は応接ソファの定位置に。そして平脇兄弟あるいは宮岡兄弟は、応接卓を挟んで一人掛けソファの方へ座った。といって、用事があると思《おぼ》しいのは平脇監察官の方なので、平脇監察官が僕の真正面に座するかたちになる。

「課長、御多用中ほんとうに申し訳ない」獅子と熊のあいのこの様な平脇監察官が、一人掛けソファの上で身を小さくする。「実はまた、課長のお力をお借りしたい事案がありまして――」

「どうぞ御遠慮なく。といって、用件は察しがついているけど」

「……義兄《にい》サン、またその関係かな、もし」

「仕方なかろうがな公明。警察本部ひろしと言えども、これが処理できるんは公安課長おひとりぎりなんじゃけれ」

「ほんで、あんたとこの警務部長、今度は何をやらかしよったんぞな、もし」

「いやそれは連日連夜、無数にやらかしよってくれるんじゃけど……先月はＡＰバッジを無くされよったし、先週は保険証を無くされよった。保険証なんぞ、これで三度目じゃ。いくら御自身が担当役員じゃゆうても……いや担当役員だからこそ警務部内で示《しめ》しがつかんわい」

「マア、生活態度がおよそ警察官らしくない、ゆうんは警察本部でも有名な話やけど。ただその都度その都度、猫の首に――いやどら猫の首に鈴を付ける役目をウチの課長に押し付ける、ゆうんは警務部としてどうなんです」

「けど公明、もう東山本部長が匙《さじ》を投げてしもたけん、他に誰が副社長をお諫《いさ》めできるゆうんぞ。そんなの、同じ東京人事で同じキャリアの公安課長しかおられんじゃろが」

「義兄サン、たまには出崎捜査二課長にお願いしたらどうですぞな、もし」

「いや出崎課長は庶務担当課長と違うけん、あまり警務部長室に出入りせんのよ。出入りしたら目立つのよ。その点、庶務担当課長である公安課長じゃったら、『ああまた何かの会議の打ち合わせかな』くらいですむけんの。

しかも今般お願いしたいのは、捜査二課どころか、まさに公安課の話じゃけれ」

「それで平脇監察官」僕は訊いた。「今般は我らが澤野《さわの》警務部長、どのようなお茶目を？」

……着任以来、平脇監察官の特命にはまあ、慣れっこだ。警察は階級社会だから、副社長をお諫めするとなれば社長しかいないのだが、社長はもう副社長に見切りをつけている。また、警視正をお諫めするとなれば同じ警視正しかいないのだが、地元警視正は同盟を組んでこれまた見切りをつけている。とすれば、誰が副社長の生活指導をする破《は》目《め》になるかというと。

「さて、今般はいったい何をお説教してくれればいいの？」

「……実は澤野警務部長、生協を使っておられるようで。

要は、食料品その他の宅配業者を使っておられるのです。それが、例えば飲料ちょっとだの生鮮食品ちょっとだの通販ではなく、もっと幅広な品を取り扱う、所謂《いわゆる》生協だと」

「なんと」

「奥様もしばしば警務部長公舎に足を搬《はこ》ばれているようなので、ゆえに買い物の不便等はないはずで、私もまさかとは思いましたが……」

「ええと、確か愛予県へは単身赴任でしたよね、澤野警務部長？」

「ハイ課長、基本的にはウチの部長、単身赴任です。

ただ私などもそうですが、夜間の決裁でお邪魔すると、奥様や妹さんのお姿を見掛けることもあります。御両者の保険証も、当県警察本部の方でお作りしました。ただ、先にチラと申し上げましたが、それらをいきなり無くされるのは困りものですが……」

「ならもう同居を始められたのかな？」

「ところがそうでもないようで……例えば夜間の至急報で警電を入れると、三分鳴らし続けても五分鳴らし続けても取っていただけないことがありまして。結局は御本人がお出になるので、要は、他に誰も電話を取ってくれる家人の方はいらっしゃらないのかと」

「出たり入ったりか。だから買い物の必要があるけど、御本人はまあその、昼寝と柔道とで過酷な勤務をこなしていらっしゃるから、スーパーその他へ行く手数が惜しいと」

「だから生協という話になってくるのかと」

「……義兄サン」宮岡次長がいった。「警備警察ウン十年の義兄サンらしくもない。そがいなこと、既に警察不祥事じゃろがな、もし。当県警察の副社長ともあろう方が、よりによって生協を使《つこ》とるなんて話が当県警察に蔓延《まんえん》したら、この際御本人はどうでもええけんど、愛予県警察の大恥じゃろがな、もし。いや大恥じゃゆうぎりならええけんど、実質的にもうオトモダチにされとったらどうすんですか。あのオウム真理教かて、弁当だか食材だかの宅配業、マメにやっとったんじゃけれ……そして仮初《かりそ》めにも副社長やけん、いくら東山本部長が抑えとるゆうたところで、副社長が『あの資料持ってこい』『この文書の写しよこせ』ゆうたら——まさか誰もが警視正なわけじゃあるまいし——叛《さか》らえる警察官なんぞおらんのじゃけれ」

「いや公明、それはちいと考え方が古いぞな、もし」平脇監察官が義弟にいった。「最近ではひとくちに生協、生協ゆうても様々な組合があるけんね。そりゃ幾つかは政治色が強かったり、いや対象勢力そのものが運営しとったりして、警察官としては死んでも避けんといけん奴《やつ》もあるけんど——警察法のイロハのイじゃ、政治的中立性の確保じゃ——最近では政治的に無色の奴もあれば、むしろ自衛隊サンが好んで使うような保守的な奴もある。またそもそも生活協同組合でのうて、いろんな消費者団体なり業界団体なりが、あるいは時には介護団体なりが、新しいタイプの宅配サービスを運営しとる場合も少なくない。ほじゃけん、生協だからいけん——ゆうんは話が古典的かつ大雑把《おおざっぱ》すぎるわい」

「いずれにせよ義兄サン」宮岡次長がいった。「澤野警務部長が、何某《なにがし》かの食品宅配サービスを使とる、ゆうんは確実なんかな、もし」

「それは確実ぞな公明。なんというても、警務部長運転手が何度か宅配サービスの配送車を確認しとるけん。で、それを聴いた儂《わし》自身もこの目で確認しに行った。毎週土曜日の一八〇〇《ヒトハチマルマル》は確実じゃ。それ以外の曜日とて、出入りしとるかもしれんけどの。

そこで公安課長、公安課長に是非《ぜひ》ともお願いしたいのは……」

「もうだいたい解《わか》ったよ、平脇監察官。

ちょうどお昼休みで目立たないときだ。これから、警務部長室に所要の確認と所要のお諫《いさ》めに行ってくる。いずれにしろ、事業者の実態を割らないことには、このまま漫然と宅配を利用し続けていただく訳にはゆかないものね。もちろん、我が社的に何の問題もないのなら、そりゃ僕らがあれこれ口出しすることじゃないけど——

じゃあ次長、警務部長室が今空いているかどうか確認して」

「いや大丈夫です課長」平脇監察官の方がいった。「今は優雅なお昼寝タイムですけん」

「け、警視正のお昼寝タイムを妨害するのはアレだけど……僕、午後もちょっとバタバタしそうなんで、とにかく今そのしみじみした事案を片付けてしまおうか。次長、これから三階に下りてくる。午後の検討《ケントウ》開始時刻までには帰る」

「了解しましたぞな」

「ああ、平脇監察官はどうぞここで。一緒に入ると話が大袈裟《おおげさ》になるし、澤野さん全然悪気のあるひとじゃないけど、地元上級幹部の前であれこれお説教されたくないだろうから」

「いやむしろすみません公安課長、お気遣いを賜《たまわ》って」

「義兄サン、いつもゆうとるけどこれ貸しですけんの。

来春の組織改編で警務部が公安課を派手にリストラしたら儂、がいに怒りますよ」

「それは解っとるゆうとるじゃろがな。儂も警備部門の出ぞ。受けた恩義は忘れんわい」

僕は義理の兄弟警視を僕の課長室に残し、『三階でーす』と課員に自分の動静を明らかにしてからエレベータに乗った。三階で下りて、一〇mも歩かないところに警務部長室はある。そしてそのドアは普段、開放されたままだ。今日もそうだった。僕は気持ちスーツの襟元をギュッと整え、しみじみと微妙な嘆息《ためいき》を吐《つ》くと、警務部長室のドアをノックする。

スナップを利《き》かせたノックに対し、特段の返事はない。これも普段どおり——

「警務部長、お昼休みに大変失礼致します、公安課長でございますが」

「……はふぉ～い、どうぞ～」

熊が冬眠から目覚めたような声。これも普段どおり。昼休みでなくともそうだ。

僕はツカツカと緋《ひ》の絨毯《じゅうたん》を踏みながら警務部長室に入った。

警務部長は、筆頭役員ゆえ事実上の副社長で、むろん警視正だ。ただの警視正ではない。都道府県警察の企画・人事・監察・教養《キヨウヨウ》・給与厚生等々、枢要《すうよう》機能を直轄《ちよつかつ》する警視正である。よってその個室は、僕の直属上官である渡会警視正——渡会警備部長のそれと大差ない。調度《ちようど》こそ黒、茶、紅と警察本部長室のものと揃《そろ》えてあり、役員室にふさわしい瀟洒《しようしや》で雄壮な印象を与えるが、むろん社長室ほど大きくはない。社長室の三分の一、あるいは三分の一弱か。すなわち僕の半個室を気持ち大きくした程度。そして警備部長室同様、社長室のような会議卓はなく、代わりに応接セットがやや大きなものとなっていて、それが会議卓の役割をも果たしている。その、頑晴《がんば》れば一〇人は掛けられる応接セットがデン、と個室の主役になっているのも同様。ゆえに、目指す警務部長執務卓へは、それを避けるため、気持ち細い抜け道を通る感じになる——

ここで、もし個室の主《あるじ》が当部の渡会警備部長なら、絶対にありえないことなのだが。澤野警務部長閣下は、豪奢《ごうしゃ》な執務椅子を北辺の巨大な窓に向け——だから入室者をガン無視するかたちで——両の脚を、思いっきり窓際のエアコンの上に投げ出していた。執務椅子の背もたれを極限まで酷使して、豪奢な執務卓に頭が触れるほど背を倒している。両の腕は頭の後ろで組み、あきらかに手枕《てまくら》を作っている。要は何の遠慮も衒《てら》いもなく、窓際で踏《ふ》ん反《ぞ》り返《かえ》って、ファーストクラスかビジネスクラスよろしく就寝体勢をとっておられる。といって、これも全く普段どおりだ。室内に、柔道着なりジャージなり、あるいはもう少し描写がはばかられる衣類なりが部屋乾ししてあるのも全く普段どおり……うう……

「……警務部長、司馬でございます。五分ほどお時間を頂戴できると嬉しいのですが」

「うぉい、はいはい〜、あぁ〜あふ……ああ、誰かと思ったら司馬君かあ。愛予県はいい。この紅葉がいいよ。あの山頂の、愛予城もほんとうに綺麗《きれい》だなあ……あまりに気持ちよくって、ついつい眠くなる」

「愛予県警察本部の窓は」先様《さきさま》は一〇期先輩のキャリアである。僕は普段どおり雑談から入った。「とても眺望に恵まれていますものね」

「あふは〜ぁ、はふぁ」澤野警視正は高く上げた両脚だけ下げた。「そういえば司馬君、ライトアップの話って、聴いている？」

「……ライトアップ、でございますか？」

「そうそう」ここで執務椅子が僕に向き直った。「今日も情管課長がプレゼンしていたけど、いよいよY2K、いよいよ二十世紀最後の年じゃん？　それでさあ、愛予県庁と愛予市がバックアップして、城山のライトアップをするんだよ。この十二月から。あんまり知られてないけど、そのテストっていうか試行期間が、もう夏場からチョコチョコ始まっていたんだってさ。僕、いつか言ったとおり写真も趣味だから、夜の愛予城ならこの部長室からも撮り放題だなあ、と思うと嬉しいよ。

　だからさ、司馬君も……ええと誰だったか、あの公安課の庶務嬢は？」

「当課の、彦里係員のことでございましょうか？」

「そうそう、彦里嬢。あの子、前の人事異動のときにいろんな所属から引く手数多《あまた》でさあ。そりゃそうだよね、すっごく優秀だもん。で、僕も何処《どこ》に配置しようか悩んだんだけどさあ……」

　話半分、いや話一〇％未満で聴いておくのが正しい。というのも東山本部長に見切りをつけられ、地元警視正同盟に反旗を翻《ひるがえ》された警務部長とくれば、もはや実質的に何の権限も持ってはいないからだ——とりわけ、決裁権まで召し上げられているのは東山本部長が力説していたとおり。

「……東山サンに、是非《ぜひ》とも公安課に配置すべきだって進言したの、実は僕なんだよね。

なんといっても司馬君は新任課長だから、いろいろ苦労することも多いかと思ってさ。僕がそう進言したら、東山サンもちょっと吃驚《びっくり》した顔をして、でもすぐに納得してくれたよ。やっぱり彦里嬢を欲しがっていた、警務部各課からはものすごい目で睨《にら》まれたけどね」

「身に余る御高配を賜《たまわ》り、ありがとうございます」

まあ嘘《うそ》ではあるまいが、ちょうど東山本部長も一緒のことを考えていただけ――というのが正解だろう。たとえ女房役の副社長が昼寝と柔道しか芸がないからといって、たまたま進言したマトモなことを敢《あ》えて却下する必要もない。また、警務部長自らが自分の部には優秀な人材を求めない――とまで断言してくれているのだから、東山本部長としては『あっそう、面倒がなくてよかった』と思うだけだ。

「それでその、御高配によって公安課に頂戴できました彦里嬢が、何か？」

「そうそう、その彦里嬢に日本酒でも用意させてさ」

「は？」

「君の課長室に居ながらにして紅葉《もみじ》狩り――なんてのも乙《オツ》なもんだよ？　ちょうどライトアップで、愛予城もキレイに浮かび上がるらしいから。ああそう、応接卓にお銚《ちょう》子《し》を並べてさ、ちょっとしたおつまみも用意してもらって。執務卓も執務椅子も離れてさ、長いソファにぐてんと寝っ転がって。ライトアップで豆粒ほどに浮かぶ愛予城を肴《さかな》に一杯、なんてどうだい？　まさか警察庁でできる体験じゃないからね、あっは」

……よりによって役所で、しかも警察の庁舎で飛んでもないことを喋っているが、しかしその口調は朴訥《ぼくとつ》で、どちらかといえば茫漠《ぼうばく》としている。裏から言えば、計算だの嫌味だの、そうした役人風《かぜ》は全然ない。これで、少しでも仕事をやる気になってくれたら。あるいは、少しでも愛予県警察のことを勉強する気になってくれたら。そうだ。僕はこの一〇期先輩の副社長が決して嫌いではなかった。個人的にお喋りをするかぎり、何の害もないからだ。むしろ、喋っている内容の是非《ぜひ》は別論、後輩思いの親分肌であることは間違いない。問題は、このひとがあまりに無垢《むく》すぎることと、あまりに自分を飾れないこと、そして自分の欲求に素直すぎることだった。だから僕は、苦笑するしかなかった。

「アドバイス有難うございます。課に戻りましたら検討してみましょう。

それで警務部長、実は只今《ただいま》、こちらに参上しましたのは……」

「ああ、このあいだ司馬君に説得された勤務時間の話なら、どうにか九時には登庁するようにしたよ、あっは」

「有難うございます、しかしそうではなくて……」

「保険証を無くしたこと？　あれはさあ、妻や家族が東京を行ったり来たりしているからさあ、ついつい」

「いやそうでもなくてですね、実はその……

……ちょっと小耳に挟んだのですが、部長はその、食料品の宅配を使っておられるとか」

「ああ生協ね。うん使っているよ。

司馬君もどう？　ちょうどパンフが、机の中に――」

「――有難うございます、お借りします」

「いやそれ持っていっていいよ、僕は何時《いつ》でももらえるから」

僕は澤野部長が無邪気にも手渡してきたパンフを見た。どうやら月例のカタログのようだが、新規申込み等についても最終ページに説明がある。この食料品宅配サービスの事業者は、あるいはそのサービス名は、〈きれいな川　すいしょうコープ687〉らしい。

（……既存の、特段の注意を払うべき組織には該当しないが、しかし、だ）

ただ該当してからでは遅いのだ。大袈裟《おおげさ》な言い方をすれば、既に監察官室までが事案を認知している。そしてキャリアの不名誉は、せめてキャリアで雪《すす》ぐのが愛予県への義理だ。

ゆえに僕は。

まさか、一〇期先輩にすることになろうとは思わなかった教養《キヨウヨウ》を始めた——

生協だからといって警察官が忌避《きひ》すべき理由は何も無いこと。それは警察官個々のライフスタイルの自由の問題であること。しかしながら、それが生協であろうと句会であろうと写真サークルであろうと、世の中には過度な政治性を持ち、ゆえに警察の政治的中立性と両立しがたい団体も存在すること。そして過度な政治性を持つばかりか、公共の安全と秩序を侵害する極左《キヨクサ》やカルトが各種団体を支配していた実例もあること。したがって、特に現場の上級幹部としては、部下職員に不当な影響を与える可能性も顧慮《こりよ》して、その私生活においても、どのような団体と関係を持つかについて、充分な事前検討と関係部門への相談を怠《おこた》るべきではないこと……

「そのような観点から、大変申し訳ないのですが、澤野部長におかれては一時的に、このサービスの利用を休止していただきたいのであります。無論、諸々《もろもろ》確認をいたしまして、何の問題もないとなれば引き続き御利用いただければと思います」

「そっか、そういうもんかあ、いや御免《ごめん》、僕は警備警察のこと全然知らないからねえ」

「いえ私も当該《とうがい》団体のことは初耳ですので——警務部長に安心して御利用いただくべく、急ぎ所要の確認をしたいと考えます。それまでは、暫時《ざんじ》」

「うん解った、解った。単純に、買い物の手数を省きたかっただけだから。

むしろ司馬君の方で、これは大丈夫だっていう所があったら教えてよ」

「それも併せて確認を致します。それでは部長、お昼休みに、しかも一〇期後輩が出過ぎた真似をして申し訳ございませんでした――司馬警視退《さ》が」

「ああ司馬君」

「あっはい」

「僕は全然興味がないけど――」澤野部長は茫洋《ぼうよう》といった。「――ここだけの話、監察官室が、君の女性関係に若干の興味を持っているらしいよ。まあ君も単身赴任だし、いろいろ遊びたい盛りだろうけど、あっは、不倫は警察の華《はな》にして警察官殺しだからねえ……お相手の女性にも、週刊誌だの何だのの取材で、派手な迷惑を掛けるおそれがあるからさ。まあ、僕のできる範囲で握りつぶしておくけどね。

ただ、それは監察官室の誤解だという可能性もあるし、君の側にも何らかの深い事情があるのかも知れないし……もし何か悩み事なり相談事なりがあるのなら、監察担当役員の僕に、こっそり耳打ちしてくれてもいいよ。無論、悪いようにはしないし、深い事情があるのなら先輩キャリアとして役に立ちたいし」

「……部長のお心遣い、ありがたく頂戴します。

といって今現在、御指摘のようなことに心当たりはございませんので。

では司馬警視退《さ》がります!!」

「あっそう。はいはい～」

61

同日、一二四五《ヒトフタヨンゴー》。

僕は八階公安課に帰るや、引き続き課長室で待機していた宮岡次長・平脇監察官の義兄弟警視コンビと、澤野事案等々への対応を協議した。

といって、難しい判断があるわけではない。〈きれいな川　すいしょうコープ６８７〉の実態把握と、カンタンな澤野警視正周りの点検《テンケン》。そのあたりは、まさか監察官室に実働部隊があるわけではないので——ここは大警視庁でも大阪府警察でもないから——当課が請け負うことにした。無論、宮岡次長としては『警務部への貸し』なわけだが、借りる側の平脇監察官とてウチの部門の出身なわけで、そこはまあギリギリした話にはならない。持ちつ持たれつだ。監察官室に少なからず警備部門の人間が入っているのは、こうしたお仕事の請負なり人の貸し借りなりが多いからである。

「そうしましたら課長」平脇監察官がいった。「結果が分かりましたら——」

「僕か次長が御一報しますよ。

あと監察官室で御懸念《ごけねん》らしき、僕の女性関係なるものだけど、それいったい何？」

「えっ、そんな話を誰から？」

「澤野警務部長から」

「……私は筆頭監察官をやっとりますが、そがいなことに興味関心を持ってはおりません。また当部門出身ですけん、興味関心を持つはずがありません。ひょっとしたら監察官室長が何か動いとるのかも知れませんけんど——あれは刑事出身だから課長のことを良くは思っとらんでしょう——ただまさか、課長の行動確認ができる部隊もなければ技能もないですけん、放置しておいても問題なかろうと思います」

「ただ義兄《にい》サン」宮岡次長が僕らを睨《にら》んだ。「何処《どこ》からどう漏れた話かは、気になります。漏れ方によっては、そんな根も葉もない噂話《うわさばなし》で、課長の足が引っ張られても困るけん」

「ホイ公明よ、御本人を前にしてアレじゃけど、『根も葉もない』のは確かやろな？」

「あんたも勘《かん》が鈍ったかな、もし。課長がそこまでバカかは解ろうがな、もし」

「それもそうじゃの……」

ほしたら課長、儂は課長のこと信じて、その関係の話は全《すべ》て叩き壊しますけん」

「……とても安心しました、平脇監察官。

まあ東山本部長は聡明《そうめい》な方だから、そんな『根も葉もない』でっちあげを聴いても苦笑なさるだけとは思うけどね、あっは」

「ほしたら私はこれで」平脇監察官がソファを起《た》った。「また遊びに来ましょうわい」

「いや、碌《ろく》な話を持ってこんけん」宮岡次長がいった。「ずっと三階におってくださいや」

　まあそういわんと、ひとつ頼むわ、と言いながら平脇監察官は辞去した。

「――さて課長、くだんの生協。私の方から実態解明を第三係に命じましょうか？」

「いや次長、実は若干気に懸かることもある……第三係にはそれも含めて、僕の方から所要の下命《かめい》をしておく。これから〈八十七番地〉に警電を入れておくよ」

「あと課長、これは老婆心《ろうばしん》、いや老爺心《ろうやしん》の最たるものですが……課長の防衛《ボウエイ》は二四時間三六五日体制で行っとります。これはいつも御報告しとるとおりです。宇喜多課長の事件もありましたけんね……何が言いたいか、ゆうたら」

「火遊びはほどほどに……いや、火遊びにはならないように？」

「もう一度言うときますが、公安課長にプライヴァシーなんぞはございません。

　重々お心得《こころえ》かと思いますが、くだらんことで警務部長なり監察官室なりに騒がれることのないよう――今すぐ防衛員《ボウエイイン》どもに『脇《わき》が甘い』『何者かに気付《ヅ》かれとる』と気合《くうき》を入れときますけん。僕からはそれだけです。あとは課長のお心掛けとお振る舞い次第。課長の健全な人間関係に、私ら文句を言える立場と違いますけんね」

「司馬警視了解。次長に生活指導されないよう、引き続き品行方正を旨《むね》としよう」

「課長は可愛《かわい》い顔しておんなに目が無いけん……」

「事故は起こさないよ」

「起こされたら儂ら全員馘《クビ》ですぞな。ほしたら宮岡警視退《さ》がりますけん」

――僕はかなりの背徳感を感じつつ、宮岡次長を課長室から出した。

そして課長卓に帰り、卓上の巨大な警電を取って、〈八十七番地〉に所要の下命をする。内容が複雑かつ微妙だったので、いささか説明に時間を要した。ゆえに受話器を置けば、もう時刻は一二五五《ヒトフタゴーゴー》、あと五分で昼休み終了である。なんだかんだいって、僕の昼休みは突発的な決裁か、突発的なお客様のため、昼休みにならないのが一般だ。オペレーションを持っている課長というのは、あれこれと対処しなければならないことを幾つも抱えている……

そんなことを思いながら、僕はもう一度、自分の警電の受話器を見遣った。

この昼休みが始まる前、課長卓上に架かってきた、一本の局線電話を思い出す。

いや、思い出さざるを得ない――

本栖《もとす》です

その彼女の声に、僕はどれだけ躯を震わせたことか。

そして次の約束が取れたとき、僕はどれだけ神様に感謝したことか。

（――最後に彼女と会ってから、そう、もう三週間ほど過ぎただろうか？）

だから、三週間ぶりの電話で、会話だ。確かに前回会ったとき、『一〇月に入ったらまた予定を調整しよう』って約束し合ったが、やはり彼女の方から電話をしてきてくれるのは嬉しいものだ。もし充香さんと僕がiモードの携帯電話を導入していたなら、互いに二五〇字のメールは送れるが、僕はまだ五〇字のメールしか送れない古い携帯電話を使っているし、充香さんがiモード端末に買い換えたという話も聴かない。ゆえに僕らがメールで詳細をやりとりすることはない。また、彼女が僕の携帯でなく警電を鳴らすのは癖《くせ》だ。というのも彼女は知っているから——警電の通話履歴を解析されないかぎり、電話での会話が最も安全なのは公安課長室だと。まあそれは確かにそうだ。既述《きじゅつ》のとおり、課長室内の通常の会話は誰にも聴かれることはないし、ここほど来る朝来る朝秘聴器の類《たぐい》を消毒《ショウドク》している室もないから。そして僕の警電の架電記録など、僕と公安課に気付かれず捜査できるものではない……

(仮に彼女が自分の携帯電話を落としたりしても、見られるのは『警察本部の代表電話に架電したことがある』という事実だけだ。内線まではまさか携帯電話に残らないからな。ただそれはそれで、僕らの微妙な距離感を表しているようでもあるが)

僕の携帯番号に架電する。僕の職場に架電する。

その両者のあいだには、何か、彼女が自分に引いた最後の一線がある気もする……

(ここ愛予で、最初に彼女と会ったのもまさにここ、公安課長室だったからなあ)

――僕はその日のことを、執務椅子の背を大きく傾けたまま思い出す。

（あれは確か、八月中旬の金曜日だった。もう仕事も終わりそうな、夕刻だった）

本栖充香は、やっぱり突然、公安課長卓上に局線電話を架けてきて――

これからお邪魔するから、といって電話を切ったと思いきや。

なんとその五分後、いきなり公安課に現れたのだ。

そう、後刻確認したところによれば、次長を始め公安課員の誰にも告げず、単身、いきなり。ゲートキーパーのひとりである彦里嬢に、『愛予大学法学部講師の本栖です。公安課長さんに用があって参りました。一階受付でそのように告げたら、八階へどうぞとのことだったので』『先に部下の方《かた》に連絡もせず、すみません』といいながら。当然その様子は、ゲートキーパーの大ボスである宮岡次長の瞳《め》にも映ったろう。

いずれにしろ、本栖充香と僕はその日、僕が愛予入りしてから初めて会った。

僕が何も言わず、むしろ人払いを求めたのに、彦里嬢が好みも訊かずあわてて淹《い》れてきた僕の紅茶と彼女の珈琲《コーヒー》とを前にして、僕らは小一時間も会話したろうか。これまでのこと。これからのこと。僕が彼女をどう思うか。彼女が僕をどう思うか。重ねて、課長室の会話は誰にも聴かれない。僕らが互いにする牽制《けんせい》、ほのめかし、誘い水に身の躱《かわ》しは、しかし――これまたほぼ三週間ぶりの、そう、ふたりが東京最後の夜を過ごして以来の、甘やかな口吻《くちづけ》へと結実した。愛予県警察警備部公安課長はこれまでに二十五人いるが、執務室でこのような破廉恥《はれんち》に及んだのは、間違いなくたったのひとりだろう。

そして僕らは勤務終了時間の鐘とともに公安課を後にし、彼女が用意してくれていた愛予大学の一室で、やはり三週間ぶりの連弾をした。彼女の指は時折、あの交通事故ゆえの悲しいもつれを紡《つむ》いだが、その痛ましさを忘れるほど、彼女とのピアノは楽しかった。愛予に着任して以来ずっと緊張していた心が、あからさまに解放される気もした。

それはもちろん、彼女と僕の関係をこれからどうしてゆくのか、どうしたいのかという、別途の緊張をもたらすことになったが——それはむしろ男子の本懐《ほんかい》である。

（ああ、あの日、どれだけ彼女を抱き締めて……彼女を抱きたかったことか）

ただそれは叶《かな》わなかった。それは彼女が拒んだ。

それが叶ったのは、その日に約束した、奥住田《おくすみた》温泉への小旅行においてである。

気鋭の学者として多忙を極め、また肩肘《かたひじ》張って生きなければならない彼女が確保できた、その翌月の連休を使った小旅行においてだ。結局のところ、彼女が公安課を訪れてから、一箇月弱を待たなければならなかったことになる。そして僕が着任してから彼女と会えたのは、詰まる所まだその二回だけ。だが。

（さっきの電話で確認できた約束が、実現するなら。

もうすぐ、ほんとうにもうすぐまた会える……あと数時間のうちに、もう）

——僕はここで、巨大な執務椅子《いす》を一八〇度回頭させた。

城の見えない城山の、紅々《あかあか》と燃える紅葉を見る。

それは……それはまるで僕の妄執《もうしゅう》のように赤かった。

僕は躯《からだ》の芯《しん》が火照《ほて》るのを感じる。そしてその激情の中、ふと思った。邪悪な心は、邪悪な連想を育《はぐく》みやすいとみえる……

（……そうか。

奥住田温泉。警察本部からひと山越えるとはいえ、車で二〇分弱でしかない。

ゆえに、あの地には警察本部長公舎と……警務部長公舎がある）

澤野警務部長が何かを知ったとすれば、奥住田温泉でのことかも知れない。

ただ、全く違うかも知れない。全く違うと仮定した方が、実は事態は厄介だが——

——どのみち退路は無い。それは断った。僕はもう三年、その橋を斬《き》り落としてきた。

だから。

（何を今更だ。やるっていったらやる。

次長が、第三係が、いや警務部長が何を思おうと……僕は、やるっていったらやるんだよ）

その開き直りを、思いっきり口に出してもよかったが……

一三〇〇《ヒトサンマルマル》の鐘が鳴る。

ひとりで盛り上がっていた僕に、冷や水を染《あ》びせるかのごとく鳴る。

（……午後のメニューが始まる、か）

その鐘は、僕をひとりのおとこから、ひとりの公務員に戻した。

それがよいことなのかどうなのか、どうなのか——

今の僕には解らなかった。また、とりあえず解りたくもなかった。

（われらは選んだ、この道を、か。

雄壮な歌詞ではあるが……そこで正面衝突してしまった人々は、何を思うのか？）

（下巻に続く）

JASRAC 出 2300263-301

新《しん》任《にん》警《けい》視《し》
上巻

新潮文庫　ふ-52-55

令和五年四月一日発行

著者　古《ふる》野《の》まほろ
発行者　佐藤隆信
発行所　株式会社新潮社

郵便番号　一六二—八七一一
東京都新宿区矢来町七一
電話　編集部(〇三)三二六六—五四四〇
　　　読者係(〇三)三二六六—五一一一
https://www.shinchosha.co.jp

価格はカバーに表示してあります。

印刷・株式会社光邦　製本・株式会社大進堂

ISBN978-4-10-100475-4 C0193